SV

Ulla Berkéwicz
Engel sind schwarz und weiß

Roman

Suhrkamp

Erste Auflage 1992

Satz: MZ-Verlagsdruckerei GmbH, Memmingen
Druck: Ebner Ulm
Printed in Germany

Engel sind schwarz und weiß

1.

Ein deutscher Junge weint nicht! und wenn der Feuersturm durch seinen Kopf fährt, und wenn die Reiterei durch seinen Hals bricht, und wenn die Brust verbrennt, weint der noch lange nicht! wischts Wasser mit dem Ärmel vom Gesicht, verschluckt die Reiter. Sitzt aufrecht auf dem harten Stuhl, auch wenn der Hintern von den Prügeln schmerzt, wird fortgehn, weit fort, wird in fremden Ländern kämpfen, der Vater wird es noch bereuen, doch dann wird es zu spät sein!

Ein Tag ohne Essen, eine Woche nicht spielen, und das Rachele siehst du nie wieder, hatte der Vater geschrien.
Rachele hatte sie geheißen, war weich und weiß gewesen, weiß und heilig. Und sie hatten doch nur Vater und Mutter gespielt, geflüstert und sich zusammengelegt, wie Väter es mit Müttern tun, und er hatte sie doch nur gebogen und gedreht, bis er sie mit sich zusammengedreht hatte, doch nur ihr Herz gefühlt, den kleinen Schlag, das Weiße und das Weiche. Bis der Vater gekommen war, bis der das Brett genommen hatte. Rachele hatte sie geheißen, und er hatte sich über sie geworfen, damit es sie nicht trifft, und die Mutter hatte geweint, und der Vater hatte geschrien und mit dem Brett, aus dem er ihm die Ritterburg hatte bauen wollen, auf ihn und auf ihn geschlagen. Und sie hatten sie unter ihm weggezogen, Rachele hatte sie geheißen, und ihre Eltern hatten sie ihm fortgenommen, und der Vater hatte immer weiter auf ihn geschlagen, und die Mutter war dazwischengekommen, und dann hatte der Vater die Mutter geschlagen.

Die Mutter weinte. – Frauen dürfen weinen!
Ein deutscher Junge weint nicht, hatte der Vater gesagt, muß grade sitzen, Hände auf die Knie, Augen auf die Hände.
Die Mutter, die Magda, stand am Spülstein, schabte und schälte, durfte ihn nicht ansehn, der Vater hatte es verboten.
Der Vater hatte den schwarzen Anzug angezogen und das weiße Hemd, hatte Hut und Mantel vom Haken genommen, die Tür aufgerissen, war rausgelaufen, hatte die Tür ins Schloß geschlagen.

Der Vater, der Heinrich! Heinrich Fischer, ins Hessische hineingeboren, in Häuslerarmut hinuntergebeugt, die Eltern früh gestorben, der Vater am Magenfraß, die Mutter an unbekanntem Fieber, fünfzehn war der gewesen und hatte schon allein stehn müssen auf der Welt, und hatte nicht breitbeinig stehen können, nie breit genug für seinen Stolz.
Hatte mit den Eltern zur Miete bei Bauersleuten am Stadtrand gewohnt – die Mutter half auf dem Hof, der Vater versaß die Frührente, mit der Decke auf den Knien, mit dem langen Blick auf das rote Haus gegenüber, auf den Bach, der dort entlangfloß ins flache Land hinaus.
Einmal war Heinrich übern Bach gesprungen, ums rote Haus geschlichen, eingedrungen, in andre Welt geraten. Im roten Haus waren die Irren zu Haus, gingen die Stiermenschen um, Metzger mit dem Knüppel aus dem Sack. Heinrich hatte sich verstecken müssen, in Abstellkammern, Badezubern, sonst wären die mit dem Knüppel auch über ihn gekommen wie über die armen Irren dort. Die wollen das Geheimnis in ihnen totschlagen, hatte Heinrich geglaubt, das Geheimnis der Irren

kränkt die, weil es tief sitzt und wahr ist. Und weil sie selber keines in sich haben.

Es gab die langen Gänge, den Hall und den Gestank, die Kälte und die Nässe. Männer und Frauen kahlrasiert, Gesichter abgewendet, eingesunken im Gedankenmoor, untergegangen im Erinnerungsteich, Taubblinde, Blindgeschaute, Taubgehorchte.

Und einmal hatte Heinrich sehen können, wie sie einer kleinen Frau das Neugeborene genommen und fortgeworfen hatten. Da hatte er Vater und Mutter fragen müssen, die hatten gesagt, die Irren seien verrückt, und ihm das rote Haus verboten. Aber Heinrich war immer wieder hingegangen und hatte der kleinen Frau Äpfel gebracht.

Dann war der Vater gestorben, und er war mit der Mutter in die Stadt gezogen, in ein Haus, aus dem der Kohlgeruch nicht wich, wo die Frauen den Kopf im Türspalt hatten, die Männer im Unterhemd, aufgestützt auf Sofakissen, über der Fensterbank lehnten und auf die Straße stierten.

Aber hinter dem Haus war ein kleines Stück Erde gewesen, dort hatte die Mutter Kartoffeln angebaut, dort hatten im November noch Blumen geblüht, dort hatte ein mächtiger Baum gestanden. Da hatte er geträumt, so mächtig wie der Baum zu werden, war hochgestiegen auf den Baum, hatte im Wipfel gesessen und über die Stadt geschaut, hatte sich im Regieren geübt, im Innehaben. Und hatte doch geahnt, daß er nie etwas innehaben würde. Dort oben hatte er gesungen.

Dann war die Schulzeit zu Ende gewesen, und für eine weitere Schule hatte die Mutter kein Geld gehabt. Im kalten Winter 1910 hatte es nicht genug Holz und Briketts gegeben, die Mutter war krank geworden, die Kranken hatten am kalten Ofen erfrieren müssen. Der

mächtige Baum war gefällt worden, die Mutter war trotzdem gestorben, am Fieber von der Kälte.
Heinrich hatte Sänger werden wollen, denn seine Stimme war vom Aufdembaumsitzen und Überdiestadthinwegsingen groß und schön geworden. Aber Singenlernen hätte Geld gekostet, und so hatte er, weil er die Hilflosen gesehen und nicht hatte helfen können, das Helfen erlernt, den Sozialberuf, die Fürsorgearbeit. Er hatte das Helfen erlernt, wie andere das Mauern oder Schreinern.
Dann war der Krieg gekommen. Mit achtzehn kriegsfreiwillig, mit zweiundzwanzig zurück vom Krieg, war er Kreissekretär beim Fürsorgeamt geworden, hatte die Töchter von Bauersleuten aus dem Vogelsberg kennengelernt, fünf Töchter hatten die gehabt und zwei Söhne, fünf Söhne waren im Krieg geblieben, hatte um die älteste Tochter geworben, die wollte keinen Habenichts, hatte um die Jüngste geworben, und die wollte.

Die Mutter, die Magda, weinte. – Mädchen sind weich und weinen, Mütter sind dick und weinen auch!
Aber er hatte doch nur Vater und Mutter gespielt mit dem anderen Kind, das ein Mädchen war. – Mädchen sind anders, Mädchen spielen Mütter, sind weiß und weich und werden vom Spielen und vom Weinen vielleicht krank! Vielleicht hatte sein Spiel sie krank gemacht, und deshalb hatte der Vater ihn vielleicht geschlagen. Rachele hatte sie geheißen, und sie hatten das Spiel schon oft gespielt, und manchmal hatte sie dabei geweint, aber nur heimlich, daß es keiner hört.

Die Schwester der Mutter, die den Heinrich nicht gewollt hatte, hatte den reichen Eberhard geheiratet. Der besaß ein Haus mit einem Schuhgeschäft und einer großen Wohnung. Dort gab es den Cousin und die Cousine und ein Klavier. Hinter dem Haus war ein Obstgarten. Im Sommer durfte die Magda einmal in der Woche ernten, was sie tragen konnte. Der Garten war wild und dunkel unter den Bäumen, Butzeblumen und Dotterblumen, nackte Schnecken, verwunschene Kröten, Tanzfliegen und Ringelwürmer. Aber der Cousin schoß mit der Steinschleuder nach den Fliegen und zertrat die Würmer mit glänzenden Schuhen. Und obwohl er schon älter war und groß genug zum Tragen, half er der Mutter nicht, wenn sie geerntet hatte, was sie tragen konnte, wenn sie sich mit den Eimern und Körben durch die Straßen schleppte, hüpfte neben ihr her, stahl ihr Beeren, machte ihr die Nase. Und die Cousine war ein Luder, Luder nannte der Heinrich die. Die hatte Schokoladebrote, hielt sie einem hin und aß sie selber, die rieb einem den Samen von Hagebutten unters Hemd, die weinte nie.

Magdas Eltern hatten den Bauernhof verkauft, weil sie die Mitgift für fünf Töchter brauchten, zehntausend Goldmark für jede und zwanzigtausend für jeden Sohn. Jetzt waren sie alt, wohnten jetzt in der Stadt, im engen Ausgedinge.

Die Bäuerin war klein geworden, die Beine waren von der Last der Jahre krummgedrückt, so daß sie schaukeln mußte, wenn sie laufen wollte, und knarrte, wenn sie lief. Die Zähne standen ihr einzeln wie schiefe Türme im Mund, die Hände waren breit und schwer vom Rübenklauben in der gefrorenen Dezembererde, vom Dreschen, vom Pflügen, vom Melken und vom Misten. Doch im Gesicht stand ihr die Güte fest bis in den Schlaf.

Als der Bauer mit den fünf ältesten Söhnen im Krieg

gewesen war, hatte sie alles alleine besorgen müssen: sieben Kinder, Haus und Hof, Wiese und Acker, drei Kühe, etliche Hühner, Schweine, sieben Ziegen und zwei Zugpferde. Und immer, wenn ein Sohn gefallen war, hatte sie es gewußt. Dann hatte ihr Herz einen langen Stich bekommen, dann war sie umgefallen, dann hatte sie den Sohn gesehen, aufrecht im Kugelregen, links einen großen weißen und rechts einen großen schwarzen Mann, durchsichtig wie Fliegenflügel. Dann hatte sies gewußt.

Der Bauer war ihr als einziger zurückgekommen, hatte nicht mehr viel sagen wollen und hatte bald nichts mehr gesagt.

Jetzt saßen sie in der Küche, warteten auf die Kinder und die Kindeskinder und auf den Tod. Saßen stumm nebeneinander, sahen gradeaus, ließen die Gedanken laufen, sich treffen, sich zusammenfügen und wieder auseinanderlaufen und sahen weiter gradeaus, zur Wand, dem Küchensofa gegenüber, wo durch ein Bild ein Engel ging.

Das Engelbild hatte schon im Bauernhaus im Vogelsberg gehangen, und Magda hatte oft hineingesehn, hatte den Engel mit den Flügeln rauschen gehört, hatte ihn leuchten gesehn und sich die Augen und die Ohren zugehalten.

Er saß auf seinem Stuhl, die Mutter stand am Spülstein. Es war Nacht, die Turmuhr schlug. Er konnte die Schläge noch nicht zählen. Es war Winter, in der Küche wurde geheizt. Die Mutter legte Holz nach.

Freitagabend ging der Vater zur »Liedertafel«. Da durfte die Mutter nicht mit. – Nur Männer dürfen singen! Aber er durfte manchmal mit, und dann sah er den Vater im schwarzen Anzug und im weißen Hemd, groß

stand der da, größer als alle andern, und seine Stimme war die größte von allen.
Der Vater singt mit Inbrunst, hatte die Mutter gesagt. Aber er hatte nicht gewußt, was Inbrunst bedeutet. Inbrunst, hatte die Mutter gesagt, die macht, daß dir das Innere leuchtet wie Abendrot.

Der Vater war bei der »Liedertafel«, und die Mutter weinte, stöhnte, krümmte sich. – Es wird etwas geschehen, es wird etwas Turmhohes sein, ein Kampf, ein Gefecht, eine Schlacht! Es steht auf der Kippe, wies ausgeht, es wippt dort auf und nieder!
Die Mutter schwankte, wollte sich am Spülstein halten, rutschte ab, fiel um, klatschte auf den Küchenstein. Hol die Frau Polster, rief die Mutter.

Der Flur war kalt und dunkel. Es roch sauber, es war Freitag, und die Treppe war gespänt. – Das Geländer dreht sich nach unten, macht schwindlig, die Mutter stöhnt aus der Küche, das hallt im Flur, der Hall dreht sich zusammen mit dem Drehgeländer, rutscht ab und stürzt, schlägt wie die Mutter auf, liegt drunten auf den grauen Steinen, ist zerbrochen!

Frau Polster war die Nachbarin, wohnte auf demselben Flur, hatte einen kranken Mann, ging zu fremden Leuten putzen und roch nach Bohnerwachs. Sie kam und rief Frau Zopf, die unterm Dach wohnte.
Die Mutter stöhnte, die Tür zum Flur stand einen Spaltbreit offen, das Licht fiel durch den Spalt auf Bodenbretter. – Die grauen Dielen, die stöhnen, wenn einer drübergeht, warum? Die stöhnen, weil sie Bäume waren, die nicht mehr im Wald stehn dürfen, hat der Vater gesagt!

Die Frauen stießen die Türe auf, die Mutter lag auf dem Küchenboden, sie krempelten die Ärmel hoch, knieten nieder, zogen, rissen der Mutter die Kleider weg, bis eine weiße pralle Kugel nackt war. Eine rote Spur floß aus der Mutter, ein Rinnsal übern Küchenstein, der in der Mitte seinen Abfluß hatte, floß dort ab.
Die Frauen machten Feuer im Herd, stellten einen Kessel Wasser auf, fingen zu beten an. – Es wird nicht gegessen und nicht geschlafen, warum beten die Frauen?
Die Mutter fing zu schreien an, krümmte sich, bäumte sich, fuhr auf, brach um. Die Frauen hielten sie fest, drückten sie nieder, setzten sich auf sie, ritten den nackten Bauch. – Es geht in die Schlacht, es geht um Leben und Tod, ich muß die Frauen vom Bauch der Mutter jagen!
Aber dann brüllte es rostig und alt und war nicht die Mutter. Die Nachbarin hielt ein Blutbündel hoch, das brüllte aus sich selbst heraus.

Reinhold, rief die Mutter, hol den Vater her!
Die Frauen schoben ihn aus der Tür. Er stand auf der Matte, die in den zerfransten Putzlumpen gewickelt war. Sie hatten die Türe hinter ihm zugemacht. Der Putzlumpen war kariert, grün und blau, am Tag war das zu sehen, jetzt war es Nacht, und er sollte den Vater holen. Aber er durfte nicht auf die Straße, der Vater hatte es verboten, er sollte in der Küche bleiben, Hände auf die Knie, Augen auf die Hände. – Der Vater wird mich schlagen!

Es war still, dunkel, kalt und naß, die Gaslaternen flakkerten. – Der Weg führt über Straßen, die sich kreuzen, über Brücken, unter denen Wasser fließt. Die Straßen laufen alle überkreuz, es gibt an jeder Ecke Ecken. Aber dort, wo die Lichter brennen und die Lieder schallen, dort wird der Vater sein!

Da standen die Männer und sangen. Und der Vater stand am größten da. Die Männer standen um Tische, auf den Tischen standen Krüge, die flossen schaumig über.
»Es zogen drei Burschen wohl über den Rhein«, sangen die Männer, »bei einer Frau Wirtin, da kehrten sie ein.« Und der Gesang schwoll mächtig und stieg an den Wänden empor, schien sich unter der Decke zu sammeln, zusammenzuballen und gegen das Dach zu drücken.
»Frau Wirtin, hat sie gut Bier und Wein«, sangen die Männer, »wo hat sie ihr schönes Töchterlein?« Und der Raum schien zu schwanken und die Decke zu reißen.
»Mein Bier und Wein ist frisch und klar«, sangen die vielen, wie eine Kehle, wie ein Mund, »mein Töchterlein liegt auf der Totenbahr«, stieg es dann leise wie aus einem tiefen Leib herauf.
Und Reinhold konnte sehen, wie die Männer sich duckten, vornüberbeugten, wie sich der eine und der andere mit den Fäusten auf die Tische stützte, wie die Augenbrauen hochgingen, die Stirnen sich falteten. – Wie der Vater so erschrocken aussieht, als sei ihm was hingefallen auf den Küchenboden und zersprungen auf dem Stein. Die Mutter liegt auf dem Küchenstein, und der Vater soll kommen und sie aufheben!
»Und als sie traten zur Kammer hinein«, sangen die Männer immer weiter, »da lag sie in einem schwarzen Schrein.« – Aber die Mutter liegt in nichts, und nichts ist schwarz, nur eine rote Spur läuft von ihr in den Abfluß fort!
Die Männer sangen weiter, und Reinhold rief nach dem

Vater. »Der erste, der schlug den Schleier zurück und schaute sie an mit traurigem Blick«, sangen die und hörten ihn nicht. Da kroch er unter die Tische, da war er zwischen den Beinen, Hosenbeinen, Tischbeinen, Stuhlbeinen. – Die Hosenbeine sind alle lang und schwarz, und die Männer stellen sie beim Singen breit auseinander und stehn auf großen Füßen da!
»Ach, lebtest du noch, du schöne Maid«, sangen sie über ihm. Aber die Beine des Vaters konnte er unter den Tischen nicht finden. – Hosenbeine sind alle gleich!
»Ich würde dich lieben von dieser Zeit«, rieselten die Stimmen sanft auf den Tisch und dann über die Kante sanft auf Reinhold hinunter.
»Der zweite deckte den Schleier zu und kehrte sich ab und weinte dazu«, klangs, als preßten sich die Männer die Kehlen ab, und Reinhold konnte sie in die Knie gehen sehn, ganz leicht, als ob die ihnen weich würden. Und weil er die Beine des Vaters nicht finden konnte, kroch er unter den Tischen hervor, stellte sich auf und sah den großen Männern in die Gesichter, in die offenen Münder, Kehlen.
»Ach, daß du liegst auf der Totenbahr, ich hab dich geliebet so manches Jahr«, sang es aus denen heraus, und Reinhold konnte die Angst der Männer hören. Und hatte Angst. – Alle hier haben Angst! Er konnte sie hören und sehen und schrie nach dem Vater.
Und da sah der ihn und kam. Er hob Reinhold hoch zu sich, er hielt ihn oben bei sich fest. – Wie früher, wie schon lange nicht mehr, wie sonntags auf der Brücke, wenn unten ein Zug durchfuhr!
»Der dritte hub ihn wieder auf sogleich und küßte sie auf den Mund so bleich«, sangen die andern. Und Reinhold schrie von der weißen Mutter auf dem Küchenboden und von der roten Spur.

Da lief der Vater mit ihm durch die Männerreihen, da lief dem Vater das Wasser, da hämmerte sein Herz. »Dich liebt ich immer, dich lieb ich noch heut«, sangen sie, als der Vater schon auf der Straße war und Reinhold fest im Arm hielt und rannte. »Und werde dich lieben in Ewigkeit«, schallte es ihnen nach vom Licht in die Dunkelheit.

Der Vater rennt, er galoppiert, er gewinnt jeden Krieg! Jetzt ist der Krieg, jetzt rennt der Vater durch die Nacht! Der Krieg rennt und galoppiert, und harte Herzen schlagen aneinander!
Krieg! schrie Reinhold, und der Vater hielt ihm den Mund zu.

Am Anfang des Krieges hatte der deutsche Kaiser zum deutschen Volk gesprochen: »Um Sein oder Nichtsein unseres Reiches handelt es sich, um Sein oder Nichtsein deutscher Macht und deutschen Wesens. Wir werden uns wehren bis zum letzten Hauch von Mann und Roß.« Da wurde Heinrich kriegsfreiwillig und zog gegen den Franzos, das Liederbuch trug er im Ranzen.
Frisch ausgebildeter Landsturm und junge Rekruten marschierten gen Paris. Im Scherenfernrohr konnten sie schon den Eiffelturm sehen. Aber plötzlich waren Feuerballone am Himmel, Zeppelinangriffe, Heere kamen in Schüben vom Horizont.
Einen Sturmangriff erleben, das muß schön sein! Doch man erlebt vielleicht nur einen, sagte der Kamerad neben Heinrich.
Die deutschen Truppen schwenkten nach Norden. Besonnenheit und Manneszucht wurden gepredigt. Die Front erstarrte. Es wurde Winter. Schützengräben, Erdlöcher, Unterstände. Heinrich teilte sein Loch mit

zwei Kameraden, Kriegsfreiwillige wie er. Er sang aus seinem Buch, er konnte an sich glauben, wenn er sich singen hörte.

Die Tage waren still und kurz, die Nächte lang. Ein Lauern über Brustwehren und Schießscharten, und manchmal aus tausend wie aus einer Kehle die »Wacht am Rhein« durch die Dunkelheit, und manchmal ein Hurra durch die Schützengräben, und da wußten sie: Im Osten geschieht es, das Große, das Wahre, dort stürmen die deutschen Sturmkolonnen über die russischen Ebenen, dort hängt sie, die Donnerwolke, aus der der Name Hindenburg grollt. Doch im Westen hieß es Wachen und Lauern, sich wie Würmer in die Erde bohren und Hurra zum Sieg der andern schreien.

Die Muskeln gestrafft, die Nerven gespannt, die Augen gradeaus, brüllte der General eines Sommermorgens. Vertrauet, daß der deutschen Eiche Licht und Luft geschaffen wird zu freier Entfaltung. Der deutschen Kraft widersteht kein Franzos. Auf blutiger Walstatt gebt nun freudig alles bis zum letzten! Und dann stürmten sie, rannten, stürmten alle ins Trommelfeuer.

Heinrich war neben dem Freund, dem Kameraden Deutsch, gewesen, als der mit einem Hurra auf den Lippen fürs Vaterland in Fetzen ging. Hurra, schrie der Mund und hob ab aus dem Gesicht und flog davon und landete auf einem Baum.

Was ist aus Deutschs Frau geworden, hatte sich Heinrich später oft gefragt. Hatte Deutsch ihm nicht einen Brief gegeben für den Fall der Fälle? Und hatte er Deutschs Frau nicht vergeblich gesucht? Und hatte er nicht nach jahrelangem Suchen den Gedanken gehabt, den Brief über Wasserdampf zu öffnen? Erbrechen, hatte er gedacht, und es hatte ihn ein Gefühl von Schän-

dung beschlichen und danach eines von Gerechtigkeit, daß wenigstens ein Mensch auf Gottes Erdboden wissen sollte, was Israel Deutsch an seine Frau Ruth für den Fall der Fälle geschrieben hatte. Und dann hatte er den Brief geöffnet.
Ruth, hatte Deutsch geschrieben, meine Frau, meine Frau! Meine Mutter war jüdisch, und Deine Mutter war jüdisch, und aus uns ist ein jüdisches Kind gekommen. Und wenn ich hier, für den Fall der Fälle, liegenbleibe, so sterbe ich für das Deutsche, was dem Jüdischen das Nächste ist. Und ich bitte Dich, wenn es eine Beerdigung meiner Sterblichkeit geben kann, die Kameraden, die mich überleben, zusammenzurufen, daß sie mir zum Kaddisch dazu das Vaterlandslied singen. Denn Deutschland ist nach Palästina unsere Heimat. Gott schütze Dich, meine Frau, er schütze mein Kind und er schütze das deutsche Vaterland.

Der Kriegsstoff, das Rohmaterial Mensch, lag dampfend auf dem roten Feld. Hier kroch ein Rumpf, dort zuckte eine herrenlose Hand. Maschinengewehre hämmerten, das Infanteriefeuer brodelte, die Artillerie zerriß Luft und Erde.
Es sind schon viel größere Nationen untergegangen, schrie der Kamerad neben Heinrich. Oder willst du dich mit dem Leben abschleppen, wie der Ewige Jude, der nicht sterben kann?
Eine Granate schlug ein, schleuderte die Erde in die Luft, wühlte einen Trichter. Der Kamerad röchelte. Heinrich lag still. Es rann etwas aus ihm heraus, lief an ihm herunter. Er wurde müde. Das Röcheln neben ihm brach ab.
Es war ein Sonntag, Sommerblumen blühten, ein böser Pulverstrich lief quer durchs Licht, ein Wimmern kam

aus den Ackerfurchen. Verwundete krochen über Tote, Hitzefliegen tranken Augen, Schmeißfliegen rückten in die Höhlen nach. Vielleicht lief noch in diesem oder jenem Hirn was ab, das die Luft zum Zittern brachte. Die Luft über dem roten Feld zitterte.
»Hellflammende Entrüstung und heiliger Zorn werden jedes Mannes Kraft verdoppeln«, hatte der Kaiser gesagt.
Heinrich kroch über den Acker, sah einen Waldrand, wollte sich unter einen Baum legen und in den Himmel schauen. Aber im Wald hatten sich Gespenster versteckt, kamen auf ihn zu, zogen ihn über die Leiber, zogen ihn unter die Bäume, gaben ihm Wasser, banden sein Bein ab. Und er begriff: Franzmänner, Deserteure!
Sie krochen zusammen. Sie brauchten einander nicht mit den Sprachen zu verstehn. Sie blieben im Wald und ließen den Hunger ihr Fleisch abnagen.
Dann war der Krieg aus, und sie wußten es nicht. Und wäre nicht ein Bauer auf seinem Kuhwagen vorbeigekommen, hätten sies nie erfahren.
Es war Herbst geworden, sie trennten sich, jeder ging in die Himmelsrichtung, in der er die Heimat glaubte. Verbrannte Wälder, zerstörte Straßen, gesprengte Brücken, Heinrich ging der Verwüstung nach und kam in sieben Tagen an deutsches Land.

Der Krieg ist aus, das Nasse ist nicht Blut, ist Schweiß, der Vater keucht, er nimmt vier Stufen auf einmal!
Die Mutter, die Magda, lag im Bett und war dünn geworden. Heinrich ließ Reinhold fallen, der schlug auf, das tat weh. Neben der Mutter lag ein Kind. Dein Sohn Helmuth, sagte sie und hielt ihn Heinrich hin.

Woher kommt ein Kind, fragte Reinhold, als der Vater dann an seinem Bett saß.
Du kannst es mir glauben oder nicht, sagte der, auf der anderen Seite des Flusses liegt ein leichtes Land. Jeder, der will, kann dort fliegen. Manche werden, weil sie Flügel haben, Engel genannt. Man hat mir gesagt ...
Wer hat dir gesagt?
Ich glaube, es war ein kluges Eichhorn. Man hat mir gesagt, die Menschen kämen alt und müd dorthin und würden nach ein oder zwei Weilen wieder Kinder werden.
Und Reinhold lief im Vorschlaf über alle Flußbrücken, die er kannte, kam nicht ins leichte Land, nahm dann den Fluß mit einem Satz, sprang ab: Attacke! rief er, sprang und flog hinauf zu den jungen und alten Engeln am Himmel.
Am nächsten Morgen war die Mutter fort mit dem neuen Sohn, und der Vater sagte, sie sei mit Kindbettfieber ins Krankenhaus gekommen.

Heinrich fuhr mit Reinhold aufs Land.
Die Wetterau war fruchtbar, und die Bauern waren reich, aber auf den Höfen fehlten Männer, der Krieg hatte sie geholt, und jetzt stand ein Denkmal für sie auf jedem Marktplatz.
Heinrich war Kreisinspektor geworden, und ein Stück Wetterau gehörte zu seinem Bezirk. Dort lebte der Herr Daumer, der aus dem Krieg einen Gehirnschuß nach Hause gebracht hatte und dafür Geld von der Fürsorge bekam.
Ein geduckter Hof, verfallene Ställe, Unkraut über den Steinen. Verrostete Dreschflegel, verbogene Pflugscharen, verbeulte Melkschemel, Eimer, Eisenstangen. – Die Tannen drohen, der Hinterhalt lauert im Busch,

der Schrecken hat leise Füße! Reinhold hielt sich am Vater fest.
Der Bruder vom Herrn Daumer ist Invalide von Geburt, und der Herr Daumer Invalide vom Krieg. Früher hatten sie noch die Eltern, flüsterte Heinrich.
Und was essen die?
Der Herr Daumer kriegt Geld, der Bruder nicht. Das, was sie dem Herrn Daumer weggeschossen haben an Gehirn, das hat der Bruder erst gar nicht mitgebracht auf diese Welt. Und deshalb kriegt der nichts, denn dafür kann keiner was.
Der Herr Daumer hatte die Füße in einer Waschschüssel und die Hände im Schoß. Der Bruder saß am Boden und baute einen Turm aus Holzklötzen.
Guten Tag, Herr Daumer, sagte Heinrich zu laut in die stille Stube hinein.
Und wer bist du, fragte der Mann. Er hatte offene Beine, gelbes, rotes, blaues Fleisch, schieres Fleisch. Sein Schädel war kahl, seine Schläfe pochte.
Ist das ein Specht, fragte Reinhold.
Das war der Gehirnschuß, flüsterte Heinrich. Da ist der Knochen gesplittert, die Haut ist drübergewachsen, drunter liegt alles frei.
Was liegt frei?
Alle Windungen und Gedanken.
Und wenn die Haut weg wäre, könnte ich den Herrn Daumer denken sehn?
Rums, fiel dem Bruder der Holzklotzturm um. Er sah jung aus, er lächelte, und wenn der Turm stand, sah er in den Himmel. Reinhold und Heinrich sah er nicht.
In der Stubenecke standen zwei eiserne Bettgestelle, darüber ging ein segnender Engel in goldenem Rahmen durch die Welt.
Sind Engel überall, fragte Reinhold.

Engel, rief der Herr Daumer.
Aus den Säcken auf den Bettgestellen stach das Stroh, die Fensterlöcher waren verkrustet und versponnen, es roch scharf, Reinhold brannten die Augen.
Rums, fiel der Turm um, und der Bruder fing gleich wieder an, ihn aufzubauen, Klotz auf Klotz.
Das ist mein Sohn, sagte Heinrich und schob Reinhold vor.
Die Schläfe des Mannes pochte immer stärker. – Ein Specht, ein Kuckucksspecht, der wie bei Uhren aus der Schläfe rausspringt, wenn die Zeit gekommen ist!
Es geht nur um die Engel, rief der Mann.
Rums, fiel dem Bruder der Turm um.
Engel sind herrlich, sind tödlich, rief der Mann, und Reinhold hatte Angst, daß der Specht ihm ins Gesicht springen würde.
Ich muß vor ihrer Herrlichkeit die Schuhe ausziehn und die Füße waschen, rief der Mann.
Und Reinholds Angst wurde groß, denn die Augäpfel des Mannes wurden weit. Kennst du Engel, fragte Reinhold.
Die rauschen, rief der Mann, die sausen. Die setzen den rechten Fuß aufs Meer und den linken aufs Land. Engel sind schwarz und weiß!
Rums, fiel der Turm um.
Und halten Andacht, brüllte er und holte nach Reinhold aus und schlug den Bubenkopf an seine Brust, so wie der Specht an seine Schläfe schlug. Engelkind, brüllte er, und der Bruder warf seine Klötze nach ihm.
Da war der Heinrich dazwischen, da riß er Reinhold an sich und trug ihn vor die Tür.
Und der Herr Daumer, fragte Reinhold, ist der ein Engelbruder?

Dann war ein großes Geschrei im Haus, die Mutter war mit dem neuen Sohn zurückgekommen. Das Bündel Bruder lag in einer Wiege, von der der Vater sagte, daß auch Reinhold dringelegen hätte. Aber der konnte sich nicht erinnern, wollte es nicht glauben, glaubte es nicht.
Der Sonntagsritz zwischen den Elternbetten war besetzt. Dort, wohin er sonntagmorgens mit kalten Füßen hatte kommen dürfen, dort, wo sich seine Träume mit denen der Eltern getroffen hatten, gemeinsam noch ein Stück gelaufen waren, grad noch den Berg hinab ins Tagestal, lag jetzt der Zwerg und brüllte. Und der Vater, der ihm, kaum erwacht, Heldengeschichten erzählt, immer stärkere Helden, größere Schlachten, schrecklichere Drachen erfunden hatte, der nahm jetzt sonntags den Zwerg auf den Bauch und sang alberne Lieder.

Abends lag Reinhold wach im Bett, der Kasper auf der Fensterbank streckte seine viere von sich. Am Tage hatte er den niedermachen müssen, den bleichen ausgelutschten Schlafkamerad, drohen und schlagen, denn jener war ein Dulder. Doch abends schmerzten ihn die Schläge, denn jener war alleine auf der Welt, hatte nicht Vater und nicht Mutter, sah aus, wie vielleicht Seelen aussehn, lang und bang.
Nachts stand er auf, ging durch den Flur, kam in die Stube. Am Boden waren Mondlichtzeichen, Fische, Schlangen, Drachen, Wölfe, zog den Vorhang von der Wiege, sah den Bruder – den Zwerg, den Wicht! wollte schon das Sofakissen greifen. Da fiel der Mond ins Zimmer, da wurde alles weiß, da fiel er um, da fiel ihm ein: Engel sind weiß!
Die Mutter trug ihn ins Bett zurück, und obwohl er die

Decke übern Kopf gezogen hatte, hörte ers noch lange rauschen. – Wie von weißen Flügeln! Vielleicht ist er jetzt mit den Engeln ab in den Himmel, der Zwerg!

Und einmal stand er am Küchenfenster. Unter ihm lag der Hof mit den Steinplatten für die Hüpfspiele. – Raufklettern auf den Sims, runterspringen, ganz tot unten liegen! Dann wird die Mutter nicht mehr mit der viel zu hohen Stimme den Namen des Zwergbruders rufen, dann wird sie zu mir kommen und den ganz Toten in ihrem Schoß wärmen und wiegen und endlos um mich weinen!
Aber in der Nacht sah er sie an sein Bettchen treten, hörte sie seinen Namen sprechen, sie sprach seinen Namen immerzu, und am Morgen war Reinhold seiner selbst wieder sicher.

Im Sommer ging Heinrich mit Reinhold in die Wälder, kletterte mit ihm auf die höchsten Bäume und brachte ihm das Singen bei. Und wenn sie »Kein schöner Land in dieser Zeit« sangen, besaßen sie gemeinsam dieses Land, das unter ihnen lag, grün und üppig, weit und breit.

Aber der Lohn, den der Vater heimbrachte, reichte nicht, und oft ging Reinhold hungrig ins Bett, obwohl die Mutter ihm ihren Teil dazugegeben hatte. Sie hatten nichts, was sie hätten verkaufen können, und keinen, der ihnen etwas geschenkt hätte. Und die zehntausend Goldmark Mitgift, die Magda von den Eltern bekommen hatte, zwei Jahre nach dem Hofverkauf, waren später nur noch so viel wert gewesen, daß sie sich eine Stehlampe für die Stube davon hatten kaufen können.

Es wurde gestreikt, das Licht fiel aus, Kerzenstummel vom letzten Weihnachtsfest wurden angezündet. Die oben wohnten in den Mietshäusern hatten noch Gas, um Kartoffeln zu kochen, die unten wohnten, hatten das letzte Wasser in der Leitung. Und Heinrich sprach von Schwindsucht und Hungerbäuchen und sagte: Woher haben die noch die Kraft zum Streik!

Das Fleisch, wenns welches gab, stank, der Kohl war welk, aus dem Brot konnte Reinhold Männchen kneten. An den Straßenecken saßen Bettler ohne Arme und Beine in Kriegsuniform, und in Deutschland ging das Wort um, des Volkes ärmster Sohn sei auch sein treuester.

Wenn Magdas Brüder zu Besuch kamen, Onkel Otto, der Nähmaschinenvertreter, und Onkel Fritz, der

Theaterbeleuchter, konnte Reinhold nicht einschlafen. Dann saßen die Männer um den Küchentisch, tranken Bier und sprachen immer lauter. Dann schrie der Heinrich, dann tobte der: Vier Jahre Krieg, Millionen Tote, Millionen Arbeitslose, Inflation, und die Reichen vom Krieg noch reicher und die Armen noch ärmer und die Roten noch roter! Aufmärsche, Umzüge durch die Stadt, Geschrei, Gebrüll auf allen Plätzen, Redner, Weltverbesserer, Aufrührer an allen Ecken!

Reinhold stand am Fenster, auf der Straße brach ein Pferd zusammen, die Leute kamen mit Brotmessern aus den Häusern und schnitten Stücke aus dem Pferd, zukkende Fleischstücke. Die Mutter hielt Reinhold die Augen zu, zog ihn vom Fenster weg, betete mit ihm: Vater unser, unser täglich Brot gib uns heute.

Heinrich ging jeden Morgen um vier Minuten vor acht aus dem Haus und kam mittags um Punkt zwölf zum Essen. Wenn Magda ihn vom Küchenfenster aus über die Eisenbahnbrücke kommen sah, stellte sie die Suppe auf, und wenn er zur Tür hereinkam, Mantel und Hut an den Haken hängte, war die Suppe heiß. Bis halb eins wurde gegessen, danach legte Heinrich sich im Anzug aufs Sofa in der Stube, alle mußten bis fünf vor zwei auf Zehenspitzen gehn, dann wurde er geweckt, trank eine Tasse Kaffee, hörte die Zwei-Uhr-Nachrichten und ging, um fünf Minuten verspätet, wieder zum Dienst. Das leistete er sich, seit er, zehn Jahre nach seinem Eintritt in den Staatsdienst, Inspektor geworden war. Mehr konnte er nicht werden, höher konnte er mit seinem Volksschulabschluß nicht hinauf.

Reinhold war in die Schule gekommen, hatte Lesen und Schreiben gelernt und war selbständig geworden. Jeden Mittag nach der Schule ging er zuerst zum Metzger, der unten im Haus seinen Laden hatte, holte ein großes Blech mit Leberkäs, brachte es zum Bäcker im Nebenhaus, holte es dort am Nachmittag wieder ab, brachte es zum Metzger zurück, bekam dafür den Anschnitt, aß den die halbe Woche über selber und brachte ihn ab Donnerstag der Mutter, denn dann war ihr Wochengeld aufgebraucht, und sie hatte nur noch wenig, was sie auf den Tisch stellen konnte.
Am Donnerstag weinte die Magda oft, dann schrie der Heinrich, dann brüllte der: Du kannst doch einem nackten Mann nicht in den Sack langen! Und wenn die Magda dann noch mehr weinte, mußte der Heinrich noch mehr brüllen, und zweimal hatten sie brüllend und weinend aufeinander eingeschlagen, und beide Male war Heinrich dann hinausgerannt, hatte die Türe hinter sich zugeworfen, war erst in der Nacht zurückgekommen. Dann hatte die Magda sich ins Kücheneck verkrochen und weitergeweint, so leise und schrecklich, daß Reinhold nicht gewagt hatte, zu ihr zu gehn, daß er im Flur gestanden hatte, bis das Weinen vorüber gewesen war.

Ein Zimmerherr sollte ins Haus kommen, ein zweites Bett wurde in Reinholds Zimmer aufgeschlagen, Magda brauchte Geld, denn für das, was Heinrich heimbrachte, konnte sie immer weniger kaufen.
Als der Herr Butz kam, um sich vorzustellen, ging Magda aus dem Zimmer, denn die Männer sprachen vom Krieg.
Die Menschheit muß sich aus Sodom und Gomorrha herausarbeiten, hörte Reinhold den Herrn Butz zum

Vater sagen. Feuer und Schwefel sind vom Himmel gefallen und haben einen gewaltigen Reinigungsprozeß vorbereitet, der jetzt vollzogen werden muß. Wir dürfen uns nicht umsehen, wir müssen vorwärts schaun und stürmen.
Der Herr Butz hatte leiser gesprochen, als Männer sonst sprechen, wenn sie vom Krieg sprechen. Und als er ging, um seine Sachen zu holen, hörte Reinhold ihn sagen: Schuld an allem sind nur die Jesuiten und die Juden. Und als er gegangen war, hörte er die Mutter sagen: Die Neumanns sind doch auch Juden.

Rachele Neumann, so hatte sie geheißen, die so weiß und weich gewesen war, weiß und heilig! Vorm Einschlafen mußte Reinhold an sie denken und mußte sich anfassen, weil er sie nicht anfassen konnte. Und weil er nichts dagegen tun konnte, daß sein Atem schneller ging, wenn er vorm Einschlafen an Rachele Neumann denken mußte, und weil der Herr Butz bei ihm im Zimmer schlief, versuchte er, nicht mehr an sie zu denken.

Aber an einem Sonntagmorgen, auf dem Weg zur Kirche, begegnete er ihr.
Erkannte sie ihn, wie er sie erkannte? Sie hatte schwarze Augen und schwarze Zöpfe, und sie blieb stehn. Und sie sah ihn an.
Rachele, sagte er.
Und sie nickte.
Die Strümpfe waren ihr runtergerutscht, und sie zog sie hoch. Dann lief sie weg.
Sie war größer geworden als er, sie war älter. Er war sechs, sie vielleicht acht.
Er sah ihr nach, wie sie in ein Eckhaus lief, und sah sie,

weil er stehenblieb, weil er nicht weggehn konnte, nach einer Weile hinter einem Erkerfenster stehn. Ihr Gesicht war ernst, sie bewegte sich nicht, ihre Augen sahen ihn an.

Als Reinhold nach Hause kam, als er in sein Zimmer rannte, daß keiner seine Tränen sähe, Schamtränen, Wuttränen, denn vor Rachele Neumanns Erkerfenster hatte er es erkannt: Er war ohnmächtig, noch immer so ohnmächtig wie vormals, als er dulden mußte, daß der Vater ihn vor Rachele Neumanns Augen geschlagen und ihm den Umgang mit Rachele Neumann verboten hatte, so ohnmächtig, daß er noch immer dulden mußte, daß Rachele Neumann ihm verboten war, da lagen auf dem Bett von Herrn Butz Hefte mit Fotos von halbnackten Frauen, Frauen mit Männern, und eines machte ihm Eindruck: Eine Frau mit großen Brüsten im tiefen Ausschnitt beim Melken einer Kuh, hinter ihr ein Gigolo, so stand es unter dem Bild geschrieben, der sich über die Frau mit den Brüsten beugte und die großen Brüste im Ausschnitt genauso griff wie die Frau die schweren Euter der Kuh.

Der Herr Butz war Student. Ein Studiosus, ein ewiger, hatte der Vater gesagt, denn er war beinah vierzig, lag die meiste Zeit im Bett, las Bücher und Zeitschriften, stand nie vor Mittag auf. Am Abend ging er aus.
Studieren, hatte Reinhold gefragt. Nein, sich schlagen, hatte der Vater gesagt. Der Herr Butz gehört zu den Studenten, die nicht studieren, sondern sich mit Degen in die Gesichter schlagen. Je mehr Schmisse so einer hat, desto angesehener ist er unter seinesgleichen. Und Reinhold sah bewundernd, daß der Studiosus Butz viele Schmisse hatte.

Man muß aufpassen, daß er einen nicht ins Gespräch zieht, hatte die Mutter gesagt. Er verwickelt und verwirrt einen, er verstrickt einen in Anschauungen, führt einen auf Abwege, und man findet nicht zurück.
Manchmal wenn der Herr Butz spät nachts nach Hause kam, weckte er Reinhold und erzählte ihm von den Nordmenschen, den Thulerittern, von reinrassigen Nordlandtöchtern, den jungen Mädchentieren und ihren Nordlandburschen mit den stolzen langsamen Seelen. Die ganze Erde, sagte er dann, hat einmal den Nordmenschen gehört. Das sind unsere Ahnherren, deine und meine, und er schüttelte Reinhold, wenn der in seinen Schlaf zurückfallen wollte, und herrschte ihn an: Erinnere dich, auch du warst einst ein Nordlandbursche!
Und Reinhold sah Lichter in den Augen des Herrn Butz aufblitzen, hörte ihn vom tapferen Galand, dem mit der Rune auf der Stirn, erzählen, wie der die Mordwölfe einzig mit der Kraft seines unbeugsamen Willens besiegt habe. Und als Reinhold hörte, daß Galand lieber jeder Gefahr habe stolz ins Auge blicken wollen denn Knecht und Diener anderer zu sein, daß jener hochgemut der ganzen Erde einst seinen Willen habe aufprägen wollen, war ihm, als erinnere er sich.

Drei Jahre teilte Reinhold sein Zimmer mit Herrn Butz. Sonntags saß der bei Heinrich in der Stube, sie spielten Schach, Herr Butz hielt Reden, Heinrich gewann. Reinhold mußte zuschauen, die Züge aufschreiben und nachspielen, denn Heinrich wollte, daß er das Schachspielen lerne. Dann hörte Reinhold den Herrn Butz sagen: Ein neues Zeitalter zieht herauf, es ereignet sich eine Wandlung des Menschen und seiner Richtmaße. Willenhafte Männlichkeit, diese innere Kraft, diese neu

erstandene Schönheit, ist das arteigene Schönheitsideal des Deutschen schlechthin. Aus den Todesschauern der Schlachten, aus Kampf, Not und Elend ringt sich ein neues Geschlecht empor!
Der Herr Butz war aufgestanden. – Mit Denkmalsgesicht und stocksteifem Leib, ein Steinbild, eine leere Figur! Reinhold hatte nicht wegsehn können, bis ein Ruck durch die Figur gefahren war und den Herrn Butz befreit hatte. Der war auf den Küchenstuhl zurückgefallen, hatte weitergespielt, hatte die große Rochade ausgeführt, um einen Damenangriff abzuwehren, und hatte weitergesprochen, die Stimme so laut erhoben, daß der Bruder im Schlafzimmer zu schreien angefangen hatte, daß die Mutter im Nachthemd in die Küche gekommen war. Aber der Herr Butz war nicht zu halten gewesen: Wir sind das Geschlecht der Weltwende. Uns darf nicht quälen, wenn vieles zerbricht, wir müssen begreifen, daß vieles zerbrechen muß, damit die Welt sich wenden kann. Es geht ein Keimen über deutsche Erde wie nie seit Menschengedenken. Der deutschen Menschheit wird die Schau des Weltwesens geschenkt, aus der die neue Lebensordnung geboren wird!
Nachdem Reinhold längst ins Bett gegangen war und die Reden des Herrn Butz noch lange gehört hatte, ehe er hatte einschlafen können, hörte er ihn im Morgengrauen gegen Tisch- und Stuhlbeine stoßen, ins Bett fallen, durch Träume schwadronieren.
Da lag der Mensch mit gelber Haut, die großen Poren schienen mitzuschnarchen, die Schmisse verzogen sich zu Mustern, formten sich zu Zeichen. – Ein Gezeichneter! Da lag der Zimmerherr in Reinholds Zimmer, und das war voll mit seinem Daliegen, so daß Reinhold die Decke über den Kopf zog, daß nur nichts an ihn komme.

Reinhold wurde Meßdiener. Bei jedem Kirchgang kam er an Rachele Neumanns Haus vorbei, sah zum Erkerfenster hinauf und dachte Gedanken. Bei der Beichte beichtete er die Gedanken, die er sich mit Rachele Neumann und ihrer Weichheit gemacht hatte. Sündige Gedanken, sagte der Beichtvater, und bestrafte ihn mit dem Rosenkranz. Nach der Beichte ging er nicht an Rachele Neumanns Haus vorbei, ging auf anderem Weg zurück, verweigerte sich jeden Gedanken an sie. Auch zur Heiligen Kommunion nahm er einen anderen Weg, und erst nachdem er den Leib Christi empfangen hatte, ging er wieder bei ihr vorbei, sah zum Erkerfenster hinauf und dachte sündige Gedanken.
An Fronleichnam zog Reinhold in der Prozession mit, trug das Meßdienergewand und durfte das Weihrauchgefäß schwenken. Hinter ihm schritt ein ernster junger Kaplan unter einem sternenbestickten Himmel, den vier Meßknaben an Stangen über ihn hielten, und trug die Monstranz. Die Sonne fiel auf ihre Spiegel und Steine, es funkelte und blendete, die Posaunen dröhnten, die Chöre sangen »Lobe Zion, deinen Hirten, den Erlöser der Verirrten«, und ein großer heiliger Innenraum war in Reinhold. Doch dann bog der Zug langsam und feierlich in die Straße von Rachele Neumann ein. Von weitem schon sah er ihr Haus mit frischen Birkenästen geschmückt und sah vom Erkerfenster die deutsche Fahne wehen. »Das Heil der Welt, Herr Jesus Christ, wahrhaftig hier zugegen ist«, sangen die Chöre. Und so sehr er sich auch gegen sie wehrte, die sündigen Gedanken ergriffen von ihm Besitz. Und dann sah er sie: Rachele Neumann stand zwischen ihren Eltern am geöffneten Erkerfenster. Alle drei blickten auf den Zug herab, und Reinhold sah, daß Rachele Neumann ihn ansah, daß sie ihm ernst in die Augen sah. Warum ging

sie nicht mit im Zug? Warum war sie nicht unter den Mädchen, die die großen Kerzen trugen, im weißen Kleid mit Schleifen im Haar?

Er wagte nicht, Vater und Mutter zu fragen, und fragte den Herrn Butz, der auch im Zug marschiert war, mit der Fahnenstange auf dem Hüftknochen, mit der deutschen Fahne im Wind, inmitten einer Gruppe von Marschierern und Fahnenträgern, mit Kappen auf dem Kopf, bunten Streifen über der Schulter, Schmissen im Gesicht. Vielleicht hatte auch er Rachele Neumann am Erkerfenster stehen sehn, vielleicht konnte er ihm alles erklären. Reinhold wollte den Grund seines Fragens nicht verheimlichen, wollte sich ihm von Mann zu Mann anvertrauen und sagte, er habe Gedanken.

Da sprang der Herr Butz auf und packte Reinhold im Genick: Das ist ein Judenmädel, rief er, ihr Blut ist nicht rot, es ist schwarz wie ihre Augen und ihr Haar, verstehst du das, rief er und schüttelte Reinhold. Wer sich mit dem Juden einläßt, geht zugrunde, hörst du das! brüllte er. Der Jude ist feige wie David, der aus sicherer Entfernung den Stein auf Goliath schleuderte, dem bewußtlosen Gegner den Kopf abschlug und sich hernach als großer Kämpfer aufführte. Der Jude hat kein Inneres, trägt kein Wesen in sich, ist kein Mensch, ahmt nur begabt den Menschen nach, begreifst du das, brüllte der Mann so laut, daß Magda mit mehligen Händen aus der Küche gelaufen kam, Reinhold fortzog von dem Mann und sich vor ihn stellte.

Trau, schau, wem, kam der Mann mit drohendem Zeigefinger nach. Im Zorn hat Gott den Juden geschaffen, in der Wut die Jüdin, hörst du! Die jüdische Seuche tobt, rast, und es würde mit der Entseelung unserer Volksseele enden, wäre nicht der Dämmerschauer der

großen Erneuerungstage schon über uns gekommen. Die deutsche Wiedergeburt steht bevor! Und da flüsterte der Mann, kam Reinhold und Magda nahe, flüsterte: Die arische Reinrasse hat erkannt, daß sie einen neuen Weg rassischer Reinzucht beschreiten muß. Die Menschheit wartet auf ihren Führer, der Kampf drängt zur Entscheidung wie im Jahre eins. Und der Mann, der vorher der Herr Butz gewesen war, fiel um, lag am Boden, geschüttelt von Krämpfen, mit Schaum vorm Mund und mit verdrehten Augen.
Magda rannte in die Küche, brachte Wasser, machte dem Mann Wickel um Stirn und Waden, nahm Reinhold mit, als sie aus dem Zimmer ging, und in der folgenden Nacht durfte er auf dem Sofa in der Stube schlafen.
Dort lag er lange wach, fragte sich, ob der Vater ihn damals geschlagen hatte, weil Rachele Neumann ein Judenmädchen ist, ob man Gedanken mit anderen Mädchen haben darf, nur mit Judenmädchen nicht, und was an Rachele Neumann ein Jude ist und ob sie vielleicht Hilfe braucht, um kein Jude mehr zu sein. Und gelobte sich, ihr zu helfen.

Aber er sah sie nur noch selten am Erkerfenster stehn, und wenn er ihr winkte, trat sie vom Fenster zurück. – Hatten ihre Eltern ihr verboten, ihn anzusehn? Sind die Eltern von Judenmädchen Judeneltern? Sind Judeneltern schlecht?
Reinhold ging oft in die Kirche, der ernste junge Kaplan schenkte ihm Heiligenbildchen, auf deren Rückseiten das Leben der Heiligen geschrieben stand, und Reinhold träumte sich hinein in deren Leiden, wollte werden wie der heilige milde Franz oder der ernste Kaplan mit der klugen Stirn und den ruhigen Augen. Wie der wollte er werden, schwärmte für ihn, brannte für ihn.

Mit neun Jahren wollte Reinhold das Priestergelübde ablegen, aber der Kaplan sagte, er sei zu jung für Gelübde. Und als er sich ein Herz faßte und ihn fragte, was es mit den Juden auf sich habe, antwortete der, das sei das biblische Mördervolk, und war nicht bereit, weiter über die Juden zu sprechen.

Herr Butz, der sich Bücher in Bibliotheken und Büchereien auslieh, der ein kariertes Handtuch über seine Lampe hängte und Nächte hindurch las, brachte Reinhold Bücher mit: Du mußt lesen, Junge, sagte er, du mußt Wissen lernen, Karl May hat viel gewußt und war auch gegen die Juden.
Er brachte Reinhold einen Karl-May-Band nach dem andern, und bald brauchte er das Handtuch nicht mehr über die Lampe zu hängen, denn Reinhold las die Nächte durch wie er, wollte nicht mehr werden wie der ernste junge Kaplan und ging immer weniger an Rachele Neumanns Haus vorbei. Aber das Weiße und Weiche von Rachele Neumann konnte er nicht vergessen.

An einem Sonntagvormittag lief Reinhold aus dem Haus. Am Bahnhofsplatz war eine Straßenschlacht.
Die wollen Deutschland zur russischen Provinz machen, schrie einer und zog Reinhold in eine Männergruppe mit braunen Hemden und Schirmmützen. Aber Reinhold wollte zu seiner Cousine, machte sich los und rannte weiter. Vor der Eisenbahnbrücke droschen zwei Gruppen aufeinander ein: Schlagt die Faschisten und Rotfront, riefen die einen, Deutschland erwache und nieder mit der Kommune, riefen die andern. Auf dem Brückengeländer balancierte ein kleiner Mann, der gegen alle anzuschreien versuchte, und Reinhold sah, daß

es der Herr Butz war, und hörte, wie der schrie: Reinen Herzens sind wir zur Verteidigung des Vaterlandes ausgezogen, und mit reinen Händen hat das deutsche Heer das Schwert geführt. Wenn euch die Liebe zum Vaterland beseelt, wenn euch die deutsche Seele über alles geht, so reicht euch jetzt die Hand!
Steine flogen, keiner hörte auf den Mann. Brüder, schrie der, kämpft für den deutschen Königsgedanken! Heute liegen wir noch gedemütigt am Boden, doch wir haben die Wurzel unserer Kraft jetzt gefunden, das Stammesbewußtsein Altgermaniens, die Religion der deutschen Zukunft! Und der Mann schwankte auf der Brücke und schrie: Blut! Und schrie: Brüder! Und schrie: Von Blut fließt über!

Reinhold wollte zu seiner Cousine. Er wußte, sie würde in ihrem Garten sein. Im Sommer war sie sonntags immer in ihrem Garten.
Na, sagte sie, als er kam.
Na, nichts, sagte er.
Kommst du mit in die Beeren, fragte sie, nahm ihren Korb und ging vor ihm her.
Du bist meine Cousine, sagte er, als sie in den Beeren waren. Ich will das sehn.
Was, fragte sie und kicherte.
Und dann ließ sie es geschehen, daß er an ihr suchte und fand, was an ihr anders war als an ihm, daß er dort alles ertastete, was es dort zu ertasten gab.
Wir können das ja machen, sagte sie, denn wir sind verwandt und können uns sowieso nicht heiraten.
Und als er alles ertastet hatte, sah er hin. Und als er hingesehen hatte, ging er nach Hause.

Reinhold sollte den Ernst des Lebens kennenlernen, darum nahm Heinrich ihn in den Schulferien mit zu den Familien, für die er zu sorgen hatte, und in die Heilanstalten und Heime, die er betreute.
Die Leute haben nichts mehr, sagte Heinrich oft, keine Ehre mehr, keinen Vaterlandsstolz und nichts mehr zu beißen. Kein Wunder, wenn die zum Fenster rausspringen, sich aufhängen, sich die Kehle durchschneiden.
In das Heim für die Geschädigten und schwer Erziehbaren zwischen drei und vierzehn Jahren ging Heinrich jeden Monat einmal. »Haus unterm Gottesschutz« stand über dem Eingang, links und rechts knieten kupfergrüne Engel mit gefalteten Flügeln, gesenkten Köpfen und geschlossenen Augen, wie sie auf Friedhöfen knien. Im Vorraum waren drei vergilbte Luftschlangen von einer längst verstrichenen Fastnacht an der Decke hängengeblieben und wehten im Luftzug, der mit Reinhold und Heinrich hereinkam. Es stank. – Die Luft ist dick! Voller Krankheit und Entbehrung, sie muß mit jedem Schritt durchtreten werden! Die Schwestern fliegen wie Eulen vorbei, stumme Gesichter in Hauben verschlossen, Schatten und Grieß unter den Augen, Stöcke im Kreuz, wahrscheinlich statt der Füße Räder unter den fünf Röcken!
Sie kamen in den Eßsaal, Reinhold griff nach Heinrichs Hand: achtzig Kinder, kein Fenster, Licht aus vergitterten Lampen, Tische verschmiert, Kleider bekleckert, Stille, nur das Scharren der Blechlöffel in den Näpfen. »Mit vollem Munde spricht man nicht«, stand in gotischen Buchstaben an der Wand.
Was essen die? fragte Reinhold. Werden die satt?
Die sterben früh, sagte Heinrich.
Haben die Eltern, fragte Reinhold.

Sind alle tot, sagte Heinrich und zog Reinhold weiter, gefallen, verhungert, erfroren, zum Fenster rausgesprungen. Schwindsüchtige, Säufer, Mörder.
Der Waschraum lag neben dem Eßsaal: zwei Eisenwannen, eine Holzbank mit Löchern, auf einem Loch ein Mädchen festgeschnallt.
Bist der Sohn, gell, sagte ein fetter Mann, kniff Reinhold in die Wange und hielt einen Schlauch hoch: Schau, Bub, wer hier in die Hosen scheißt oder ins Bett pißt, wird abgespritzt, und wers zum zweitenmal macht, kommt in die Kammer. Der Mann riß eine Tür auf: Wenn du einer von den Hiesigen wärst und zum zweitenmal in die Hosen geschissen hättest, dürftest du vierundzwanzig Stunden da drin hocken, denn stehen kannst du nicht, dafür ist die Kammer zu niedrig, und liegen kannst du auch nicht, dafür ist die Kammer zu eng, und damit daß deine Augen gesund bleiben, gibts auch kein Licht, und damit daß du nicht schon wieder scheißen mußt, auch nichts zum Fressen. Und nach zwei, drei Mal hätten wir dem kleinen Scheißkerl hier den Hosenschiß abgewöhnt.
Im Schlafraum lagen die Kranken und die Verkümmerten schon in den Betten: Eisengestelle, eins neben dem andern, graue Decken, Lederriemen, keine Borde, Schränke, Spielsachen, zwei Kinder an ihr Bett gefesselt.
Was ist mit dem Mädel, fragte Heinrich eine Schwester.
Hat sich die Finger bis auf die Knochen zerbissen.
Und der Bub dort?
Wollte sich auch zerfleischen. Wir haben nicht genug Essen für die kleinen Schafe, flüsterte die Schwester, unsere Schafe müssen hungern. Erich und Emil, flüsterte sie und zeigte den einen hier, den andern da, sind

Zwillinge, waren aneinandergewachsen. Emil fehlt der linke Arm, und Erichs rechter ist verkrüppelt. Sie wollen zusammensein und dürfens nicht, Berührung birgt Gefahr, und Zärtlichkeit ist Gotteslästerung. Und das ist Kläuschen, flüsterte sie, ein Judenbub, ich mag ihn trotzdem. Die Eltern haben ihn zuerst mißhandelt und dann ausgesetzt.
Und der da, fragte Heinrich.
Ich weiß nicht, wie der heißt. Sein Vater war arbeitslos, hat sich mit Gas umgebracht, die Mutter ist verrückt geworden, die neun Geschwister sind ins Heim gekommen, die zwei kleinsten sind gestorben. Heutzutage, flüsterte die Schwester, will der Herrgott seine Kinder wohl nimmermehr auf die Erde geben und holt sie darum so geschwind wieder zu sich in sein Himmelreich.

Am nächsten Morgen ging Heinrich mit Reinhold in die Arbeitersiedlung am Stadtrand. – Backstein, gelber harter Leichenstein, geduckte Häuser, zusammengezuckte Steinhütten!
Klingeln gabs nicht, Heinrich klopfte. Ein Gesicht ohne Zähne mit grauem Haarstroh erschien im Türspalt: Bringst du Geld?
Ich will nur nach dem Kleinen sehn, sagte Heinrich.
Der ist eben verhungert, sagte das Gesicht mit dem leeren Mund, der so leer war, daß er lachte. Bitte, mein Herr, und eine Knochenfrau machte die Türe auf. Ich kann die Beerdigung nicht bezahlen, wenn dein Amt sie nicht bezahlt, scharr ich den Kleinen unter die Erde.
Das Kind lag auf dem Tisch in einer Decke, ein Kerzenstummel brannte. Die Frau hob die Decke. Das Kind sah eher vertrocknet als verhungert aus. Von der Straße kam Musik.

Wo ist dein Mann, fragte Heinrich.
Auf Arbeit, sagte die Frau.
Hat er denn Arbeit bekommen?
Die Musik brach ab, eine Rede wurde angesagt.
Arbeitssuche ist auch Arbeit, sagte die Frau.
Der aristokratische Grundgedanke der Natur, kam es von der Straße, wünscht den Sieg des Starken und die Vernichtung des Schwachen. Der Lautsprecher dröhnte, Heinrich horchte auf, die Knochenfrau blies den Kerzenstummel aus. Darin besteht jenes freie Spiel der Kräfte, das zu einer dauernden Höherzüchtung führen muß, kam es von der Straße.

Am Abend waren sie bei der Tante eingeladen, der Schwester der Mutter, die den Heinrich, den Habenichts, nicht gewollt hatte.
Auf der Straße stand ein Auto, das dem Onkel gehörte, das Geschäft steckte bis zur Decke voll mit Schuhen, in der Wohnung gab es ein Eßzimmer mit einem großen Tisch. Dort wurde mehr aufgetragen, als gegessen wurde.
Bei Magda aber wurde gegessen, was auf den Tisch kam, und oft war das für Reinholds Hunger nicht genug. Und wenn Heinrich und Magda auf das Beste verzichteten, hatte Reinhold für sich und den Bruder »die gerechte Sache« erfunden: Der eine teilt, der andere wählt.
Der Cousin war da und zeigte Reinhold seine neuen Skier, und die Cousine krähte: Ich denk an was, nu rate mal!
Reinhold wurde rot. Aber dann fiel ihm das Bild von der Frau mit den Brüsten und der Kuh und dem Gigolo ein, und er fand die Cousine lächerlich, denn die hatte nicht mal Brüste.
Eine Schüssel mit hartgekochten Eiern stand auf dem

Tisch. Jeder nahm ein Ei, und der Cousin nahm drei. Aber weder Heinrich und Magda noch Reinhold und dem Bruder wurde ein zweites angeboten, die Schüssel mit den Eiern wurde abgetragen.
Nur einmal hatten sie Reinhold noch ein Ei angeboten, und er hatte es genommen, und es war hohl gewesen, ein ausgeblasenes Ei, ein Scherz, alle hatten gelacht, sich gebogen, sich die Schenkel geschlagen.
Reinhold war davongerannt, hatte vor Wut geheult, hatte sich erniedrigt gefühlt, entehrt. War nach Hause gerannt und hatte sich vor das Bild gesetzt, das in der Stube über dem Sofa hing.
Das Bild trug den Titel »Der letzte Mann«, und der letzte Mann war auch der stärkste Mann, mit fliegendem Haar, umtobt vom Meer, stand der am Bootsheck, hielt mit der einen Hand die deutsche Fahne in den Wind und hatte mit der anderen das Steuer seines Schlachtschiffs fest im Griff. »Der heldenhafte Kampf der S.M.S. Leipzig, Falkland, Dez. 1914« stand unter dem Bild. Und als Reinhold es eine Weile angeschaut hatte, war er zu sich gekommen, hatte sich wieder gekannt, war sich seiner selbst wieder sicher gewesen, und hätte dem Mann Fahne und Steuer am liebsten aus der Hand gerissen.
Aber in der Nacht war er dann doch auf seinem Racherappen vor das Haus des Onkels geritten, hatte übern Gartenzaun gesetzt, war durch den Schuhladen gesprengt, daß alle Kartons von den Wandregalen fielen, daß alle Schuhe durch die Luft flogen, daß die dann seine ganze Nacht durch am Boden lagen, zerbrochen wie leere Eierschalen.

Ein paar Wochen später war der Onkel zu Heinrich gekommen. Er habe Wechsel ausgestellt, die er nicht dekken könne, er brauche Hilfe. Und Heinrich hatte aus der Fürsorgekasse für die Dauer von zehn Tagen eine größere Summe entnommen. Dafür bin ich gut, hatte er zu Magda gesagt und es trotzdem getan.
Die Gefahr, daß das Fehlen des Geldes entdeckt würde, war groß gewesen, und die Gefahr, daß der Onkel nicht zurückzahlen würde, auch. Magda hatte viel gebetet, und Heinrich hatte still neben ihr gesessen. Aber der Onkel hatte rechtzeitig zurückgezahlt, und ein Dank war der ganze Dank gewesen.
Eberhard Gottschlich trat bald danach in die SA ein, wurde Lieferant für alle SA-Stiefel und später auch für alle SS-Stiefel in der Stadt und wurde reich davon.
Aber ihr seid Habenichtse, sagte der Cousin zu Reinhold. Du zählst nicht, sagte er, du hast kein Pferd und kein Rad, und du lernst nicht Klavierspielen.

Dann starben Reinholds Großeltern, starben gemeinsam, wurden umschlungen im Bett gefunden, die Hände gefaltet, eine in die andere des andern.
Magda kniete mit Reinhold und dem Bruder am Fußende, es war früher Morgen, sie waren allein mit den Toten, die Kerzen brannten. Winnetou sagt, die Toten gehen auf dem Wind, dachte Reinhold und konnte nicht weinen.
Es ist kalt, sagte der Bruder, warum sind alle Fenster offen.
Wenn Tote im Raum sind, müssen die Fenster offen sein.
Warum, fragte der Bruder.
Magda war ins Gebet versunken, die Kerzen brannten, flackerten, Reinhold sah sich um, konnte durch die of-

fene Tür das Bild mit dem Engel sehn, sah den Engel aus dem Bild heraustreten, hörte seine Flügel rauschen, sah die Großeltern an der Engelhand, wollte aufstehn und zu ihnen hinübergehen, da flog die Türe durch den Luftzug zu, der von den offenen Fenstern kam.
Das war der Wind, sagte die Magda erschrocken.
Die Toten gehen auf dem Wind, sagte Reinhold.

Am 12. Dezember 1932 trat auch Heinrich Fischer in die SA ein.
Die fragen mich dort nicht: Hast du Schulbildung, da du ein Führer werden willst! Die sagen: Hier kannst du aus den Schranken deiner Herkunft heraustreten, wenn du das Zeug dazu hast! Und Heinrich holte sich den Herrn Butz zum Feiern und zum Trinken. Sie spielten Schach, und nach drei Spielen kam er zu Magda in die Küche und wollte ihr die Kirche verbieten.
Wenn er getrunken hatte, wollte er ihr immer die Kirche verbieten. Aber sie, die ihm immer gehorchte, gehorchte ihm nicht, ging zur Kirche, beichtete, betete und bat ihren Herrgott, er möge Schlimmes verhüten.

An einem Morgen fand Frau Polster den Herrn Butz auf dem Dachboden. Er hatte sich erhängt. Auf seinem Bett lag ein Abschiedsbrief.
Ich bin Jude. Ich war so maßlos zu glauben, meine Blutseele könnte Läuterung erfahren, denn meine Sehnsucht galt von klein an einzig dem Deutschen nur. Aus dem Dunkel wollte ich ins Helle, in der arischen Lichtmystik wähnte ich mich heimisch und mußte doch bitter begreifen, daß sie niemals die innere Burg für mich sein kann. Ein Jude kann sich nicht läutern, denn er hat keine Seele, da das Widergöttliche sein Ursprung ist.

Ich bin, was ich verachte, ein Parasit. Und wie Lagarde sagt, daß man Trichinen nicht erziehen kann, sondern so schnell wie möglich unschädlich zu machen hat, so verfahre ich nun mit mir selber, nachdem ich erkennen muß, daß alle meine Sehnsuchtsglocken mir keine Hilfe herbeizuläuten vermögen. Denn der Jude ist die Gefahr für die erhabene nordische Seele, für alle inneren adeligen Menschenkinder. Der Jude glaubt nichts, weder in sich noch außer sich, und damit ist er fähig, noch selbst das Reinste zu verderben. Er ist die Säure, die das lichte Menschentum zersetzen will. Siegt aber der Jude mit Hilfe des marxistischen Betrugs, wird er das Totenschiff der Menschheit durch Rassenchaos und unvorstellbare Verwüstung in das Nichts steuern, das er selber in sich trägt. Was jene verbrechen, muß ich sühnen. Und ich will als Beispiel vorangehen, und alle meiner verfluchten Art sollen mir folgen, zur Bewahrung des Arischen, zur Erlösung der Welt.

Der Herr Butz war abgeholt worden.
Magda lüftete das Zimmer, zog das Bett ab, in dem er noch eine Nacht zuvor geschlafen hatte, nahm die Vorhänge herunter, schrubbte die Holzdielen, fuhr mit dem Besen über die Wände, legte ein Kreuz auf die Matratze und eine Wolldecke darüber, nahm die Kleider aus dem Schrank, bündelte sie mit den Sachen, die sie unterm Bett fand, fand dort auch das Heft mit dem Foto von der Frau mit der Kuh und dem Gigolo, legte es zu den andern Sachen, die dem Herrn Butz gehört hatten, tat alles in eine Seifenkiste und stellte die in den Keller, bis Verwandtschaft kommen würde, um sie abzuholen.
Aber niemand kam, es fand sich keine Verwandtschaft. Heinrich brachte die Kiste zum Winterhilfswerk, wo

das, was dem Herrn Butz gehört hatte, an Bedürftige verteilt wurde.

Du sollst den Führer sehen, sagte Heinrich. Reinhold mußte die guten Hosen anziehn und den Vater zum Saalbau begleiten.
Viele drängten sich vor den Eingängen, trugen Schirmmützen, braune Hemden und Stiefel, wie Heinrich sie trug, Polizei war da, eine Kapelle spielte Blasmusik.
Zweitausend Menschen hoben die Hand und fingen zu schreien an, als ein schmächtiger Mann mit Schnauzbart zur Rednertribüne ging.
Da kommt der Führer, rief Heinrich.
Wo?
Der erste dort, der mit dem Schnauzer!
Aber der doch nicht, rief Reinhold und blickte zu dem Vater auf, der groß und breit neben ihm stand.
Wie der Mann aber zu reden begann, erkannte Reinhold die Stimme wieder, die bei der Frau mit dem verhungerten Kind von der Straße heraufgedröhnt hatte.
Der Mann mit dem Schnauzbart redete, und im Saalbau herrschte große Stille. – Sie sind still wie in der Kirche, und sie haben Gebetsaugen!
Der Mann sprach von seiner Leidenschaft fürs Vaterland und sagte, daß er Deutschland in sich trage.
Ist er Jude, flüsterte Reinhold.
Wie kommst du darauf?
Er spricht wie der Herr Butz und sieht so bleich und dunkel aus.
Ein Beifallssturm fegte Heinrichs Antwort weg, doch eine Handbewegung des bleichen Mannes genügte, um die Schreienden, die Jubelnden wieder still zu machen.

Wir alle ahnen, daß in nicht allzu ferner Zukunft Probleme an den Menschen herangetragen werden, zu deren Bewältigung nur eine höchste Rasse als Herrenvolk berufen sein wird, sagte der Mann. Deutschland muß notwendigerweise die ihm gebührende Stellung auf dieser Erde einnehmen, rief er, und der ganze Saal fing zu singen an.
Aber er spricht genau wie der Herr Butz, beharrte Reinhold auf dem Heimweg. Und Heinrich verbot ihm den Mund.

Magdas Brüder kamen zu Besuch. Heinrich erzählte von der Kundgebung im Saalbau, Magda flickte, der Bruder schlief, Reinhold durfte mit den Männern am Tisch sitzen.
Der Führer spricht ergreifend, sagte Heinrich, keine Hetze, keine Pöbeleien, und er versteht es, so zu reden, daß jeder ihn versteht. Was er sagt, trifft die Not aller.
Aber Onkel Otto und Onkel Fritz saßen mit verschlossenen Gesichtern und schienen Heinrich nicht zu glauben.

Im Januar, als im Radio »das Evangelium des erwachenden Deutschlands« verkündet und die Glocken des Königsberger Doms geläutet wurden, rief Heinrich Reinhold zu sich, gab ihm fünfzig Pfennig und sagte: Geh zum Café Deibl und hol zwei Stück Kuchen, der Führer hat gesiegt, jetzt, Bub, wird alles besser.

Am Sonntag darauf ging Magda mit Reinhold und dem Bruder in die Johanniskirche. Sonst ging sie in die Elisabethenkirche, die näher lag und kleiner war, in der das Licht wie heiliges Licht durch blaue Fenster fiel und tröstete. Die Johanniskirche aber war düster und hoch, der Gottsucher fand dort keine Leiter, kein Trittbrett, so daß er, zerknirscht und zertreten wie ein Käfer am Boden, in den Turmhöhen die Seligkeit walten ahnte.
In der Stadtzeitung hatte der Aufruf gestanden, alle Gläubigen sollten sich zum Sonntagsgottesdienst in der Johanniskirche einfinden. Trotz Schneesturm und Eiseskälte waren viele gekommen.
Reinhold sah, daß Männer in der braunen Uniform in der Kirche waren, und er sagte es der Mutter, die ihm erschrocken den Mund zuhielt.
Als der alte Pfarrer zu predigen begann, nahm Magda Reinholds Hand und drückte sie beim Zuhören so fest, daß es ihm wehtat.
Das Zeichen ist geschehen, der Satan ist unter uns, sprach der alte Pfarrer. Er versucht, wider Gott sein verzweifeltes Reich aufzurichten, die Kräfte des Himmels sollen erschüttert, die Ordnung der Mächte ins Chaos gerissen werden. Aber bevor ich nun aus der Geheimen Offenbarung des Johannes lese, seid getröstet und wißt: Wer sich Gott überantwortet, lebt in Seligkeit, wer sich gegen Gott stellt, für den wird der Himmel unaushaltbar, für den ist der Himmel die Hölle. Die Hölle also ist, wo sie ist, in uns, denn als Ort kann es die Hölle nicht geben. Denn was Gott geschaffen hat, ist gut, also fürchtet euch nicht!
Und nun hört die Offenbarung, rief der Pfarrer und

schlug feierlich das Heilige Buch auf: Und ich sah einen Engel vom Himmel herabsteigen, der hatte den Schlüssel des Abgrunds, und eine große Kette lag auf seiner Hand. Und er ergriff den Drachen, die alte Schlange, die der Teufel und der Satan ist, der die Welt verführt, und legte ihn in Fesseln für tausend Jahre und warf ihn in den Abgrund und schloß über ihm zu und legte ein Siegel an, damit er die Völker nicht mehr verführe, bis die tausend Jahre vollendet werden. Danach aber muß er für kurze Zeit losgelassen werden. Und wenn die tausend Jahre vollendet sind, wird der Satan losgelassen. Und er wird ausziehen, um die Völker zu verführen, die an den vier Ecken der Erde sind.

Und ich sage euch, unterbrach der alte Pfarrer sein Lesen, ich sage euch, die tausend Jahre sind eben vorbei, und ich frage euch, will Gott nun durch den obersten der Dämonen die Dämonen aus der Welt treiben? Oder hat er im Sinn, uns durch das Böse zu prüfen, wie er Hiob geprüft hat? Und ich frage euch weiter, rief er, was ist das Böse? Und ich sage euch, das Böse ist die Gottesferne, ist nicht ein Etwas an und für sich, ist nur ein Mangel an göttlichem Licht. Die Materie selber ists, von gefallenen Engeln bevölkert!

Und der Pfarrer las weiter: Michael und seine Engel erhoben sich, um Krieg zu führen mit dem Drachen, und der Drache kämpfte, und seine Engel kämpften. Aber sie vermochten nichts, und es wurde im Himmel kein Ort mehr für sie gefunden. Und gestürzt wurde der Drache auf die Erde, und seine Engel wurden mit ihm gestürzt. Und ich hörte eine mächtige Stimme rufen: Wehe der Erde und dem Meer! Denn der Teufel ist zu euch herabgestiegen mit grimmigem Zorn, weil er weiß, daß er nur kurze Zeit hat.

Denn nur für kurze Zeit, so heißt es in der Offenbarung, rief der Pfarrer, nur für kurze Zeit soll er losgelassen sein! Und er stimmte den Choral »Jesus meine Zuversicht« an, mächtiger Gesang wurde daraus, der die Kuppel dehnte und die Türme wachsen ließ.

Auf dem Nachhauseweg fragte der Bruder: Sind Engel weiß?
Ja, sagte Magda, weiß und heilig. Und Reinhold mußte an Rachele Neumann denken.
Und schlafen die weißen Engel manchmal, fragte der Bruder weiter.
Warum, fragte Magda.
Weil manchmal schwarze dastehn, sagte der Bruder.
Wann, fragte Magda.
Eben, sagte der Bruder.
Wo, fragte Magda.
Hinter dem Herrn Pfarrer, sagte der Bruder.

Zu Hause saßen die Brüder von Magda bei Heinrich in der Küche, und Reinhold hörte den Onkel Otto schon im Flur: Dem Rabbi Kohn haben sie den Bart ausgerissen, dann haben sie ihn mit einem Spaten totgeschlagen und in den Weihergraben geschmissen!
Wer, wer, schrie Heinrich, kam aus der Küche, schob Magda und den Bruder weg, schob Reinhold weg und rannte zur Tür hinaus. Kam erst am Abend wieder und sah aus wie einer, der durch den Schnee geirrt war, einer, der nicht gemerkt hatte, daß ihn fror, weil der Kopf ihm vom Denken ganz verdreht war.

Magda hatte noch mit ihren Brüdern in der Küche gesessen, ehe Heinrich heimgekommen war. Sie hatte Reinhold und den Bruder hinausgeschickt und die Türe zugemacht.

Es war ein Wintersonntagnachmittag. Reinhold saß in seinem Zimmer am Fenster. Es schneite. Die Flokken drückten auf seine Schultern, drückten auf sein Herz.
Dem Rabbi Kohn war Reinhold oft begegnet, der hatte die größten Ohren, trug lange Kleider wie alte Frauen, Hut und Bart, und wenn er sprach, hob er den Finger und sagte Dinge, die Reinhold nicht verstand.
Als die Mutter ihm spät am Abend Gutenacht sagte, fragte er: Was ist ein Rabbi?
Ein Rabbi ist ein Pfarrer für Juden.
Ist ein Rabbi dann auch ein Jude? Und dürfen Juden umgebracht werden?

Am nächsten Morgen ging Reinhold früher zur Schule. Er wollte seinen Kaplan treffen und fragen, warum ein jüdischer Pfarrer umgebracht wird und von wem.
Der Kaplan stand vor dem Lehrerzimmer mit einem Pfarrer zusammen. Beide sprachen mit erhobenen Stimmen wie im Streit und sahen Reinhold nicht.
Aber der Jude ist kein Mensch, hörte Reinhold den Pfarrer sagen. Und der Kaplan sagte: Der Jude ist ein Wort und eine Zahl. Im Hebräischen ist jeder Buchstabe eine Zahl, jedes Wort eine Konzentration von Wissen, jeder Satz eine fürchterliche Formel, die, mit vollem Atem und richtiger Betonung ausgesprochen, bewirkt, daß Flüsse versiegen und Berge versinken.
Da wollte Reinhold den Kaplan nicht mehr fragen, denn er konnte nicht glauben, daß Rachele Neumann ein Wort und eine Zahl sei.

Reinhold war noch nicht zehn und groß wie andere mit zwölf, war der erste in seinem Jahrgang im Turner-

bund, hatte eine Eins im Fünfkampf und schlug selbst solche, die dreizehn waren. Manchmal aber bekam er Atemnot. Magda ging mit ihm zum Arzt. Der Bub hat einen Herzfehler, das Herz ist zu groß, sagte der, er ist empfindsam und muß Maß halten.
Reinhold lief zum Ziegenberg. Der stand gleich hinter der Stadt, war wildbewachsen und menschenleer: hohe Bäume, dichtes Unterholz, steile Wiesen und ein stillgelegtes Bergwerk. Dort malte er sich die Welt mit sich aus. Er wollte ein Mann werden, ein Kerl wie der Vater, einer, den keiner kränken oder beugen kann. – Aber kann einer mit Herzfehler ein Kerl werden? Mein Wille will es, rief er auf die Stadt hinunter und war sich seiner selbst wieder sicher.

Der Reichstag in Berlin war abgebrannt, Heinrich saß am Volksempfänger. Onkel Eberhard kam in SA-Uniform mit zwei Männern, die Reinhold von der »Liedertafel« kannte, die auch in Uniform gekommen waren, Heinrich ging ins Schlafzimmer und kam in Uniform zurück.
Die Männer saßen in der Stube, hörten auf die Radiostimme und tranken Bier, das Reinhold ihnen für zwölf Pfennig den Krug aus der Schankstube geholt hatte. Magda war in der Küche geblieben.
Der Rundfunk formt den Menschen im Geiste des Führers, dröhnte es durch die Wohnung.
Und Magda sang, obwohl Heinrich sagte, daß sie nicht singen könne, obwohl der lachte, wenn sie sang. Darum sang sie selten, darum summte sie meist, wenn sie singen wollte.
Sie stand am Waschbrett, wusch Oberhemden, Reinhold sah ihr zu.
In der Stube rief einer: Das waren die Bolschewiken,

und ein anderer rief: Jetzt muß der Führer durchgreifen, jetzt darf er nicht mehr fackeln!
Reinhold sah der Mutter zu, wie sie seifte und schrubbte, hörte, wie sie summte, Schlaflieder, alle ein bißchen zu tief und gebrochen, hörte den Onkel aus der Stube: Der Führer hat sofort reagiert. Seit heute gibt es eine Notverordnung, die Mitteilung ist noch am Spätnachmittag an alle Hauptquartiere ergangen.
Reinhold sah die roten, rissigen Hände der Mutter. – So rot und rissig wirds auch in ihrem Halse aussehn! und hörte den Onkel aus der Stube: Jeder verdächtige Bürger wird zum Schutz des Volkes ab sofort in Haft genommen. Bei der SA-Dienststelle melden sich Freiwillige als Hilfspolizisten.
Reinhold hörte die Mutter noch lauter singen, noch tiefer, sah die roten Hände die Hemden auswringen und weiß dabei werden, hörte den Onkel in der Stube immer weiter sprechen, hörte dessen Stimme wie die Radiostimme, so als wendete er sich an Volksmassen: Der Johanniskirchpfarrer war der erste, den sie geholt haben, der sitzt jetzt und kann froh sein, daß es ihm nicht ergangen ist wie dem Brunnenvergifter, dem Rabbinerchen!

Magda hatte Heinrich gebeten, Reinhold in die katholische Jugend eintreten zu lassen, und Heinrich hatte ihr als Antwort aus der Zeitung vorgelesen: Eine einzige Fahne flattert dem Jungvolk voran. Der Millionärssohn und der Arbeitersohn tragen ein und dieselbe Uniform. Denn allein die Jugend ist vorurteilsfrei und einer echten Gemeinschaft fähig. Jugend ist Sozialismus.
Unser Herrgott ist der einzige Gott, hatte Magda gesagt, dem sollen wir dienen und niemandem sonst.
Als aber der Erlaß kam, daß Beamtenkinder keine Mit-

glieder konfessioneller Jugendverbände sein durften, war der Streit zwischen Heinrich und Magda entschieden.

Am Geburtstag des Führers, dem 20. April 1933, kam Reinhold ins Realgymnasium und wurde ins Deutsche Jungvolk aufgenommen.
Mehr als zweitausend Jungen und Mädchen hatten sich im Saalbau versammelt. Der HJ-Führer war aus der Hauptstadt gekommen und gab jedem Pimpf und Jungmädel die Hand: Dein Körper gehört der Nation, du hast die Pflicht, gesund zu sein und zu gehorchen. Eine große Idee kann nur dann zum Ziele geführt werden, wenn eine festgefügte, straffe, mit konsequenter Härte geführte Organisation der Weltanschauung Gestalt gibt!
Reinholds Gruppenführer hieß Hanno von Wolfsberg, war dreizehn Jahre alt, lang und schmal, mit dunklem Haar und grauen Augen, einer, der viel wußte und zu dem Reinhold bald aufsah.
Und als Hanno von Wolfsberg ein Jahr darauf Jungzugführer wurde, machte es Heinrich eine kleine arge Freude, daß Magda von Reinhold hören mußte, auch er wolle ein Führer im Deutschen Jungvolk werden.

An einem Sommermorgen stand Eberhard Gottschlich in ziviler Kleidung in der Tür: Heute nacht haben SS und Reichswehr einen Putschversuch der SA niedergeschlagen, viele sind dabei umgekommen, viele sitzen im Gefängnis!
Heinrich, der Scharführer in der SA geworden war, wußte nichts von einem Putsch, verbot Magda den Mund, als sie sagte, die Gottlosigkeit seines Glaubens beginne sich schon blutig zu rächen, und schloß sich

einen Tag lang bei heruntergelassenen Rolläden im Schlafzimmer ein. Aber er wollte seinen Glauben weiterglauben, und noch am Abend zog er die Läden wieder hoch und schloß die Türe auf.
Ein Freund von Heinrich, ein Sturmführer der SA, war unter den Toten. Seine Tochter, das Mädchen Mechthild, saß bei Reinhold und Magda in der Küche und weinte.
Wir sind das atlantische deutsche Volk, sagte Heinrich, wir müssen Opfer bringen, und seien es Vater und Mutter, Bruder und Schwester, Tochter und Sohn. Höheres, Mädel, als Glück und Frieden muß jener Wille wollen, der deutscher Wille ist!
Und Mechthild, drei Jahre älter als Reinhold und Jungmädel-Führerin, war bald bereit, jedes Opfer zu bringen.

Als Reinhold vierzehn Jahre alt geworden war, fuhr Heinrich mit ihm nach Bayreuth.
Nach langer Zugfahrt durch Wälder und noch mehr Wälder sagte Heinrich: Wer Franken nicht kennt, kennt Deutschland nicht.
Sie mieteten sich am Stadtrand in einem Gasthof ein: weiße Wände, frischbezogene Betten, das Fenster zum Hof, in dem die Hühner liefen.
Reinhold hatte noch nie in einem fremden Bett geschlafen und wollte nicht an fremde Träume denken, die hier in die Kissen gedrungen sein mochten. Fremde Träume, mußte er aber denken, sind mir wie Anstekkung, wie Gefahr, und er nahm sich vor, den Rucksack zum Schlafen unter den Kopf zu legen.

Sie saßen in der Wirtsstube und aßen Brote, die Magda ihnen gemacht hatte, Reinhold bekam einen Saft und Heinrich ein Bier mit Krone.
Am Nebentisch saßen zwei alte Männer, beobachteten Reinhold und Heinrich und fragten dann, woher die Ankömmlinge kämen, und was sie ins Frankenland verschlagen hätte. Und als Heinrich ihnen antwortete, er wolle seinem Sohn Haus, Stadt und Land zeigen, die Richard Wagners Orte in dieser Welt gewesen seien, luden die Alten sie an ihren Tisch und erzählten, sie seien seinerzeit Sänger im Chor zu Dresden gewesen und kämen alljährlich nach Bayreuth, denn Richard Wagner habe mit seiner Tonmacht die Weltwende eingespielt. Die Menschheit sei jahrtausendelang von ihrer mystischen Vergangenheit abgeschnitten gewesen und habe, in Raum und Zeit begrenzt und auf sich selbst

zurückgeworfen, nach erdichteten Tröstungen gesucht. Das Zeitalter des neuen Gottmenschen aber habe mit dem Wagnerschen Fanfarenklang begonnen.
Die Zukunft wird der fernsten Vergangenheit die Hand reichen, sagte der eine. Schau deinen Sohn an, sagte er, ein strammer deutscher Junge, schau nur hinein in die Sturm- und Kampfesaugen deines Sohnes, und auf dem Grund deiner Erinnerung regt er sich, der Sinn des Ganzen. Und Richard Wagner, führt er uns nicht zu jenem Sinn, zum Heldengedicht dieser Welt zurück?
Aus dem Volksempfänger, der auf dem Schanktisch stand, wurde gemeldet, der Führer widme der Ausrüstung seiner Truppen besondere Aufmerksamkeit. Da sprang der eine auf und rief mit erhobener Hand: Was deutsches Land heißt, stelle Kampfesscharen, dann schmäht wohl niemand mehr das deutsche Reich!
Und der andere sagte: Ich bin überzeugt davon, daß der Führer zum Vollstrecker deutschen Schicksals berufen ist. Er hat die Seelenkraft, die Niederrassen auszutilgen und das ewige Deutschland auf die Ankunft des Gottmenschen vorzubereiten.
Reinhold hörte noch, wie die Männer einen seltsamen Gesang anstimmten, Töne, die sich dehnten, die ausfuhren in den Raum, hörte noch Heinrichs Stimme, stark und klar, hörte die Töne sich dehnen bis in die Ewigkeit einer großen Glocke, die schlug und läutete und ihn in ihren Kelch sog.

Im Morgengrauen wachte er fremd auf, trat gegen die Wand, als er aufstehn wollte, schlug mit dem Kopf an, als er aufstand. Der Vater schnarchte, heiser vom Bier und vom Gesang, der, lange nachdem er Reinhold ins Bett gebracht, erst spät in der Nacht geendet hatte. Die

Sonne kroch dem Vater in den offenen Mund, in die Nasenlöcher.
Vater, rief Reinhold, wach doch auf!
Da war der wach, da sprang der aus dem Bett und rief: Bub, wir sind im Fränkischen, heut erwandern wir uns die Welt!

Es war sieben Uhr, als sie mit ihren Rucksäcken den Gasthof verließen. – Die Waldhöhen und die Täler rollen, wogen fort und fort, weiter als weite Gedanken reichen, das Waldmeer wird vom Wind aufgewühlt, die Kirchtürme läuten über die Wogenkämme! Selber Luft, selber Wind und Wald zu sein, ich selbst zu sein, bis an die Wald-, die Wind-, die Luftgrenze, ausgefüllt mit mir selber, durchdrungen von Wald- und Wiesengrund!
Sie machten Rast in einer Mühlenwirtschaft, und der Vater erzählte von Mühlengespenstern, von dem weißen Müller im Hemd mit dem Gallegesicht und der Zipfelmütze, der alle nachtlang in jede deutsche Mühle käme, um den Lebenden den Schlaf zu stören, um den Wiegenkindern den Atem zu nehmen, den jungen Bräuten die Schwindsucht zu geben, den alten Frauen die Warzen und den alten Männern die Gicht. Seine Zipfelmütze, würden die sagen, die ihm begegnet seien, hinge so tief herab wie seine Mundwinkel, und unterm Hemd stünden stockdünne Beine mit mehlweißen Strümpfen hervor. Küchenschaben und Mehlwürmer kröchen davon, wenn er erschiene, und Eulen flögen schreiend aus alten Lindenbäumen, die um jede Mühle stehn.

Sie gingen an einem wilden Bach entlang, kamen an Wassermühlen vorbei, an Öl- und Hammermühlen, an Pulver-, Mahl- und Sägemühlen, durchwanderten das

Schreckenstal und das Schauertal, kamen zu steilen Felsriffen, fanden die Teufelshöhle, und Heinrich zog Reinhold in die Unterwelt hinein, erzählte dem Sohn von den Nibelungen, und das Echo seiner Stimme hallte mächtig wider:

> Ich weiß eine Esche, die Weltenbaum heißt,
> Ein weißlicher Nebel benässet die Wipfel,
> Draus fallet der Tau, der die Tiefen befruchtet,
> Immergrün steht sie am Brunnen der Urd.

Nachtvögel flogen auf, fliegende Mäuse schrien, wehten ihnen um die Köpfe. Reinholds Angst war groß, aber Heinrich sprach Vers um Vers, bis etwas sich in Reinhold erhob, ihn über seine Angst hinauszog, hinauf auf einen Gipfelberg.

Edda heißt von ehe da, hörte er die Stimme des Vaters als Echo, hörte von Nebelheim und Flammenheim, sah sich mit dem Schwert in der einen Hand und dem Ahornstab in der anderen und hörte aus Urgebraus, aus Nacht und Abgrund der Urda Ruf. Oder war es Heinrichs Stimme?

Am Nachmittag kamen sie zum Druidenstein. Die Hitze stand, die Grillen waren schrill. Und schienen immer lauter und schneller zu werden, bis alles Drehen, Rasen, Kreischen war. – Ein schreiender Chor aus der Vorzeit durchbricht die Zeitsperre und fällt als Grillenhorde ein in unsere Ohren! Hatte das der Schäfer gesagt, der in flirrendem Licht zwischen den riesigen Steinen plötzlich vor ihnen stand?

Der Schäfer wußte die Namen: Taufstein, Altarstein, Sternstein, und deutete auf einen in der Mitte aller Steine, einen mit kreisrundem Loch, durch das die aufgehende Sonne am Sommersonnwendtage und die untergehende am Wintersonnwendtage ihre Strahlen schicke. Und das Wissen davon, sagte der Schäfer, sei ihm von seinem Vater und dem sei es von seinem gekommen und dem von dem seinen. Er deutete in den Himmel, wo die Vögel ein großes V flogen, aus dem die Kundigen einst den Vogelzug geschaut und so noch ungewordene Dinge vorausgewußt hätten, und war plötzlich wieder verschwunden, in der Dunkelheit der Fichten und Tannen, in einer anderen Geschichte.

Es dunkelte schon, als Reinhold und Heinrich in der Schloßschenke eines kleinen Ortes nach einer Schlafstelle fragten. Ein Rabenturm drohte dem Himmel, von der Kirche schlug es zehn.

In der Schenke saßen Bauern, spielten Karten, aßen fette Würste, tranken dunkles Bier.

Von der Kirche schlug es elf. Im Schloßsaal war eine Gesellschaft, aus den Fenstern leuchtete Licht, Musik kam bis in die Schenke hinein.

Die Bauern erzählten, es spuke im Schloß, die Weiße Frau gehe um, ihr Seufzen sei bis ins Dorf zu hören. Vor nun bald zweihundert Jahren habe die junge Fürstin Blutschande mit ihrem Bruder getrieben, ein garstiger Wechselbalg sei draus zur Welt gekrochen, den habe die Fürstin erschlagen und im Schloßgarten verscharrt. Drauf sei sie siech geworden und vor aller Augen hingestorben. An einem schwarzen Allerseelentage, beim zwölften Mittagsglockenschlag, habe sie die Augen geschlossen. Und der Bruder habe keinen Priester finden können, der ihr die Grabeserde geweiht hätte. Seither würden die Schloßmauern springen und verfallen, und die Wiedergängerin in Vollmondnächten mit den Katzen um die Wette heulen.

Gelächter kam vom Schloß herüber, und als es zwölf

schlug, tranken die Bauern ihr Bier aus und gingen heim.
Reinhold und Heinrich legten sich auf die Holzbänke, schoben die Rucksäcke untern Kopf und schliefen in Traumschlösser hinein.

Am Morgen verließen sie die Schenke, gingen am Schloß mit seinem Rabenturm vorbei, zum Dorf hinaus. Die Vögel taumelten noch durch die Luft, suchten nach ihren Stimmen und krächzten sich die Kehlen frei.
An einer Burgruine machten sie Rast. Im Brunnen stand Regenwasser, die ersten Herbstblätter schwammen darauf.
Wie Reinhold aber länger in den Brunnen sah, Blumenblüten, Lilienblätter, halbe Kränze sah, begann ihn zu schwindeln, begann es ihn zu ziehen, hinab in die Brunnensage von der jungen Nonnenbraut, die sich in einen Bauernburschen verliebt hatte, die am Tage ihres Gelübdes im weißen Brautkleid mit Lilienkranz im Haar in den Brunnen gesprungen war und seither singt, unten vom Grunde herauf, wo ein großer bunter Garten wächst, singt und singt und die Menschenmänner verlockt. Reinhold wurde es bang, und er trat schnell vom Brunnenrand zurück, denn wie Chöre hatte es von tief unten zu ihm heraufgeklungen, wie Frauenlachen, blumengeschmückt, lilienbekränzt.
Bub, rief der Vater, komm, wir müssen ja heut noch zurück nach Bayreuth.

Ein Bauernwagen nahm sie mit zum nächsten Ort, der Tüchersfeld hieß, dort kehrten sie ein. Der Wirt erzählte ihnen, daß Juden vor langer Zeit an diesen Ort geflüchtet seien und gegen hohes Geld Wohnrecht er-

halten hätten. Zu einstiger Zeit hätten sechzig Stück davon am Ort gewohnt, und einige seien heut noch da. Die Juden seien vom Tode besessen, erzählte der Wirt. Neulich habe er ein Judenmädel nähen sehn, und, gefragt, an was es da nähe, habe es geantwortet: am Totenhemd für meinen Bräutigam. Und der Wirt schlug mit der Faust auf den Tisch und schlug das Kreuz hinterher.
Das sind eben fremde Sitten, sagte Heinrich.
Zu fremd, sagte der Wirt, zu fremd, daß sich die unseren damit vertragen. Wenn sie im Judenhof, wo sie noch hausen, ihre Klagelieder singen, dann möcht man dem Jud grad verbieten, daß er auf der Welt ist.
Und Reinhold mußte an Rachele Neumann denken und an das Totenhemd, das sie ihm zur Hochzeit genäht hätte, wenn der Vater ihm nicht den Umgang mit ihr verboten hätte.

Als sie in Bayreuth ankamen, durch die kahle steinerne Stadt gingen, hin zu einem Haus, vor dem der Vater die Mütze zog und sagte, es sei das Haus, in dem Richard Wagner gelebt habe, und als Reinhold den Spruch las, der links und rechts der Türe über den Fenstern stand: »Hier wo mein Wähnen Frieden fand, Wahnfried sei dieses Haus von mir benannt«, meinte er, wieder in eine Geschichte verstrickt, in eine Sage gezogen zu werden.
Und als sie dann am Fuße eines Hügels stehenblieben und zu einem mächtigen Giebelbau hinaufschauten, als Klänge von dort kamen – Klänge, die einen hier fangen und dort aussetzen, wo die Finsternis sich in der Finsternis versteckt, wo nichts noch denkt, wo alles sinnt! wäre Reinhold gern davongelaufen.
Sie spielen die Siegfried-Sage, den Ring des Nibelungen, den Schluß, das Ende, die Götterdämmerung, rief

Heinrich. Horch, rief er, der Hornruf! Das ist die Rheinfahrt!
Kleine freundliche Wolken waren aufgezogen, die nicht zu den Klängen passen wollten, und ein paar freche Abendvögel lärmten in der Luft. Reinhold und Heinrich setzten sich auf eine Bank. Die Klänge brachen ab. Sie sahen Leute aus dem Bau kommen, sahen, wie sich die großen Plätze füllten, sahen bunte Kleider, hörten ferne Reden. Der Himmel wurde dunkler, Fanfaren, die Leute gingen in den Bau zurück, die Klänge kamen wieder.
Ist das Ihrer, rief ein Mann und zeigte auf Reinhold. Will der Bub mal hinter die Bühne? Der Mann trug eine Rüstung aus Eisen, schwarze Striche waren in sein Gesicht gemalt, schwarze Haare standen ihm zu Berge, aber er lachte.
Reinhold und Heinrich folgten ihm in den Giebelbau, stiegen über Treppen, die dunklen Töne flossen über, Reinhold hielt sich fest an Heinrichs Hand, ein Horn rief wie vorher, als sie noch auf der Bank gesessen hatten. Und dann stieg es vor ihnen auf wie Tag, wie Wirklichkeit draußen im Land: ein Wald, ein Felsental und mittendrin ein Fluß. Frauen schwammen dort, Fische, Fischgesang, und oben auf der Waldeshöhe stand der, der sie gerufen hatte, und neben dem stand ein singender Held. Und der, der sie gerufen hatte, den Reinhold hatte lachen sehn, stieß dem singenden Helden die Lanze in den Rücken. Dann zog der Leichenzug.
Die Musik ist eine Kugel, wir sind alle in der Musik, sind in der Musik eingeschlossen, es gibt keine Fenster, bald geht uns die Luft aus!
»Hoch und hell lodre die Glut, die den edlen Leib des hehrsten Helden verzehrt«, sang eine Frau, hielt eine Fackel, stieß die Fackel in den Holzstoß, auf dem der

tote Held lag, und ritt auf ihrem Pferd zu ihm ins Feuer. Der Fluß trat über die Ufer, der Mann, der Reinhold und Heinrich gerufen hatte, sprang in den Fluß, das Feuer steckte den Himmel an, dann brannte der Himmel, dann brannte die Musik.

2.

Nach Fiebertagen, in denen Reinhold durch Hallen gegangen und mit seinen Schritten verhallt war, in denen die Mutter ihn gehalten hatte und er sich hatte halten lassen, sich versteckt hatte bei ihr vor dem Hall und dem Verhallen, sich verkrochen hatte vor den Männern, die durch die Hallen gekommen waren, Männer mit langen drohenden Fingern – Warnherrn, Warnung vor was? in denen er die Mutter hatte sagen hören: Der Bub ist empfindsam, du hast ihm zuviel zugemutet! und den Vater hatte sagen hören: Sein Herz ist eben zu groß, er muß maßhalten! lief er aus dem Haus, rannte zum Ziegenberg, saß dort oben und sah auf die Stadt hinunter, knickte Äste, grub, wühlte Löcher in die Erde, saß dort, bis es dunkel wurde.
Auf dem Nachhauseweg traf er Utz und Gummi, die in seine Klasse gingen, und erfuhr, daß der Heimabend des Deutschen Jungvolks am nächsten Tag in der Turnhalle der Wagnerschule stattfinden sollte.

Reinhold holte Schade ab, der sein Freund war, in seine Klasse ging und unter seinem Schutz stand, der schwächlich war, keinen Sport trieb und viel las, mit dem Reinhold auch über den inneren Zwiespalt reden konnte, den er jetzt manchmal fühlte, über Wehmut und Trübsal.
Du kommst früh in die Jahre, hatte Schade gesagt und keinen Witz machen wollen, Witze lagen ihm nicht. Es ist die erste Stufe der großen Stufenkrankheit Tod, vor der du stehst. Lies nicht Romane aus der Leihbücherei, lies in den Dichtern, hatte er gesagt und Reinhold Bücher mitgegeben. Lesen hilft, die Dunkelheit der an-

dern heitert auf. Lies Hölderlin, Novalis! Lies Kleist und Büchner! So wirst du lesen, was es mit solchen Gefühlen auf sich hat und wirst selbst deine trübsten Gedanken noch genießen lernen.
Schade war klein und zart, aß nicht alles, trank nicht alles, faßte nicht alles an. Sein Vater war tot, es wurde erzählt, man habe ihn kurz nach der Machtergreifung bei einer Unterschlagung erwischt, er sei geflohen, untergetaucht und nach acht Tagen gefunden worden, er habe sich erhängt. Schade hatte dann zwei Wochen in der Schule gefehlt.
Reinhold wollte ihn mit zum Heimabend nehmen, wollte den Schwachen stärken, glaubte, daß schon der Glaube an Stärke ihn stärken könnte, impfte ihm die sieben Schwertworte der Jungvolkjungen ein: Härte, Tapferkeit, Haltung, Treue, Wahrheit, Kameradschaft, Ehre.
»Du sollst an Deutschland glauben, so fest und klar und rein, so wie du glaubst an die Sonne, den Abend- und Sternenschein«, rief er während des Dauerlaufs zur Wagnerschule, den er Schade abverlangt hatte. »Du sollst an Deutschland glauben, als wäre Deutschland du. So wie du glaubst, deine Seele strebe dem Ewigen zu. Du sollst an Deutschland glauben, sonst lebst du nur den Tod, und sollst um Deutschland ringen, bis an das Morgenrot.«

In der Turnhalle hatten sich zweiundfünfzig Jungen versammelt, der Jungzug 7 mit seinem Jungzugführer Hanno. Der stand auf einem Stuhl und sprach wie von einem Berg, wie zu einem Heer: Wir Jungen stehen heute fest entschlossen unter einer Fahne. Wir werden im Dienst für das Hohe über uns hinauswachsen. Wir werden durch unsere Arbeit mithelfen, die künftige

Volksgemeinschaft zu erbauen. Und einmal werden wir selbst das Volk sein, das die Geschichte zu tragen und zu meistern hat. Wenn unsere Väter dann nicht mehr sind, werden wir die Fahne weitertragen, um sie dereinst unseren Nachkommen zu übergeben.

Schade kam nicht mehr zu Jungvolkabenden, blieb zu Hause, baute Luftschlösser, und manchmal, wenn es klingelte und Reinhold draußen stand, machte er eine Luftschloßtüre auf und ließ ihn rein und zeigte ihm seine Herrlichkeiten.
Reinhold aber tauchte ein in Jungvolkdienst, in Kameradschaft und Gemeinschaft. Er wurde Rottenführer, dann Jungenschaftsführer und, als Hanno Fähnleinführer wurde, Jungzugführer. Reinholds Jungzug gehörte zu Hannos Fähnlein. »Ob arm, ob reich, wir sind alle gleich«, hieß der Wahlspruch. Die Uniformen, das stramme Marschieren, die schneidigen Sprüche, die Fahnenweihen, das Zelten und die Lagerfeuer, die Feiern von Winter- und Sommersonnenwende erfüllten ihn und füllten seine Tage aus.
Jeden Morgen ging er zum Frühsport ins Jungzugheim, zum Turnen und zum Ringen, zu Kameradschaftsringkämpfen und Freundschaftskeilereien. Manchmal ging er vorher noch in die Kirche, und es war ihm lieb, wenn ihn dabei niemand sah. Er zog das Ministrantenhemd über die Uniform und tat seinen Dienst für Gott, wie er seinen Dienst fürs Vaterland tat.

Acht Jungzüge, zwei Fähnlein, zweihundertachtzig Jungen versammelten sich zur Fahnenweihe auf dem Ziegenberg, trugen Holz zusammen, machten Feuer, setzten sich im Kreis. Es wurde dunkel, Hanno zog die Fahne hoch. Er stand neben dem Mast und sprach mit

klarer Stimme: Wir treten vor die Fahne. Sie ist Sinnbild unserer Gemeinschaft. Ihr folgen wir, ihr gehört unsere Treue. Wir können Fehler machen, gegen die Ehre handeln, feige und untreu sein, die Fahne bleibt rein. Ihr zu dienen, ihr zu folgen ist Kampf, ist der Kampf, zu dem wir uns vor abertausend Jahren hier verabredet haben. Seid euch dessen bewußt, wir sind alle Atlanter und wollen unser Reich hier neu errichten. Deshalb verlange ich von euch, daß ihr die Fahne ehrt, durch Haltung und strammen Gruß.
Die Jungen waren aufgestanden, das Feuer brannte hoch.
Wer sich vor der Fahne nicht zusammenreißen kann, rief Hanno, hat unter Lebenden nichts zu suchen!
Ein Wind kam auf, das Fahnentuch schlug um sich, die Jungen standen mit tiefen Augen und sangen:

Unsre Fahne flattert uns voran,
Unsre Fahne ist die neue Zeit,
Und die Fahne führt uns in die Ewigkeit,
Ja, die Fahne ist mehr als der Tod!

Reinhold und Hanno traten die Glut aus, dann gingen sie, still von den hohen Gedanken, ohne einander anzusehen, zur Stadt zurück. Die Nähe des Älteren war Reinhold so nah, daß ihm die Kehle trocken wurde, daß ihm der Puls bis in die Schläfe schlug, daß er neben ihm immer weiter gegangen wäre.
Aber Hanno blieb stehn. Es war kalt, es war Winter, aus den Mündern und Nasen kamen weiße Wolken, die berührten sich und flossen ineinander. Vor Kälte und vor Stille traten sie von einem Bein aufs andere. Dann kreuzten sich ihre Blicke, dann gaben sie sich die Hand, dann gingen sie auseinander und sahen sich nicht mehr um.

An einem Sonntagmorgen, als Magda mit dem Bruder zur Kirche gegangen war und Reinhold, in der Gewißheit, keinen Gedanken mehr an eine andere Religion verschwenden zu dürfen als an die, die er mit Hanno gemeinsam hatte, keine Zeit mehr für Ministrantentum und Kirchgang zu haben, einen Dauerlauf durch die Morgenstraßen gemacht und sein zu großes Herz ihm im Hals geschlagen hatte, als er wütend geworden war auf sein zu großes Herz, weitergerannt war, als er mit dem Herz im Kopf, schweißnaß und atemlos nach Hause gekommen, einen Schlag gehört hatte und in die Küche gelaufen war, lag da der nackte Vater. War ausgerutscht, mit dem Kopf auf den Rand der Badewanne geschlagen, aus der er hatte aufstehn wollen, in der er jeden Sonntagmorgen badete und Romane aus der Leihbücherei las, war ohnmächtig. – Oder tot? Lag auf dem Bauch, das Gesicht nach unten, Luftblasen im blutigen Wasser.

Reinhold riß an dem schweren Leib, noch mehr Luftblasen, riß, hatte nicht genug Kraft, rief den Vater beim Namen, heulte, schrie, stemmte sich unter den Vater, den Kopf und die Schultern unter den Kopf und die Schultern, schluckte das blutige Vaterwasser, konnte den Abfluß öffnen, konnte das Wasser ablaufen lassen.

Konnte ihn umdrehn, auf den Rücken drehen: da lag der große nackte Mann. Reinhold drückte ihm auf die Brust, wie ers beim Rettungsschwimmen gelernt hatte, das Wasser schoß dem Mann aus dem Mund, das Gesicht wurde wieder Vater.

Am Abend ging Reinhold zu Hanno, der in der vornehmsten Gegend der Stadt wohnte. Das Haus war eine Festung mit hoher Mauer ringsum, mit goldener Klin-

gel überm goldenen Namensschild, mit Sprechanlage: Was wünschen Sie?
Ich heiße Reinhold Fischer und möchte zu Hanno.
Das Tor fuhr auf. Er ging über einen Kiesweg. In der großen Türöffnung stand ein Diener: Der junge Herr ist auf seinem Zimmer.
Eine Halle, eine Marmortreppe, viele Stufen, ein langer Gang. Hanno sprang auf: Willkommen, Freund, in meinen heiligen vier Wänden!
Die Wände waren leer und weiß, nur die Siegrune und die schwarze Sonne hingen über dem Bett. Hanno hatte vorm Fenster am Schreibtisch gesessen. Das Fenster stand offen. Es wurde schon dunkel, Wind fuhr ins Zimmer.
Hörst du des Windes Stimme? Die Walküren sind los, die Pferdemädchen, Hanno lachte.
Reinhold konnte nicht sprechen. Da sprach Hanno: Hier kann ich still für mich sein, das ist mein Reich, meine Ruhekammer, meine Heimat Einsamkeit. Ich bin seltsam, ich weiß, aber es ist gut, hier zu sitzen und zu stieren oder dort oben in den Sternen herumzusteigen, Gedanken zu zeugen, mich in meine Gedanken hineinzuverzweigen, in meine Blicke zu verlieren, verstehst du!
Und als Reinhold dann von seinem Vater gesprochen hatte, sagte Hanno: Väter sind sterblich. Du und ich, wir sind sterblich, bloß Sterblinge, bloß Jämmerlinge, wenn wir uns nicht ins Innere schauen. Glaub mir, dort sind die Wege freier und die Aussichtspunkte höher. Und wenn es sich einem zu schwer auf die Seele legt, muß man die Seele in den Traum schikken.
Du solltest Tagebuch schreiben, sagte er. Schreiben heißt Krieg führen. Es heißt ins Schwarze schauen, wie

drin Gestalten werden. Solange du schreibst, stirbst du nicht. Und den Krieg gegen trübe Gedanken gewinnt einer, wenn er, das Wort der Gestalten im Ohr, gegen ihn anschreibt.
Ein Gong tönte durchs Haus. Die Menschenmacht bricht ein, sagte Hanno und lachte, ich muß zum Nachtessen.
Er brachte Reinhold die Treppe hinunter zur Tür: Entschuldige, daß ich dich nicht zum Essen laden kann, es ist Besuch da. Irgendwas Wichtiges aus der Hauptstadt. Sie sitzen da drin im Lichte neuer Verheißungen.
Hannos Vater kam durch die Halle, Hanno stellte Reinhold vor. Der Herr von Wolfsberg faßte Reinhold mit der Linken unters Kinn, die Rechte war aus Leder: Er ist einer aus dem Volk, nicht wahr, einer, der, noch vom einfachsten Gedanken ergriffen, Berge versetzen kann!
Reinhold und Hanno standen noch eine Weile vor der Tür, und Hanno sagte: Wahrhaftig, du solltest Tagebuch führen. Tagebuch führen hilft den Gedanken zu Ende denken und auswerten, Tagebuch führen ist Selbstkontrolle und Rechenschaft.
Wie führt man Tagebuch?
Du nimmst ein ordentliches Buch aus Wachstuch in der Größe eines Schreibhefts.
Und was trage ich ein?
Alles, was dir wichtig erscheint. Aber schreibe nicht nur, was geschehen ist, schreibe, was du denkst und fühlst. Paß auf, daß du nicht alles Unwichtige niederschreibst und die großen inneren Vorgänge außer acht läßt.
Aber wozu?
Du sollst die Abschnitte, die Geschehnisse und Empfindungen deines Lebens überblicken können. Das

Vergangene soll beim Nachlesen in dir aufsteigen, damit du dich daran prüfen, messen und überwinden kannst. Erzähle dir dich selber, so kannst du deine inneren Dinge aus dir herausschreiben, begreifen, ordnen und ändern, ohne daß du einen anderen ins Vertrauen ziehst. Es sei denn, sagte Hanno und sah Reinhold in die Augen, du willst nichts anderes als eben dies.

In der Nacht wachte Reinhold auf, sein Bett war naß. Bis zum Morgen, bis die Magda kam, lag er in einer Schreckensstarre, die ihm unerlösbar schien. Magda sah das, sah alles, sagte nichts, und Reinhold sagte nichts, und niemals sprachen sie darüber.
Auf dem Schulweg kaufte er sich ein Heft aus schwarzem Wachstuch in der Größe eines Schreibhefts. Und als es am Abend still geworden war, als die Eltern und der Bruder schliefen, knipste er seine Nachttischlampe an, hängte, wie einst der Herr Butz, ein kariertes Handtuch darüber, hielt das Heft auf den Knien, den Bleistift in der Hand, strich über die rechte weiße Seite neben der linken schwarzen – Linien, damit ich mich an was halten kann! Es ist der Anfang. Ich darf den Anfang nicht verderben. Anfänge sind heilig oder tragen den Lug schon in sich, hat Hanno gesagt. Und so forsche ich auf meinem Grund und bin bereit, mir nichts vorzumachen! und schrieb: Es ist der 5. November 1938. Ich bin fünfzehn Jahre alt. Ich bin in Not. Ich habe ins Bett gemacht. Ich begreife das nicht. Ich bin ein jämmerlicher Bettnässer! Ich schäme mich. Und der Vater? Kann ich ihn noch lieben? Muß ich ihn nicht verachten wie mich selbst? Hilfloses Fleisch in einer Badewanne, das war mein Vater!
Und seither sehe ich vieles anders.

Mein Bett ist jetzt trocken, mein Vater ist wieder stark, und doch, ich weiß jetzt, daß ich auf mich selber angewiesen bin. Schade hat mir geraten, in den Dichtern zu lesen, wenn es mir um Leidensgenossenschaft zu tun ist. Das tue ich nun schon seit geraumer Zeit, mache mich bei Schade und Hanno kundig und lese, was mir an Großem vor die Flinte kommt. Aber es geht mir nicht nur um meinen inneren Menschen, es geht mir auch um Hanno! Der liest und schreibt, und ein zweiter Kopf zu dem meinen dazu würde es nicht ausdenken können und erfassen, was dieser einzige Hannokopf denkt. Und ich gebe zu, ich würde gern, wenn auch atemlos, es ihm nachlesen und -schreiben.

Heinrich wurde befördert, wurde Sturmführer der SA, bekam drei Sterne. Das nahm ihn aus den Schranken seiner Herkunft, hob ihn über seine Herkunft hinaus, hinauf auf den großen Baum, den sie ihm vor dreißig Jahren gefällt hatten. Er vergaß die Beschränkung seiner Verhältnisse und ging von nun an aufrecht, ging zweimal in der Woche in Uniform zur Versammlung und war wer. Bei allen Anlässen und Festtagen trug er die Uniform mit den drei Sternen und den knarrenden Stiefeln, hielt den Kopf hoch und schob das kräftige Kinn weit vor. Aber einmal in der Woche ging er noch immer zur »Liedertafel« und sagte dann jedesmal, der Gesang sei doch das Schönste auf Gottes Erdboden.

An einem Morgen im November, Reinhold war um sechs Uhr aufgestanden, um zum Frühsport zu gehen, begegnete ihm der Nachbar Herz auf der Treppe, den zwei Männer abführten. Er hatte die Hände auf dem Rücken, sah unter sich, so, als bereue er, als schäme er

sich einer Schande, drehte sich auf der letzten Stufe um und sagte: Bitte, Herr Reinhold, kümmern Sie sich um Freund.
Herr Reinhold, hatte Herz gesagt und ihn zum ersten Mal gesiezt, und seine Stimme war wie im Bruch gewesen, hoch und tief zugleich wie Reinholds Stimme.
Der Nachbar Herz war ein freundlicher, scheuer Mann, Korrektor beim Tagblatt, unverheiratet, nicht jung, nicht alt, wohnte, seit Reinhold denken konnte, in der Zweizimmerwohnung neben der Frau Zopf und hatte einen Rauhhaardackel, den er Freund nannte.
Als Reinhold am Mittag nach Hause kam, hatte Magda von Frau Zopf gehört, der Nachbar Herz sei verhaftet worden, weil er Jude sei.
Das habe ich nicht gewußt, sagte Heinrich.
Was hat er denn verbrochen, fragte Reinhold, ich kann mir nicht vorstellen, daß er was verbrochen hat.
Ich auch nicht, sagte Heinrich, ich mochte ihn.
Ja kommt er denn nicht wieder?
Wenn er nichts verbrochen hat, wird er schon wiederkommen.

Am Nachmittag stieg Reinhold mit dem Hausmeister hinauf in die Wohnung von Herrn Herz, um Freund zu holen. Der lag tot im Kücheneck.
Vergiftet, die Gestapo, sagte der Hausmeister. Die Hundeaugen blickten Reinhold an. Ich gehe einen Sack holen, sagte der Hausmeister.
Aber Reinhold wollte nicht alleine in der Wohnung bleiben und lief hinunter, zurück zu den Eltern. Dort war der Onkel Eberhard in seiner neuen SS-Uniform und schrie: Ich habe den Schacherjuden im Kino gesehn. Der Jude Herz war im Kino! Statt daß er seine alttestamentarischen Zuhälter- und Viehhändlerge-

schichten liest, hat er seine geilen Augen auf unsere Schauspielerinnen geworfen. Alle Nigros und Syrer haben geile Augen, wenn sie unsere Frauen ansehn, das fremde Blut kocht ihnen hoch dabei. Und schrie: Der Jude darf seit Monatsanfang nicht mehr ins Kino, aus, basta! Der Jude darf überhaupt nichts mehr dürfen, sonst findet er immer noch Mittel und Schleichwege. Seit 35 darf der Jude keine Deutsche mehr heiraten, und also kommen die Bastarde jetzt unehelich zur Welt gekrochen, seit 38 muß der Jude sein Vermögen abgeben, aber scheißt immer noch heimlich in den goldenen Nachttopf. Der Jude hat kein Stimmrecht mehr und keinen Paß, und wenn der trotzdem ins Kino geht, zeigt sich eben, daß der Jude überhaupt nichts mehr dürfen darf, basta!

Am Abend ging Heinrich in Uniform aus dem Haus. Als Reinhold nicht einschlafen konnte, aufstand aus seinem Bett und zur Mutter hinüber wollte, um sie nach dem Herrn Herz und nach den Juden zu fragen, als er die Küchentür öffnete, stand da die Mutter nackt. Er schlug die Türe zu, lief zurück ins Bett, zog die Decke übern Kopf, lag steif und still.

Am Morgen, als er am Küchentisch saß und seinen Kaffee trank, konnte er nicht in ihr Gesicht sehen. Sie schmierte Schulbrote. Reinhold trank den heißen Kaffee viel zu schnell. Er hörte den Vater aufstehn. Die Mutter nahm seine Hand. Ihre Hände waren rauh. Reinhold kam an ihren Hals, es schüttelte ihn, sie sprach ihm zu wie einem Kind. Er schrieb nichts in sein Buch davon.

In der ersten Schulstunde hatte er Weltanschauungsunterricht beim Chemielehrer. Es gab keinen Pfarrer mehr, Religion war durch das neue Fach Weltanschauung ersetzt worden.

Hier lernt ihr die echte blut- und artgemäße Glaubensform zu finden, um die Religion des Blutes rauschen zu hören, hatte der Chemielehrer erklärt. Demut, Entsagung, Unterwürfigkeit oder Ehre, Würde, Selbstbehauptung, sprich: Kirche oder Lichtreligion, hatte er gesagt. Das Papsttum ist ein Aas, und die europäischen Kirchen haben sich zu Hütern des Minderwertigen, Kranken, Verkrüppelten und Verbrecherischen entwickelt. Auf dem Gipfel der Entartung, hatte der Lehrer gesagt, trinken die Nonnen fremden Speichel und legen das Gelübde ab, sich nie zu waschen. Das ist der Geruch der Heiligkeit, hatte er gerufen und die Fenster im Klassenzimmer weit aufgerissen.

Reinhold hatte dann von Nonnen geträumt, eine ganze Nacht hatte er sich in Klöstern herumgetrieben, bei zarten, ganz verkrusteten Nonnenfrauen, hatte die Nonnen singen gehört und eine zarte, ganz verkrustete Nonnenhand durch einen Vorhang in die Luft wie in Wasser greifen sehn.

Am 7. dieses Monats hat der Jude Herschel Grynszpan in Paris ein Attentat auf den deutschen Botschafter verübt, dabei ist der Legationssekretär vom Rath tödlich getroffen worden! Der Chemielehrer stand im Türrahmen, die schwarze Uniform sehr eng, die Gesichtshaut sehr straff, die Haare kurz, die Lippen schmal: Die syrische Dämonie hat zugeschlagen, und wir schlagen zurück. Wir haben heute nacht zurückgeschlagen und werden weiter zurückschlagen, bis die beständige Lüge der jüdischen Gegenrasse aus unserem Kulturkreis getilgt ist.

Schüler meldeten sich zu Wort, die von eingeworfenen Glasscheiben jüdischer Geschäfte in der Nachbarschaft zu berichten wußten, von geschlagenen jüdischen Männern und deren weinenden Frauen und Kindern. Und

Reinhold mußte an den Nachbarn Herz, an den Hund Freund denken. Ist das denn recht, fragte er den Chemielehrer, nur weil ein Jude irgendwo in Europa einen Deutschen umgebracht hat, gleich alle Juden zu strafen?
Recht ist das, was arische Männer für Recht befinden, herrschte ihn der Chemielehrer an. Du bist Jungzugführer, wie kommt die Frage in deinen Sinn?
Da Reinhold keine Antwort wußte, wurde er mit Nachsitzen bestraft.

Um vier Uhr nachmittags klopfte er an die Tür des Chemieraums. Der Lehrer öffnete, lachte, hieß ihn eintreten, führte ihn von einem Tisch zum andern, zeigte ihm diesen und jenen Versuch, lachte, schlug ihm auf die Schulter: Wir Lehrer wollen euch Schülern Kameraden sein!
Durch die hohen Fenster kam die Dämmerung. Soll ich Licht machen, fragte Reinhold.
Nein, kein Licht, sagte der Lehrer. Heute haben wir endlich wieder zu träumen begonnen, Junge, dazu ist die Dämmerung gut. Und er setzte sich und ließ Reinhold vor sich stehen und sah ihn an. Ihr Jungs, sagte er und lachte, ihr wohnt im Zelt, wenn zu Hause die gute Stube wartet, ihr ringt und boxt morgens vor der Schule, ihr marschiert, ihr kämpft, und wenn es sein muß, hungert ihr auch. Ihr durchschwimmt kalte Gewässer, wenn andere in warmen Betten liegen. Ihr seid wahr, ihr seid treu, ihr haßt niedere Gesinnung. Aber einmal wird die Walze auch über euch gehen wollen, doch wird sie ächzen, wird sich heben müssen, weil ihr Granit seid, der sich nicht walzen läßt.
Es war dunkel geworden, es war still, kein Geräusch hallte durch die Schulgänge. Reinhold stand noch immer.

Der Lehrer lachte, lachte lange. Du interessierst dich nicht für Chemie, aber für Weltanschauung, sagte er und lachte. Stand auf, stellte zwei Hocker zusammen, Reinhold mußte sich drüberlegen, der Lehrer lachte, so, als seis zum Spaß eine Strafe, Reinhold mußte sich auf den Bauch legen, der Lehrer zog die Hocker auseinander, lachte, kniff Reinhold in die Wange, setzte sich auf Reinholds Rücken, ritt auf ihm, ritt auf und ab auf ihm, ein stummer Ritt, ein verbissener. Dann war er außer Atem, stand auf, ging zur Wand, stand außer Atem da.
Reinhold lief zur Tür.
Der Lehrer drehte sich um, ein forscher Mann, ein Schulterschlag.

Es ist etwas, das dem Gesunden und dem Tageslicht zuwiderläuft, schrieb Reinhold in sein Buch. Ich weiß nicht, was es ist, aber ich werde niemanden fragen, denn ich schäme mich und weiß doch nicht, wofür.

Im Januar fand Reinhold Schade wimmernd und blutend auf seiner Türschwelle.
Sie haben mich abgepaßt und zugerichtet, als ich zum Klavierunterricht wollte.
Wer, sie?
Vier Kerle.
Kennst du sie?
Aber Schade antwortete nicht, war ein Bündel am Boden, wollte und konnte nicht sprechen, wimmerte vor Schmerz, wimmerte vor Erniedrigung, hielt sich an Reinholds Füßen fest, krampfte sich dort ein, bis Reinhold ihn hochriß: Mensch, Schade, nimm dich zusammen! Und dann sah er, daß sie Schade ein Stück vom Ohr abgeschnitten hatten.

Schade war ins Krankenhaus gekommen, Reinhold hatte ihn besucht, Schade hatte nicht gesprochen.
Als er wieder zu Hause war und Reinhold an seinem Bett saß, brach es aus Schade heraus: Lebensunwertes Leben sei ich!
Wer sagt das, wer, wer?
Und zum Zeichen dafür wollten sie mich kerben wie das Vieh!
Aber die Kerle, du mußt dich doch erinnern!
Schade lag so klein im Bett, daß Reinhold nicht weiter in ihn drang, still bei ihm sitzen blieb und ihm die Hand streichelte. Schade schwieg, besetzt von Geheimnissen, die er für sich behalten wollte. Dann schlief er, und Reinhold schlich aus dem Zimmer. Die kleine Mutter stand im Flur, und Reinhold sah, daß auch sie schutzlos war.

Sie haben Schade ein Stück vom Ohr abgeschnitten, und sie haben das Stück von Schades Ohr weggeworfen, in den Rinnstein, das kommt mir wie das Schlimmste vor! schrieb Reinhold in sein Buch. Schade ist verstümmelt, und ich glaube, er lebt nicht mehr lang. Er sah heute aus wie Säugling und Greis zugleich. Und das hat mich erschreckt, denn der Engel des Todes, heißt es, sei auch der Engel der Zeugung. Dies fiel mir ein, als Schade so schlief. Und wenn er stirbt, kam mir plötzlich in den Sinn, dann stirbt er in sich hinein. Die meisten Menschen aber sterben wohl aus sich heraus, wie einer aus sich herausgeht.
Schade weiß, wer die Kerle waren. Warum sagt er es nicht?

Es ist eine Kiste mit abgeschnittenen Kinderhänden gefunden worden, sagte Onkel Otto.

Wo, wann, von wem, schrie Heinrich. Was willst du uns da anhängen, schrie er.
Die Kiste ist gefunden worden, sagte der Onkel ruhig, und die Magda verschüttete den Malzkaffee.
Es stand nichts darüber in der Zeitung, sagte Onkel Fritz. Wenn sie damit nichts zu tun haben, warum unterschlagen sies dann?
Es war still in der Küche, bis der Wasserkessel pfiff und Magda aufsprang und ihn vom Herd nahm.
Sie haben unseren Intendanten zum Teufel geholt, sagte Onkel Fritz. Wenn einer heutzutage Jude ist, kann er sich gleich aufhängen.
Was heißt das schon wieder, schrie Heinrich, ist euer Intendant Jude?
Ja, aber kein gläubiger, sagte der Onkel, einer, der zum Christentum übergetreten ist, mit einer arischen Frau und zwei hübschen Töchtern.
Und was hat er sich zuschulden kommen lassen?
Der Onkel antwortete nicht, aber er sah Heinrich gerade und fest in die Augen. Aber Heinrich sah gerade und fest zurück.
Die Neumanns sollen verschwunden sein, sagte Magda, die Reste vom Abendessen sollen noch auf dem Tisch gestanden haben. Das Bett des Mädchens, hieß sie nicht Rachele, soll auf den Hof geworfen worden sein.

Reinhold lief zu dem Haus mit dem Erkerfenster. – Rachele Neumann, wer konnte ihr was getan haben? Er stand vor dem Haus, wie er früher oft vor dem Haus gestanden hatte. In der Wohnung war kein Licht. – Sind da nicht dunkle Augen in der Erkerdunkelheit, schauen da nicht Augen zu mir herüber?
Er lief zu Hanno, der war nicht zu Hause, es hieß, er sei im Jungvolkhauptheim an der Johanniskirche.

Reinhold rannte. – Nebel in den Gassen, Nebel um Zinnen und Zacken der Kirche, Schwaden durch die Bögen, aus den Mäulern der Steindämonen, Licht von drinnen nach draußen, Trostgesang durch die Mauern!
Er lief in das Kirchenhaus hinein, in dem er das letzte Mal gewesen war, als der alte Pfarrer vom Teufel gesprochen hatte. Ein junger Pfarrer stand, wo der alte gestanden hatte, und sang für zwei Schläfer die Messe.

Im Hauptheim fand er Hanno: Ich habe dich gesucht!
Hanno packte Bücher und Wimpel zusammen und ging mit Reinhold. Und weil der nicht wußte, mit welcher seiner Fragen er anfangen sollte, fragte er: Was willst du eigentlich werden?
Schriftsteller, sagte Hanno, Dichter. »Daß ich verbannt sei von aller Wahrheit, nur Narr! Nur Dichter!« und lachte auf und sagte: Meister Nietzsche! Und sah um sich und sagte: Schau doch, die Menschen laufen wie Entenpaare herum, suchen sich, paaren sich, machen Kinder. Tierisch und langweilig! Stumpfe Seelen, enge Brüste, blinde Augen, aber spitze Finger – Hiesige eben! Tragen alle den Tod im Nacken und wissens nicht. Und wissens nicht! rief er. Wenn du schreibst, weißt du den Tod, und dann vergißt du ihn, vergißt dich, sitzt nächtelang über ein Wort gebeugt, und wenn du dein Wort gefunden hast, schreibst du den Tod damit an die Wand. In der Nacht sitzt du und schreibst und bist der Geliebte der Nacht, und diese Liebe ist heiß, weil heimlich. Und da jede Menge von Seufzern und Schreien in deiner Brust begraben ist, hast du den Fundus, den du brauchst, und kannst mit Blut schreiben! Also, im Kampfe sterben, für eine große Sache

seine Seele verströmen, sein Dasein verschwenden ist das Beste, das Zweitbeste aber ist, davon zu dichten.
Sie gingen stumm eine Weile weiter durch die Dunkelheit, und da Reinhold immer noch nicht wußte, wie er Hanno fragen sollte, sagte der leise und mit einem Unglückslachen: Ich schäme mich meiner Ströme, andere schämen sich ihres Rinnsals nicht. Und nach einer weiteren Weile fragte er: Und du, Freund, was soll aus dir werden?
Da brach es aus Reinhold heraus: Was geschieht mit den Juden? Hast du das mit den abgeschnittenen Kinderhänden gehört? Und Schades Ohr? Was sagst du dazu?
Sie gingen nebeneinander, sie hatten die Hände tief in den Taschen, die Fäuste, sie sahen einander nicht an.
Es ist das alte Schlimme, sagte Hanno. Das steigt besonders hoch, wenn die Welt sich reinigt. Die Geschichte der nationalsozialistischen Bewegung wird einmal der Nachwelt überliefert werden als das Heldenepos der aus Schutt und Asche wiedererstandenen deutschen Nation. Die heroische Weltanschauung des deutschen Volkes hat durch den Heldenkampf der Nationalsozialisten eine Auferstehung erlebt, wie sie schneller und kühner wohl keine Sage zu berichten vermag. Die Roten bäumen sich zum letztenmal auf, um Deutschland ins Chaos zu stürzen. Ich bin überzeugt, daß sie uns Sachen unterschieben, Greuel, die uns nicht mal im Traum einfallen! Und um die Juden mach dir keine Sorgen. Die überleben schon seit fünftausend Jahren.
Und Schade, fragte Reinhold.
Hanno sagte nichts.
Aber Schade, sagte Reinhold.
Der wird es auch überleben. Und dann sagte Hanno: Ich bringe dich heim. Aus meiner Absicht, heute noch zehn bis zwölf Gedichte zu schreiben, wird sowieso

nichts mehr, und außerdem muß ich auf dein Ohr aufpassen.

Reinhold besuchte Schade jeden Nachmittag. Manchmal kamen Hanno oder Utz und Gummi mit. Schade trug eine Mütze, die er nicht mehr abzog.
Er siecht mir fort, sagte die kleine Mutter. Und Reinhold konnte sie nicht trösten, denn was sie sagte, sah auch er.

Was ist das Leben, schrieb Reinhold in sein Buch. Wo geht Schades Leben hin, wo fließt es ab, durch welches Loch? Und Rachele Neumann? Was ist aus ihr geworden?
Ein Schmerz ist in meinem Körper innen, ich muß dagegen. Ich will nicht daliegen und von verlorenen Dingen träumen oder von den großen, die in der Zukunft aufstehen mögen. Ich will alle Kräfte und Möglichkeiten in mir entfesseln. Ich bin fünfzehn Jahre alt, ich will kämpfen, will mich mit Leib und Seele dem Licht verschreiben.

Reinhold wurde Meister im Fünfkampf. Sein Herz schlug zu schnell, aber er wollte es nicht wissen, vergaß es und gewann sogar den Hürdenlauf. Nach der Siegerehrung war ein Fest auf der Wiese am Fluß. Die Eltern kamen und waren stolz, und die Kameraden vom Jungvolk feierten Reinhold. Er wurde Oberjungzugführer, und da sein Fähnleinführer Hanno Stammführer wurde, übernahm er dessen Fähnlein und trug nun die grünweiße Führerschnur zur Uniform.
Am Abend brannten Feuer. Hanno stand unter der Fahne und sprach: Wer die Geschichte nur aus Lehrbüchern kennt, hat nie die Herrlichkeit unseres Volkes

geschaut und nie Verpflichtung gegen unsere Ahnen gefühlt, die am Feuer der Sonnenwende Rechenschaft von uns fordern. Und er sprach von der Zeit der Bauernkriege, von Unterdrückung, Frondienst, brennenden Dörfern, von Florian Geyer, Thomas Müntzer und Götz von Berlichingen.

Der Wind fuhr in die Flammen. Frühlingsstürme, flüsterte Hanno Reinhold zu.

Die Jungen sahen in die Glut. – Feuer, Zeichen nie versiegender Treue zu Volk und Führer! Die Reinheit der Flammen, die Kameradschaft!

Das Mädchen Mechthild hatte mit ihren Mädels Kuchen gebacken und Brote geschmiert, es wurden Limonade und Bier ausgeschenkt, und Mechthild knuffte Reinhold und sagte: Aus dir wird noch mal was!

Am Ende des Abends saß Reinhold neben Hanno. Wollen wir Blutsbrüder werden, fragte der.

Ja, sagte Reinhold. Und hörte sein eigenes Ja wie aus einem Rohr, das ins Erdinnere reicht.

Gut, sagte Hanno, morgen nacht um zwölf auf dem Ziegenberg.

In der Schule grübelte Reinhold darüber nach, wie er in der Nacht unbemerkt aus der Wohnung kommen könnte. In der Pause suchte er Hanno und fand ihn nicht. Er fristete sich durch den Tag, und als der Bruder schlief, als das Licht im Schlafzimmer der Eltern ausgegangen war, lief er in Socken aus dem Haus, die Stiefel in der Hand, sah sich nicht um, rannte zum Ziegenberg hinauf. – Die Nacht, der Mond! Glühkäfer und Blätterrauschen! Im rauschenden Frühling gehe ich durch Wald und Wiesen in die Mitternacht!

Auf dem Berg, hoch über der Stadt, fern der Stadt, den Schläfern, den Eltern, dem Bruder, dem Bett, war die

Nacht kühl. Aber Hanno war nicht da. – Aus dem Wald ringsum aber die glühenden Augen wilder Tiere, oder nur faules Holz? Zapfen fallen von den Tannen, Nachtvögel fliegen auf, der Mond hat seinen Hof, die Sterne sind zum Greifen nah. Auf einmal bricht im Herz der Schlag los, und dann ein Komet, und dann Hanno! Atemlos, ganz atemlos, Hanno mit Glutaugen!
Sie sprachen nicht, sie standen voreinander. Sie setzten sich nieder und schauten in den Himmel und auf die Erde, auf die Erde und in den Himmel.
Hanno zog sein Messer, sie standen wieder auf. Hanno schob den linken Ärmel hoch, Reinhold tat es ihm nach. Die Arme waren glatt und fest, die Adern traten vor wie Schnüre, das Blut schlug in den Adern, einer konnte es beim andern sehn.
Hanno faßte Reinhold mit einer Hand im Nacken und hielt Gesicht vor Gesicht: Wenn ich du sein könnte, wie hielte ich es aus, nicht du zu sein! ließ Reinhold los, setzte das Messer an und schnitt sich quer durch die Handfläche. Er hatte alle Muskeln angespannt, kein Zucken lief durch sein Gesicht. Dann gab er Reinhold das Messer, und der tat es ihm nach.
Mit den erhobenen blutenden Händen standen sie voreinander, das Messer war zwischen sie gefallen. Einer faßte die Hand des andern, fühlte das Blut des andern, rieb es, drückte es sich in die offene Hand.
Blutsbrüder, sagte Hanno. Er hob das Messer auf, putzte es am feuchten Gras ab, steckte es wieder ein.
Und dann gingen sie, sahen einander nicht an, liefen schnell, stießen die Stiefel hart auf den Boden.
Sieht man sich morgen?
Reinhold nickte.
Um fünf Uhr nachmittags am selben Ort, sagte Hanno.

Reinhold fand in sein Bett, ohne daß ihn jemand bemerkte. – Alle schlafen tief und rein. Bin ich denn unrein jetzt? Er erschrak, daß ihm der Gedanke kam, und wollte ihn ausdenken und wollte nicht. Ihm war heiß, und er fror, die Hand tat ihm weh, er schlief ein.
Nach dem ersten Schlaf kamen Gluten über ihn, das Innere trieb nach außen, stieß durch, wollte die Wand einrammen. Tränensturz, Andrang, Ansturm, eine Gewalt. Und dann kam Rachele Neumanns Gestalt in seinen Kopf und ihre Weichheit in sein Gefühl, und ein kleingeschriener Schrei war die Befreiung dann von der Gewalt, und er lag zitternd in der Morgenfreiheit. Und dann war das Bett wieder naß gewesen.

Den Tag über stritt er mit sich, peinigte sich, die Geißelungen der Heiligen waren ihm im Sinn. – Buße tun für schlimme Träume! Aber es waren nicht Träume, es war ihm wach geschehen. Buße tun, befand er, hieße, um fünf Uhr nicht zum Ziegenberg gehn.

Er ging zu Schade, der sah verloren aus. Vergangen, schon ganz vergangen, mußte Reinhold denken.
Er saß am Bettrand und erzählte Schade alles, was ihm einfiel, die rauhesten Kriegsmännereien, Kraftmeiereien. Der mußte lachen und sprach dann: Ich will dir sagen, daß ich seltsam bin. Ich fürchte, etwas könnte mich anfassen und festhalten, abschnüren, mir die Luft nehmen. Oder daß ein Fleck an mir bliebe von der Berührung, ein dunkler, schwelender, der sich auswüchse, der in mich hineinwüchse, mich durchwüchse und mich am Ende ausmachen könnte.
Du bist eben empfindsam, sagte Reinhold.
Und, sagte Schade, wollte näher an Reinhold, wollte flüstern, im Gegensatz zu dir las ich im letzten Jahr so

wenig wie möglich, damit sich nicht fremde Gedanken in mich nisten, die ich nicht mehr von meinen Wänden kriege, so daß ich fremd werde in meinem eigenen Geist und darin herumirre und mich nicht mehr kenne.
Reinhold wußte nichts darauf zu sagen. Er sah dem Freund zu, wie der erschöpft aufs Kissen zurückfiel, sah dem Zeiger der Nachttischuhr zu, wie der weiterrückte.
Ich bin so herrlich müde, sagte Schade. Ich könnte an meiner Müdigkeit ertrinken und als Ertrinkender durch Müdigkeitsgewässer treiben wie durch Hoffnung. Die Müdigkeit, verstehst du, verspricht mir viel.
Und dann schlief er wieder, ganz erschöpft von seinem kurzen Leben, schlief den Erschöpfungsschlaf der Alten mit den schweren Händen und den leeren Augen, den Schlaf derer, die es hinter sich haben.

Als Reinhold nach Hause kam, gab die Mutter ihm einen Brief, den Hanno gebracht hatte.
Reinhold ging in sein Zimmer. Er schloß die Tür. Sein Kopf war heiß. Er riß den Umschlag auf.
Frühlingsabend, grausame Wonne, die mich aus mir herausverführt, so daß ich mich in alle Welt verliere. Sonnenuntergang. Ich stand unter unsichtbaren Sternen und erwartete einen, der nicht kam. Ich hatte das Undenkbare angedacht. Hanno.

Reinhold sprach nicht, aß nicht, saß bei der Mutter in der Küche, sah ihr beim Waschen und Spülen zu.
Magda wußte es wohl und hatte es Heinrich gesagt: Der Bub ist ein Mann geworden heut nacht, sei gut zu ihm und frag ihn, ob er Rat von dir braucht.
Und Heinrich war in die Stube gegangen und hatte Reinhold zu sich gerufen. So, Bub, hatte er gesagt, du

bist jetzt fünfzehn, dann hatte er nicht weitergewußt und schließlich nur gesagt: Hast du Fragen?
Reinhold hatte gespürt, was der Vater meinte, hätte aber um alle Welt nichts fragen und nichts sagen können, hatte mit Jungvolkstimme: wieso, alles in Ordnung, gesagt, und dabei war es geblieben.
Ich weiß nicht, wie ich beschreiben soll, was mich den Tag über verbrannt hat. Ich gehe trostlos ins Bett, schrieb er am Abend in sein Buch.

Am Morgen traf er Hanno beim Frühsport. Sie grüßten einander knapp. Als Hanno mit seinen Liegestützen aufhörte, lief er, ohne aufzublicken, an Reinhold vorbei. Reinhold konnte ihn draußen brüllen hören und er sah, wie Hanno eine Riesenkeilerei anfing. Er lief auf den Schulhof. Mehrere Jungen schlugen schon aufeinander ein, rissen einander zu Boden, stürzten übereinander. Überall wurde hingehauen, keiner sah mehr, auf wen er einschlug, wem die Fäuste, die Nasen gehörten, keiner wußte, warum die Prügel. Tritte von Nagelschuhen, Ellenbogen im Magen, Knie unterm Kinn, Keuchen, Schreie, und auf einmal hatte Reinhold sich mit Hanno in den Haaren. Sie droschen aufeinander ein, sie lachten. Ein Pfiff, der Chemielehrer hatte die Aufsicht und trieb die Jungen auseinander.

In der dritten Stunde wurde Reinhold aus dem Unterricht geholt: Schade liege im Sterben und verlange nach ihm. In der Klasse wurde es still. Er nahm seine Sachen vom Pult, warf sie in die Schultasche, rannte los, getrieben von der Angst, er könnte zu spät kommen.
Zu spät für was, fragte er sich während des Dauerlaufs. Für den letzten Blick, gab er sich zur Antwort. Aber was hat er von meinem letzten Blick, und was hab ich

von seinem? Und als er zu Schades Haus kam, wäre er lieber weitergerannt, weg von dem Haus, von dem zarten alten Mann, der da mit fünfzehn Jahren im Sterben lag und nach ihm gerufen hatte.
Leute waren auf der Treppe, im Flur und in der Wohnung, Hausbewohner, Arzt und Pfarrer standen herum, standen der kleinen Mutter viel zu nah, nahmen ihr die Luft, so daß sie danach ringen mußte, drängten Reinhold ins Sterbezimmer. Der Pfarrer fragte, ob er Beistand leisten solle, Reinhold wollte Schade fragen.
Der schlief. Da kam der Pfarrer mit, setzte sich ans Fenster, sah auf die Straße mit den blühenden Lindenbäumen hinunter, mit den Vögeln in den Bäumen und deren Gesang und deren Geschrei. Reinhold setzte sich neben Schade. Die Mütze war verrutscht, und das verstümmelte Ohr stand heraus. Die Hände lagen lang und spitz auf der Bettdecke. Reinhold nahm eine in seine.
Da fiel ein Schatten, da sah er hoch, und war doch nichts, was Schatten macht, hatte sich nichts verändert, war alles wie eben und davor. Und Reinhold fühlte, wie sich aus Schades Hand, die er fest in seiner hielt, etwas herauszog, zurückzog, wie das, was im Innern der Hand war, immer weniger in seiner Hand war, sich immer weiter zurückzog, und schließlich hielt er nur noch eine Hand. Die wurde weiß und kalt. Schade hatte aufgehört zu atmen. Der Pfarrer war am Fenster eingeschlafen. Die Nachmittagssonne schien ins Zimmer, der Schatten blieb überm Bett. Reinhold hielt die kalte Hand. Aber mit einem Mal zitterte die Luft über der Hand, und wie er aufsah, zitterte die Luft über dem ganzen Körper des Toten, wie Wellen schwamm es nach oben, floß durch die Decke ab und nahm den Schatten mit, so daß die Nachmittagssonne goldgelb im Zimmer stand.

Da konnte Reinhold aufstehn und den Pfarrer wecken, daß der seine Arbeit tue.

Es ist der 11. Juni 1939. Schade ist tot, schrieb Reinhold in sein Buch. Die ganzen Dinge, die festen, die Häuser und die Bäume und die Berge, die bleiben – aber wir? Und doch kann ich nicht weinen und keine Trauer, keine Verzweiflung in mir finden. Ich fühle ihn mir nahe, ganz in der Nähe, aber ganz woanders, wie die zwei Seiten einer Münze, die sich nicht sehen können und nicht fühlen und doch auf einer Münze sind. Ich habe ihn angeschaut, ich habe ihn angefaßt, seine Hand gehalten, ich kann mir nicht einreden, daß der Tod das Ende ist. Er wird in meiner Seele wohnen, er wird sich in mich hineindenken, und ich werde seine Gedanken aufnehmen. – Vielleicht sind alle Anmutungen, alles Plötzliche, Ungedachte, Gedanken von Toten. Der Todesengel aber ist schwarz und lautlos, wenn ich einen geschaut habe, wenn es ihn gibt. Gute Nacht, Schade.
Magda kam und sah nach Reinhold.
Was weißt du über Engel, Mutter?
Engel, sagte Magda und sah aus dem Fenster und blieb bei Reinhold sitzen, bis er eingeschlafen war.

In der nächsten Nacht sollte eine heimliche Totenwache gehalten werden. Schade war in der Kapelle des Friedhofs aufgebahrt worden. Die Klassenkameraden, Hanno und noch einer aus den oberen Klassen, der Beilharz hieß und Pfarrer werden wollte, hatten sich verabredet.
Sie trafen sich am Tor, sie trugen die Uniform, sie kletterten über die Mauer, sie gingen auf dem breiten Schotterweg zur Kapelle. Hanno war neben Reinhold: Alle Menschen gehen in den Sonnenuntergang, und dann kommt die nackte Nacht!

Nein, flüsterte Reinhold, ich glaube, nur der Faden äußeren Verständnisses ist gerissen.
Macht dich der Mond verrückt, flüsterte Hanno, denn der stand dicht über den Gräbern, rund und rot.
In der Kapelle brannten Lichter, Schatten fuhren an den Wänden wie Nachtvögel umher. Zwischen Buchsbaumbäumchen stand der schwarze Sarg. – Viel zu schwarz für das bleiche Kerlchen, viel zu schwer, er wird ihn drücken!
Der Sargdeckel war zu, aber die Schlösser noch nicht verschlossen. – Wenn ich den Deckel öffne, ist Schade da, doch unsre Blicke könnten ihn beleidigen. Wahrscheinlich aber liegt dort nur das schiere Fleisch, und daß es so schier sein kann, ist das ganze Entsetzen!
Es war kurz vor Mitternacht und eben erst ganz dunkel geworden, Totenwachen aber müssen in der Dunkelheit gehalten werden, hatte Hanno gesagt. Nicht alle aus der Klasse waren gekommen, von siebenundvierzig nur zweiunddreißig, die stellten sich um den Sarg. Und für manchen schien es eher Mutprobe zu sein als Wache für den Freund, den sie einen Jämmerling genannt hatten, als er noch von der Welt war.
Reinhold packte die Wut, und aus der Wut heraus fing er an, eine Rede zu halten: Zitternd und aschgrau steht ihr da, aber mit lüsternen Augen auf das Unglück, das hier einem von unseren Kameraden geschehen, Unglück, wie ihr glaubt! Aber ich versichere euch, der Kamerad wollte sterben, fort aus dem Umkreis eurer kalten Seelen, fort, nur fort! Der Erzfeind, der Urfeind, der Tod ist für ihn kein Unglück gewesen.
»Was fällt, das soll man noch stoßen«, hat das nicht neulich einer von euch zitiert, der es wohlweislich vorgezogen hat, heute nacht hier nicht zu erscheinen. Und vielleicht war das einer von denen, die den Kameraden

wirklich gestoßen haben, indem sie in ihn hineinschnitten wie in Vieh, ihn kerbten und zeichneten.
Reinhold sah sich unter den Jungen um und sah, daß kaum einer aufsehen konnte. Aber Hanno sah ihn an, so daß er sagen konnte: Schade war müde geworden an der Welt. Jetzt ist er tot. Sein Tod tut mir weh.
Nach langem Schweigen stellte sich der, der Beilharz hieß und Pfarrer werden wollte, ans Fußende des Sarges und sprach: Ich bin von einigen zur Totenrede aufgefordert worden. Auch ohne diese Aufforderung, die mich ehrt, würde ich es gewiß nicht über mich gebracht haben, hier meinen Mund zu halten. Es wird keine schöne Rede und eine kurze, denn das Leben unseres Kameraden war kurz und sein Ende alles andere als schön. Hinterhältige feige Halsabschneider haben ihm ein Ohr abgeschnitten, das hat ihn umgebracht. Der Todesengel hat ihn lange, zu lange, zu zärtlich geküßt, denn er fand Gefallen an dem zarten Sterbling. Und nun Friede seiner Seele, er hat Ruhe jetzt. Die hinterhältigen Sauschweine werden sich selbst richten, das ist Naturgesetz. Und jetzt wollen wir beten, jeder zu seinem Gott. Nehmt eure nächtlich dumpfen Seelen an die Kandare, bündelt eure Gedanken und schickt sie in Richtung Schade, wo immer die ist in all der Unermeßlichkeit.
Keiner sagte mehr etwas. Sie standen am Sarg, bis der Morgen graute, dann schlichen sie frierend nach Hause.
Der Liebe sich öffnen, heißt offen zum Tode sein, sagte Hanno beim Abschied vor Reinholds Haus.

Von allem, was den Tod betrifft, stößt mich nichts ab, nur der Pomp, mit dem man ihn umgibt. Bestattungen verleiden mir die Erinnerung, sagte Hanno an Schades

offenem Grab. Gehn wir, sagte er, was sollen wir hier noch rumstehen.
Sie gingen zum Ziegenberg und setzten sich ins Gras.
Man denkt nicht ans Sterben, wenn man so lebt, sagte Hanno.
Sie legten sich ins Gras und sahen in den Himmel. Es wurde Abend.
Die Schatten werden lang, sie werden dich berühren, sagte Hanno und sprang auf und lief um Reinhold herum und warf seinen Schatten auf ihn.
Und der Tod und das Leben, fragte Reinhold.
Hanno blieb über ihm stehn.
Hast du schon mit Mädchen, fragte Reinhold.
Das ist liebeleer, sagte Hanno.
Hast du schon, fragte Reinhold.
Hat dir die Blutsbrüderschaft wehgetan, Bruder, fragte Hanno.
Reinhold nickte. Hanno kniete sich neben ihn. Es hat ihm wehgetan, sagte er und nahm Reinholds Hände.
Da lief Reinhold ihm davon.

Hanno machte Abitur, Reinhold sah und hörte nichts von ihm und war beinah froh darum.
Es legt sich mir oft so schwer über den Sinn, neue Gemütszustände, die ich nicht deuten kann, schrieb er in sein Buch. Und die Frage, wo ist der Platz in meinem Leben, an dem ich stehen muß, an dem nur ich stehn kann und kein anderer, nur ich allein, drängt mich. Und oft in der Nacht weicht mir der Boden, und es schüttelt und rüttelt und fragt mich: Wo ist die Tat, die nicht getan wird, wenn du sie nicht tust? Eine Sehnsucht ist in mir, doch dunkel ist mir ihr Ziel. Von Größe zu träumen ist meine müßige Hauptbeschäftigung.

Hanno hatte das Abitur mit Sehr gut bestanden und durfte seinen Aufsatz über Georges »Maximin« in der Aula der Wagnerschule vortragen.
Reinhold bekam einen Brief, mit dem Hanno zu einem Fest ins Haus seiner Eltern einlud, und er bekam noch einen zweiten Brief.
Reinhold, ich stieg in den Sternen herum, aber sie erloschen mir, einer nach dem andern. Ich fiel, als ich auf dem entferntesten träumte. Ich stand im Feuer von Gedanken, ich war Ideen verfallen, die, aus der Nachtansicht geboren, dem Täglichen so verzweifelt entgegengesetzt sind.
Und nun bitte ich Dich, mein Freund, laß unsere Weiheträume auslaufen als milde Tränenbäche. Deutschland braucht seine Männer. Ich bin bereit! Ewig, Hanno.

Du mußt deinen Sonntagsanzug anziehen, sagte die Mutter. Sie zog Reinhold den Scheitel nach, kämmte ihm das Haar mit Wasser fest, steckte ihm ein frisches Tuch in die Hosentasche, gab ihm einen Strauß Margeriten für Hannos Mutter in die Hand, zupfte noch lange an seiner Krawatte, strich immer wieder ein Staubkorn von seiner Anzugjacke.

Obwohl es erst dämmerte, war das Haus der von Wolfsbergs hell erleuchtet, Fackeln brannten links und rechts des Kieswegs, junge Herren strömten mit ihren Damen, Männer in schwarzen Fräcken mit weißen Handschuhen wiesen den Weg. Als aber der Fanfarenklang ertönte, den Reinhold in Bayreuth gehört hatte, hätte er sich am liebsten in die hohen Büsche, unter die alten Bäume links und rechts des Weges verirrt.
Er sah Kameraden aus der Schule, die ihn übersahen,

weil sie aus den oberen Klassen waren, sah Männer in schwarzer Uniform, sah Stammführer und Fähnleinführer in Uniform und schämte sich wegen seines Sonntagsanzugs, aus dem er längst herausgewachsen war und dessen Hosenboden glänzte.
Hannos Eltern standen in der großen Türöffnung, Hanno stand neben ihnen. Das ist mein Freund Reinhold, sagte Hanno.
Ach ja, der Junge aus dem Volk, sagte der Vater, schlug Reinhold mit der Rechten aus Leder gegen die Brust und wendete sich mit der Linken, der echten, den nächsten Gästen zu.
Amüsieren Sie sich, sagte Hannos Mutter mit bleichen Lippen im strengen Gesicht, Flachsknoten im Nacken, Stock im Kreuz, und gab den Strauß von Magda weiter.
Reinhold wurde durch die Tür gedrängt, an Hanno vorbeigeschoben, der lachte, das machte ihn wütend. – Ich gehe nicht alle Tage auf solche Feste, und ich will auch nicht alle Tage auf solche Feste gehn, ich will nie wieder auf so ein Fest, es wird das erste und das letzte Fest gewesen sein!
Er wurde in die Halle gedrängt, die hoch wie eine Kirche war, in der ein Kronleuchter hing, durch die eine Marmortreppe führte. Die Fanfaren ertönten zum zweiten Mal.
Hannos Vater war Oberlandesgerichtspräsident und hoher SS-Führer, und Reinhold wußte von Heinrich, daß die Mutter Erbin eines Kölnischwasserfabrikanten war und den Reichtum ins Haus gebracht hatte. Reichtum und Einfluß seien groß, hatte Heinrich gesagt, und er sei stolz, daß sein Sohn in dieses Haus zu einem solchen Fest geladen sei. Reinhold hatte diesen Stolz nicht ertragen, war in sein Zimmer gerannt, hatte auf sein

Bett geschlagen und dann in sein Buch geschrieben: Ich brauche für meinen Stolz den Vater, nicht umgekehrt darf es sein! Der Vater ist Sturmführer der SA, und ich bin stolz. Ich werde stolz hingehn und das Leben in Besitz nehmen.
Doch wie er sich in der Halle umsah, fand er keinen, der die braune Uniform trug, nur schwarze Uniformen waren da.
Man kannte sich, grüßte sich, redete, lachte, Wortkaskaden, Lachkaskaden. Einer aus Hannos Fähnlein stellte sich zu Reinhold und wußte ebensowenig mit den Händen und den Füßen anzufangen wie der. Sie stellten beide ein Bein vor, ließen die Arme hängen, grinsten einander an.
Als die Fanfaren zum dritten Mal ertönten, bildete sich eine Gasse, Herr von Wolfsberg durchschritt die Halle, lief die Treppe hinauf, nahm zwei Stufen auf einmal, drehte sich auf dem ersten Absatz, auf dessen Brüstung zwei übermenschengroße Onyxsphinxe lagen, überschaute die Halle, nahm Haltung an und sprach: Heil Hitler und ein Willkommen der Jugend dieser Stadt. Freunde meiner Kinder, deutsche Jungen und Mädel, willkommen in meinem Hause. Schöpferisches blondes Blut, der Schlüssel zur Weltgeschichte liegt in deiner Hand!
Der Mann stand starr, die Lederfaust lag auf dem Rükken einer Sphinx, die Sphinx lauerte in die Halle. Der deutsche Traum, noch haben viele nicht den Mut zu diesem Traum, noch hemmen uns artfremde Traumgesichte, sprach der Mann weiter. Die nordische Seele aber beginnt aus ihrem Zentrum, dem Ehrbewußtsein heraus wieder zu wirken. Und sie wirkt geheimnisvoll, ähnlich wie zu der Zeit, da sie Odin schuf, da Otto des Großen Hand spürbar wurde, da sie Meister Eckehart

gebar, da Bach in Tönen dichtete und Friedrich der Einzige über diese Erde schritt. Aus einem neuen Lebensmythus einen neuen Menschentypus zu schaffen, das ist die Aufgabe unseres Jahrhunderts. Es beginnt eine jener Epochen, in denen die Weltgeschichte neu geschrieben werden muß.

Der Mann hob die Lederfaust: Seit 33 wissen wir, mit Hilfe welcher Kräfte der Unstaat vom November 18 durch ein deutsches Reich ersetzt worden ist! Das Gesetz ist seither Führerbefehl. Der Richter ist seither nicht nur an das Gesetz, sondern auch an die einheitlich geschlossene Weltanschauung des Gesetzgebers gebunden, ist, wie mein Freund Rothenberger, Oberlandesgerichtsdirektor zu Hamburg, sagt, vornehmster Vollstrecker des Führerwillens. Und da es dessen vornehmster Wille ist, einen neuen deutschen Orden ins Leben zu rufen, will ich ihn mit meinem eigenen Blute in Gestalt meines Sohnes Hanno unterstützen. Mönchtum und Rittertum, die beiden Urformen des Männerbundes, stehen dem Führer vor Augen. Durch Hochzucht und Aufartung des uralten Blutes wird ein neuer Hochadel entstehen. Sein ist die Zukunft!

Der Mann, von dem Reinhold nicht glauben konnte, daß er Hannos Vater sei, sah sich in der Halle um. – Sieht jeden an, sticht jedem in die Augen! Und seine Frau stand zwei Stufen tiefer und folgte seinen Blicken. – Wenn man ihr nahekommt, so wird man sich an ihr verletzen, schneiden!

Der Mann sprach weiter: Friedrich Nietzsches wilde Predigt vom Übermenschen, sein sehnsüchtiges Ahnen inmitten einer irrgewordenen Welt und die mystische Erinnerung an die nordisch-atlantische Lebensform unserer Vorfahren soll Leitbild für die neu zu züchtende Kernrasse sein. Auch in Atlantis wurden jene, die zu Kriegern und Führern ausersehen waren, in den Lagern der Hochberge erzogen. Dort wurden die besten Eigenschaften in den erlesenen Exemplaren entwickelt und die Elite dieser Herrenrasse auf die Einweihung durch das Sonnenorakel vorbereitet, das Symbol des Sonnenrades, das vierarmige Hakenkreuz. Alsdann übernahmen die Eingeweihten die Führung und wurden Mittelsmänner zwischen dem Volk und den unsichtbaren höheren Mächten.

Der Mann ging von einer Sphinx zur andern und sah sich in der Halle um und sprach: In unseren Ordensburgen wird der schöne, sich selbst gebietende Gottmensch entstehen, Helden sollen dort erzogen werden, die den Plan der Vorsehung verwirklichen. Der Mensch ist noch nicht vollendet. Er steht vor einer unerhörten Umwandlung, die ihm jene Kräfte verleihen wird, welche die Alten den Göttern zuschrieben!

In diesen Burgen wird unbarmherzige Disziplin verlangt, die notwendig rauhe Zucht für die Spezialschulung, die sich anschließt, wenn die erste Weihe vollzogen ist. Die Ordensregeln sind hart, die Kadetten werden durch ihr Gelöbnis zu übermenschlichem Schicksal bestimmt.

Der Mann befahl Hanno mit einem Kopfruck neben sich und schlug die Lederfaust auf dessen Schultern: Ich bin stolz, heute mit Ihnen das Abitur meines Sohnes feiern zu dürfen, doch ungleich größer ist mein Stolz darüber, daß Hanno die Voraussetzungen für die Aufnahme in eine Ordensburg erfüllt hat. Glauben, Gehorchen und Kämpfen ist alles, das wird er nun lernen, und darauf möchte ich mit Ihnen anstoßen, darauf und auf die Religion der deutschen Zukunft. Heil Hitler!

Die Gläser wurden erhoben, alle nahmen Haltung an, die Gläser standen in der Luft, ein langer Schluck wurde genommen, die Frau des Hauses bat zum Kalten Büffet und wünschte: auf gut deutsch, einen anständigen Hunger.
Im Eßzimmer waren lange, mit Speisen beladene Tische aufgestellt. Reinhold wurde geschoben, gestoßen, neben ihm drängten zwei junge Männer in schwarzer Offiziersuniform mit ihren Damen durch.
Na, heimgefunden zu den urewigen Werten, sagte der eine und sah auf Reinholds Teller und lachte, und der andere lachte auch, und die Damen lachten hinterher.
Dies ist nordisch-atlantische Lebensart, sagte der eine und nahm mit spitzen Fingern ein russisches Ei von Reinholds Teller, die Damen lachten.
Und was führt den jungen Helden zu uns, sagte der andere und packte Reinhold im Genick.
Ich bin Hannos Freund, hörte Reinhold sich sagen, und ihm wurde heiß vor Wut.
Da stand Hanno neben ihm: Reinhold, darf ich dir meinen Bruder Edzard vorstellen, aus mystischem Mangel benimmt er sich manchmal daneben. Er legte den Arm um Reinhold und drehte sich mit ihm ab. Der Arm lag fest um Reinholds Schultern.
Er führte ihn durch die Bibliothek und das Raucherzimmer ins Herrenzimmer. Dort standen Richter, Offiziere, dort wurde gedämpft gesprochen, als lägen Geheimsachen in der Luft.
Der Hausherr rief den Sohn: Er ist ein stiller Junge, eine in sich zurückgezogene Dichterseele, er wird sich an die Kandare nehmen müssen!
»Wer viel einst zu verkünden hat, schweigt viel in sich hinein. Wer einst den Blitz zu zünden hat, muß lange Wolke sein«, sagte ein Offizier und lachte, als seis ein

Treppenwitz. Man wendete sich wieder ab, und das Gespräch wurde erneut und übergangslos leise und angespannt.

Reinhold folgte Hanno durch die Halle. Dort hatte sich um den Flügel eine Kapelle aufgestellt, die ersten Paare tanzten, lächelten geniert, hatten unruhige Augen.

Im Damenzimmer nahm Reinhold das Sektglas, das ihm angeboten wurde, und trank es mit einem Schluck leer. – Geschwätz! die Luft schwirrt hier von Geschwätz. Eckengeflüster, Lachkoloratur! Gerücht, Rufmord, Verleumdung! Geistesschwäche oder Gedankenarmut? Frauen sind Phantome, wenn du sie aufmachst, ist nichts drinnen. Getue, hohl, der reine Spuk!

Er trank ein zweites Glas. Er hatte noch nie Sekt getrunken. Der Vater trank manchmal Wein, probierte erst, machte einen spitzen Mund, schlürfte, kaute den Wein, schüttelte sich und sagte dann: sauer! Und die Mutter sagte dann: Warum kaufst du auch immer so sauren Wein. Und dann trank der Vater seinen Wein allein. Manchmal durfte Reinhold probieren, und wenn er den Wein dann gar nicht sauer fand, zwinkerte Heinrich ihm zu, legte den Finger auf den Mund, und sie hatten ihre Männersache.

Kennst du meine Schwester, fragte Hanno und stellte Reinhold vor. Die Schwester war hart wie der Vater und streng wie die Mutter, und Reinhold konnte nicht glauben, daß sie Hannos Schwester sei. – Sie hat Fischaugen und einen schlimmen Mund! Ihr ganzer Mund ist ganz verzogen. Als ob sie ihn einmal runtergezogen hätte und er ihr stehngeblieben wär vom Glockenschlag, nach unten festverformt für alle Ewigkeit!

Dein Freund hat ja so dunkle Augen, Brüderchen, sprach die Schwester, und es zog ihr den Mund noch

weiter herab, denn sie lachte. Ist da eine Blutvergiftung zu befürchten? Sie lachte laut und sagte: Damenwahl, und machte einen argen Knicks vor Reinhold.
Dem wurde heiß. Ich tanze nicht, sagte er.
Die Schwester kam ihm zu nah, rieb ihre Hüfte an seiner, sagte: Sie trauen sich wohl nicht! und drehte sich zum nächsten ab.
Die Musik war laut, man mußte gegen sie anschreien. Hanno hatte sich zu einem Mädchen gestellt, Reinhold trank noch ein Glas.
Dem Manne muß die Musik Feuer aus dem Geist schlagen, uns Frauen geht sie höchstens in die Beine, hörte er das Mädchen schreien. Und dann lachten beide. Und dann sahen sie einander an. Und dann küßte Hanno dem Mädchen die Hand. Und dann flüsterte er mit ihr.
Reinhold hatte noch ein Glas getrunken und noch eins, und als Hanno zu ihm zurückkam, sah er ihn durch Milchglas, hörte er ihn durch Watte, hörte er sich sagen: Tränen wachsen, und ich Einsamer trinke sie und halte einsam Ausschau nach Bruder- und Schwesterländern.
Ein Dichter, dessen Zeit noch nicht gekommen ist, hörte er die Stimme der Schwester. Der Boden fing zu laufen an, lief ihm davon.

Dann war ihm übel. Er suchte sich und fand sich in seinem Bett, den alten Schlafkasper im Arm. Bilder stiegen ihm auf, die vorher und davor gewesen waren, verdrehten sich und flossen ineinander. Er mußte sich übergeben, und die Mutter hielt ihn.
Als er alle Speisen und Bilder aus sich herausgewürgt hatte, fragte er: Wie bin ich nach Hause gekommen?
Hanno hat dich gebracht, sagte die Mutter.

Am Mittag, im Tageslicht und Tageslärm, wollte Reinhold nicht glauben, was am Vorabend geschehen war. Aber die Mutter gab ihm einen Brief, den Hanno am Morgen in den Postkasten geworfen hatte.
Mein lieber Reinhold, verschließ Dich nicht in Deiner Hütte. Rauschgötter sind auch Götter, und manchmal strömen sie über. Ich muß jetzt fort, die Richtung heißt Rheingau. Leb wohl, leb wohl, gedenke mein! Hanno.
Dann hörte Reinhold nichts mehr von dem Freund. Der Juni verging und der Juli, der August verging.

Es ist Krieg, rief Magda, es ist Krieg, Bub, es ist Krieg! Sie weckte Reinhold, sie zitterte, seit fünf Uhr früh wird zurückgeschossen!
Die Schule hatte wieder angefangen. Der Musiklehrer komponierte eine Wehrmachtssymphonie. Der Chemielehrer berichtete von Greueltaten, die Polen an deutschen Männern, Frauen und Kindern verübt hätten, ließ Zeitungsberichte vorlesen und Fotos herumgehn.

Keiner kann sie mehr vergessen, schrieb Reinhold in sein Buch, sie scheinen einem im Traum auf und machen aus tiefer Kehle schreien. Bilder, die das Leben als Trug vor dem großen leeren Entsetzen Tod kennzeichnen, die den Gegenbeweis gegen jede Hoffnung, den Tod zu überleben, bebildern. Ermordet und entmannt, das Gesicht weggeschlagen, wohin? Gräber über Gräber, ein Mann mit Gewehrschuß in der Brust, Herzzerreißung! mit Granate im Gesicht, und es gibt nur noch ein Loch von dem Mann mit Kinn und Unterzähnen. Sie sprechen vom Blutsonntag, an dem das Schlimmste sich ereignet haben soll: gefoltert, ermordet, zuschanden gequält, unsere Frauen und Kinder! Und, was mich nicht mehr verläßt: das Foto einer jungen Frau, alle zehn Finger sorgfältig abgeschlagen, aus der Leiche ragt ein Kind.

Der Krieg dehnte sich aus, Heinrich war siegesgewiß: Das polnische Verbrechen steht schwarz auf weiß vor uns, das Recht ist auf unserer Seite, sagte er mit Blechstimme, so daß Magda zusammenzuckte.
Sie saßen in der Küche und hörten aus dem Volksemp-

fänger die Blechstimme, die in Heinrich gefahren war, so daß Magda wieder zusammenzuckte, so daß sie sich zu ihren Brüdern setzte, die zum Nachtessen gekommen waren, dicht heranrückte an die Brüder.
Wer mit Gift kämpft, wird mit Giftgas bekämpft. Wer sich selbst von den Regeln einer humanen Kriegsführung entfernt, kann von uns nichts anderes erwarten, kam es aus dem Volksempfänger.

Reinholds Revier als Fähnleinführer war der Ziegenberg. Oft marschierte er mit seinem Fähnlein über die Waldlichtung, die Hannos und sein Platz geworden war. Dort brannten sie Herbstfeuer, dort schrieb er in sein Buch: Meine Seele, scheint es, ist an die seine angewachsen, und er zog fort, und seine Seele zieht und dehnt die meine hintennach, so daß ich alle Tage hinbrüte und selbst die größten Gedanken, selbst die gelungensten Wortreihen mir ganz sinnleer sind. Er war mir ja doch zur Größe der Erde aufgewachsen, jetzt ist mein Boden mir entzogen, ich setze meinen Fuß auf Niemandsland.
Schade fehlt mir auch, gewiß, aber anders, nur im Täglichen eben, ansonsten pflege ich durchaus Kontakt mit ihm, lasse mir Gedanken einfallen, die mir nicht auf meinem Mist gewachsen scheinen und die ich dann mit eigenen Gedanken zu beantworten suche. Darüber hinaus ist dies auch ein amüsantes Spiel, in dem es darum geht, die eigenen Grenzen zu überschauen.
Was erwärmt mich aber gegen den Winter mit Hanno? Utz vielleicht, der ist aus gutem Holz, und Gummi, der Witzbold, das sind meine Schneemänner im Eis.

Ende Oktober 1939 war Ernteeinsatz, Weinlese im badischen Rebland. Die Obertertianer und Untersekundaner der Wagnerschule mußten zwei Wochen auf Musterhöfen und Weingütern arbeiten. Reinhold kam mit neun anderen Schülern auf einen Neuweierer Hof, alle gehörten zum Jungvolk, Utz und Gummi waren dabei.

Bis zum Frost machte es ihnen nichts aus, im Schlafsack in der Scheune zu schlafen, in den Reben zu arbeiten und nichts als Gesälzbrot und Suppe zu bekommen, denn abends gab es Streifzüge und Mutproben, Kartoffelfeuer und Fahnenwachen.

Wenn sie im Kreis ums Lagerfeuer saßen, alle Glieder ihnen wehtaten vom Bücken, Pflücken, Hucketragen, der Sturm über sie hinfegte, die Birken und die Erlen bog, dann sangen sie ihre Lieder, grüßten die Erde, grüßten die Luft, das Wasser, grüßten das Feuer mit dem stolzen Gefühl, ihren Beitrag geleistet, ihre Pflicht erfüllt zu haben.

Herbststürme und das Licht so schräg und die Felder so kahl und die Sehnsucht so groß, schrieb Reinhold in sein Buch. So wie der Mensch aus Erde gemacht ist und wieder zu Erde wird, so ist alle Liebe aus Sehnsucht und wird wieder zu Sehnsucht. Wies faule Holz im Walde leuchtet! Wie wir ihr nachjagen, der Liebe! Wies aufleuchtet und verglimmt! Wie wir ihr nachjagen, bis sie wieder zu Sehnsucht wird!

Aber wenn sie in aller Herrgottsfrühe in Nebel und Kälte hinausmußten, wenn sie schlaftrunken und frierend zu den Weinbergen hinaufstolperten, fiel ihnen nicht ein schneidiges Lied ein.

Weichling, Jämmerling, Muttersöhnchen, schimpfte sich Reinhold und hatte Heimweh.

In der zweiten Woche, als sie nach fünf Erntestunden aus den Weinbergen ins Dorf zurückgekommen waren,

um in der Bauernstube Mittagbrot zu essen, waren Mädchen da, Erika, Renate und Trudel. Sie brachten den Jungen Milch und Gesälzbrote, setzten sich zu ihnen, aßen mit. Die Jungen starrten vor sich hin und grinsten.
Zweiundsiebzig BDM-Mädels von der Droste-Hülshoff-Schule sind auf Höfe im Rebland verteilt worden, sagte Erika. Wir hier helfen in der Milchwirtschaft und schlafen zu dritt in einem Gesindezimmer.
Die Jungen grinsten, knufften sich untereinander und verabredeten sich mit den Mädchen für den Abend am Lagerfeuer. Und als sie dann durch das Dorf zurück in die Weinberge liefen, klopften die Nagelschuhe, im Gleichschritt marsch, aufs Kopfsteinpflaster, sangen sie schneidige Lieder, wähnten sie die Mädchen an den Fenstern, bei geöffneten Fenstern, weit aus den Fenstern hinausgebeugt, mit Ohren, die noch bis in die Weinberge hörten.
Am Abend kam das Mädchen Mechthild.
Seltsam, etwas wie ein Stück Heimat, Mutterland ist mir da angekommen. Mechthild ist keine Frau, sie ist was Besseres, schrieb Reinhold in sein Buch.
Ein Ringkampf wurde veranstaltet, den Jungen wuchsen Stierhörner, sie verkeilten sich, schnaubten, stießen, tänzelten, konnten nicht mehr voneinander, bis Gummi, der Schiedsrichter war, den Kampf abpfiff. Breitbeinig schritten die Jungen vom Kampf, suchten Holz zusammen, machten Feuer, die Mädchen brachten Kartoffeln. Sie aßen, redeten, sie sangen: »Wildgänse rauschen durch die Nacht, mit schrillem Schrei nach Norden, unstete Fahrt, habt acht, habt acht, die Welt ist voller Morden.«
Reinhold und Mechthild saßen nebeneinander. Was liest du, fragte Mechthild.

Die Dichter. Und du?
Ich lese unsere Zeitschrift, »Das deutsche Mädel«, und lese gern über die Saga-Frauen, unsere mythischen Vorbilder, die stolzen Frauengeschlechter unserer Heldensagen. Und das Mädchen erzählte Reinhold von Frauen in Island, die Höfe gebaut und Geschlechter begründet, von Unn und Thorbjörg, die sich siegreich männlichen Angriffen im Kampf gestellt, und von Hirtinnen aus dem Nordland, seltsamen feierlichen Gestalten in schwarzen Gewändern, die Männer aus den Tälern geraubt, ihre Beute zum Zwecke der Fortpflanzung in Berghütten verschleppt und nach der Zeugung in der Wildnis ausgesetzt hätten.
Utz will eine Rede vom Stapel lassen, rief Gummi, aber ich finde, heute sind die Mädels dran.
Die drucksten eine Weile, bis Mechthild aufstand und mit klarer Stimme sagte: Die Ewigkeit des deutschen Volkes und seine Sendung geht uns Mädels genauso an wie euch Jungs. Eines meiner Lieblingsbücher ist Walter Flex' »Der Wanderer zwischen beiden Welten«, und daraus will ich euch zwei Seiten über den Heldentod des Freundes vorlesen, denn auch wir Mädels sind vom brennenden Verlangen erfüllt, zu denen zu gehören, für die es um Tod und Leben geht.
Und als sie dann las, war mir, als trete ihr die Seele in die Augen, schrieb Reinhold in sein Buch. Die Kameraden hörten auf, an ihren Hölzern zu schnitzen, hoch oben standen die Sterne, alles war einfach und groß.

Am letzten Sonntag der zwei Wochen machten sich Reinhold, Mechthild, Utz und Gummi auf den Weg nach Dusterlingen. Dort, im tiefen Schwarzwald, wohnte ein Onkel von Mechthild, einer der letzten Drehorgelbauer, den wollten sie besuchen.

Sie standen früher auf als sonst, packten ihre Rucksäcke, marschierten zur nächsten Poststation und fuhren eine Stunde lang durch Dunkelheit und Frühnebel. Nach Dusterlingen ging kein Bus, führte keine Straße, nur Fußwege gab es, steil hoch durch den schwarzen Wald. Es war feucht und kühl, die Tannen standen so still, daß keiner sprach.
Reinhold kam außer Atem, sein Herz fiel ihm ein. Er wurde wütend auf sein Herz und stieg um so schneller. – Härte gegen sich selbst steht am Anfang allen Soldatentums, weil der nur den Sieg erringen kann, der den Willen zum Sieg und die Zähigkeit zum Durchhalten hat! Und er stieg weiter und weiter und ließ sein Herz hämmern. – Aushämmern, meinen Brustkorb weit und breit hämmern für die Kämpfe, die vor mir liegen!

Da ist Dusterlingen, rief Mechthild.
In gleißendem Sonnenlicht standen sieben Häuser, zwei davon waren ausgebrannt, keine Kirche, kein Friedhof. Mechthild klopfte an eine Tür. Ein Mann öffnete, zog die vier gleich in die Stube hinein, stellte Brot, Speck und Wein auf den Tisch, lachte, fragte nichts und sah ihnen beim Essen zu. Er mochte sechzig Jahre alt sein, trug langes Haar und einen spitzen Bart, und sein Lachen wollte nicht enden.
Die Stube war zum Bücken niedrig, Puppenhausfenster, eine Bank um einen Kachelofen, alte Bücher und seltsame Bilder, getrocknete Sommerblumen in Schalen und Gläsern.
Nach dem Essen erzählte Mechthild vom Ernteeinsatz. Da unterbrach sie der Mann, da endete sein Lachen: Im Dienst an etwas Großgeglaubtes meint ihr über euch hinauszuwachsen, in eine Art Unfehlbarkeit hinein. Daß euch nicht der Gedanke anfährt, Gott könne gegen

euch sein! Deutschland ist eure Religion, an Stelle des Glaubens an den Himmel und seine Engel habt ihr die Bismarcktürme und Walhallen gesetzt. Ihr betet zu Deutschland, ihr seid Nonnen und Mönche für Deutschland und folgt seinem gottlosen Ruf mit dem ewigen: Hier bin ich! Deutschland, das wie etwas hoch Herabgestürztes unter dem Boden eurer Kindheit lag, Deutschland, das wie ein seltsames Liedlein von letzten Wandervögeln euch herübergesungen wurde, Deutschland! in deine Leere und Öde schlich sich Gottes Finsternis! und gab sich als Gestalt des Ursprungs und der Zukunft zugleich aus, und der Maske wird geglaubt! Doch Gott ist redlich, und seine Schöpfungsdinge folgen auch auf dem Weg zum Abgrund dem Gesetz.

Der Mann sprang auf, lief durch die Stubentür, stieg eine Treppe hinauf, Orgelmusik drang durchs Haus, Jahrmarktsmusik und Kirchenmusik in einem.

Die Vier, die eben noch erschrocken stillgesessen hatten, liefen den Klängen nach. Auf dem Dachboden standen drei Drehorgeln, und der Mann stand hinter der größten und drehte die Orgel mit Riesenschwüngen. Und rief dazu: In mancher Nacht, wenn ich hier oben in den Himmel schaue oder aufs freie Feld hinausgeh, um die Sterne über mir zu fühlen, den Schöpfergeist zu spüren, den Dämon, der durch die Natur schreitet, kommt ein Engel. Und dann, befreit von der Langeweile meines niederen Verstandes, kann ich sehen. Und ich sage euch: Es gibt Engel des Lichts und Engel der Finsternis, die Engel des Lichts stehen für die Kräfte des Aufbaus, die der Finsternis für jene der Zerstörung. Sie arbeiten Hand in Hand, denn Licht und Dunkelheit sind Spiegelbilder, sind ein und dasselbe. Die Engel des Lichts ergießen sich in unser blutiges

Reich von ihrem Sonnenzentrum aus, und siehst du sie und hörst du sie, versinkt dein Seelenübel in alle Ewigkeit. Bei den Engeln sind Musik und Tanz eins, so daß der Tanz seine Musik mitbringt. Ich spiele euch jetzt die Musik, und ihr geht zurück in den Wald und findet den Weg nach Hause, denn die Dunkelheit bricht bald durchs Licht, und dann bekommt der Wald Krallen.
Die Drehorgeltöne zogen auf, der Mann drehte alle drei Orgeln auf einmal, rannte von einer zur andern, die Töne jubelten, und die vier liefen aus dem Haus.
Warum sind zwei Höfe ausgebrannt oben im Dorf, fragte Reinhold auf dem Rückweg zur Poststation.
Der Hotzenblitz, sagte Mechthild. Früher hat mir der Onkel erzählt, wenn der Geist in den Mauern die Bauern zu sehr bedrängt, kommt der Blitz aus dem Hotzenwald, zündet und befreit die Bauern.

Über Nacht kam der erste Frost.
Die Kälte fiel über mich her, machte mich steif, machte mich alt, lag auf mir wie ein Grabstein. Vor Müdigkeit konnte ich nicht erwachen, vor Wald, vor Orgeln und vor Engeln. Der Weckruf traf mich aus der Welt, aus der ich mich längst gestorben fühlte. Aber Utz und Gummi rüttelten mich ins Heu zurück, schrieb Reinhold in sein Buch.
Die Jungen wollten nach Hause fahren, aber die Mädchen wollten noch bleiben, denn ihre Stube wurde geheizt. Der Abschied sollte feierlich sein. Sie errichteten einen Fahnenmast, luden die Bauersleute, die Knechte und Mägde ein, zogen die Fahne hoch, standen im Kreis, hielten sich an den Händen und sprachen den Dank für die Gemeinschaft, für die Ernte, für die Schönheit des Sommers, des Herbstes.

Im Dezember bekam Reinhold Angst um Hanno. Er fragte Lehrer, die ihn unterrichtet hatten, fragte Kameraden, die ihn kannten, keiner hatte Nachricht von ihm, keiner wußte etwas.
Zuerst war mir Hannos Schweigen ein Schmerz, und ich habe mich gegen den Schmerz gewehrt, schrieb Reinhold in sein Buch, habe Gedanken, die mir mit dem Freunde kamen, mit anderen überdacht, mit solchen an Schade zum Beispiel, an den jeden Abend zu denken ich mir auferlegt, für den ich einen inneren Denkraum errichtet habe, in dem ich mich mit dem Zarten treffe, um ihn zu stärken. Und ich fühle mich stark dabei und verweigere mir Rechenschaft darüber, ob Schade, wenn es das Sein nach dem Tode gibt, wenn er in dieses Sein ein- oder unter- oder aufgetaucht ist, meiner Stärkung bedarf. An Hanno aber entwarf ich bis vor kurzem noch trotzige, hochmütige Briefe, da ich mich gelegentlich auch verraten und verkauft fühlen muß. Doch selbst wenn ich gewußt hätte, wo meine Briefe ihn erreichen, ich hätte sie nicht abgeschickt. Jetzt aber habe ich Angst um den Freund.

Reinhold ging zu dem Hause der von Wolfsbergs, zu dem er nie mehr hatte gehen wollen, in dessen Nähe er seither nicht mehr gegangen war.
Ich bin der Freund von Hanno, sagte er in die Sprechanlage. Ich möchte Herrn von Wolfsberg sprechen.
Herr von Wolfsberg ist verreist.
Dann möchte ich Frau von Wolfsberg sprechen.
Reinhold wartete, fror, Stirn und Hände heiß. Das Tor fuhr auf. Er ging über den Kiesweg, die große Tür wurde geöffnet.
Er stand allein in der Halle, die übermenschengroßen Onyxsphinxen, die links und rechts der Treppe lauer-

ten, schienen zum Sprung auf ihn anzusetzen. Er drehte ihnen den Rücken zu und ging einer Stimme nach, die vorzulesen schien.

Im Damenzimmer war Hannos Mutter, Frauen saßen im Halbkreis um sie, zwei Kerzen brannten an einem Adventskranz. Die Frauen stickten, strickten, häkelten, hatten Tee neben sich stehen, Liköre, Gebäck, Hannos Mutter las aus einem Buch: Unser jüngster Untergang wiederholt den Mythus der Edda. Als Ehre und Recht und Machtwillen auseinanderfielen, versank ein Göttergeschlecht, zerfiel in einem furchtbar blutigroten Bade 1914 eine Weltepoche. Die Frau unterbrach ihr Lesen, ließ das Buch sinken, sah die an, die um sie saßen: Eurem Wehschicksal, Eurem Leben in Pflichterfüllung, Ehrfurcht und Verzicht, Frauen und Mütter, Euren gefallenen Männern und Söhnen können deutsche Hände nicht genug Heldenmäler errichten, nicht genug Gedächtnishaine weihen.

Die Stimme der Frau zitterte, brach ab. Die Frau nahm das Buch wieder auf und las weiter: Dunkle satanische Kräfte wirkten überall hinter den siegenden Heeren von 1914, die dämonischen Mächte tobten hemmungsloser denn je durch die Welt. Zu gleicher Zeit aber wird in den gebeugten Seelen der Hinterbliebenen der toten Krieger – und hier sah die Frau wieder auf, sah jeder, die da um sie saß, in die Augen –, wird in den gebeugten Seelen der Hinterbliebenen jener Mythus des Blutes, für den die Helden starben, erneut, vertieft und erlebt. Diese innere Stimme fordert heute, daß die zwei Millionen toter Helden nicht umsonst gefallen sind, sie fordert eine Weltrevolution.

So, meine Damen, unterbrach die Frau ihr Lesen wieder und hielt das Buch hoch und sah denen, die um sie saßen, wieder in die Augen, dies schrieb 1920 der Mei-

ster Rosenberg, und wer will mir widersprechen, wenn ich behaupte, er ist mehr als Philosoph, er ist Prophet. Die Frau goß sich einen Likör ein, die um sie saßen, klatschten Beifall, die Frau sah Reinhold in der Türe stehn: Na, Freundchen, was willst du denn hier?
Reinhold trug die Uniform, nicht den zu kleinen Sonntagsanzug wie bei Hannos Fest, die Uniform machte ihn stark. Mein Name ist Reinhold Fischer, ich bin Hannos Freund, hörte er sich sagen. Ich habe zu lange nichts von Hanno gehört, nun bin ich in Sorge und muß Sie fragen, wie es Hanno geht, und Sie ferner um seine Adresse bitten.
Danke, es geht ihm gut, antwortete die Frau. Die Adresse kann ich dir nicht geben, doch kann ich dir sagen, er wird zum Weihnachtsfest nach Hause kommen. Und die Frau wendete sich wieder denen zu, die im Halbkreis um sie saßen, sah ihnen in die Augen und sagte: Das christliche Zeitalter ist vorbei, vor uns liegen die Jahrtausende des hitlerschen Zeitalters!
Reinhold lief davon, rannte durch die Halle, stürzte aus dem Haus. Da kam ihm Hannos Schwester auf dem Kiesweg entgegen: Hoppla, hoppla, Freundchen!
Reinhold rannte weiter, hätte sie gerne umgerannt. – Ihr das Hoppla verrannt und zerrannt, das erste und das zweite Hoppla! Ziege! sagte er vor sich hin und rannte, Ziegenkuh!

Magda buk Plätzchen, der Bruder half ihr beim Teigausstechen, Reinhold kam in die Küche gerannt und umarmte sie stürmisch, so daß sie erschrak. Beim Nachtessen konnte Reinhold nicht genug von Heinrichs Kriegserlebnissen hören, und als er dem Vater sagte: Du bist ein wahrer Held, ein wirklicher, von solchen hat es nicht viele gegeben! erschrak Heinrich auch.

Wer zerschlägt die Gesellschaftsordnung, die einen jungen Menschen geringschätzt, der nicht als Sohn eines Fabrikanten, Offiziers oder Gerichtspräsidenten zur Welt gekommen ist, und wer schafft jene, die den Menschen nach seinem wahren Wert beurteilt, schrieb Reinhold in sein Buch.
Muß jener sich für verschleudert und verloren halten? Muß der verzweifelte Mensch zugrunde gehn? Oder muß er selber die Faust in die Hand nehmen und auf den Gesellschaftstisch schlagen, bis der zerbricht?
Doch erst kommt Weihnachten und stimmt wieder milde. Weihnachten kommt, führt einen zurück in die Kindheit und macht einem zugleich bewußt, daß diese längst vorbei ist, daß das ernste Leben wartet wie der ernste Tod, daß beides schon ruft, eines schon fordert.
Die Wohnung ist voller vertrauter Schritte, Vater und Mutter hüten Geheimnisse, ich steige mit dem Bruder in die Dachkammer und stehle Weihnachtsplätzchen aus der Kommode, abends brennen zwei Kerzen. Doch denke ich an Hanno, schlägt der Himmel auf mich nieder.

Am Abend vor Weihnachten stand Hanno vor der Tür.
Komm rein, Mensch, sagte Reinhold.
Nein, ich will zum Ziegenberg. Ich kam, um dich abzuholen.
Reinhold suchte seine Jacke am Haken, zog die Jacke verkehrt rum an, hatte Gummiknie.

Hanno lief einen halben Schritt voraus, hatte den Mantelkragen hochgeschlagen, sah Reinhold nicht an. Blieb stehn, drehte sich halb, als horche er auf den Nachklang ihrer Schritte, sagte: Das Böse geht seinem Triebe nach, lachte bitter und lief weiter.

Als sie den Berg hinaufgelaufen waren, ihren Platz gefunden hatten, atemlos dasaßen und in den Himmel sahen, sagte Reinhold: Die Sterne kämpfen auf ihren Wegen für die gerechte Sache der Menschen.
Nein, sagte Hanno, es ist alles nur grausam und einsam. Stand auf, ging von Reinhold fort, kehrte ihm den Rükken. Doch dann riß es ihn zurück, dann griff er nach Reinhold, packte ihn, krallte sich fest an ihm: Derjenige, der ausplaudert, wird kraft der harten, unerbittlichen Gesetze des Ordens ausgelöscht.
Welchen Ordens?
Des schwarzen. Hanno ließ Reinhold los, kehrte ihm wieder den Rücken und sagte mit einer Stimme, die eher ein Krähen und Krächzen war: Es geht um den magischen Sozialismus!
Reinhold ging Hanno nach, legte den Arm um ihn. Hanno stand in seiner Not, zuviel noch an sich halten zu müssen, und zitterte. Dann brach es aus ihm los: Es geht darum, das gute Gewissen für die Grausamkeit zu gewinnen, das lernst du unter anderem, indem du übst, kleinen Mäusen die Augen auszustechen. Du mußt dich freimachen von allen humanen und wissenschaftlichen Vorurteilen, dich befreien von den Selbstpeinigungen einer Gewissen und Moral genannten Chimäre. Das Gewissen ist eine jüdische Erfindung, es ist wie die Beschneidung eine Verstümmelung des menschlichen Wesens. Nur das Harte und Männliche wird Bestand haben, bellte es aus Hanno heraus. Magisch-sichtig zu werden ist das Ziel der menschlichen Fortentwicklung. Und, Freund, du verstehst, die SS ist ein religiöser Orden, dem es nicht darum geht, die Ungleichheit unter den Menschen abzuschaffen, dem es ganz im Gegenteil darum geht, sie zu vergrößern und sie zu einem durch unüberwindbare Schranken geschützten Gesetz zu ma-

chen. Hanno zerrte an Reinhold, riß, klammerte an ihm: Die kämpfenden Mönche der Totenkopf-SS haben Gott besiegt und in die Flucht geschlagen, verstehst du mich?
Sie fielen um. Hanno krallte sich in Reinhold fest.
Nachdem sie eine Weile auf der Erde gelegen hatten, ließ Hanno los, stand auf, ging zurück zu ihrem Platz. Sie setzten sich, und Hanno fing zu erzählen an: Zuerst kommst du in eine Napola, das ist nur die Vorbereitung, alles halb so schlimm, Drill halt, totale Isolation, zackig, hart und nicht viel weiter. Dann wirst du in eine Ordensburg aufgenommen. Ich kam nach Bayern. Eine alte Burg ist dort zum Kloster umgebaut. Meine Zelle ist drei mal drei Meter, vier weiße Wände, Pritsche, Schreibpult, Spind. Du rennst dir die Stirn blutig. In den ersten Wochen kommst du nur mit Gleichaltrigen zusammen, um sie zu züchtigen oder um von ihnen gezüchtigt zu werden. Und wenn du dabei kotzt, weil du kein Blut sehn kannst, mußt du dein Gekotztes fressen, und wenn du dich weigerst, deinem wehrlosen Kameraden eine Rune ins Fleisch zu brennen, brennt ein anderer sie ihm rein, und du kriegst dafür zwei verpaßt.
Hanno kratzte die Erde auf um sich herum, scharrte, sah Reinhold nicht an: Und wenn du schon ganz kalt bist, ganz dünn bist, wenn du nur noch zitterst und Mama rufst, dann kommen sie.
Ordensburgen, Junge, schrie er auf, sind Schulen, in denen du lernst, den Tod zu geben und den Tod zu empfangen, in denen du lernst, dein Ich abzutöten. Tempel sind das, Mysterienschulen, in denen eine Jugend gezüchtet wird, vor der die Welt erschrecken muß: hochmütig, herrisch und gewalttätig. Sie wird lernen, die Todesfurcht zu besiegen, den Schmerz zu er-

tragen, und sie wird das lernen, was in keine aus Vernunft geborenen Worte zu kleiden ist.
Aber erst kommt das Gelöbnis zu übermenschlichem, unwiderruflichem Schicksal, schrie Hanno, und dann kommt die Weihe! Die Weihe! Er packte Reinhold am Nacken, am Arm: Wir befinden uns außerhalb der Welt. Die Burg hat einen Keller, ich erfahre den ersten Grad der Einweihung. Der Hochgradmeister zündet ein Licht. Es ist das kalte Licht Luzifers, das über diesem Reich aufgeht. Die geheime Priesterschaft der Totenkopf-SS sitzt maskiert im Kreis. Die Höchstgeweihten halten den nach unten gedrehten Ahornstab. Das Zyklopenauge wird dir geöffnet werden, sagt der Hochgradmeister und zieht mir die Hose runter. Ich liege nackt auf einem Stein. Ein Buch von Aleister Crowley wird mir auf die Brust gelegt: Und jetzt wirst du, ohne deinen Verstand zu behelligen, das Vaterunser von hinten aufsagen! Und das tat ich, und das tat ich immerzu. Und dann blieb ich liegen und stand auf, stand auf und blieb liegen und lief mitten hinein in mein Niemandsland. Und dann sah ich sie, schrie Hanno, brüllte er, dann sah ich sie!
Wen?
Die Blutseele, ich habe sie gesehen! Sie hockte da und sah mich an, und ich wußte, ich werde ihr nicht mehr entkommen, sie hat mich registriert, jetzt muß ich für sie reiten und vernichten. Es gibt sie, verstehst du, Hanno schüttelte Reinhold, und es gibt sie nicht, wie es alles gibt und nicht gibt. Und das ist das ganze Entsetzen!
Und dann, fragte Reinhold, als Hanno nicht weitersprach und er nicht wagte, den anzusehn, der da neben ihm saß und wimmerte: und dann?
Das Schwarze Korps, sie holten mich zurück, ich kam

wie ein Schlafwandler. Man sagte mir, ich hätte die Prüfung bestanden. Ich bekam die erste Weiherune. Und seither bereiten sie mich auf die zweite Weihe vor. Es gibt Einweihungsgrade, von denen ich nichts weiß. Aber die Kameraden reden von Menschenopfern.

Reinhold und Hanno saßen schweigend nebeneinander. Aber was ist das denn, was war denn das, was du erlebt hast, fragte Reinhold dann.

Sie nennen es neuheidnische Magie. Besessen werden sollen wir, damit die Mächte sich unser bedienen können. Das sagen sie auch noch! Wir sollen unsere Seelen in selbstleere Gefäße verwandeln, damit Geister von hohem Rang sich darin niederlassen können. Sie sagen das auch noch!

Und jetzt? Seitdem? Seither?

Ich habe nicht geglaubt, daß sie mich Weihnachten nach Hause lassen.

Wie lange kannst du bleiben?

Bis übermorgen.

Sie saßen nebeneinander und schwiegen. Dann sagte Hanno: Ich habe oft und oft an dich gedacht, Reinhold, nachts habe ich mich manchmal an deinem Namen festgehalten, denn ich habe keinen sonst. Du weißt nicht, wie Nächte sind, in denen zwischen Wachen und Schlaf die Bilder und die Stimmen kommen und dich nicht wachen und nicht schlafen lassen. Schmutzige Gespenster überfallen dich in deinem Ritz, in dem du dich nicht wehren kannst, eingeklemmt zwischen hier und da. So wächst du aus deiner Angst in deine Einsamkeit, in der keiner dich einholt, aus der keiner dich je mehr zurückholt, wenn du einmal drin bist. Das ist nicht meine Heimat Einsamkeit, mein Freund, das ist mein Ende, sagte Hanno. Stand auf und klopfte sich die Erde vom Mantel. Komm, sagte er, mir ist nicht mehr zu helfen.

Sie gingen schweigend zurück.
Vor Reinholds Haus blieben sie stehn.
Also, sagte Hanno und sah Reinhold nicht mehr an und ging.
Wo gehst du hin, rief Reinhold.
Ich will allein sein, rief Hanno.

In der Nacht kroch Reinhold zum Bruder ins Bett. Der schlief seinen Kinderschlaf und merkte nichts.
Am nächsten Morgen schrieb er in sein Buch: Manchmal scheint mir das Unfaßbare bekannt, wie von mir erfunden, ausgedacht, und manchmal scheint mir das Alltägliche wie Wahnwitz, und ich kann Ursache, Sinn und Zusammenhang nicht nachvollziehen. Heute zum Beispiel ist Weihnachten.

Im Januar kam Emma Zocher aus Schlüchtern ins Haus. Die Reichsfrauenschaft hatte Magda verpflichtet, dem Hausjahrmädel Kochen, Waschen und Putzen beizubringen und Familienanschluß zu gewähren. Emma Zocher zog in die Dachkammer.

Dort stand eine Kommode, in deren unterer Schublade die Mutter, solange Reinhold sich erinnern konnte, die Weihnachtsplätzchen verschlossen hielt. Weil er aber mit dem Bruder immer wieder in die Kammer hinaufstieg, reichten die Plätzchen, die ab Weihnachten täglich zugeteilt wurden und bis Ostern reichen sollten, meist nur bis Ende Januar. Die beiden hatten entdeckt, daß sie die obere Schublade herausziehen und so in die abgeschlossene untere greifen konnten, in der die Plätzchen lagen, hatten gelernt, sich zusammenzureißen und nie mehr zu greifen, als zwei Hände fassen, und höchstens einmal am Tag die knarrenden Stufen zur Kammer hinaufzusteigen, vorbei an der Tür von Frau Zopf und an der von Herrn Herz, in dessen Wohnung jetzt fremde Frauensleute wohnten, kurz angebundene, Schwestern vielleicht, über die im Hause keiner etwas wußte, und hatten sich angewöhnt, mit langen Gesichtern zu sitzen, wenn es der Mutter ein Rätsel war, daß, obwohl sie jedes Jahr mehr buk, Ende Januar wieder nur Krümel in der verschlossenen Lade lagen.

Emma Zocher war siebzehn, trug noch Zöpfe und dicke Strickstrümpfe, und Reinhold fiel das Wort handlich zu ihr ein, warum, wußte er selber nicht.

Als er wieder einmal zur Kammer hinaufgestiegen war, wissend, daß Emma Zocher Einkäufe machte, als er die Türe nicht verschlossen gefunden und dann die obere

Schublade der Kommode, wie gewohnt, herausgezogen hatte, lag da Emma Zochers Wäsche.
Reinhold hatte zu zittern angefangen, hatte in die weichen Gewebe fassen, daran riechen müssen, hatte weiter hineinfassen, hatte hinstarren müssen. – Als ob sich unter den Wäschehügeln etwas sonst noch zeigen könnte, etwas aus Fleisch und Blut vielleicht! hatte er sich angeherrscht, die Schublade geschlossen, die Plätzchen vergessen, war hinuntergerannt, zum Haus hinaus, zur Schule hin, hatte Leibesübungen gemacht, hatte sich an Reck und Barren besinnungslos geturnt.

Beim Abendbrot hatte er Emma Zocher nicht ansehn können. War dann in sein Zimmer gelaufen, hatte dann in seinem Zimmer gesessen, war sich zu wenig gewesen und zu viel und hatte in sein Buch geschrieben: Mein Kopf ist schwer, mein schwerer Kopf ist schwül. Das bin ich! Wenn auch mein Herz niederhängt, denn das hängt an Hanno, so ist doch auf eine neue Art etwas mit mir geschehen. Etwas ist in mir aufgegangen für einen Moment und über meine Ränder geschwollen. Es war der reine Zufall. So folgt der Mensch dem Zufall und irrt in dieser Welt umher und läßt Gedanken, die am Ende nichts als sündig sind, in sich herumschleichen! Ich habe die Unterkleider einer Frau in Händen gehabt!
Das Wesen ihrer Seele aber, wie ist das? Und hat sie eine? Wenn sie der Mutter nicht zur Hand geht, sitzt sie den lieben langen Tag herum, liest Romanhefte und starrt durchs Fenster, als müsse sie sich von außen füllen, weil sie innen so leer ist. Sie ist mir auch gar nicht sympathisch.
Gut, ich bin meine Welt, aber sie ist auch eine, aber ist sie ihre? Mein Bild davon ist kritisch. Und doch zieht

es mir inwendig durchs Wesen, das Gefühl von ihr, das Verbotene bei dem Gefühl, und das Gefühl zu fühlen, macht alles neu. Aber wenn es den Mann denn wirklich zum Weibe hinziehn muß, so will ich mich bewahren für das Eine, das Reine.
Sei doch gut und gescheit, rede ich mir zu, indes sich meine Phantasie wild und gewaltsam herumtreibt.
Heute abend, als ich ihr in der Küche gegenübersaß, war Rauschen in meinem Schädel und Glühen in meinem Gesicht. Ich lief in mein Zimmer und schwieg vor mich hin, auf daß der innere Gedanke erwache. Es brauchte eine ganze stille Stunde, und dann, als ich eben an Schade denken wollte, kam ein Nachtfalter, und ich mußte lachen und nahm ihn als eine Emanation des Freundes, der sich auf dem Schirm meines Nachtlichts niederließ und ganz Ohr zu sein schien, so Nachtfalter Ohren haben.
Schade, dein Grab ist schon alt, hätte ich ihm sagen mögen, die Erde ist schon daran gewöhnt, auf dir zu liegen, schon abgesunken ist sie in deine Versunkenheit hinab. Schade, der geheime Gedanke ist ja, daß das Leben natürlich ist und der Tod gegen die Natur, darum glaube ich auch letzten Endes gar nicht mehr an dich und glaube doch. Unsere Welten treiben jetzt wohl auseinander, weil dein Jetzt vergangen ist, und mein Jetzt will jetzt und glüht. Aber Weiber, Schade, was fange ich mit den Weibern an?
Hanno ist beinah so weit von mir, wie du es bist, nur um dich weiß ich Sorge nicht zu tragen, Hanno aber malt die Angst mir blutig. Soviel für heute nacht, mein Freund, denn jetzt werde ich mich in mein Bett hineingraben, um Schutz vor mir selber zu finden.

Für die Frauen ist Lernen ein Spiel und Können ein Schauspiel, Wissen ist für sie gleich einem flatternden Gefühlchen und Weisheit ein Spielzeug, ein Brummkreisel, sie dringt ihnen als Brummen ins Hirn und versetzt sie augenblicks in die schlechteste Laune, sprach der Chemielehrer am Morgen im Weltanschauungsunterricht. Und Reinhold stimmte ihm zu, obwohl er Ausnahmen machen wollte, Magda und vielleicht auch das Mädchen Mechthild.

Am Sonntagmittag saß Emma Zocher mit am Tisch wie jeden Mittag. Reinhold mußte sie ansehn und sah, daß sie die Zunge rausstreckte, wenn sie den Mund aufmachte, um Löffel oder Gabel hineinzuführen. Die Zunge war lang und rosa. Es ärgerte ihn, es machte ihn wütend, bei jedem ihrer Bissen wütender.
Sie sieht so dumm aus wie ein Tier, schrieb er in sein Buch. Wie kann ein Mensch nur so sehr Kreatur sein!

Am Nachmittag regnete es. Emma Zocher saß in der Küche und las Romanhefte, trug ein Dirndl, hatte die Brüste, deren Mitte im Ausschnitt weiß und offen war, auf den Tisch gestützt, so daß Reinhold an das Foto des Herrn Butz denken mußte.
Das Mädchen Mechthild kam und lud Reinhold ins Kino ein.
Der Film hieß »La Habanera«, Zarah Leander spielte die Hauptrolle und war so schön, daß Reinhold nicht bemerkte, wie Mechthild ihre Schulter an seine drückte.
Es war schon dunkel, als sie aus dem Kino kamen, und Reinhold wollte Mechthild nach Hause bringen. Es regnete immer noch. Sie gingen nebeneinander her, Mechthild sagte nichts und Reinhold mußte an Zarah

Leander denken. Wenn eine Frau, dann eine wie die, alles andere kannst du doch vergessen, sagte er, nachdem sie schon eine Weile gegangen waren. Da rannte Mechthild ihm davon.
Reinhold hätte sie leicht einholen können, aber er hatte ihr Gesicht gesehn, ehe sie davongerannt war. Die ist beleidigt am Ende, sagte er sich, Gott weiß, warum Mädchen dauernd beleidigt sind! Und er machte in seiner Rechnung der weiblichen Ausnahmen einen weiteren Strich, so daß ihm unbeschadet und eindeutig nur noch Magda blieb.

Als er nach Hause kam, sah er im Treppenhaus den Vater in Hut und Mantel von oben herunterkommen und die Wohnungstür aufschließen. Heinrich hatte ihn nicht gesehen, Reinhold hatte sich versteckt und stand da versteckt und wußte nicht, warum. Und als er dann in die Wohnung kam, saß Heinrich in der Küche hinter der Zeitung, Magda stand am Herd, der Bruder spielte Mühle gegen sich selber.
Wo ist die Emma, fragte Reinhold.
Die hat heut ihren freien Abend, es ist doch Sonntag, sagte Magda. Heinrich sagte nichts.
Ich war mit Mechthild im Kino, sagte Reinhold.
Hast du Hunger, fragte Magda.
In welchem Film, fragte der Bruder.
Habt ihr noch nicht zu Abend gegessen, fragte Reinhold.
Der Vater war doch bei den Kameraden, sagte Magda.
Es regnet, sagte Reinhold und sah durch die offene Küchentür Heinrichs trockenen Mantel am Haken.

Er lief aus dem Haus, die Mutter rief ihm nach, er drehte sich nicht um.
Er rannte zum Ziegenberg. Es regnete noch immer. Der letzte Schnee hielt sich grau und krustig an den Wegrändern. Oben in der Stille, in der Menschenleere, fing er laut zu heulen an.
Als er heimkam, waren die Lichter aus. Er schlich in sein Zimmer. Der Bruder schlief. Reinhold schrieb in sein Buch: Ich möchte ihr den Rock anzünden! Ich möchte ihr ins Haar schneiden!
Er konnte nicht einschlafen, meinte, glühende Glutteile stiegen aus seinem Kopf, seiner Brust, wanderten durch die Luft, würden Feuer entfachen unterm Dach, stand auf und schrieb in sein Buch: Ich habe mich nie gefragt, ob mein Vater glücklich ist.

Dann war Emma Zocher nicht mehr da. Und Magda sagte nichts und tat ihre Arbeit wie zuvor. Und Heinrich brachte ihr ein blaues Halstuch mit. Das trug sie dann bis zum Frühjahr jeden Tag.
Von Hanno kam keine Nachricht. Aber Mechthild hatte Reinhold geschrieben.
Lieber Reino, meine Gedanken waren in diesen Tagen oft bei Dir. Unsere Kameradschaft ist mir so viel wert wie Vater und Mutter. Alles, was das Leben bringt, will tapfer angepackt werden, und die höhere Macht, die über uns steht, wird das Rechte für einen jeden schon bereithalten. Wer weiß denn, wo es uns noch hin und her verschlägt! Doch auf dem Wesensgrund, innerlichst, denkt und träumt man sowieso zusammen.
Du aber, Reino, kommst mir immer vor, als seist Du zu Größerem geboren. So, nun ist es einmal heraus!
Denk Dir, meine Kusine heiratet. Sie ist kaum älter als ich und Gebietsmädelführerin im Westfälischen. Das

letzte Mal, daß wir uns sahen, im vergangenen April – wie haben wir noch miteinander gelacht!
Ich reiche Dir die Hand, Reino, und wünsche Dir das Beste. Mechthild.

Im Februar ging ein Erlaß der Stadtjugendführung an die Schulen, alle Jungen und Mädels sollten die Bibliotheken und Bücherschränke ihrer Eltern und Großeltern durchforsten, immer noch sei dort Material zur Verhunzung deutschen Geistes und deutscher Sprache zu finden. Bücher, die auf der Liste stünden, sollten entfernt und am ersten Sonntag im März abends um neun Uhr auf den Platz vor dem Universitätsgebäude gebracht werden.
Warum soll einer nicht alle Bücher in seinem Schrank haben, die er in seinem Schrank haben will, hatte Reinhold den Vater gefragt.
Es gibt Bücher, die lügen und verderben. Es gibt Bücher, die das Böse unterschreiben. Du bist jung und glaubst noch, was in Buchstaben steht, hatte Heinrich geantwortet.
Viele kamen ohne ein Buch, doch manche schleppten Säcke und Kisten. Die meisten waren in Uniform, die in Zivil fielen auf.
Die Bücher wurden zu einem Berg geschichtet und angezündet. Hier brennt der Gegengeist, rief einer. Über die Gesichter schlugen Feuerlicht und Schatten. – Als würden Seiten umgeblättert nachts vor einer Lampe!
Wer Bücher verbrennt, verbrennt auch Menschen, sagte einer neben Reinhold. Dich kenn ich doch, sagte der, du bist Hannos Freund!
Was weißt du von Hanno, fuhr Reinhold den an.
Was tust du mir, lächelte der andere, als sei er müd. Du bist im Feuerrausch!

Sie maßen sich, sie gingen umeinander.
Ich heiße Gabriel, sagte der andere. Er hatte langes Lockenhaar, trug lange Hosen.
Und woher könnte man sich kennen?
Von Hannos Fest. Du sahst mich nicht, du hattest getrunken, sprachst in Versen, hattest den Rückzug auf das eigene Wesen vorgenommen, um die störende Wirkung der Gesellschaft auszuschalten, die mit ihrer Seele in geistigen Unterwelten wurzelt. Du sprachst und sprachst, und dein Sprechen war gleichsam ein Schreiben in die Luft, mit der Gewißheit, daß der Besitz des richtigen Wortes Schutz vor dem Angriff der Materie gewährt.
Und Hanno, was weißt du von Hanno?
Ich schlage vor, wir treffen uns morgen um fünf Uhr nachmittags im Café Deibl, sagte Gabriel. Und dann kam ein kleines meckerndes Gelächter aus ihm, das Reinhold gegen alles stand, was an Feuerlicht und Dunkelheit, an Sorge und Zweifel am Platze schien. Gabriel zeigte mit langem Finger auf die ernsten Gesichter im Kreis: Schau, die Urbilder der Seele wabern und walten. Die herrschenden Dienst-Dichter haben ihnen den Nebel blau gefärbt, die Zeit ist reif für den Messias. Und lachte sein Gelächter und ging davon.

Gabriel saß schon im Café Deibl, als Reinhold kam. Der hatte eine wilde Traumnacht gehabt, Hanno hatte Posaune geblasen, und die Walküren hatten Beute gemacht, Menschen gerissen, sie vor Reinholds Haustür fallengelassen. Und dann war Gabriel aufgetreten, hatte unter dem ihm eigenen Gelächter den langen Finger erhoben und gesagt: Aufgabe des göttlichen Dichters ist, das Gottlose zu beschreiben.
Gabriels Lockenhaar schien Reinhold noch länger ge-

worden, und er sah die karierte Fliege und die Kreppsohlen und wußte nicht, was er von jenem halten sollte.
Du mußt wissen, fing Gabriel an: Ich bin einundzwanzig, Student der Literatur, ich bin der Gegen-Geist, den sie gestern nacht beschworen haben. Und dann kam wieder das Gelächter.
Was weißt du von Hanno, fragte Reinhold barsch.
Gabriel gab ihm einen Zettel, Reinhold erkannte Hannos Schrift und las: Gabriel, ich möchte Dir etwas Geschriebenes von mir senden. Ich möchte, daß Du es in Deinen Kreisen öffentlich machst. Ich will, daß meine Erzählung erschreckend einfach wird, einfach wie die Mysterien. Denn es ist ein Mysterium, das ich zu beschreiben habe: das reine, ewige Entsetzen. Ich schicke Dir, sobald ich kann und habe, und verlasse mich darauf, daß es möglichst vielen zugänglich wird. Hanno, am 26. Dezember 1939, auf dem Weg ins Verderben.
»Verderben, gehe deinen Gang«, schreibt Schiller, sagte Gabriel, lachte sein Gelächter, nahm Reinhold den Zettel wieder ab, steckte ihn zurück in die Brusttasche, hielt die Hand außen drauf.
Aber das ist Monate her, rief Reinhold, mußte aufspringen, mußte nach der Hand auf der Brusttasche greifen. Hast du seither Post bekommen?
Nein, sagte Gabriel, seither nichts. Und so nehme ich denn an, daß Hanno geopfert wurde, daß er auf geheimen Opfertischen verblutet ist, daß die Blutgespenster des Troisième Reich dort von ihm genascht haben und seine ausgelaugte Friedensleiche längst begraben liegt.
Die Kellnerin kam, brachte Gabriel Sahnetorte, und als Reinhold nichts sagte und nichts bestellte, bestellte Gabriel noch ein Stück Sahnetorte.

Ich glaube nicht an den Glauben, sagte Gabriel, aber ich glaube, daß der Reiter der Apokalypse schon in Galopp gefallen ist. Als ich Hanno an Weihnachten traf, sprach er über eine Angst, hatte sich in einer Angst verstrickt, verirrt. Kein Gedanke an Flucht! Herausfinden und erforschen, mit seinem Blute aufschreiben wollte er, welcher Zauber im innersten Kelch der braunen Blume gesungen wird.
Gabriel flüsterte, beugte sich über den Tisch zu Reinhold hin, der zurückgelehnt saß, der die Holzlehne im Rücken spüren wollte: Wir machen eine geheime Zeitung, den »Trutzgesang«. Wir befestigen die verbotenen Fahnen an Masten, die nur für freie Vögel erreichbar sind. Kierkegaard sagt, ein Einzelner kann der untergehenden Zeit nicht helfen, er kann nur zeigen, wie sie untergeht. Hanno weiß, was wir tun. Jawohl, er hat es die ganze Zeit gewußt, obgleich sein Sinn woanders stand, obgleich er sich bis dato mitten in der Vaterländerei befand.
Die Kellnerin brachte die Sahnetorte für Reinhold.
Verstehst du, sagte Gabriel, ließ sich in den Stuhl zurückfallen, ließ den Kopf nach hinten fallen: Ich glaube nicht an den Glauben, und ich glaube nicht an die Vorbestimmung, aber ich glaube, daß sich feine Fäden durch die Zeit gezogen haben und daß sich einer in ihnen verfangen kann.
Reinhold nahm wahr, daß sich das Café mit Menschen füllte, hörte ihr Reden und sah, daß Gabriel den Sahnekuchen aß, den er für ihn bestellt hatte.
Hast du schon gehört, sagte der, als er die letzte Sahne vom Teller gekratzt hatte, der deutsche Blindenverein hat seine jüdischen Mitglieder ausgestoßen. Und hast du schon gehört: Der deutschen Judenschaft wurde eine Wiedergutmachung von einer Milliarde Reichsmark

auferlegt für die Schäden der Pogrome, die an ihr verübt wurden. Und hast du etwa noch nichts gehört – da lachte der andere wieder sein Gelächter –, hast du wahrhaftig noch nichts gehört von in Schutzhaft gekommenen Juden, an denen Selbstmord verübt wird?
Geh zu den von Wolfsbergs, sagte Gabriel, wie gehetzt mit einem Male, und suche etwas herauszufinden: Suche herauszufinden, ob Hannos Angst wahr geworden ist. Und findest du etwas heraus, so komm an einem Mittwochabend nach elf Uhr in die Marienkirche am Graben. Klopf dreimal an die Tür des linken Flügels und sage: Trutzgesang. Und wenn du nichts herausfindest, aber wissen willst, auf welche Weise Vaterlandsverräter in der Schutzhaft wieder Gefallen an vaterländischen Liedern finden oder wie sie, um dem Schutz der Haft zu entgehen, sich Nadeln ins Herz, Bleistifte in die Augen stoßen, ehe sie ihr Hinrichtungsspiel mitspielen, dann komm trotzdem.
Gabriel stand auf, zahlte, ging. Von seinem Platz aus konnte Reinhold ihn über die Straße gehen sehn. Er wippte beim Gehen, die langen Locken wippten, als tanze er einen amerikanischen Tanz, einen verbotenen.

Es wurde noch immer früh dunkel, obwohl der Frühling schon zu riechen war.
Reinhold ging seinen Weg nach Hause. – Obwohl Frühling ist, liegt das Dunkel wie ein Schatten, Schlagschatten, Vorschatten des Todes oder Nachschatten! Er fing an zu rennen, hörte sich in den Lärm des Feierabendverkehrs Hannos Namen rufen, nahm wahr, daß er den Weg zu dessen Hause lief – den Passionsweg! kam zu Hannos Haus, sah das Haus erleuchtet. – Ein Haus voller Licht, da kann kein Toter im Hintergrund liegen! Und stand und schaute und hörte durch die dem

Frühling halb geöffneten Fenster Stimmen und Lachen von Gesellschaft. Da kamen ihm Gabriels Reden ganz unglaublich vor, und er schlug wieder den Weg nach Hause ein.
Aber kaum war er um zwei Ecken gegangen, überfielen ihn Zweifel, schien ihm unsicher, was ihm eben noch sicher erschienen war, sah er in den Himmel, auf der Suche nach einem Stern, den er kannte, auf der Suche nach einem Orakel, an das er sich vornahm nicht zu glauben, sprach er sich zu: Ich glaube an den Glauben, ich glaube an die deutsche Volksgemeinschaft, an ihren Kern und an ihr Wesen!
Er sah die Kassiopeia über sich stehen. Folgte den Straßen, in deren Lauf sie sichtbar war, sah in den Himmel, achtete nicht auf die Straßen, rannte, hetzte dem Sternbild nach und fand sich am Fuße des Ziegenbergs wieder.

Nachts schrieb Reinhold in sein Buch: Mein Tagebuch ist ein Nachtbuch geworden, ihm fehlts an Licht. Ich sitze auf meinem Stuhl an meinem Tisch – rings ist es heimelig wie sonst zu meiner Stunde – und ringe um den Stillstand meiner Gedanken und Hintergedanken. Mein Herzlärm müßte alle wachschlagen, sie schlafen aber, und ich bin froh darum und wünsche keinem, dem Bruder nicht und Vater, Mutter nicht, vor diesem Abgrund zu stehn, wo der Mensch den letzten großen Sturz ahnt.
Hanno! Was tu ich denn? Wo soll ich dich suchen, wen nach dir fragen und wem die Antwort glauben. Ich rief nach dir durch die Straßen und wurde auf seltsamem Wege hingeführt zum Fuße des Berges, den wir miteinander haben. Da stand ich mit jagendem Herzen allein.
Jetzt, kalt vor Angst und heiß von der Unordnung der

Gefühle, sitze ich in stillster Mitternacht, wo Katz und Hund selbst an Gespenster glauben, in meiner Klause und lasse eine Erzitterung nach der anderen über mich ergehn. Gewiß, die Nachtansicht aller Erfindungen und Wahrheiten ist besonders verdunkelt, dennoch, ich weiß mir deinetwegen keinen Rat.

Am Morgen, nach einer schlimmen Nacht, in der Gabriels Worte als lebendige Bilder über Reinhold hergefallen waren, in der die Mutter an sein Bett gekommen war, weil sie ihn hatte schreien hören, kam ihm von der Wagnerschule ein Lauffeuer entgegen: Der Chemielehrer, sie haben ihn verhaftet!
Schwul wie Winnetou, grinste Gummi.
Ist er dir auch schon mal an die Hose, Utz fiel vor Lachen fast vom Stuhl.
Einer griff sich einen andern, drehte den durchs Klassenzimmer: Zu kultischen Tänzen paart man sich, ältere Junggesellen treffen untereinander Damenwahl!
Großes Gelächter.
Das Gesetz sieht ausdrücklich die Möglichkeit der Kastration Homosexueller vor, rief einer.
Dann hacken sie ihm jetzt den Schwanz ab, rief ein anderer.
Ein Referendar hatte lange in der Türe stehn und dreimal rufen müssen, bis er gehört wurde: Die Jungzugführer der Klasse sollen zum Direktor kommen!
Reinhold, Utz und Gummi, Gottfried und Rich, die eben beide Jungzugführer in Reinholds Fähnlein geworden waren, nahmen vor vier SS-Männern und dem Direktor Haltung an.
Ihr seid alt genug, Jungs, daß ich euch über einen beklagenswerten Fall von Abart hier in der Schule, mitten in unserem Kollegium, in Kenntnis setze. Der Direktor

saß dick und welk in Deckung hinter seinem Schreibtisch: Weiß einer von euch nicht, was Homosexualität bedeutet?
Die Jungen schüttelten rote Köpfe.
Wißt ihr, daß solche Abart schwer bestraft wird?
Die Jungen nickten.
Seid ihr bereit, zum Wohle des deutschen Volkes vernommen zu werden?
Die Jungen nickten.
Ihr wißt, es gilt mit Recht nichts für gleich verwerflich als der Weib gewordene Mann. Ein solcher Mann wird geringer geachtet als der Jude selbst oder der gemeinste Verbrecher. Der reine Mann ist das Ebenbild Gottes – kriegstüchtig sei der Mann, gebärtüchtig das Weib! Wenn aber der Mann weibisch wird und es mit dem Manne treibt, so ist dies das größte Verbrechen wider die Humanität der Natur, gegen unser Erbe und unsere Ahnen. Ich will deutsch und deutlich mit euch reden: Ist der Mann euch irgendwann in irgendeiner Weise zu nahe getreten?
Die beiden SS-Männer hatten wort- und regungslos dabeigesessen, bis dann einer aufstand, zu Reinhold kam und ihn am Kinn packte: Red schon, Junge, los. Es geht ja nicht um deinen Kragen.
Wir Lehrer wollen euch Schülern Kameraden sein, hatte der Chemielehrer gesagt! Die Bilder der letzten Nacht kamen Reinhold vor Augen und verbanden sich mit dem Schicksal des Chemielehrers, so daß er sagen mußte: Ich weiß nichts zu sagen. So daß er rufen mußte: Wahrhaftig, da ist nichts geschehen, was ich je als abartig oder unsittlich habe empfinden können.

Tage später sprach sich in der Wagnerschule herum, man habe dem Chemielehrer den Prozeß gemacht, ohne ihm einen Anwalt zuzugestehen. Er habe sich selber hochmütig und aggressiv verteidigt, sich zu seiner Homosexualität bekannt und sich am Ende des Prozeßtages eine Kugel durch den Kopf gejagt.

Reinhold erhielt Nachricht, daß er Stammführer werden sollte. Alle Fähnlein der Stadt würden ihm unterstellt sein. Er würde die weiße Führerschnur tragen, die »Affenschaukel«, würde die Wege wissen und die Ziele nennen, als Auserwählter würde er dem Vaterlande dienen, für das Vaterland kämpfen, für neuen Glauben, neue Hoffnung, Menschenzukunft!
Er lief, er rannte, hinaus in seine Welt, hinauf auf seinen Berg, seine Füße standen auf der Erde, seine Welt brauste auf, sein Kopf ragte in den Himmel, das Blut aus der Schläfe überbrauste seine Augen, Ohren.

Heinrich packte ihn fest im Genick: Bub, sagte er rauh und schüttelte ihn, jetzt bist du der, nach dem es geht! Und der große Baum, den sie Heinrich einst gefällt hatten, der tief in ihm wurzelte, schlug aus und trieb auf.
Das Mädchen Mechthild kam und brachte Kuchen. Sie saßen in der Küche, lasen gemeinsam den Brief, den der Reichsjugendführer an Reinhold geschrieben hatte, und Mechthild bestaunte die weiße Führerschnur, die Reinhold von nun an zur Uniform tragen würde.
Kennst du einen gewissen Gabriel, fragte Reinhold, er ist einundzwanzig und studiert.
Wie sieht er aus?
Groß, schmalschultrig, dunkelhaarig, weißhäutig, lange Haare, lange Hosen, Fliege, Kreppsohlen etcetera, du weißt schon.
Ach, einer von der lichtscheuen Art, sagte Mechthild und lachte.

Es geht um Hanno, sagte Reinhold. Du weißt, diese ganze Chose mit Hanno, fuhr er fort, unterbrach sich, wußte nicht weiter.
Was ist denn mit Hanno, fragte das Mädchen.
Meine Sorge schlägt schwarze Schatten, wenn meine Angst wahr wird, werde ich mit der Welt zerfallen.
Wer Großes will, muß sich zusammenraffen, sagte Mechthild und lachte, der Zweifel gehört zur Größe wie die Treue zur Ehre. Ich habe dir ja geschrieben, sagte sie, und ihr Lachen zitterte, was ich von dir glaube.

Ich kann mit niemandem über Hanno sprechen, schrieb Reinhold in sein Buch. Es ist der 3. Mai 1940. Ich bin Stammführer geworden. Flügel sind mir herausgestoßen, als ich auf unserem Berge stand. Aber der Gedanke an Hanno zerbricht mir die Flügel, krachend und schmerzhaft. Das Glücksgebraus, der Sehnsuchtssturm nach Kampf und Sieg verstummt, wenn ich an den Freund denke.

Trutzgesang, flüsterte Reinhold, klopfte dreimal, Trutzgesang, rief er halblaut. Die Kirchentür ging auf. – Knarrend, selbstverständlich, wie im Kintopp!
Es war Mittwochabend um halb elf. Er konnte nicht erkennen, wer ihm öffnete, Dunkel kam aus der Kirche, Dunkel von der Straße.
Da kommt ja unser Stammführer, stillgestanden! Und dann hörte Reinhold das Gelächter Gabriels. Ich verbürge mich für ihn, hörte er den sagen, er ist Hannos Freund.
Reinhold wurde von der Türe fort-, hineingezogen in das Kirchenhaus. Mehrere Gestalten standen um ihn herum, auf dem Altar leuchtete das ewige Licht.

Du warst nicht bei den von Wolfsbergs, fragte Gabriel.
Nein, sagte Reinhold, noch nicht.
Gabriel führte ihn durch eine Tür hinter dem Altar über eine Treppe in den Keller der Kirche, in einen Raum, in dem schon andere um einen langen Tisch saßen, ältere als er, Studenten der Kleidung nach, auch ein Pfarrer saß da. In der Ecke des Raumes stand ein großer, mit Tüchern verhängter Kasten.
Freund Reinhold, sagte Gabriel, dem »Völkischen Beobachter«, dem bekanntlich nichts entgeht, sind wir bisher entgangen. Ich baue darauf, daß die braune Pest nicht alle deine zweihunderttausend Milliarden Zellen im Schädel befallen hat und du infolgedessen das Maul hältst über das, was du heute nacht hier hörst und siehst. Andernfalls, mein Sohn, lieferst du uns jenen aus, deren blonde Herzen zittern vom Rausch des Gefühls, mit dem Messer in fremden Leibern zu schneiden. Kurz und gut, du bist Hannos Freund, deshalb bist du hier. Du kennst seinen Brief, du teilst unsere Sorge und Erwartung. Wir stehen mit Händen, die gebunden sind. Aus diesem Behufe bist du eingeweiht. Die Wahnweser von der Dienststelle in der Friedrichstraße wähnen und wesen seit geraumer Zeit wider uns. Du aber, zu deiner Entlastung seis gesagt, selber ein noch sehr jugendlicher Anhänger unserer herrschenden Nationaldramatik und der volkhaft schlichten Ideen ihrer Inszenatoren, bist jenen mit dem bloßen Wink deiner Affenschaukel über jeden Verdacht erhaben. Ehe wir nun aber den Plan, den wir mit dir haben, vor dir ausbreiten, möchten wir dich bitten, unserer wöchentlichen Sitzung beizuwohnen und uns, nachdem du Dinge gehört haben wirst, die zum Nichteinschlafen taugen, den feierlichen Schweigeeid zu leisten. Hernach dann alles Übrige, mein Sohn.

Und nun, Freunde, wollen wir gemeinsam einige Verse des bis auf weiteres berühmtesten deutschen Emigranten sprechen, dem hier in unserer Heimatstadt vor schon längerer Zeit die Berechtigung aberkannt wurde, einer kleinen Straße seinen Namen zu leihen, weil er ein deutschfeindlich eingestellter Jude gewesen sei, dem die Ehrfurcht vor allem Hohen und Heiligen stets unbekannt geblieben sei und der das Deutschtum in den Schmutz gezogen habe.
Alle, auch der Pfarrer, sprachen die Worte wie einen Eid.

Denk ich an Deutschland in der Nacht,
Dann bin ich um den Schlaf gebracht,
Ich kann nicht mehr die Augen schließen,
Und meine heißen Tränen fließen.

Seit ich das Land verlassen hab,
So viele sanken dort ins Grab,
Die ich geliebt – wenn ich sie zähle,
So will verbluten meine Seele.

Und zählen muß ich – Mit der Zahl
Schwillt immer höher meine Qual,
Mir ist, als wälzten sich die Leichen
Auf meine Brust –

Ich hoffe, dir ist klar, mein Sohn, daß wir soeben verbotene Verse rezitiert haben, sagte Gabriel, ebenso verboten wie jene, die neulich durch euch brannten. Und jetzt, reiß die Ohren auf, jetzt kriegst du was zu hören, daß dir die Augen übergehn!
Reinhold wurde ein Stuhl an dem langen Tisch zugewiesen, Gabriel saß am einen Ende, der Pfarrer am anderen. Alle hatten Papier und Bleistift vor sich. Ein Mädchen mit langen Locken und rotgemaltem Mund

sagte: Er wird glauben, er sei in ein Völkerkundeseminar geraten. Wir müssen ihm erklären, worums hier geht.
Gemach, gemach, ich schlage vor, wir lassen alles ablaufen wie sonst, und er kann fragen, wenn ihm was spanisch vorkommt. Unsere Zusammenkunft hat wie immer drei Teile, erstens Bericht neuester Vorkommnisse, zweitens Referat, drittens Diskussion. Das Wort hat Gisèle, sagte Gabriel.
Ein zartes blondes Mädchen stand auf: Im Heimatdorf meiner Eltern im Vogelsberg, unweit von Laubach, lebte eine jüdische Familie, seit eh und je fliegende Händler auf den Märkten der Kleinstädte. Der Mann hatte sieben Kinder mit seiner Frau, vier Mädchen und drei Buben. Was ich jetzt erzähle, weiß ich bestätigt von genug Leuten aus ebendiesem Dorf: Die SS kam in das Haus, verlangte fünftausend Reichsmark von dem Mann. Der aber hatte in seinem Leben nie eine solche Summe in Händen gehabt. Da schlugen sie ihn, trieben ihn mit Frau und Kindern in den feuchten Keller. Alle mußten sich nackt ausziehn. Die Frau hatte ihre Natur, was im Jüdischen soviel wie Unreinsein bedeutet. Sie fesselten die Kinder und banden sie an, Mann und Frau aber gaben sie literweise Rizinusöl zu trinken, fesselten auch die, steckten sie zusammen in einen Sack und schnürten den unter den Hälsen der beiden Unglücklichen zusammen. Keinem von uns ist vorstellbar, was diese Schmach für einen frommen Juden bedeutet.
Niemand hörte ihre Schreie, gemeinsam mußten sie die Wirkung des Rizinus erleben. Als sie nach mehreren Tagen und Nächten gefunden wurden, die Frau ohnmächtig, der Mann halb wahnsinnig, zwei der Kinder tot, waren die Leiber der Eltern vom eigenen Kot, Urin und Blut angefressen wie von Würmern. Die Frau

konnte vor Mann und Söhnen nicht mehr sein und hat sich erhängt. Da ist der Mann endgültig wahnsinnig geworden, und sie haben ihn abgeholt. Die fünf Kinder sind in ein jüdisches Waisenhaus gebracht worden, das im vergangenen November geschlossen wurde, jede weitere Spur fehlt.
So, sagte Gabriel, und jetzt ist Charly dran.
Ich wohne in der Arbeitersiedlung am Klingelbach, sagte einer, den Reinhold vom Sehen kannte, ein Rothaariger, der immer pfeifend durch die Straßen ging, Bücher unterm Arm, den Kopf im Nacken. Der Vogelschauer, hatte Reinhold den für sich genannt. Ich wohne noch bei meinen Eltern, sagte der, über uns wohnt einer, von dem es immer hieß, er sei ein alter Genosse. Letzte Woche haben sie ihn abgeholt, sechs Mann von der SS. Sie haben ihn aus der Wohnung geprügelt und vor dem Haus, im Gärtchen, auf dem kleinen Rasenstück mit den Zähnen Gras rupfen lassen, dann haben sie ihn mitgenommen. Vor zwei Tagen ist der Genosse zurückgekommen, kahl am Kopf. Sie haben ihm die Haare ausgerissen, Teile der Kopfhaut sind mitgegangen.
Hat sonst noch jemand was zu sagen, fragte Gabriel in die Runde. Und als die andern schwiegen, sagte er: Dann kommen wir zum zweiten Teil des Abends. Herr Pfarrer, ich bitte um Ihr Referat.
Wie ihr alle wißt, begann der Pfarrer, stehlen die Juden geweihte Hostien, die sie in Hinterzimmern mit Messern durchstechen, wobei sie aus dem sechsten Buch Mose rezitieren, bis Blut aus den Hostien quillt. Und wie ihr weiter wißt, gibt es viele, die gesehen haben, wie die Juden das Christkind eingefangen, in einen Sack gesteckt und fortgeschleppt haben, um es zu schlachten. Koscheres Fleisch vom Christkind!

Dies zur Einführung. Und nun, meine Freunde, fuhr der Pfarrer fort, werde ich euch darlegen, wie der Antichrist unter uns Wohnung genommen hat. Das Buch der Offenbarung hat sich geöffnet, er ist ans Tageslicht herausgetreten und hat sich in der Seele eines Menschen von Fleisch und Blut niedergelassen. Seine Stimme hat magischen Klang, und wie der Rattenfänger von Hameln verführt er, ihm zu folgen. Er bringt Alt und Jung, große und kleine Geister dazu, ihre moralische Verantwortung aufzugeben. Sein Äußeres ist simpel, er trägt vielleicht sogar einen komischen Schnauzbart.
Der Pfarrer unterbrach das folgende Gelächter: So weit, so gut. Welche Lügen aber liegen seinem unaufhaltsamen Aufstieg zugrunde? Eine, meine Freunde, will ich mich heute abend aufzudecken bemühen.
Dem einen oder anderen hier wird eine Schrift bekannt sein, die sich »Die Protokolle der Weisen von Zion« nennt, eine Schrift, die raffiniert zu behaupten versucht, die zionistische Bewegung sei nicht gegründet worden, um Heimat für jüdische Flüchtlinge in Palästina zu erlangen, ihr geheimes Ziel sei vielmehr die uneingeschränkte Herrschaft über die Welt. In Basel, so wird behauptet, seien 1897 zu einem internationalen jüdischen Kongreß führende Rabbiner und kabbalistische Okkultisten aus Europa, Nord- und Südamerika zusammengekommen, um Pläne zur Versklavung der gesamten Menschheit zu entwerfen. »Wir wollen überall Unruhe, Streit und Feindschaft erzeugen«, ist in den angeblichen Protokollen dieser Zusammenkunft nachzulesen, »wir werden einen fürchterlichen Krieg auf Erden entfesseln, werden die Völker in solche Bedrängnis bringen, daß sie uns freiwillig die Führerschaft anbieten, durch die wir die ganze Welt beherrschen können. Wir – das Tier sagt immer wir, denn seiner sind Legio-

nen – wird sind die auserwählten, sind die einzig wahren Menschen. Wir wollen unsere Arme in allen Richtungen wie Zangen ausstrecken und eine solche Gewaltherrschaft errichten, daß alle Völker sich unserer Herrschaft beugen werden.«

Der Reichsphilosoph Alfred Rosenberg, sprach der Pfarrer weiter, hat dieses Machwerk in Umlauf gebracht, wohl wissend, daß es sich hierbei um die Fälschung eines Russen namens Nilus handelt, Schüler des würdigen Philosophen Solowjew, der, vom Buche der Offenbarung begeistert, seinerzeit ein Werk mit dem Titel »Erzählung vom Antichrist« geschrieben hat, von dem in den angeblichen »Protokollen der Weisen von Zion« betrügerischer Gebrauch gemacht wird. Solowjews Leviathan aber übernimmt nicht die Seele und den Körper eines Juden, wie der Antichrist der »Protokolle«, ganz im Gegenteil begriff der weise Solowjew, daß gerade die Juden, die ihre alte Weisheit und Frömmigkeit bewahrt haben, die im Kol Nidre-Gebet ihren Gott einmal im Jahr um Vergebung für nicht eingehaltene Versprechen bitten, die sie sich selber gaben, notwendig zu den wenigen gehören werden, die den Drachen erkennen und beim Namen nennen. Und Solowjew sah voraus, daß auch deshalb die jüdische Rasse der furchtbaren Verfolgung des Antichrist zum Opfer fallen wird.

Die sogenannten »Protokolle der Weisen von Zion« aber verfehlten die gewünschte Wirkung nicht. Endlich glaubten gewisse deutsche Kreise, die rechte Erklärung für die Niederlage des Vaterlandes im Weltkrieg gefunden zu haben: die gemeine jüdische Verschwörung! Fast in jedem Land tauchte diese These in den zwanziger Jahren auf. Haß gegen das Judentum ging daraufhin wie eine Flutwelle über die westliche und die östliche

Welt, eine jener Wellen, die die Hitleristen zur Macht getragen haben. Und die grausame Ironie der Geschichte: Der Dämon, Freunde, versteht mich recht, der Geist, der Gedanke, der Impuls, der aus den Protokollen spricht, versah die Hitleristen dann in der Tat mit einem Plan zur Erringung der totalen Macht.
Die Juden werden heute nicht nur für ihr Judentum, für ihren Mord an Christus, der, wie Houston Stewart Chamberlain so überzeugend behauptet, mitnichten Jude gewesen ist, sondern hübscher galiläischer Arier blondesten Blutes, das sogenannte internationale Judentum wird auch für die radikalmaterialistischen Ideen verantwortlich gemacht, die dem Bolschewismus zugrunde liegen. »Der Drahtzieher des Sozialismus und Marxismus, der ewige Jude im Kampf um die Weltherrschaft«.
Der Herr Herz! Reinhold mußte an den Herrn Herz denken. – Ein Weltverschwörer, bucklig vor Verschwörung, den Leib gewunden und verdreht, ein Verschwörungsleib! Herr Herz, das Tier mit dem roten Herrschaftsstab in der Klaue! – Aber vielleicht manche, aber niemals alle! hörte Reinhold sich sagen.
Wie meint er das, hörte Reinhold Gabriel fragen.
Das ist wie nicht wahr, hörte Reinhold sich sagen, daß ihr hier sitzt und in der einen Welt noch eine andere behauptet! Was wollt ihr denn von mir? Was wollt ihr überhaupt?
Wir wollen den verdunkelten, den verwundeten, den in die Irre geleiteten, in die Enge getriebenen, den wahnsinnig gewordenen deutschen Geist von innen her kurieren, herrschte Gabriel Reinhold an.
Wir wollen retten, was zu retten ist, sagte der Pfarrer.
Wenn noch was zu retten ist, sagte Charly.
Nimm an, sagte der Pfarrer zu Reinhold, ein Volk lernt

durch faulen Zauber, durch Umzüge, Fahnen- und Treueschwüre wieder an sich zu glauben, ein Volk, was nicht mehr an sich geglaubt hat. Und hernach glaubt es denen weiter, die ihm den Glauben an sich wiedergegeben haben, und fängt an, sich in dem von jenen vorgegebenen dunklen Irrsal zu verstricken. Dann erheben jene das Volk zum Götzen seiner selbst, und ein Götze braucht Opfer, sonst ist er keiner.
Hanno, rief Gabriel, denk an Hanno!
Und jene Gewalthaber sind die schlachtenden Priester des Götzen Volk, rief das Mädchen mit den roten Lippen und dem Lockenhaar. Greuel wird Glorie, der Tieranteil im Menschen setzt sich in Marsch. Juden, Zigeuner, Kommunisten, Homosexuelle und Bibelforscher kommen in Schutzhaft. Zwangsarbeit, Folter, Pogrome.
Sie kommen ins KZ, rief Gisèle. Hast du von Dachau gehört? Weißt du, was KZ ist?
Schlichte Definition von KZ, sagte Gabriel: eine zeitweise Freiheitsbeschränkung mit erzieherischem Ziel, oder: Erdulden jeglicher Art von Schmerz. Schmerz und Blut erhitzen die Lust dieser Priesterkaste.
Hast du je von Konzentrationslagern gehört? Von Dachau, Flossenbürg, Sachsenhausen, Buchenwald, Mauthausen, Ravensbrück, schrie einer Reinhold an.
Hast du je Radio London oder Beromünster gehört? schrie ein anderer.
Schluß, rief der Pfarrer. Es sieht ja aus, als wolltet ihr unserem Freund ans Leder.
Stammführer, schrie das Mädchen Gisèle, weißt du, daß vier Hitlerjungen letzte Woche in der Kathrinengaß den alten Eisenhändler Salzmann in seinem Geschäft mit Eisenstangen so lange erschlagen haben, bis er erschlagen war! Und das Mädchen ging auf Reinhold zu, daß der sich wehren mußte.

Nein, schrie der, niemals!
Und Hanno, schrie Gabriel, wo ist Hanno, was ist mit Hanno?
Hanno! Einsam, kalt, mit Fieber in den Augen, weinend, klammernd, geschüttelt! – Was ist mit Hanno, schrie Reinhold.
Keiner weiß, sagte Gabriel ruhig. Alle schwiegen. Dann sagte er: Du mußt zu den von Wolfsbergs gehn, in deiner Uniform mit der Affenschaukel. Du mußt versuchen rauszufinden, was geschehen ist, scheißegal wie. Geschehen ist gewiß was.
So, Freund Reinhold, sagte der Pfarrer und legte ihm den Arm um, daß der am Arm des anderen sein Zittern spürte: Du leistest jetzt den Schweigeeid über alles, was du bei uns gehört und gesehen hast. Und der Pfarrer hielt ihm das Kreuz hin.
Die andern gingen zu dem mit Tüchern verhängten großen Kasten in der Ecke, nahmen die Tücher herunter, stellten sich um den Kasten herum.
Was ist das, fragte Reinhold.
Eine Druckmaschine, sagte der Pfarrer. Wir drucken hier den »Trutzgesang« und die Flugblätter. Wir haben noch die ganze Nacht zu arbeiten.
Gabriel brachte Reinhold durch die dunkle Kirche hinaus. Paß auf dich auf, Stammführer, sagte er unter der Tür. Bis nächsten Mittwoch.

Ich werde zum Schreiben gezwungen, es treibt und schreibt mich. Mich? Bin ich das, Reinhold Fischer? Andere denken in mich hinein, wollen mich umdenken.
Bist du das, Reinhold, könntest du mich jetzt wohl fragen, lieber Schade, und ich wüßte dir kaum Antwort. Mein innerer Chor ist aus der Tonart gefallen, ich war

meine Welt, und nun? Diese Wirklichkeit ist nur eine Ansicht und deren Beschreibung, und also muß ich gewärtig sein, noch andere Ansichten zu sehen und mit noch anderen Beschreibungen konfrontiert zu werden. Aber Wahrheit, das Resultat der Summe sämtlicher Wirklichkeiten, Ansichten und Beschreibungen, die Essenz sozusagen, Wahrheit ist einmalig. Oder, Schade? Und was, mein Freund, fange ich an, sollte ich feststellen müssen, daß es noch eine Wahrheit gibt? Oder schlimmer noch, daß meine Wahrheit, in der ich geborgen und gerecht war, Verdunkelung erfährt, so daß ich stolpere und in ein kleines Grab falle?

Schade, Schade, was mag mit unserem Hanno sein?

Und was ist mit den verbotenen Sendern, und warum sind sie verboten? Wenn die Sache aber eine gerechte ist, braucht sie Verbote nicht.

Es wird Krieg geführt gegen meine Gedanken, Schade, mit Mißtrauensgeschossen haben sie mich getroffen: Was wird mit den Juden gemacht, und wo ist der Herr Herz geblieben?

Die vertraute Glocke schlägt draußen, aber wie gehts mir, Schade? Mir wurde heute eine Wunde geschlagen, die wird nicht heilen, eh ich weiß, wie sich das Ungereimte reimt. Und was mit Hanno ist. Und was mir sein Brief an den »Trutzgesang« zu bedeuten hat.

Wenn ich nun aber mir ins Angesicht sagen müßte: Du hast dich geirrt, Stammführer, bitterster Irrtum, deine heiligen Berge sind Müllhalden, nicht Feldherrn sitzen droben, um kommende Schlachten zu lenken, Lumpenhändler regieren und maskieren dein Volk mit ihrer Handelsware, knebelns, fesselns, nehmen ihm das Augenlicht. Was aber dann?

Am Morgen, im Mailicht, im Bett, im Zimmer mit dem Stuhl und dem Tisch, mit dem Blick auf die graue Wand vom Nebenhaus, mit dem Kaffeeduft und dem Muttergesicht, dem Weckgesicht, fragte Reinhold sich, warum, da sich nichts verändert hatte, sich alles verändert haben sollte.
Der Raum unter der Kirche scheint mir, bei Licht bedacht, so abgetrennt von der Wirklichkeit, daß ich glauben kann, es sei mir am gestrigen Abend eine Spielart von Sinnestäuschung widerfahren, schrieb er in sein Buch.
Die auf der Erde lebenden dreigestirnigen Wesen haben ja eine in der gesamten Schöpfung womöglich einzigartige Veranlagung, die Phantasie mit der Realität zu verwechseln. Je schöpferischer also einer ist, desto mehr mag ihm das unterlaufen. Und unsereins, sowieso an den Wirklichkeitsromanen weniger interessiert, rutscht auf der schrägsten Rutsche hinein in die Schleier und läuft wie gestern abend gar Gefahr, sich vollständig in ihnen zu verwickeln.
Das mußt du von dir wissen, Reinhold Fischer! Und in deine Menschenzukunft hinein sachlicher schaun! Was aber deine Dichterzukunft angeht, so dir eine solche zugedacht sein mag, darfst du auf Fabelwesens breitem Rücken bis zu den Inseln der Verbotenen reiten.

Hast du die »Protokolle der Weisen von Zion« gelesen, fragte er den Vater beim Frühstück. Aber der wußte nicht, wovon Reinhold sprach.
Was weißt du von den Juden, die verschwinden?
Die bekommen eigenes Land im Osten. Für die Juden wird dort auf freiem Feld eine neue Heimat geschaffen, dort können sie siedeln, können dort ungestört nach ihrer Sitte leben und stören uns hier nicht in unserer.

Reinhold bekam einen neuen Chemielehrer, einen in seine Formelwelt aufgelösten freundlichen alten Herrn im schwarzen Gehrock. Ein Fräulein, eben aus Afrika gekommen, wo es deutschen Kindern Deutsch beigebracht hatte, übernahm den Unterricht in Literatur und Weltanschauung.
Wochenlang gestand sich Reinhold die Verehrung, die er für Fräulein Dr. Freitag empfand, nicht ein. Las seine Dichter, las, so viel er konnte, machte Entwürfe, Pläne in ein extra gekauftes Oktavheft, wie er im Verlaufe von zwei Jahren die gesamte Weltliteratur gelesen haben könnte: drei bis vier Tage für einen großen Roman, zwei Tage für einen kleinen, ein Theaterstück pro Tag, und an Tagen, die mit Jungvolkarbeit angefüllt sind: so viel Gedicht wie möglich! Faßte sich ein Herz, ging zu dem Fräulein, bat sie, seine Pläne betreffend, um Rat, erzählte von bereits Gelesenem, schon längst Gelesenem, zeigte ihr sein Oktavheft, in dem er penibel Inhaltsangabe und Beurteilung des Gelesenen vermerkt hatte.
Wie kamen Sie an Hölderlin und Rilke, fragte das Fräulein.
Ich hatte einen Freund, sagte Reinhold, und erschrak über die Vergangenheitsform.
Das Fräulein sahs und fragte nach.
Er ist verschwunden, sagte Reinhold.
Das Fräulein sah ihn an.
Barsch sagte Reinhold: Er ist nicht wieder aufgetaucht, und wollte sich umdrehn, gehen. Aber das Fräulein bestand auf mehr. Sie war dunkelblond und mittelgroß, trug eine Brille und einen Haarknoten. – Hat einen süßen Mund, hatte Reinhold in sein Buch geschrieben, und sah jetzt auf den Mund.
Und sah den Mund des Fräuleins sagen: In unserem

Reich verschwindet niemand, darf auch niemand verschwinden. Das Volk hat einen jeden hart in seinen Dienst gerafft. Einzelgängertum hat jetzt kein Recht mehr. Untertauchen kann hier keiner.
Aber verschwinden, sagte Reinhold, wie die Juden, fuhr es aus ihm heraus.
Ach, die Juden, die Juden, lachte das Fräulein, die kann man vergessen! Denken Sie an die Deutschen, denken Sie an Ihren Hölderlin. Kennen Sie »Patmos«, fragte sie und wartete die Antwort nicht ab und sprach, nein, sang:

Der Vater aber liebt
Der über allen waltet,
Am meisten, daß gepfleget werde
Der feste Buchstab, und Bestehendes gut
Gedeutet. Dem folgt deutscher Gesang.

Reinhold lief durch die Stadt, lief auf Umwegen nach Hause, lief nicht zum Ziegenberg, kam spät heim, lief in sein Zimmer und schrieb in sein Buch: Ich ging durch den Frühling, ich wollte unter Bäumen gehn. Ich saß am Fluß unter den Bäumen, ließ mich hinab auf meinen Grund, schritt aus und gelangte ans alte Herzland, schon von vielen so betreten. Mein Kinderland liegt hinter mir, die Schranken, die dem Gefühl bis hier gesetzt waren, haben sich geöffnet. Ich lachte, sprach, erzählte es dem Fluß: Ich lege den Arm um ihre Schulter, lege den Arm um ihre Hüfte, sie zittert, der süße Mund steht offen! Dann quälte ich mich durch die Wonnen des Frühlings heim in mein Schattenreich. Und hier erschrecke ich, denn bei gewissen Gedanken ist mir, als trüge ich ein Raubtier in mir, das fleischen will.

Am Tag der großen Wettkampfspiele gingen Reinhold, Utz und Gummi gemeinsam zum Spielfeld. Einer von der Hitlerjugend wollte sich ihnen anschließen, aber voller Verachtung ließen sie ihn abblitzen. Wir sind vom Jungvolk, rief Utz, wir haben es nicht nur in den Beinen!

Und sowieso, rief Gummi, dieser Friedeburg Miller eben, ich kenne ihn, wir haben uns vormals öfter die Pfote gequetscht, aber dann, zu Verstand gekommen, hat man ihn schließlich kennengelernt: Sein Vater ist gebürtig im vernegerten und degenerierten Frankreich, der Apfel fällt nicht weit vom Stamm, der ist wie ein Beefsteak, außen braun und innen rot.

Der Platz ist gerammelt voll, rief Beilharz, der Pfarrer werden wollte und in der letzten Klasse sitzengeblieben war, ihnen entgegen. Mensch, Junge, sagte er zu Reinhold, dein erster Auftritt als Stammführer, gratuliere! Die heilige und ehrwürdige Elternschaft drückt schon die Bänke, gut schwitz, ahoi!

Sie sammelten sich auf der Straße und zogen in die Arena: peinlich ausgerichtete Linien, strammes Marschieren. Ein Pfiff von Reinhold, und der Kampf begann. In der Pause machte der BDM Ringspiele und Bodengymnastik, Mechthild hatte das Kommando. Zum Schluß wurde »Unsere Fahne flattert uns voran« gesungen.

Ich bin stolz auf dich, Reino, sagte das Mädchen Mechthild beim Wettkampffest, du bist ein Stammführer, wie er im Buche steht. Wenn du einmal Soldat wirst, wünsche ich dir, daß du in Kämpfe kommst und daß du Sturmangriffe erlebst. Du hast das Zeug zum Helden, Reino.

Im Helden steckt Gewalt, sagte einer von hinten. Gabriel stand da, lachte sein Gelächter und sah in die

Runde: Donnerwetter, ein ganzer Wald aus Jungmännern und Jungfrauen!
Wer ist der Kerl, fragte Beilharz.
Die Augen glänzen, sagte Gabriel, die Herzen zittern, die Seelen fließen über!
Reinhold ging zu Gabriel, zog ihn fort von den anderen: Was willst du hier?
Was weißt du von Hanno, was hast du herausgefunden? Nichts! Und was hast du unternommen, fragte Gabriel und ging Reinhold an den Kragen.
Noch nichts, sagte Reinhold. Ich wollte erst abwarten.
Abwarten, was, rief Gabriel, bis dein Hanno futsch ist? Aber ach, was sag ich denn, armselige Menschenangst, sag ich doch besser, man muß sich von ihr losringen, sonst erwischts einen am Ende noch selber, gell! Tut mir leid, Pimpf Reinhold, ich habe mich in dir getäuscht, sagte er und ging.
Wer war das, fragte Mechthild.
Ich weiß es nicht, sagte Reinhold.
An diesem Abend verabredeten sich Reinhold, Utz, Gummi, Beilharz, Rich und Gottfried zu einer großen Fahrradfahrt in den Schulferien.

Es ist nicht Feigheit, es ist die blanke Angst, schrieb Reinhold in sein Buch. Dieses Haus und dieser Vater, diese Mutter, diese Schwester! Wenn ich das Haus betrete, werde ich den Kopf verlieren, werde herumrennen wie ein geköpfter Hahn und den Mund zum Schreien nicht haben. Scham und Verachtung werden mich dort überfahren in ein und demselben Wagen, und ich werde zu Tode stumm unter den Rädern festliegen, und die Schwester wird Hoppla sagen.

In der Nacht träumte er, Hanno säße auf einem Stein, selber Stein, behauener Ahnenstein, Grabstein. Kein Sterblicher hat je meinen Schleier gehoben, stand ihm auf der Steinbrust geschrieben. Staub kam, türmte sich, begrub den Hannostein. Reinhold wurde wach, stand auf, versuchte einen Brief an Hanno zu schreiben, schrieb und zerriß, schrieb neu und zerriß wieder. Als der Morgen kam, hatte er geschrieben, was er schreiben wollte: Es ist der 13. Juni 1940. Hanno! seit bald einem halben Jahr höre ich nichts von Dir. Ich bin hilflos. Und ich glaube nicht, daß Du mich vergessen hast. Wenn ich an Dich denke, kommt mir die Schwere in den Kopf und will nicht weichen, bis ich mich von Dir fortdenke. Aber es ist schon so, Du fehlst mir in jedem und allem. Ich habe seither niemanden, mit dem ich die Menschenfragen bereden mag. Wo bist Du, Hanno, und wie bist Du? Es ist mir dringend! Reinhold.

Als er mit dem Brief auf dem Weg zum Hause der von Wolfsbergs war, begegnete ihm die Cousine. Die trug einen roten Rock, die hatte er lange nicht gesehn, die war ihm in Gedanken nur die Cousine geblieben. Aber da, im roten Rock, der wippte, fiel ihm ihr Weibliches ein, das sie ihn einmal hatte sehen lassen. Sie lachte so, die Cousine, sie war füllig geworden.
Kann man sich treffen bei Gelegenheit?
Die Cousine lachte.
In der Eisdiele?
Die Cousine lachte. Du bist Stammführer geworden, lachte die. Gut, morgen um fünf dann.

Es war ihm heiß geworden, der Hemdkragen war ihm eng geworden, er fing an zu rennen und traf am Tor der von Wolfsbergs atemlos auf Hannos Schwester.

Hallo, hallo, sagte die, wen sieht man denn da?
Es geht um Hanno, stieß Reinhold hervor und wurde rot, denn es war ihm der Gedanke an das Weibliche von Hannos Schwester gekommen, und daß die Schwester das Weibliche auch haben mußte, auch diese Schwester, machte ihn wütend und zog ihm zugleich die Beine weg. Ich habe seit einem halben Jahr nichts von ihm gehört, rief er außer sich.
Na, na, sagte die, nur die Ruhe, sagte die, es wird sich ja wohl einzig darum handeln, daß mein Brüderchen sich seinen kleinen Freund inzwischen zu ersetzen gewußt hat. Ich kann Sie versichern, es geht ihm ausgezeichnet.
Die Lippen türmten sich vor Reinhold, zogen sich nach unten.
Bitte, ich habe einen Brief für Hanno, hörte er sich, es ist dringend! Ich bitte Sie, mir seine Adresse zu nennen oder den Brief möglichst umgehend an Hanno weiterzuleiten.
Darf ich, sagte die Schwester und nahm Reinhold den Brief aus der Hand. Man wird sehen, was sich machen läßt, Heil Hitler! Und sie ging über den knirschenden Weg zum Haus.

Am letzten Schultag vor den großen Ferien meinte Reinhold, Fräulein Dr. Freitag habe ihn einmal länger angesehen.
Und dieser Blick brannte mich durch, schrieb er in sein Buch und wäre gern mit sich geblieben und hätte sich gern Bilder, die ihm seine Wünsche malten, betrachtet und weiter ausgemalt.
Aber er hatte sich mit der Cousine verabredet, und die trug einen andern Rock.
Sie frißt Eis, wie eine Kuh Milch gibt, mußte er denken und mußte ihr trotzdem zusehn und konnte nicht von

dem Eis auf dem kleinen, platten, viereckigen Blechlöffel fortsehen, das sie sich in den Mund schob. Die streckt die Zunge raus wie Emma Zocher, mußte er denken, die hat die rosa Zunge von Emma Zocher, aber kleinere Zähne hat die mit Lücken.
Du bist ein Havenot, sagte die Cousine, woher beziehst du Geld für Eis?
Havenot, hatte sie gesagt, auf englisch hatte die das gesagt, er wollte sich auf sie stürzen und sie prügeln, zurichten wollte er die.
Meine Eltern haben es verboten, sagte sie.
Was, fuhr er sie an.
Daß ich mich einladen lasse, sagte sie. Aber du bist mein Cousin, sagte sie und legte ihm die Hand aufs nackte Knie und kratzte ihn ein bißchen mit den Nägeln, da werden sie nichts dagegen haben, sagte sie.
Dann sprachen sie über die Zukunft, und Reinhold erzählte von der geplanten Fahrradfahrt, und die Cousine vom Heiraten und Kinderkriegen: Einen heiraten, der reiten kann, Tennisspielen und Klavierspielen, nur so einer kommt in Frage!
Und Reinhold, sicher, daß er all das nie lernen könnte, da dafür das Geld fehlte, sicher auch, daß die Cousine das wußte, und sicher, daß sie es darum gesagt hatte, fuhr sie an: Ich werde Dichter, ich werde nicht heiraten, ich werde in die Einsamkeit gehn. Nur in der Abgeschiedenheit kann ich meine Existenz begreifen und vollziehen. Novalis sagt, kennst du Novalis, hast du je von Novalis überhaupt gehört? Novalis sagt: Nach innen geht der geheimnisvolle Weg. In uns oder nirgends, hörst du, Cousine, ist die Ewigkeit mit ihren Welten!
Zahlen, rief er in die Eisdiele hinein und wollte sich nicht weiter an dieses Cousinenstück verschwenden.

Aber die hängte sich ein und schmiegte sich an und führte ihn auf den Weg zu dem Haus mit dem Garten, in dem es gewesen war, in dem sie es ihn damals hatte sehen lassen.
Die Eltern sind aus, wollen wir in den Garten, fragte sie.
Er nickte. Sie gingen durch das Tor, am Haus vorbei. Es war schon abendkühl. Sie ging vor ihm her. – Sie hat den roten Rock nicht an, wenn sie den anhätte!
Er griff nach ihr, sie lachte auf und lief, lief die Verandatreppe hoch, die Glastür stand offen, lief hinters Glas, schloß die Tür ab, drehte den Schlüssel zweimal, wollte sich ausschütten vor Lachen, drehte sich auf dem Absatz, setzte sich ans Klavier, das halb in der Veranda, halb im Zimmer stand, beugte den Oberkörper zurück, griff in die Tasten und plärrte dazu: »Ja, man müßte Klavierspielen können, wer Klavier spielt, hat Glück bei den Fraun.«

Reinhold rannte durch die Stadt. – Sie hat mich stehngelassen, sie hat mich ausgelacht, sie hat sich totgelacht, jetzt ist sie tot, ich werde sie nicht begraben!

Magda war zwei Stunden früher aufgestanden als sonst, hatte Brote geschmiert, Kaffee gekocht und Reinhold beim Frühstücken zugesehn. Dann hatte sie ihn umarmt. Reinhold hatte sich hart dazu gemacht, es bereut, als er aus der Türe war, und sich dann doch nicht umgedreht auf der langen graden Straße, um der Mutter zu winken, und sich auf seinem Wege vorgestellt, wie sie hinter dem Fenster gestanden haben mochte, Gesicht und Hände an der Scheibe.

Am Vorabend hatte er nicht einschlafen können, war spät wieder aufgestanden und hatte in sein Buch geschrieben: Das ist wohl Fieber, Reisefieber, was mich auf Berge und durch Täler treibt, im Vorschlaf bin ich schon auf Reisen, und eigene Städte tauchen in mir auf, in denen ich wohl besser untertauchen würde, als einzutauchen in die fremden Städte dieser Welt. Vielleicht sollte einer, dem es ums Schreiben geht, die Brücken und Paläste von Florenz etwa nur in sich gebaut sehn, statt daß sie vor ihm festgebaut stehen und er nichts mehr dazubauen kann. Auch sind in mir die verschlossenen Türen der Paläste offen, und ich kann als Orbasan auf heimlichem Wege über Hintertreppen, immer dem herrlichen Hauff nach, in der bleichen Bianca Schattenzimmer treten. Steh ich aber wirklich auf dem Ponte Vecchio, bin ich es, der dort steht, und Orbasan steht weit von mir in einem Buche.

Aber es hilft nichts, wer A sagt, muß sich bis Z durchschlagen: Mein Drahtesel ist gesattelt, ich treffe die Kameraden morgen früh um 5 Uhr 30 auf dem Rathausplatz. Utz, Gummi, Beilharz, Rich und Gottfried sind mit von der Partie und Siegmund Eis, obwohl der

nicht vom Jungvolk ist. Aber wir sind eben ein liberaler Verein, und Sigi ist einer der fairsten und sportlichsten in unserer Klasse.
Ich aber, der ich hier Tage- und Nachtbuch führe, werde meine feine Feder wegstecken und einen kantigen Stift zur Hand nehmen, denn für die inneren Dinge wird all der äußeren wegen nur wenig Platz in diesen nächsten Tagen sein.

Als Reinhold zum Rathausplatz kam, waren die Freunde schon versammelt, redeten ohne Unterlaß, lachten lauter als sonst, machten einen starken Spruch nach dem andern.
Sie fuhren über die Flußbrücke aus ihrer Stadt, fuhren durchs Stadttor, traten in die Pedale, als gälte es, etwas davonzufahren, traten an gegen das leere Gefühl im gefüllten Magen.
Am Mittag machten sie Rast, und Reinhold setzte sich fort von den andern, nahm sein Tagebuch aus dem Rucksack, schlug eine neue Seite darin auf und schrieb: Fahrtenbericht der großen Sommerfahrt 1940.
15. Juli. »Ziehe hinaus in deine deutsche Heimat und staune und bewundere in den stolzen Werken deutscher Baukunst und deutschen Fleißes die gewaltige Schaffenskraft verklungener Zeiten. Lerne an den historischen Orten deutsche Geschichte, deutsche Kultur und erfasse inmitten der Natur dann in deinem innersten Herzen deine deutsche Heimat als einen Teil deiner selbst!«

17. Juli. Nach zwei Tagen strammer Fahrt, mit kurzem Schlaf in verlausten Herbergen, erreichten wir Deutschlands Süden. Um 12 Uhr mittags fuhren wir in Augsburg ein, an der Freilichtbühne vorüber zu den

Messerschmitt-Werken in Haunstetten. In der großartigen Werkskantine waren wir zum Mittagessen Gäste des Werks. Fuhren dann über Königsbrunn und Klosterlechfeld durch topfebenes Gelände Landsberg zu und richteten uns in der dortigen Jugendherberge, einem kahlen bitteren Gebäude, für die Nacht ein. Mit 120 Kilometern auf dem Buckel lagen wir bald in der Falle. Es wird wohl für längere Zeit das letzte Mal sein, daß wir ein festes Dach über dem Kopf haben.

18. Juli. Die Alpen nahmen uns allmählich in ihre Arme. Auf gutem Pflaster traten wir durch Unter- und Oberammergau. Beilharz, der ja Pfarrer werden will, erzählte uns, er habe gehört, daß Oberammergauer, die bei den Festspielen Apostel spielen, Gewissensqualen auszustehen haben, weil sie jüdische Typen darstellen müssen. Darum gibt es, laut Beilharz, seit neuestem eine Oberammergauer Festspielverordnung, wonach der Jesusdarsteller mitsamt seinen zwölf Jüngern blond und blauäugig zu sein hat, da jene in ganz besonderem Maße den arischen Menschen verkörpern sollen.
Die Berge ließen uns bis Garmisch nicht mehr los. Dort bestaunten wir das Olympiastadion mit der Sprungschanze und der Kunsteisbahn, suchten uns einen Zeltplatz auf einer Wiese hinter der Stadt, warfen die Affen ab, zogen die heißen Uniformen aus, spannten Zeltleinen und hauten die Heringe ein. Die Zelte wurden eingeräumt, Rich, Sigi und Gottfried schliefen im einen, Gummi, Utz, Beilharz und ich im anderen. Ans Fußende auf die Gummimatte kam die Schlafsackrolle, ans Kopfende der Affe. Ordnung muß sein, und freie Bahn dem Tüchtigen! Gummi und Rich bauten die Kochstelle, Gottfried und Beilharz sammelten Holz, Utz, Sigi und meine Wenigkeit errichteten den Fahnenmast,

zogen unsere Fahne auf und hängten die Jungvolkwimpel an. Ein Quell war auch da, so konnten wir uns den geliebten Negerschlamm kochen. Aber Gummi ließ den Reis anbrennen und schüttete hernach zur Tarnung so viel Kakao drüber, daß uns die Magenwände zusammenklebten.
Wir saßen noch lange vor den Zelten am Feuer, von den Hängen glänzte es zu uns herüber, auf den Wegen geisterte die Dämmerung, der Wald schien dichter zu werden, die Berge schienen zusammenzuwachsen.
Ich halte Fahnenwache. Wache bei der Fahne ist Ehrenwache. Man muß davon durchdrungen sein. Und so habe ich nach Tagen, angefüllt mit Luft, Landschaft und mit nur Körper, nun endlich Zeit, mich wieder nach Sternen und Träumen umzutun. Alte Lieblingsvorstellungen werden mir wach und wild, Sturm und Drang, Sehnsucht fliegt, wohin, nach was? – Doch wozu Not, daß du das weißt! Genieße doch deine Gedanken: vor dir das namenlos Gewaltige, oder vielleicht nur stilles Wandeln unter Bäumen, denkend, reimend, in Betrachtung des göttlichen Gleichmuts der ziehenden Wolken versunken.
Aber zuerst ein Gedankenweg, den ich gegangen bin, während wir in diesen Tagen oftmals schweigend einherfuhren: Wir sind die Darsteller der allmächtigen deutschen Jugend in dieser Zeit, die Erbe nehmen und neue Reiche erobern werden. Doch die größten Taten sind nicht die lautesten, es sind die stillsten. In der Stille werden sie geboren und wachsen dort und nur dort zu verschwiegener Großheit groß.
Manches in unseren Tagen aber kommt mir doch recht getrommelt vor. Auch frage ich mich jetzt öfter, ob es denn all des Tamtams bedarf, der Umzüge und der Lauthalsigkeiten. Hanno, will mir scheinen, wäre bei

diesem Gedanken auf meiner Seite gewesen. Auf welcher Seite er jetzt wohl ist?
Aber ich will mich hierein nicht verlieren und will den Faden, der mir wichtig ist, zurückfinden.
Es blättert in den Bäumen der Nacht, welche Seiten werden hier wohl aufgeschlagen? Der Tau fällt aufs Gras, das Leben der Träume bricht ein, ich bin still, bin Tiefgrund, was brauchts denn sonst? Hier liegt es begründet, das wahre Deutsche, und nicht in jenem Geschrei, nicht im Vordergrund. Zu reden ist davon mit keinem. Nur Hanno würde die Zweifel verstehen, die hier und da nun über mich kommen. Gabriel auch, er hätte den Kopf dazu, aber der steht auf der linken Seite des Rheins, und drum sieht er mit verzerrter Perspektive.

22. Juli. Der Zeltplatz blieb für weitere drei Tage unser Standort. Das Wettersteingebirge mit der Zugspitze, der Alpspitze und der Höllentalspitze lag vor unserer Tür. Auf einer Wanderung zum Riessersee wurde beschlossen, daß jede Nacht einer von uns eine Mutprobe bestehen müsse. Für die kommende Nacht fiel das Los auf mich. Die anderen zogen sich alsbald zurück, um »gar Erschröckliches« auszuhecken. Abends war großer Ausgang.
Die Stadt ist voller Frauen. – Ach, die Frauen im Sommer gehen so leicht! Brüste machen Kitzel, hat Beilharz vorhin bemerkt. Das ist wohl der Juli-Irrsinn, der uns alle gebissen hat. Gegen diese Tollwut gibt es kein Serum.
Wir lungerten herum, geheime Lust trieb uns noch in die Dunkelheit hinein um diese und um jene Ecke. Keiner gestand das dem andern. Nur, daß wirs plötzlich mit der Biologie hatten. Gottfried zum Beispiel wußte,

daß das Individuum, das kopuliert, damit den ersten Schritt getan habe, sich überflüssig zu machen. So sei es seit der Eiszeit. Und am bedrohlichsten seis für die Männer, es gäbe wahrhaftig Spinnenweibchen, die das noch kopulierende Männchen aufzufressen begännen.
Als wir dann gegen elf Uhr nachts bei unseren Zelten waren, wurde mir meine Aufgabe gestellt: Ich sollte zum nahe gelegenen Friedhof gehn, über dessen Mauer steigen, dort, mit nur drei Streichhölzern bewaffnet, in der siebten Reihe das dritte Grab von links finden und die Inschrift des Grabsteins lesen. Um den zweiten Teil der Probe zu bestehen, hätte ich im Dunkeln den Weg zu einem Kirchlein zu finden, das inmitten des Friedhofs stünde, und mir dort Zugang zu verschaffen, um drinnen dann den Grundriß desselben zu zeichnen. Eine Taschenlampe fände sich zu diesem Zweck auf dem Wege an einem Brunnenrand.
Sie saßen zusammen und heckten und grinsten. Lächerlich ist mir eure Welt, wollte ich sagen, einen Kopf darüber hinausgewachsen bin ich, hätte ich gern gesagt. Vorhin noch ging es euch um die Weiber, und nun seid ihr zurückgefallen in die Steinzeit, sagte ich nicht und kniff den Schwanz ein und trieb mich davon in die Nacht.
Der kleine Kirchhof und ein jaulender Hund, dunkles Licht vom wässrigen Mond, ein Kauz, ein Knistern und ein Knacksen. Wahrhaftig, sprach ich mir zu, du glaubst doch an solche nicht, die, ins Grabtuch gehüllt, durch die Nacht wallen und hu, hu rufen! und stieg über die Mauer in die Dunkelheit der Grabgebüsche hinüber und fiel auch halb und schlug das linke Knie an einem Grabstein auf, sah mich mit dem Lichte von einem meiner drei Hölzer um, sah die großen Engel

furchtbar da umherstehn, fand das Weglein zwischen den toten Steinen, zählte mithilfe des zweiten Streichholzes sieben Reihen ab. Die Luft stand fest über dem Platz. Es scheint tatsächlich Nachtmahre zu geben, die sich im Federkleid mit Eulenauge auf weißen Engelsrücken niederlassen: So werden weiße Engel schwarz, und so schleppt mancher Engel seinen Schwanz. Aber dann lief es mir über den Weg und war doch nur ein Igel oder eine Maus, aber das Herz wollte mir davonfliegen, zum Hals hinaus, zum Mund hinaus, mit den Nachtvögeln wollte es sich zusammentun, auf Nimmerwiedersehn davon, und den Entherzten unter den lichtlosen Engeln zurücklassen. Ich zündete das dritte Streichholz, fand das Grab Nummer zwei und las eben den eingemeißelten Namen, da legte der Steinengel, den ich im Schwefellicht als Wächter des Grabes erkannt hatte, seine Pranke auf mich nieder, und ich ging mit gellendem Schrei in die Knie. Grausames Gelächter folgte, das mich befreite, da es mir wohlbekannt war, und mich zugleich niederwarf.

Nachdem der Laufschritt von zwei bis drei Paar Füßen über Stein und Kies verhallt und das Gelächter verklungen war, schwur ich süßeste Rache, lief den Gräbern davon, kam zu dem Brunnen, fand dort die kleine Lampe zuverlässig auf dem Rande stehn und leuchtete mir den Weg zu dem Kirchlein. Das stand so tapfer inmitten dieses Ackers, daß ich ihm mit einer gewissen Zärtlichkeit, einem aufrichtigen Bedauern sogar, ein Fenster einschlug. Ich zwängte mich hinein und fand es innen von frischem Weiß, sah eine liebliche Gottesmutter in seinem Mittelpunkt, fühlte mich gegen die Welt und ihren groben Scherz wieder milder gestimmt und ging umher und maß und zeichnete den Grundriß, so gut ich es vermochte.

Fand dann noch vier, fünf Stunden Schlaf zwischen den Kameraden, die mit offenen Mündern, ganz und gar entseelt, ausgestreckt lagen, verzichtete großmütig darauf, die leeren Münder mit Sand abzufüllen, verzichtete, vergab, vergaß und schlief davon.

25. Juli. Frühmorgens verließen wir Garmisch und fuhren über Mittenwald und Giesenbach auf Innsbruck zu. Den ewig langen Zirler Paß schoben wir die Räder hinauf, um sie auf der anderen Seite hinunterzuschieben (z.T. 24% Gefälle). Von Zirl ab ging es auf asphaltiertem Fahrradweg bis zu der Stadt Maximilians: stolze deutsche Renaissance am Tor nach Italien. In breitem Tal liegt sie vor einer Mauer aus Fels und blickt nach Süden und grüßt das Land der Etsch, grüßt die Deutschen um Bozen und Meran. Nach Innsbruck ging es wieder bergauf, zwölf Kilometer vor dem Brenner bogen wir nach Westen ab. Ernst und arm sind die Menschen, die in den Bergen wohnen, steil und steinig ist der Boden. Die Seitentäler münden hoch über dem Haupttal, und die Flüsse stürzen in unwegsamen Schluchten und Klammen hernieder.
In einem Gasthof zu Gschnitz stellten wir die Räder unter und kletterten zur Tribulaunhütte. 3102 Meter ist der Tribulaun hoch. Zweieinhalb Stunden keuchten wir aufwärts. Die Hütte liegt auf ca. 2300 Metern. Nach dem Abkochen war in hereinbrechender Dunkelheit auf einer Anhöhe über der Hütte stimmungsvolles Liedersingen.
Eine große Klarheit ist in mir, als fände mein Gefühl seinen Ausdruck in den Bergen, die mit reinen Linien gegen den Himmel stehn. Der Nebel beginnt zu nässen, um jeden Halm setzen sich Wunderperlen, der grüne Hang steht fahl ergraut. Das Grau bedrängt mich, Erin-

nerungen ziehen durchs Herz, Hanno steigt aus den grauen Zonen, Hoffnungen türmen sich vor – es sind bloß die Wolkengebirge.
Nach 60 Kilometern Fahrt und zweieinhalb Stunden Bergaufstieg schliefen wir befriedigt in kalter Höhenluft und einem Rausche-Regen durch die Nacht, mit heimlich zusammengesteckten Eiszehen überm harten Lager aus Decke und Stein.

26. Juli. Wir wollten den Berg bezwingen! Über Felstrümmer und an riesigen Kieshängen ging es aufwärts an unserem Singplatz vorbei, in Serpentinen durch Schnee und Gletscherschutt hinauf.
In dieser Ruhe und Klarheit, angesichts dieser Größe, mit mir alleine einmal sein zu dürfen und meine Wahrheit suchen und sie mir dann in der Stille umher in stiller Seligkeit selber erzählen! Neue wilde Jubelsprachen hierfür erfinden!

27. Juli. Wir haben unsere Zelte an den Wassern des Inn aufgeschlagen. Im Bergwald ist es feucht und kühl, Dunst liegt über den Tannen. Von Zeit zu Zeit rafft eine große Hand den Schleier an den Wipfeln zusammen wie einen Pferdeschwanz, ballt ihn zu einem Wolkenschnatz, der an den Felswänden dann hinzieht und sich an die allgegenwärtige Ewigkeit verschwendet.
Wir gingen ins nahe Dorf. Dunkle Gestalten saßen stumm vor den Häusern. Hoch oben leuchtete der Schnee. Die Einsamkeit lag im Tal und rührte sich nicht.
Wir saßen noch lange vorm Zelt. Wir sprachen über Bücher. Erst war es nur Gespräch und Lust am Streit, so redeten wir aus voller Brust von Wittek, Binding, Rilke und Carossa, dann wurde die Lust zum Thema, und

zwar jene geheime, wie sie bei diesem und bei jenem Dichter aus den Ritzen drängt, die die Buchstaben so einzeln in der gedruckten Schrift zwischen sich klaffen lassen. Und die Lust am Streit um die Lust stieg hinein in die ganzen Worte, die dann fielen, und Siegmund sagte, des einen Dichters Lust sei dreist und die des andern krank, und schlug die Lust von dritten, vierten, fünften vor, die es allein im Finstern ihrer Handlungsschatten trieben. Allein mit sich, sagte Utz und griff um sich herum. Die andern griffen auch so hier und her – vielleicht eine neue wilde Art, dachte ich mir und ließ mich mit hinein. Im Schlaf weißt du nicht, ob du Mann oder Frau bist, sagte der eine neben mir, und der andere neben mir sagte: Übung macht den Meister. Und keiner sah zum andern hin. Und mir, mir schossen die Frauen durch den Sinn wie Pfeile, eine und noch eine und die Cousine und die Lehrerin und am Ende Emma Zocher. Und das war der Untergang, der Auf- und der Untergang, so daß ich dann neben den andern halb saß, halb lag, wußte, daß ihnen Gleiches mit sich geschehen – und alles unterm heimlichen matten Mond! Da sprangen wir Männer auf und liefen mit Indianergeheul zum Fluß und rissen uns die restlichen Kleider vom Leib und tauchten in das klare Nachtwasser und vollzogen die Reinigung.

Hernach trockneten wir uns gründlich ab, grinsten uns an, boxten noch ein bißchen und krochen in die Zelte. Jeder in seine Burg!

28 Juli. Siegmunds Weckruf schallte von den Bergen wider: rein in die Kluft, die Koppeln festgezogen, die Zelte abgerissen, die Affen gepackt! Am Inn entlang kamen wir bis Wörgl. Auf unserem Weg durchs Brixental nach Kitzbühel fing es zu regnen an, Gummi hängte ab.

Wie mochte das Tal bei Sonne herrlich sein! – Wettergötter beschwören mit Hilfe germanischer Urworte, das müßte man können!
In der Jugendherberge zu Kitzbühel reinigten wir Kleider und Räder und spielten Pingpong. Utz und Beilharz setzten Streitgespräche über diese und jene Dichtung fort.
Ich blieb bei mir, habe genug mit mir zu tun. Es gilt, an Hanno zu denken und auf Schades diesbezüglichen Rat zu horchen, der irgendwo in meiner innersten Ohrmuschel rauscht. Und dann gilt es, mit dem Heimweh fertigzuwerden, das mit einem Mal so heftig über mich kam, daß es mich beinah schluchzen machte. Nein! es machte mich schluchzen, und ich konnte dieses Schrecklichste nur mit Husten unterdrücken, hustete so lange und krampfhaft, bis es vorüber war, bis nur noch ein kleines wohliges Weh am Brustbein nagte. Und weiß doch, daß Mutter, Vater, Bruder und das Haus mit der Straße und das Licht und die Luft und der Heimatlärm nicht aus der Welt verloren sind, daß ich mich, im ganzen schönen Gegenteil, bereits auf dem Weg dorthin zurück befinde.
Im großen Schlafsaal sind die Fenster unter der Decke. Ich sehe die Sterne einen nach dem anderen verlöschen.

29. Juli. Durchs Salzachtal schien uns die Sonne bis Zell am See. Wir gingen schwimmen. Wasserschlachten brachten den See zum Überlaufen. Dann fuhren wir zum Luffensteinpaß und dann den Kainpaß abwärts bis Unken.
Diese bunten Wiesen! Diese Matten! Die Sinne werden einem wach für all die Düfte, die von den Hängen wehen, für die Sonne, für die blaue Stille, für die Sprache der Landschaft.

In der Jugendherberge zu Berchtesgaden dann gab es süßen Quark, der von einigen Gestalten im Nachthemd während eines wunderbar fürchterlichen Gewitters auf dem Balkon vertilgt wurde.
Nach dem Sturm, dem wilden Wetter kamen über uns die Fragen von Leben und Tod. Und es fuhr aus mir heraus, was mich umtreibt, das mit Hanno. Die Freunde waren überrascht, wähnen sie ihn doch in der Sicherheit einer Ordensburg. Aber daß mir diese Sicherheit so gründlich erschüttert ist, durfte ich ihnen nicht anvertrauen. Denn was, würde Hanno heut oder morgen zurückkommen, und ich hätte Derartiges ausgeplaudert.

30. Juli. Trübe sah der Himmel auf uns nieder, als wir die Räder sattelten, um nach Salzburg zu gondeln. Am Residenzplatz sahen wir einen Menschenauflauf. Viel Hitlerjugend war zusammengekommen, wir schlossen uns an. Nur Siegmund war zögerlich und sagte, er wolle in der Jugendherberge auf uns warten. Das verwunderte.
Ein Ruck ging durch die Menge, SS kam: Der Führer sei bereit, sich zu zeigen. Da wir in Uniform waren, holte man uns nach vorn. Alles zuckt an mir, sagte Gummi, zum ersten Mal sehe ich unsern Führer, ihn, der Deutschland vor dem sicheren Untergang errettet hat.
Vor uns kamen Mädels dran. Sie mußten einander stoßen, daß sie den Schritt auf den Mann zu wagten. Heil, mein Führer, sagte eine mit einem Foto in der Hand, könnte ich deine Unterschrift haben?
Eigentlich ein komischer Mann, mußte ich denken, ein ganz und gar komischer Komischer. Und plötzlich mußte ich lachen, ganz laut, fast wie Heulkrampf. Ich

wurde von allen Seiten gestoßen und kam nach einer schrecklichen kleinen Weile wieder zur Beruhigung.
Laßt die Jungs auch mal her, sagte der Mann. Wir traten vor, wir standen vor dem Führer. Der fragte, woher wir kämen, und wir berichteten von unserer großen Fahrt. Dann fragte er nach unserer Fahrtenkasse. Erst wagten wir es nicht zu sagen und sagten dann doch: mau! und bekamen einen tüchtigen Zuschuß.
Hernach gabs dank der aufgefüllten Kasse Kaffee und Kuchen in einer Konditorei. Vier BDM-Mädels waren mitgekommen, wir luden sie großzügig ein. Die eine, die Inge hieß und extra aus dem Steirischen nach Salzburg gekommen war, sagte: Wir alle sahen den Führer an, aber keine von uns konnte seinen Blick ertragen. Er schien unsere innersten Gedanken zu lesen, und ich glaube, jede von uns Mädels hat sich in diesen Sekunden geschworen, ihm ewige Treue zu halten.
Am Abend sprach ich mit Beilharz, der mir immer lieber wird, davon. Sie sind, meinte der, der Pfarrer werden will, seit er denken kann, wie die Nonnen, die sich dem Herrn Jesus verschreiben. Und dann wußte er manches Nonnengeschichtchen zu erzählen, und ich mußte an Gabriel und die anderen denken und an den ganzen Rassenschwindel, von dem die gesprochen hatten, und daß der Führer nicht nur die Idioten berausche, sondern auch die Intellektuellen um den Verstand gebracht habe.

31. Juli. Am Morgen ging es dann Richtung Heimat. Wir hatten die Schönheiten unseres Reichs geschaut und gelobten, dankbar für das Erlebte zu sein und nie zu vergessen.

Im August sah Reinhold, daß die Frauen ihn ansahen, daß sie rauf und runter an ihm sahen, meinte zuerst, es sei eine Absonderlichkeit an ihm, ein Makel, eine Blöße, ein Fleck, kämmte sich dann sorgfältiger, rasierte sich täglich und bat den Vater, in die Tanzstunde gehen zu dürfen.
Er wird erwachsen, sagte Magda und lachte und griff ihm zu fest ins Haar.
Neue Seiten meines Lebens werden aufgeschlagen, schrieb Reinhold in sein Buch. Heiße Südwinde wehen mich von Blick zu Blick, von Frau zu Frau. Noch aber kommt meine Sehnsucht nirgends an als bei mir selber, und noch bin ich auch gar nicht sicher, ob ich mir andere Ufer für sie wünsche.

Als im September die Schule wieder anfing, hatte Fräulein Dr. Freitag den Knoten noch fester gebunden, so daß kein Härchen sich mehr kräuselte am Nacken entlang in den Kragen hinein, wohin Reinholds Gedanken oft gegangen waren, kürzeren und längeren Härchen nach.
Die Wehrmachtssymphonie des Musiklehrers wurde vom Schulorchester aufgeführt, Fräulein Dr. Freitag hielt eine Rede: Wir stehen im Krieg, unsere tapferen Soldaten vollbringen Tag und Nacht unvergleichliche Heldentaten. Die wunderbaren Kräfte, die sie zu solchen Taten befähigen, ziehen sie allein aus dem gesunden Volkskörper unserer Nation. Er ist der Nährboden, in welchem die deutsche Wehrmacht wurzelt, er muß unter allen Umständen gesund erhalten bleiben. Wucherungen und Auswüchse jeder Art aber müssen

mit unerbittlicher Strenge ausgemerzt werden. Wer sich dem Siegeswillen des deutschen Volkes, das bereit ist, die Freiheit mit allen Mitteln zu erringen, bereit, für dieses Ziel die größten Opfer zu bringen, entgegenstellt, hat seinen Platz in unserer Schicksalsgemeinschaft verwirkt. Er wird herausgenommen und fällt, weil er ein Schädling ist.
Gabriel! Reinhold hatte nichts mehr von Gabriel gesehen und gehört, hatte ihn nicht gesucht, hatte sich ferngehalten. – Einer inneren Spaltung wegen, die mir drohte, wo an manchen Stellen ich mich schon klaffen fühlte, wo eine Verdunklung mich anzuziehen begann! Gabriel! Ich werde ihn finden und mich mit meinem Inneren ihm stellen und mir gewiß sein jetzt gegen sein Wahnwissen und ihn seiner Verdunklung entreißen!
In diesem Kriege, sprach das Fräulein, ist Vorsorge getroffen worden, daß Schädlinge nicht mehr keimen wie im Weltkrieg. Zur Abwehr wurde eine eigene Kriegsstrafpflege geschaffen. So kann das Volk das Gefühl unbedingter Sicherheit haben. Eine der Schutzbestimmungen lautet: Wer in einer Weise Umgang mit Kriegsgefangenen pflegt, die das gesunde Volksempfinden gröblich verletzt, wird mit Gefängnis, in schweren Fällen mit Zuchthaus bestraft.
Für den nächsten Morgen kündigte das Fräulein Anschauungsunterricht an. Die Schüler wurden in Uniform für acht Uhr früh auf den Rathausplatz beordert.

Da saß dann eine junge Frau auf einem offenen Lastwagen, an einen Stuhl gebunden, Hände in Handschellen, Beine um die Stuhlbeine gekeilt. Der Rock war ihr bis zu den Schenkeln hochgerutscht, Reinhold konnte die Strumpfbänder sehn. Sie trug eine Tafel vor der Brust:

Anna Ritz, Kirchgöns, Hintergasse 4. Sturmtruppleute beschimpften sie: Metze, Sittendirne, Polackenliebchen. Im Bett wird sabotiert, artvergessenes Frauenzimmer!
Der Platz war voller Menschen. Zwei SS-Männer schnitten der jungen Frau die Zöpfe ab, schoren ihr das Haar bis auf den kahlen Schädel, machten die Zöpfe an der Tafel fest. Der Wagen fuhr an, fuhr im Schrittempo das Rund des Platzes aus. Anna Ritz, sprach einer durch die Flüstertüte, hat sich in strafbaren Verkehr mit einem polnischen Kriegsgefangenen eingelassen. Deshalb wird sie hier auf unserem Rathausplatz gebrandmarkt, ihr kahler Schädel ist jetzt das Schandmal ihrer ehrvergessenen Handlung. Morgen hat sie sich vor einem Sondergericht zu verantworten. Sie hat die Natur besudelt, hat dem Polacken nicht nur Geschenke zukommen lassen und ihn ins Lager begleitet, sie hat auch intimen Verkehr mit dem Untermenschen getrieben. Sie muß an den Pranger. Vielleicht findet sich hier ein mutiger Deutscher, der der Polendirne ihre Schande ins Gesicht sagt.
Der Wagen fuhr im Schrittempo seine Kreise, die Leute liefen dem Wagen hinterher. Sie ist auf frischer Tat ertappt worden, brüllte der Mann durch die Flüstertüte. Und die Mutter der Dirne hat alles gewußt und nichts unternommen. Saubere Leutchen! Keiner macht sich strafbar, der sie anspuckt, denn Recht ist, was dem deutschen Volke nützt, Unrecht, was ihm schadet. Gebären unsere Frauen Nigger-, Juden- oder Polackenbastarde, kommt die Schlammflut über uns. Läßt sich eine deutsche Frau mit Niggern, gelben Mischlingen, Juden oder Polacken ein, so steht ihr kein gesetzlicher Schutz zu, auch für die ehelichen oder unehelichen Kinder nicht! Rassenvermischung ist strafbar und die Reiner-

haltung des deutschen Volkskörpers oberste Bürgerpflicht!
Der Lastwagen fuhr Schritt, die verkeilten Beine der Frau waren geöffnet. Reinhold sah, daß die graue wollene Unterhose naß war.
Gummi und Utz hatten neben Reinhold gestanden. Wie aber ein Trupp Hitlerjungen zu johlen anfing, gingen sie zurück zur Schule. Keiner sagte etwas. Sie hatten die Fausthände tief in den Taschen ihrer kurzen Hosen.
Als sie ins Klassenzimmer kamen, saßen außer Siegmund Eis, der auf dem Rathausplatz gefehlt hatte, erst wenige auf ihren Plätzen. Fräulein Dr. Freitag stand aufrecht vor den sich langsam füllenden Bänken, sprach von der züchterischen Absicht der Urväter, von Rittern, »die strenger Zucht ihr Leben weihten«, von »Kindern auserlesen, an edler Art und schönem Wesen« und sagte lächelnd – süß lächelnd! Amfortas habe sich, dem Gebot der reinen Artliebe entgegen, mit der Tiermenschin Kundry eingelassen. »Gleiches zu Gleichem schafft Mehrung«, sagte das Fräulein lächelnd, »Ungleiches zu Ungleichem Zerstörung.«

Das Gesicht, der Leib der Einsamsten! Als ob sie sich schon außer sich aufhielte, als ob da schon das große Ausatmen geschehen sei. Und kein Laut, nur Stille, bloß die trockenen Tränen. Der ganze Körper wie weg und doch so da. Sterben wäre Heilung, sage ich mir, aber was zum Himmel weiß denn ich, schrieb Reinhold in sein Buch.
Der Mann, der Pole, haben sie gesagt, soll erhängt worden sein. Sie aber wird ihn geliebt haben, den Mann. Wen hat das anzugehen, Liebe ist die einzige Freiheit des Menschen, die einzige! Wer hat sich drum zu sche-

ren, außer diesem Ihm und dieser Ihr. Es liegt da ein Unrecht begründet, das mir als Recht nicht einleuchten will. Und dann haben sie das Schlimmste gesagt: daß sie der Frau das Untere, das zum Kinderkriegen Notwendige, heraustun werden!
Das Hämmern ihres Herzens klang mir in den Ohren. Dumpfes Getrommel, Fackeln, Kapuzen, Irrlichter, Henkersaugen. Das kam bei mir aus der Vorzeit an, als Gleichnis für die Gegenwart, das packte meine Sinne: Ich hielt sie, hielt die Frau in meinen Armen hoch und fest, ich faßte ihre Seele bei der Hand, ich ging vorsichtig mit ihr vom Platz, um sie nicht noch mehr zu schänden und zu erschüttern durch einen Ruck – mein Gott, mein Gott, ich versuche hier mit Tintenfingern zu äußern, was sich nur innern läßt!
Es muß lange her sein, daß ich die Gründe meiner Gesinnungen erlebte. Aber ich will mich nun doch fragen: Hatte ich überhaupt welche? Oder bestanden die Gründe am Ende nur aus dem Vater und der Nachbarschaft von hier bis da?
Ich suche meine Wahrheit. Ich will sie nackt und bloß sehn. Das ist ein Wehetun, alleine der Versuch. Schmerz als Lösung und Loslösung – von aber was? Als hätt ich meine Brust an einen Dorn gedrückt und risse, risse, käm nicht los davon. Und jetzt? Die ganze Zeit jetzt fleht etwas, fleht, daß alles anhielte und beim alten bliebe.
Aber ich muß es doch sehen und sagen: Ich verachte die Verachter! Und: Es ist ein Unrecht, wie ich es auch bedenke. Aber wenn hier Unrecht geschieht im Namen des Volkes und seiner Weltanschauung, geschieht das Unrecht vielleicht auch andernorts. Und die Frage, was ist mit den Juden, drängt sich mir immer mehr auf. Die Antwort aber, es gibt die guten Juden, die mit dem

Holzbein und dem Eisernen Kreuz vom Krieg, und die schlechten, die schachern, mauscheln und vom bösen Trieb getrieben sind, ist mir ganz und gar keine mehr, ist mir null und nichtig.
Gabriel fährt mir immer wieder durch den Sinn. Und ich möchte mit Hanno sprechen. Mit dem Vater kann ich nicht sprechen, denn seit heute habe ich Angst, es könnte sich dieses Unrecht auswachsen und unsere deutsche Sache wie ein Krebsgeschwür überwuchern. Und dann wüßte ich kaum mehr, wohin mit mir und meinem Innersten, dann hätte ich wohl meine Heimat verloren.
Droht mein Glaube denn zum Aberglauben zu erkranken? Und Hanno, Hanno, warum höre ich nichts von ihm! Auch hier nistet sich eine Sorge, es könnte etwas Wahres sein an der schwarzen Erzählung, die er mir vorgetragen, daß es am Ende doch nicht die Überspannung von Nerven nur, nicht nur die hohe wilde Phantasie gewesen, die dem Freunde so eigen ist.
Aber wohin mit mir? Ich weiß nur eines: Ich will mich suchen, finden und beherrschen. Ich will ein Selbstbeherrscher werden!

In der Nacht aber fuhr ein Traum mit der Frau auf dem Wagen in meinen Schlaf, der Traum von dem armen kleinen Kopf, von der Menge mit den Lustgesichtern, Schamgesichtern, von den gespreizten Schenkeln und von der Befreiung, die ich in sie getrieben, hinein in sie, in die weiteste Freie! Da schlug die Frau die Augen auf, da waren die blau.
Sündige Gedanken, die hier im Dunkel meines Geistes schleichen, schreibe ich verzweifelt, ganz verzweifelt an diesem Morgen in mein Buch. Und lese die Wörter, wie sie dastehen nach dem letzten Satz des Abends, und würde mich am liebsten erschlagen.

16. September 1940. In den letzten Tagen war der Himmel so schwer, daß sich einer wie ich kaum auf die Straße traute: Altweibersommer wie toter Wintertag, Lichtüberfluß, tiefste Dunkelheit. Es ging düster in mir auf und ab, zähe Schwermut klemmte. Da überfiel mich der Zufall, ich traf Gabriel – Gabriel, aschgrau am ganzen Leibe, mit grauen, grauen Augen, so leer wie Höhlen leer –, traf ihn in der Bibliothek auf der Suche nach Leidensgenossenschaft bei den Dichtern, wie wohl auch er auf seine Art. Wir sahen uns und machten lachende Gesichter nach. Dann sagte er: Die wilden Tiere rotten sich! Und was denkst du?
Ich denke Widerstandsgedanken, sagte ich, und mir war ernst dabei. Ich sprach ihm von der Anna Ritz, und unterdessen gingen wir hinaus und dann am Fluß entlang, und Gabriel sagte: Wenn der Herr Hitler schreibt, der Fuchs ist immer mit dem Fuchs, die Gans immer mit der Gans, Meise zu Meise, Feldmaus zu Feldmaus, Hausmaus zu Hausmaus, so ist das mangelhaftes Wissen um die Natur und führt zum falschen Schluß, es gäbe dort als ewiges Gesetz den Trieb zur Rassenreinheit. Das ist jedoch nicht haltbar, Stammführer, meinte er, im Gegenteil: Die natürliche Evolution ist gekennzeichnet durch permanente rassische Mischung, durch die die Bildung neuer Arten erst möglich wird.
Das Blut der Gedanken, sagte er und war bis hier so ernst gewesen, daß es mir heiter wurde, wieder sein scheußliches Gelächter zu hören. Sie fühlen sich als von Gott berufene Werkzeuge, mein Sohn, sagte er, und es war mir wahrhaftig wohl in seiner Nähe. Jeder wartet, bis der andere anfängt, das ist der Teufelskreis, wir müssen ihn durchbrechen, sagte er.
Wir hielten an, er machte seine Mappe auf: ein Pack

Flugblätter, »Der Gegen-Geist lebt« stand drauf, gezeichnet »Trutzgesang«. Willst du ein paar?
Aber ich, ich war mir über nichts im klaren. Wir gingen weiter. Und Hanno, fragte ich. Wir gingen noch lange nebeneinander. Als wir uns trennten, sagte Gabriel: Er wuchert, der Keim des Untergangs, glaub mir, mein Sohn, sagte er und lachte sich schief im Davongehn.

Im Oktober kam Reinhold zusammen mit Utz und Gummi in die Tanzstunde, auch Beilharz, der zwei Jahre lang die Teilnahme am Tanzunterricht verweigert hatte, kam mit. Er sei verliebt bis übers Ohr, wußte Gummi, und sein innerer Pfarrer habe nun das Nachsehn.
Nach den ersten Stunden, in denen es ausschließlich darum ging, den »guten Benimm« zu erlernen, stand die Frage im Raum, wer wessen Tanzstundenherr werden und welche Tanzstundendame ja zur Wahl dessen sagen würde, der dann bis kurz vor Weihnachten ihr Herr sein sollte. Die Cousine, die auch in die Tanzstunde gekommen war, stand tuschelnd und kichernd mit den anderen Mädchen, und Reinhold meinte, sie tuschle über ihn und kichere seinetwegen.
Als Reinhold, Utz, Gummi und Beilharz eine Ruderbootfahrt unternahmen, um sich auf einer einsamen Flußinsel zu beraten, stellte sich heraus, daß es Beilharz von Anfang an nur um die Cousine gegangen war.
Aber die ist ein kaltes Herzchen, sagte Reinhold lachend, um seinen Schreck zu verbergen, die ist bloß Eis und Schnee. Bei Sonne besehen, ist sie gar nichts, sagte er und wollte dem Freund doch von sich sprechen und von der Beschämung, die er durch die Cousine erlitten, und konnte es doch vor den andern nicht herausbringen. Sie ist blondiert, sagte er dann nur.

Aber Beilharz sah hinauf zu den Wolken und vertraute den Freunden an, er habe den Gedanken, den Pfarrer an den Nagel zu hängen, schon angedacht.
Reinhold hatte sich für Gerda Lang entschieden: Ohne große Leidenschaft, aber mit Wohlgefallen. Aschblonde Haare, graublaue Augen, sie liegt mir, sagte er. Und als dann jeder die Erwählte genannt hatte, waren die Freunde erleichtert, daß es nicht zweien um eine ging.
Wo ist der, der sie kann, die Liebe, fragte Beilharz, und ein langes Gespräch ergab, daß es ihm hierbei weniger um die Körper denn um die Seelen zu tun war. Und als sie zu später Stunde bei den Wünschen angelangt waren, sagte Utz: Vielleicht, so ganz bewußt, in einer Frau entstehen, riechend, schmeckend, mit inneren Augen!

Gerda Lang hatte ja gesagt. – Sie ist nun meine Dame. Ich fühle mich zu zweit. Jemand gehört zu mir, in belanglosester Form, gut und schön, aber immerhin. Und es fällt mir auf, daß ich von eben an Menschen in Einsame und Zweisame unterscheide. So schnell kommt der Hochmut, und der kommt vor dem Fall! schrieb Reinhold in sein Buch.
Sie ist ein besseres Mädel, hatte Heinrich gesagt, sie ist Fabrikantentochter, Bub, hatte er gesagt, ein Mann soll sich nie nach obenhinaus versteigen, er soll nicht hinaufschauen müssen zur Frau, sondern ein halbes Stückchen hinunter. Mucks nicht, hatte er zu Magda gesagt, die nicht gemuckst hatte, die Taschentücher für Reinhold aus alten Hemden von Heinrich geschnitten hatte, die Reinhold, wenn er tanzen ging, ein vom Haushaltsgeld Abgespartes zusteckte, Tanzgeld für den Tanzkönig flüsterte und lachte und ihm ins Genick griff.

Reinhold lud Gerda Lang ins Kino ein. Meine Eltern haben es verboten, sagte sie und kam mit.
Er hatte den Film »Reitet für Deutschland« schon zweimal gesehen und war begeistert von dem Hauptdarsteller Willy Birgel. Gerda Lang stellte den Ellenbogen weit über ihre Armlehne hinaus spitz in Reinholds Bereich. Aber der sah nur Willy Birgel und achtete nicht auf den Ellenbogen.
Es war schon dunkel, als er sie nach Hause brachte. Die Dunkelheit macht sie schön, mußte er denken, und sie gingen langsamer. Er legte einen Arm um ihre Schulter, sie legte einen Arm um seine Taille, sie gingen noch langsamer. Sie blieben stehn. Sie legte den Kopf nach hinten und hatte offene Lippen. Er tat seinen Mund auf die Lippen.
Da stieß sie ihn zurück, machte die Lippen zu und atmete schwer. Und als er mit rauher Kehle fragte, was denn los sei, warf sie den Kopf noch weiter nach hinten und die Arme auch und sagte mit einem Beben in der Stimme, das Reinhold nicht gefiel: Es war mein erster Kuß.
Und er sagte ihr nicht, daß es auch sein erster gewesen war, und er vergaß, daß ihm das Beben nicht gefallen hatte, und sagte: Was jetzt, wohin gehn wir? Und als sie nicht sprach, sprang er einen Baum an und schrie: Wir besteigen den Himalaja! Und als sie noch nicht sprach, lief er zu ihr zurück und küßte sie ein zweites Mal und sagte: Kino ist nichts dagegen! Und als sie den Kuß erwiderte, sagte er: Jetzt haben wir Heimlichkeiten.
Danach machten sie noch einen Umweg, denn er hielt es für nötig, von sich zu sprechen: Ich bin siebzehn, ich will Dichter werden. Er hatte sich frei gemacht von ihr und war vorausgelaufen. Entschuldige, sagte er, als er es bemerkte, aber in mir ist ein Stürmen, ein Himmel-

stürmen. Es ist auch, daß ich mich manchmal frage, ob es ein Stürmen aus mir selbst heraus ist oder ob es mich treibt, ob ich getrieben werde von einer Lebensübermacht, von einem Sturm, der in mir aufbraust, daß ich bersten möchte. Bersten, so wie du denkst, du birst vor Glück. Vielleicht ist das das Glück, sagte er und küßte sie, bis sie es nicht mehr zuließ, und sagte: Der Mond macht mich trunken! Und machte einen Handstand und ging auf den Händen die letzten Meter bis zum Tor der Fabrikantenvilla neben ihr her und lieferte sie, ohne daß er dem Fabrikantenvater in die Augen sehen konnte, an der Haustür so kurz wie eben möglich ab.

Ich habe eine neue Seite in dem Buch, das den Titel »Mein Leben« trägt, aufgeschlagen, und dort lese ich nun aufgeregt, als läse ich Verbotenes, schrieb er in der Nacht. Ich habe die Liebe versucht, sie schmeckt mir. Und die Frau dazu soll also Gerda heißen. Ich sitze in der Mitternacht, und es fällt mir kein Vers auf sie ein.

In den Herbstferien war keine Tanzstunde. Es regnete tagelang, Reinhold saß zu Hause, las, spielte Schach mit dem Bruder und dem Vater, und es fiel ihm auf, daß der Vater still war, und wie es ihm aufgefallen war, fing er an, den Vater zu beobachten. – Mir scheint, es würde eine Not versteckt, weggesteckt, als würden die Löcher verstopft, durch die es heulen will – aber was?

Und blieb zu Hause und saß bei der Mutter und las ihr aus seinen Dichtern vor. Und die Magda mußte weinen beim Zuhören und mußte lachen. Es ist von der Liebe, sagte sie und stand so alleine weinend und lachend, daß Reinhold aufstehn und sich zu ihr stellen mußte.

Zum Schutz gegen die Trauer, schrieb er in sein Buch, die bei der Frau daher rührt, daß der Mann ihr die Erlösung durch die Liebe nicht gewähren kann. Und das macht mich wütend. Aber dem Vater macht das vielleicht die Not.

21. Oktober 1940, letzter Ferientag. Ich traf mich mit Utz und Gummi auf dem Ziegenberg. Wir wollten über die Frauen reden. Als es wieder zu regnen anfing, suchten wir den Eingang zum alten stillgelegten Bergwerk, fanden ihn, sahen Licht, gingen durch die Höhlen dem Licht nach und kamen in einen Raum mit Rollstühlen und Bahren, wie Gerümpel zu Bergen gestapelt.
Nicht Bergwerksloren, Bahren, sagte Gummi und sah jämmerlich aus in dem jämmerlichen Licht, das aus wackligen Birnen von der Decke funzelte. Als vier NSV-Schwestern plötzlich gelaufen kamen, versteckten wir uns hinter dem Krankenmobiliar. – Wir sind in Uniform, wir sind Jungvolk, wir tragen die Führerschnur! Und also marschierten wir durch den Höhleneingang den Schwestern nach, als sollte es so sein. Wir kamen durch Schächte, mußten uns bücken, von den Decken tropfte warmes Wasser. Wieder liefen welche an uns vorbei, Männer in Kitteln, wieder versteckten wir uns. Von einem großen Höhlenraum gingen Eisentüren ab. Es war still, wir waren zu dritt und hörten unsere Herzen. Wir öffneten eine Tür, wieder ein Gang, höher als die Schächte, ausgehauen und gebaut, Türen nach links und rechts. Ich sah durch einen Spalt, da lag einer ganz dünn auf einem nackten Eisengestell, Ärmchen, Beinchen, Knöchelchen, alt oder jung? Die Ärmchen und die Beinchen sausten unaufhörlich durch die Luft. Es war die reine Sterbenot! Aus einem Nebenraum kam jemand mit einem Eimer und kippte Wasser über das Insekt. Wir rannten davon. Aber, angeführt von den vier NSV-Schwestern, kam uns ein Rudel Ge-

spenster entgegen. Wir grüßten zackig, die Schwestern staunten und grüßten zackig zurück. Die Gespenster hatten nur Umrisse, die Gesichter schienen glatte weiße Flächen, der Spuk galoppierte an uns vorüber. Den letzten aber kannte ich und hielt ihn fest. Ich kannte ihn, denn seine Schläfe pochte. Ich sagte: Sie sind doch der Herr Daumer, was machen Sie denn hier?
Er war kleiner geworden, oder ich nur eben größer. Er zog einen anderen mit sich. Ich erkannte den Bruder. Der Bruder legte dem Bruder den Kopf an die Schulter. Die Brüder schauten auf uns drei.
Was machen Sie denn hier, mußte ich wieder fragen.
Der Herr Daumer knöpfte sein Hemd auf, er hatte kleine runde Löcher in der Brust, und knöpfte dem Bruder das Hemd auf, der hatte auch Löcher. Und der Herr Daumer zeigte auf die Löcher und sagte: Er ist lüstern und eifersüchtig, der Mondmönch, schneidet Engelgrimassen und läßt seine faulen Früchte niederregnen.
Der Specht in seiner Schläfe pochte, und ich erinnerte meine Kinderangst und fragte noch einmal: Was machen Sie hier?
Der Schamfluß ist reißend, und meine Trostbrücke bricht.
Wohnen Sie denn hier?
Im Mondsaal, gewiß.
Aber was machen Sie hier?
Es ist zehn Jahre her, daß die Vogelbeeren rot waren.
Und jetzt, fragte ich.
Jetzt zausen und zerren sie an meinem inneren Eichenlaub.
Und warum sind Sie hier?
Und als er nichts mehr sagte und nur den Bruder hielt, da fielen mir die Engel ein. Da fiel mir ein, daß der

Mann mir damals von den Engeln gesprochen hatte. Engel, sagte ich also.
Ich muß den Schwarzen erlösen, sagte der Mann sogleich, und der Specht in seiner Schläfe klopfte wie ein Maschinenkolben. Aber der wuchert und wuchtet mit seinen Flügeln, sagte der Mann.
Wieder kam ein Rudel Gespenster auf uns zu, und wieder nahmen wir Haltung an. Die Schwestern staunten, grüßten, die Gespenster rissen die Brüder mit. Gespensterflut!
Raus, sagte ich, und wir schafften es und landeten im Herbstregen unter Bäumen. Wir liefen zu mir nach Hause.
Und dann sah ich des Vaters Erschrecken. Und sah den Onkel Eberhard breit und dreist neben ihm. Sah, wie der Vater sich zusammennahm, und hörte ihn sagen: Krankenbetten mußten freigemacht werden für verwundete Soldaten und verletzte volksdeutsche Zivilisten aus Polen. Wissenschaftler, Ärzte und Pflegepersonal leisten im Bergwerk ihre Arbeit im Auftrag des »Forschungsamtes Ahnenerbe«. Insassen aus Altenpflegeheimen, aus Behindertenanstalten, aus Fürsorge- und Erziehungsheimen finden dort Unterkunft.
Sags auf deutsch, fuhr der Onkel den Vater an, die Jungs sind doch nicht auf den Kopf gefallen. Es handelt sich hier um das Unternehmen »Lebensunwertes Leben«, im Bergwerk ist eine volksdeutsche Versuchsanstalt untergebracht. Zehntausende von unnützen Essern kriegen auf diese Weise noch ihren Lebenssinn für die Gemeinschaft. Die hemmungslose Aufzucht von Idioten, Aufzucht der Kinder von Syphilitikern, Alkoholikern und Irrsinnigen widerspricht unserer Sittenlehre! Schwach und unbrauchbar Geborenes wird dort beseitigt.

Der Onkel ist ein Tier! mußte ich denken und den Vater klein am Küchentisch sitzen sehn. Gottseidank war die Mutter nicht da!
Mitleid kennt nur eine Handlung, das Kranke, das nicht wiederherstellbar ist, sterben zu lassen. Das Leben gebührt nur dem Gesunden, sagte das Tier.
Ich ging dann mit den Freunden noch zwei Ecken weit. Wir wußten nichts zu sagen, aber wir wußten, daß wir ein weiteres Unrecht gesehen hatten.
Zu Hause saß der Vater noch immer am Tisch. Der Onkel war gegangen.
Die Daumerbrüder, sagte ich, die sind auch dort.
Weiß ich, sagte der Vater.
Laß ihn, sonst trägt ers nimmer, sagte die Mutter, die aus der Abendandacht heimgekommen war.
Mein rotes Haus, sagte der Vater, und ich wußte, er meinte das Narrenhaus aus seinen Kindertagen. Das rote Haus war früher voller Lärm, jetzt ist es still geworden, sagte der Vater. Und der, der das Helfen gelernt hatte, wie andere das Mauern oder Schreinern, sagte dann nichts mehr.
In mir ist ein Zittern. Etwas wird hereinbrechen über mich und die Meinen, es wird hereinbrechen über mein Volk. Es ist etwas nicht mehr aufzuhalten.

Nach den Herbstferien fehlte Siegmund Eis. Das Gerücht ging um, er sei jüdisch versippt. Als Reinhold in seiner Eigenschaft als Stammführer beim Schuldirektor Auskunft erbat, sagte der: Eis ist in ein Landschulheim für Israeliten in die Lüneburger Heide gekommen. Er ist durch seine Mutter nur teilbelastet, und der Vater, obwohl von Geburt aus volljüdisch, ist Träger des Eisernen Kreuzes. Dieser jedoch, Kriegsinvalide, hat eine Prothesengeschwulst bekommen und mußte in ein

Sammellager für erkrankte Israeliten abtransportiert werden. Die Mutter konnte das Geschäft alleine nicht halten. Das ist die ganze Geschichte.
Am Mittag nach der Schule ging Reinhold zu dem Textilgeschäft von Siegmunds Eltern. Es war geschlossen, die Tür versiegelt, die Auslagen aus den Fenstern genommen. Er lief über die Brücke auf die andere Seite des Flusses zum Wohnhaus der Familie Eis. Das kleine Haus war verlassen, die Scheiben zerschlagen, die Wände schwarzgebrannt.
Reinhold machte einen Bericht für seine Kameraden. Der Bericht löste Empörung aus und wurde an die für das Jungvolk zuständige Behörde geleitet. Zwei Tage später wurden Reinhold, Utz und drei weitere Jungvolkführer auf das SS-Hauptquartier geladen. Dort klärte man sie über Verbleib und Zukunft der Familie Eis auf. Im Osten, hieß es, entstehe für Juden und jüdisch Versippte ersten und zweiten Grades eine neue Heimat. Der Dreivierteljude Eis bleibe bis auf weiteres in einem Zwischenlager in der Heide, seine halbjüdische Mutter habe Versorgung in einem jüdischen Frauenheim gefunden, der Vater sei inzwischen abgängig.

Ich war dir treu, sagte Gerda Lang, die zwei Wochen mit ihrer Mutter am Tegernsee gewesen war.
Was hältst du von den Juden, fragte Reinhold.
Nichts, sagte sie und lachte.
Nein wirklich, sagte er, bist du gegen sie?
Wer Freund des Juden ist und wer ihn unterstützt, von dem sage ich, daß er schlechter ist als der Jude selbst, sagte Gerda Lang und öffnete Reinhold die Lippen und wippte beim Gehen.
Aber Reinhold wollte die Lippen nicht. Ich bring dich

heim, sagte er, es gibt keinen Umweg mehr, ich habe Geschichten im Kopf, verstehst du?
Ach, sagte sie, Frauengeschichten?
Und als er noch stand, weil er nichts zu sagen wußte, plärrte sie: Ist es am Ende ein Judenmädel?
Da ließ er sie stehn.
Und ging auch nicht mehr in die Tanzstunde. Er hatte Walzer gelernt und Foxtrott, Tango und Rumba – das genügt, hatte er beschlossen.

Im November kam Onkel Fritz, der Theaterbeleuchter, und fragte Reinhold, ob er Statisterie im Stadttheater machen wolle, die Reichstheatertage stünden bevor und es würden noch junge starke Burschen gesucht, auch sei ein gutes Taschengeld dabei zu verdienen.
Und der Onkel, der sich gern Lichtmacher nannte, nahm Reinhold mit ins Theater: Sie spielen »Egmont« heute abend, Elsa Burger ist das Klärchen. Du wirst lachen, wenn sie auftritt, brauche ich weniger Licht. Sie leuchtet aus sich heraus. Und Reinhold wußte, daß Elsa Burger es dem Onkel angetan hatte.

Als ich sie dann aber sah, als ich sie endlich sah, und um mich herum nur pflichtschuldige graue Kunstliebhaber, schien mir, der Onkel habe untertrieben. Nicht genug damit, daß sie den Raum aufleuchten ließ, sie füllte die leeren Gesichter, die mich umgaben, hauchte den toten Ohren Leben ein. So kommt es, schrieb Reinhold in sein Buch, daß ich meinen Bedarf nach Licht von nun an mit Theaterzauber decken will.
Und als ich nach der Vorstellung, dem Onkel folgend, durch einen langen Garderobengang lief, stand sie mit einem Mal vor mir, klein zu meiner Größe. Aug in Auge stand ich da mit ihr.
Die Schrift fliegt mir davon: Sie ist ein kleines Wesen, sie war von Schminke verschmiert, Licht von den Sternen leuchtete von ihr aus.
Zu jeder Seele gehört eine andere Welt. Ihre ist weit und hoch, so daß mein Blick in ihre Höhe stürzen muß. Von ihr könnte ich dichten! Ich kann ja einmal nur aus heißem Herzen dichten für und nicht aus kaltem gegen, es

würden mir die Wörter springen und auseinanderklirren wie Eiszapfen.
Von ihr könnte ich dichten, denn sie ist eine Frau.

An einem Samstag im November lag, adressiert an Reinhold, eine Wurfsendung des »Trutzgesang« im Briefkasten. Heinrich fand sie, als er die Zeitung holte. Krauses Zeug, sagte er, verbotenes, Bub, wie kommen solche Kerle nur auf dich?
Reinhold lief in sein Zimmer. Menschenzüchter! Bericht von einem, mit seinem Blute geschrieben, stand als Titelzeile über den Blättern. Und weiter stand da: Ich schreibe in der Nacht, bevor meine Seele aufbricht, ich schreibe mit meinem Blut. Nach und nach ist das Grauen in mich eingedrungen, hat mich ausgefüllt, hat mich überwunden. Man wollte mir an die Seele, aufschlitzen wollte man sie und das, was noch an Gott darinnen ist, ausbluten lassen, bis die leere Hülle offen gewesen wäre für den Engel mit dem Schwanz. Ich schreibe hier mein Letztes: Ich bin Kadett einer Ordensburg, von der aus die luziferische Rasse, eine bewußt herbeigeführte Mutation des Menschen, ihren Siegeszug antreten und das tausendjährige Reich irdischer Herkunft verwirklichen soll. Wie lang ists her, daß ich lebte? Ein Jahr vielleicht und ein wenig mehr. Der Weg von dort bis hier war lang, und ich bin sicher, er verlief eine weite Strecke nicht in dieser Welt.
Hier mein Bericht: Zu Anfang wurden wir Kadetten der Einsamkeit ausgesetzt, wurden an Seele und Leib derart gepeinigt, daß wir uns ohnmächtig, ganz und gar ohnmächtig fühlten. Selbstleere Gefäße sollten wir sein, um alsdann mit dem Verfluchten angefüllt zu werden. Und wenn die Leere so gefüllt sein würde, wäre er

geboren, der Übermensch. Eignest du dich nicht zu solchem Gefäße, weil vielleicht die schmerzliche Sehnsucht nach Gott dich im Geiste erfüllt, wirst du geopfert wie ich.

Ich sah es, ich habe es gesehen, ich bin Zeuge. Das durch die Todesnähe entfesselte Bewußtsein führte mich an jenen Ort, woselbst der Orden unter dem Totenkopf, dessen Meister mir zuvor nur als Schatten in meinen Bewußtlosigkeiten erschienen waren, der Dreieinigkeit des Bösen, dem kosmischen Antichrist huldigt. Ich sah in Gesichter, denen nichts Menschliches mehr eignet, und sah etwas, das die Vergangenheit und die Zukunft verdammt, das alle Erlösung und alle Vergebung verhindert. Mein Erinnerungswissen ist ungeschwächt und scharf, hier jedoch kann ich nur mein Verständnis oder Unverständnis dessen niederschreiben, was nicht genauer zu beschreiben ist, da die Vorgänge das Wort als Wohnung verlassen haben: Das Tier der Offenbarung ist angerufen. Die Geschöpfe halten sich für den Schöpfer, der Übermensch, aus luziferischem Wissen gezeugt, in luziferischer Kälte gezüchtet, er ist da!

Mein Blut hört auf zu fließen, und somit fehlt mir die Tinte, mich hier noch lang und breit zu machen. Der letzte Wunsch ist, daß dieses hier hinaus und zu meinen Freunden gelange. Damit es aber die Chance hat, beachtet zu werden, unterzeichne ich mit meinem vollen Namen, Hanno von Wolfsberg.

Im übrigen, und dies zum Trost für die wenigen, die ich zu meinen Freunden zähle, in dieser meiner Sterbenacht halte ich es im ganz Inneren, was mir trotz allem nicht abhandengegangen, mit dem Meister Böhme, der da schrieb: So zerbricht das Stechen und Brechen im Tode und fället in die Freiheit des ersten Willens, davon

die Angst erschrickt, den Tod zerbricht und aus der Angst auffährt als ein Leben in Freude.
Gott schütze euch alle!

Trutzgesang, flüsterte Reinhold und klopfte dreimal und rief halblaut Trutzgesang. Der Pfarrer öffnete die Kirchentür, erkannte ihn, ließ ihn ein.
In dem Raum unter der Kirche saßen alle beisammen, nur Gabriel war nicht da.
Wo ist Gabriel?
Der Reichsheini hat seine Mordgesellschafter auf ihn angesetzt, sagte Charly.
Was heißt das?
Sie haben ihn aus der Universität geholt, vielleicht noch ein Novembertod.
Was ist mit Hanno, die Schrift ist doch Fälschung, und wenn nicht, wie seid ihr an sie gekommen?
Die Post hats uns ins Haus gebracht, sagte der Pfarrer müde. Und es ist Hannos Schrift, Gabriel hat es bestätigt, willst du sie sehen?
Und Reinhold sah die Schrift, rot wie von Blut und nicht mit einer Feder, vielleicht mit einem Stöckchen geschrieben.
Am Himmel scheint eine große schwarze Wolke die Form eines Hakenkreuzes anzunehmen, sagte der Pfarrer, ich weiß nicht weiter, sagte er.

Reinhold lief davon, jagte durch die Straßen, klingelte Sturm an Hannos Haus.
Weder Herr noch Frau von Wolfsberg sind zu sprechen.
Ich muß sie aber sprechen. Ich bin Hannos Freund. Was ist mit Hanno?
Der junge Herr ist tot, entfuhr es dem Hausmädchen.

Da rannte Reinhold an ihr vorbei in die Halle. Da lag Hanno. Da standen die Kerzen menschenhoch, da saßen die Eltern wie Wachsleute in zwei Ohrensesseln.
Was ist mit Hanno, schrie Reinhold.
Und der Herr von Wolfsberg sagte mit ewigem Eis in der Stimme: Ihr Freund fiel bei Paris.

Antwort auf alle Menschenfragen kann nur Gott geben, sagte Magda, nachdem Reinhold erzählt hatte, in sein Zimmer gegangen war, auf seinem Bett lag und ihre Nähe nicht wollte. Vergiß ihn nicht, sagte sie. Er gibt sie dauernd, die Antwort, in der Mitte deiner Brust steht sie geschrieben, du kannst sie von innen her lesen.
Das gab mir ein wenig Leben, das große Menschengesicht, das zur Mutter gehört, schrieb Reinhold in sein Buch. Dann ließ sie mich in Ruhe und allein. Ein schweres Schweigen beherrscht die Wohnung, nachdem es jetzt still geworden ist.
Ich habe das, was da auf hohem Schwarz lag und Hanno gewesen war, nur von ferne gesehen. Es sah wie niemand aus, sächlich eben. So wird mir die Welt nun sächlich, denn was sollte mich noch erregen. Von heute an bin ich alt.
Es ist Nacht. Ein kalter Wind bläst mir von der anderen Seite des Grabes her. Hanno! der Name, dieses Wort, war mir mit so viel Zärtlichkeit verbunden und war verbunden mit diesem Körper, der seiner hohen Seele so guten Ausdruck gab. Also von welchem Interesse soll mir der meine noch sein, und wie soll ich ihm noch trauen? Ich möchte ihn abwerfen und somit das ganze Leibliche als Überflüssiges begreifen dürfen, abwerfen möchte ich und in das Land hinter dem Tod kommen, um dahinterzukommen, um mir das Ungereimte, das

einzige, was mich noch umtreibt, in einen halbwegs guten Reim zu bringen.

Magda war nicht ins Bett gegangen, war in der Küche geblieben, hatte gestopft und geflickt, war in ihren Himmel geschweift, hatte sich den Freund des Sohnes dort oben in ein Haus gesetzt, auf einen Stuhl, an einen Tisch, hatte ihn mit Freunden umgeben und Gotteslichter angesteckt, war auf der Schwelle gestanden und hatte den Ruf gehört: Hilf mir, hilf mir, hilf mir doch, Reinhold! Und war gleich bei dem gewesen, der sich an sie krallte, der unter sie kroch. Mutter, ich bin die Mutter, die Mutter, hatte sie gerufen.
Reinhold hatte sie weggeschickt, war aufgestanden, hatte sich angezogen, war aus dem Haus gerannt.

Sein Weg führte zum Ziegenberg. – Es ist kein Schlafwandel, es ist mein Weg! Etwas Tragisches soll passiert sein, Hanno, es geht um Hanno, es ist kein Wachtraum: Hanno ist tot!
Hanno ist tot, sagte er zu sich mit jedem Schritt den Berg hinauf. Dann war er an dem Frühlings-, dem Sommerplatz angekommen, der der gemeinsame gewesen war, und erwartete sein Weinen. Das kam nicht. Er saß und fror. Er dachte an die Daumerbrüder im Innern des Berges, auf dem er saß, dachte an Gabriel, mußte an das Haus der von Wolfsbergs denken, an den Herrn, an die Frau von Wolfsberg, und als ihm der Gedanke an Hannos Schwester kam, stand er auf und ging frierend nach Hause.

Ich saß auf dem Berg und wollte an Hanno denken, doch mich fror, und meine Gedanken liefen mir zu Hinz und Kunz davon, ich konnte sie nicht halten, bündeln, richten. Jetzt sitze ich auf meinem Stuhl an meinem Tisch und will versuchen, sie mit klammen Fingern festzuschreiben. Aber die Kälte will nicht weichen. Und so sind meine Gedanken auf Wärme gerichtet: Sich in die Wärme eines Weibes zu verkriechen, Hanno zu holen, ihn zu fassen an einem Seelenzipfel und ihn hineinzuziehn zu mir, in die Wärme hinein, in solche Ewigkeit, Amen!

Am nächsten Abend sollte im Hause der von Wolfsbergs die Trauerfeier sein. Reinhold blieb den Tag über im Bett. Die Freunde kamen, saßen bei Magda in der Küche, drängten sich dort zusammen. Reinhold gab ihnen die Wurfsendung des »Trutzgesang« mit Hannos Bericht, ging zurück in sein Zimmer, überließ sie dem Schrecken, den er hatte.

Gemeinsam gingen die Freunde in das für Trauergäste offene Haus. Die Halle war luftlos von Blumenduft, Kerzenlicht, Trauerflor, von Räuspern, Händedruck. Viel SS stand da, von einer Onyxsphinx bis hin zur andern.
Schwarze Mauern um die schwarze Wiege, mußte Reinhold denken. Und würden die Wächter von Grab und Tempel jetzt ihr Maul aufmachen, mußte er weiterdenken, und durch die schönen vollen Lippen mit lieblichsten Stimmen lispeln: Der glorreiche Sterbling hier, er war zum Herrscher erkoren, von Kindheitstagen an küßten wir jede Regung seiner heldenhaften Seele! und würde sich ein Fauchen in dieses sanfte Lispeln mischen, mußte er immer weiterdenken, würden sie ihre Flügel aufrecken, ihre Adlerschwingen, und mächtig damit die Decke bedecken, würden die Stierflanken beben, die Löwenkrallen wachsen, und würden sie zum

Sprung ansetzen, zum großen Rachesprung auf die schwarzen Männer der Mauer, so würde es dann stoßweise durch das Fauchen dringen: Wie kam der Lenzbegnadete, der doch noch eben unterm Siegesbogen stand, wie kam er um sein Leben, und wofür erlitt er den Tod?

In stolzer Trauer, durchschnitt die Stimme des Herrn von Wolfsberg Reinholds Bilder, haben wir uns hier versammelt, die Eltern und Geschwister, die Anverwandten, Lehrer, die Freunde und die Kameraden unseres Sohnes Hanno.

Reinhold sah den Pfarrer vom Trutzgesang, sah Charly, Gisèle und das Mädchen mit dem roten Mund, Gabriel sah er nicht. Sah Wehrmacht und Marine, sah Jungvolkkameraden in Uniform und stand selber in dem schwarzen Anzug, den er sich vom Vater geliehen hatte.

Reinhold hatte den Vater um den Anzug gebeten, und der hatte nicht gewagt zu fragen, warum er nicht die Uniform tragen wollte, und die Mutter hatte es auch nicht gewagt, und auch Mechthild, Utz, Beilharz und Gummi nicht.

Reinhold stand entfernt von dem, was zwischen den Sphinxen, umstanden von Eltern und Geschwistern, abgeschirmt von der schwarzen Männermauer, aufgebahrt auf der Empore lag.

Haben uns versammelt, schnitt die Stimme hier- und dorthin, um meinen Sohn, den toten Helden, zu feiern. Er starb für die deutsche Volksseele. Ihn zu ehren bedarf es keines Pfaffen.

So laßt doch die Kirche versinken,
Wie ein Schiff sinkt mit Mann und Maus,
Was nicht Geist an ihr ist, muß ertrinken,
Neu im Goten baut Gott sich ein Haus.

Unser Gott ist Wahlvater, seine Rune ist die Aarrune. Aus purem Golde gehämmert, lege ich sie dir, Sohn Hanno, auf die Brust. Ich lege sie auf deine Ich-Heit, auf deine Ich-Rune. Wahlvater, welcher verschwand, als seine Eichen fielen, Wahlvater hat uns den neuen Erlöser geschickt, und mein Sohn hat diesem, dem alles geopfert werden muß, mit seinem Leben nun in Demut das größte Opfer dargebracht.
Eines Tages wird unser Führer, der Gesetzgeber der kommenden Menschheit, die neuen Tafeln vom Heiligen Berge, dem Gipfel des Elbrus, herabbringen. Und vielleicht wird auch er einmal, um seine Mission ganz zu erfüllen, den Märtyrertod im großen Dienste sterben. Erst dann wohl werden viele begreifen, daß er der Erlöser dieser Welt und der nächsten ist. Und so verkündet die Edda: »Doch kommt einst ein Andrer, noch größer als er, nie wollt ichs wagen, den Namen zu nennen, und ewig wird währen euch, was er gewirkt.«
Ich bitte um Haltung. Wir stürzen nicht nieder in die dumpfe Verzweiflung einer zurückgelassenen Gemeinde, wir ehren den jungen Krieger, indem wir dem Glauben Ausdruck geben, daß der deutsche Gott der Gott der Deutschen ist.
Die Eisstimme klirrte, drohte zu brechen, setzte für Augenblicke aus, fror wieder zusammen. Und so spreche ich denn die magischen Worte: Wotan, Wili, Weh!
Es gibt einen alchemistischen Weisheitsspruch, hörte Reinhold jemanden neben sich: Wenn ein verkehrter Mann das rechte Mittel gebraucht, so wirkt das rechte Mittel verkehrt. Charlys Mund grinste, doch in seinen Augen stand der Schrecken. Wir halten die Totenwache, sagte er, du machst doch mit?

Schweigen, war die Eisstimme wieder zu hören, dem Entrückten schenkt nun ein eingedenkendes Schweigen.

Die Treppe stürmen, mußte Reinhold denken, die schwarze Mauer zerschlagen, das Letzte von Hanno suchen, das Letzte von Hanno finden, Hanno das Letzte retten und auf und davon mit Hannos Letztem gehn!

Nach dem Schweigen sagte Hannos Vater an, daß alle Kameraden, die die Nacht über Totenwache halten wollten, dem Toten und seiner Familie willkommen seien. Am Morgen um elf sei dann die Beisetzung.

Eine Gasse bildete sich, die Familie von Wolfsberg kam die Treppe herunter, schritt durch die Gasse, hinter ihr die Totenkopf-SS, kam auf Reinhold zu, schritt an ihm vorbei. Alle gingen ihnen nach.

Nur Mechthild und Beilharz blieben, Utz und Gummi, der Pfarrer vom Trutzgesang, der rote Charly, Gisèle, das Mädchen mit dem roten Mund, zwei Jungvolkführer, ein Marineoffizier und zwei von der Totenkopf-SS. Ein alter Herr blieb auch, der Pfarrer kannte ihn, er sei Professor Geilfuß, Hannos Pate.

Die Halle ist denen zu groß, die da einzeln für sich stehen, mußte Reinhold denken. Die menschenhohen Kerzen, die eben im Zuge der Hinausdrängenden geflackert haben, halten still. Eiserne Flammen vom eisernen Engel, dem gefährlichsten, mit seiner lichterlohen Rüstung angesteckt. Eiserner englischer Gesang dringt durch, kommt als Stille unerträglich lastend über uns und drückt uns nieder. Hier bin ich und bin mir fremd, denn dort liegt das, was mir das Bekannteste war neben Vater und Mutter, und ist mir fremd geworden! Reinhold ging an denen vorbei, die da einzeln standen, ging die Treppe hinauf, ging auf die Bahre zu.

Und dann mußte er es sehen: Hanno mit dem viel zu

schwarzen Haar! Das Gesicht verzogen, als fehle dort etwas, oder als sei dort zuviel, und auf der Uniform zwei ganz verschiedene Hände!
Etwas stimmt nicht, hörte Reinhold sich schreien, sie haben ihn zugerichtet!
Da waren die von der Totenkopf-SS neben ihm, aber die Freunde waren auch da und der Pfarrer. Und der alte Pate stellte sich vor ihn: Kraft meiner Patenschaft, sprach der und wies die Totenkopf-SS mit seiner Greisenhand hinaus.
Die Schwarzgesellschafter, rief der Pate, die Schamanlinge! Sie haben ihn erschüttert und ermordet. Und haben ihn ergänzt! Der alte Mann faßte die braune Hand, die unter der weißen lag, zog an ihr und hatte eine Hand in der Hand. Alle schrien, duckten sich. Die leuchtenden Logen im kalten Licht, sagte der Pate, und die in sie eingefahrenen fremden Geister treibens, wohin sie wollen, treibens immer weiter, nichts gebietet ihnen Einhalt.
Gott ist, wie er ist oder nicht ist, sagte der Pfarrer, weiß wie Hannos andere Hand, die vor allen tot dalag.
Als einzige Wirklichkeit, als meine alte Wirklichkeit, mußte Reinhold denken, die ist nun vorbei, dachte er und sah zu, wie der Pate den Toten untersuchte. Sah, wie der das falsche Haar von einem kahlen Schädel nahm, wie der die Augenlider hob, sah, daß nur unter einem das tote Auge starrte, sah, daß unter dem anderen Mull war, sah zu, wie der Pate die Uniform aufknöpfte, sah die weiße glatte Brust, die tätowierte Rune.
Das ist das Dämonium, sagte der Pate, es ist die Siegrune der SS, doch das Blitzzeichen läuft von rechts nach links und nicht von links nach rechts. Es ist die luziferische Umkehrung der Lichtrune, sie tragen sie alle auf der Brust, sie schafft die magische Verbindung, die sie

bindet. Und hier, über dem Solarplexus, rief er und knöpfte die Jacke ganz auf, hier, rief er, ich habe es gewußt: dreimal die Sechs!
Hanno, sagte Reinhold laut und gegen alles, was in den Freund und an den Freund gegriffen hatte, Hanno! du wirst in meiner Seele wohnen!
Sechshundertsechsundsechzig, das ist die Zahl des Antichrist, hierdurch bezieht die Blutloge ihre Schattenkraft, rief der Pate. Ich bitte euch, mir zu folgen, bitte euch, mich mit eurer Liebe zu ihm zu unterstützen, wenn ich nun ein Ritual gegen die teuflischen Gewalten für meinen Patensohn Hanno zelebriere, damit seine Seele frei und ungebunden von aller Dunkelheit und allem Entsetzen hingehen kann, wohin sie mag.
Reinhold sah den alten Mann, den gebrechlichen, den an Haut und Haaren weißen, sein Ebenholzstöckchen mit dem silbernen Löwenknauf zur Seite stellen, sah ihn die Arme mühsam über den Kopf heben und die Hände aneinanderlegen, hörte ihn die Zahl der Zahlen und das Licht der Lichter von Ewigkeit zu Ewigkeit anrufen und versank in diesen Ewigkeiten.
Als die Leichenträger kamen, um den Sarg mit Hannos Leiche abzuholen, waren die menschenhohen Kerzen nur wenige Zentimeter heruntergebrannt.
Der Pate sagte adieu, gab Reinhold seine Adresse, und das Tote wurde an ihnen vorbei hinausgetragen.

Am Grab kam das Weinen.
Wo Gräber sind, gibts Auferstehungen, flüsterte Beilharz. Als aber der Gesang in Moll ertönte, lief Reinhold davon.
Er lief über den Friedhof mit den kahlen Bäumen und den starren Engeln, fand einen Platz zwischen gebeugten sanften Marmorfrauen und schrieb dort in sein

Buch: Das ist die Todesstille, die läßt sich von keinem Krähengeschrei stören. Das sind die Zypressen, die sind dichter geworden, die Trostengel haben sich hineinverkrochen, weil sie weinen. Da schämen sie sich. Das ist der Himmel, der ist leer. Das ist der ganze Anblick der Natur. Daß jener über alles tröste, wird behauptet. Wenn die Natur nun aber ihren Tod gestorben ist, was tröstet dann? Was tröstet einen, dessen äußere Natur dem November seiner inneren entspricht? Und so, wie ich hier sitze und schreibend meine Gedanken einzufangen suche, daß sie mich hin zu etwas führen, zu einer kleinen Lebendigkeit bloß, ist mir, als hörte etwas mir bei meiner Mühe zu, und das kommt wie von oben näher und steigt in meine Sinne. Ich möchte es Hanno, Hanno nennen.

Am Abend fand Reinhold sich vor dem Stadttheater wieder. Elsa Burger spielte die Kameliendame. Er sah sich eine Karte kaufen, suchte und fand sich auf einem Stehplatz der Galerie, blieb auch in der Pause auf der Galerie. Schlafstehen, nicht Schlafwandeln, sagte er sich. Das ist der Tag, an dem ich sterben sollte, sagte er sich. Willig zum Tode heißt: willig auch zur Liebe sein, willig zur Liebe heißt: willig auch zum Tod.

Obwohl sie Schauspielerin ist, ist sie natürlich, sagte einer, der nach der Pause zurück auf die Galerie kam.

Und doch hat sie hundert Gesichter im Gesicht, sagte ein anderer.

Aber die Ehrgeizigen, die Schauspieler, die huldigen um sie herum, sagte ein dritter.

Interessiert nicht, sagte der erste.

Ich werde ihr schreiben, sagte der zweite.

Ich werde ihr schreiben, sie wird mir antworten! Reinhold ging seinen Weg nach Hause.
Das Mädchen Mechthild saß bei Heinrich und Magda in der Stube.
Bub, sagte der Vater, wir waren in Sorge. Was kommst du auch so spät!
Mechthild hat es uns erzählt, sagte die Mutter und wußte nicht weiter.
Magda und Mechthild hielten sich an der Hand.
Reinhold blieb in der Türe stehn: Früher, im Mittelalter, oder sonstwann früher, wurden die Toten gefesselt und geknebelt in die Erde gelegt, damit sie nicht reden, damit sie nicht mit ihrer Rache über die Lebenden kommen. Ich werde Hanno rächen, sagte er.
Das walte Himmler, entfuhr es Mechthild.
Und ich werde den Brief schreiben! sagte Reinhold, drehte sich um und ging in sein Zimmer.

Er saß auf seinem Stuhl an seinem Tisch, er knipste seine Lampe an, nahm ein Papier und einen Stift und schrieb:
Verehrte Frau, mein bester Freund ist heute beerdigt worden. In der vergangenen Nacht bestätigte sich der Verdacht: Er wurde ermordet.
Als Kinder hatten wir ein Gefühl für göttliche Allmacht. Das führte mich heute abend wohl zu Ihnen ins Theater.
Und da kam es durch Sie wie Glaube und Hoffnung über mich.
Ich werde meinen Freund rächen. Das ist das eine. Und das andere ist, daß, wären Sie krank wie jene, die Sie mir heute so wunderbar vorstellten, wären Sies, ich würde Sie mit meinem Leben heilen.
Erklären Sie mir meine Worte, antworten Sie mir,

schreiben Sie bald, da Ihr Schweigen nicht zu lange dauern darf. Reinhold Fischer.
P.S.: Ich bin noch Gymnasiast.

Am nächsten Morgen stand im Stadtanzeiger, der Student Gabriel Ellerbeck habe sich, geistig verwirrt, das Leben genommen.
Trutzgesang, flüsterte Reinhold und klopfte in der Dämmerung ans Kirchentor. Niemand öffnete.
Etwas geschieht, und etwas muß geschehen, sprach er sich zu, wie er dann Stunde um Stunde in der Dunkelheit eines Hauseingangs gegenüber der Kirche wartete, ob nicht doch einer dort heraus- oder hineinginge.
Als es elf schlug, lief er los, jagte durch die Straßen, machte halt vor einem alten Bürgerhaus, fand den Namen Geilfuß, klingelte Sturm, der Pate öffnete.
Der alte zarte Mann im Seidenrock bat Reinhold herein. Bei Hannos Beerdigung hatte der Pfarrer erzählt, er sei ein gelehrter Germanist, der lange Jahre in Chicago gelebt und dort Bücher geschrieben habe. Mit neunundachtzig Jahren sei er zurückgekehrt, um in der Heimat zu sterben.
Die Wohnung war groß und hoch. Alte Bücher standen in dichten Reihen vom Boden zur Decke.
Es riecht nach Wissen, sagte Reinhold, ich brauche Wissen, daß ich handeln kann. Können Sie mir helfen?
Yes, vielleicht, sagte der Pate. Sie sind Jungvolkführer, sagte er, wie geht das weiter und weiter? Er stieß das Ebenholzstöckchen mit dem Silberknauf gegen ein Tischbein.
Sie haben noch einen Freund umgebracht, sagte Reinhold, ich habe es heute aus der Zeitung erfahren. Und vielleicht haben sie auch alle anderen umgebracht, die mit ihm zu tun hatten.

Haben sie nicht, sagte der Pate und stieß mit dem Ebenholzstöckchen gegen das Tischbein. Ich habe Nachricht für Sie: Sie sollen nicht zur Beerdigung gehen, keiner geht hin. Sie sollen auch nicht mehr zur Kirche kommen. Sie sollen stillhalten, stille sein. Er stieß wieder mit dem Stöckchen und noch einmal: Silence, sagte er und wollte sonst nichts mehr dazu sagen.
Und wollte nicht von Hanno sprechen und von nichts, was dessen Tod betraf. Sprach aber von den heiligen Büchern, stieg trotz seiner Gebrechlichkeit auf Leitern, holte Bücher herunter, öffnete sie Reinhold, erklärte ihm Worte und Zeichen.
Es wurde Nacht.
Die sinnfällige Welt, so sprach der Pate dann, ist allseitig von einer anderen Welt durchdrungen. Diese ist von geistigen Wesen bevölkert, wobei die einen, für Gut wie Böse unempfindlich, Instrumente des einen wie des anderen sein können, die zweiten, lebendige Spuren unvollkommener Menschen, sind von nie zu befriedigender Gier getrieben, und die dritten endlich sind unsere Ideen, die dort wie reale Wesen wirken.
Das Agens, mittels dessen man auf die Kräfte einwirken kann, ist der Wille, sagte der Pate und nahm Reinhold fest in seinen Blick. Der Wille des Menschen kann auf die Vorsehung Einfluß nehmen, wenn er in einer starken Seele wohnt und die Hilfe des Himmels ihm beisteht. Wille und Freiheit sind ein und dasselbe. Der Wille, der entschlossen vor sich hergeht, ist der Glaube, er unterwirft sich alles, wenn er mit Gott will. Will er aber gegen Gott, junger Freund, hören Sie, so steigt er über die Grenzen der Finsternisse und findet nicht zurück, es sei denn, ein großer Engel reicht die Hand.
Der Pate stand auf und hob die Arme, wie er es an Hannos Bahre getan, und es schien Reinhold, als wüchse der

Mann, als füllte er mit sich den Raum. Und er hörte den Mann Worte sprechen, die er nicht kannte: Eheieh, Jahib, Eliah, Adonai, Iobel, Iaho, Iod!
Reinhold war eingeschlafen, der Pate saß im Sessel und schaute den Schlaf des Jungen an, weckte ihn, als es hell wurde, und schenkte ihm Bücher, die er vor Jahren geschrieben hatte, »Feuer unter der Erde« hieß das eine, »Sintflut« das andere, Liebesromane. Ratlos nahm Reinhold die Geschenke entgegen.
Noch einmal verlangte der Pate, Reinhold möge sich still verhalten, und stieß ihn dazu mit dem Ebenholzstöckchen an die Brust. Dann trennten sie sich.

Reinhold hielt still, legte sich in sein Bett, lag unter einer Winterdecke. Schrieb nichts, las nichts, und von Elsa Burger kam keine Antwort.
Weihnachten ging vorüber und dann die ersten Januartage. Manchmal hob er die Decke ein wenig an, um mit Schade zu sprechen: Obgleich du mir blasser geworden bist, noch blasser, kann ich dich noch fühlen, Freund. Hanno ist woanders, so nah vielleicht, daß michs erdrücken möcht, und auch so fern und schwarz von hier, daß es mich schwindelt und entsetzt. Aber letzteres ist vielleicht bloß das ganze große Entsetzen, das sich hier in mir fortsetzt. Dieser Arm ist lang.
Ach, Schade, ein Mann mag noch so fest und sicher in diese Welt hineingeboren sein, Gemüt und Geist und Seele noch so gut eingebaut und verspachtelt mit Körper und Nervengeflecht, irgendwo reißen doch einmal Risse in das Gefüge, aus denen wie Lava dann die Urtrauer quillt, die unabwendbare Gewißheit, daß ich und du und am Ende alles nichts ist als sinnlos eben. Und wenn der Zustand lange währt, dann kommt das Gähnen, nur das noch.
Manchmal schleiche ich aus dem Haus, jenem Kranken gleich, der sich, seit Jahr und Tag der Krankheit abgekapselt von der Wirklichkeit, fragt, ob diese denn überhaupt existiert. Schleiche mich hin zum Paten Geilfuß, der über Büchern sitzt, über den größten und großartigsten, und selber doch nur mäßig mehr als groben Kitsch zustande geschrieben hat. Wie nur, in Gottes Namen, soll einer all das verstehen und wozu?
Und noch ein Letztes will ich dir sagen: Ich hatte in ihr ein höheres Wesen gesehn, doch jetzt betrachte ich sie

als Frau und nehme an, mein Brief ist mit einem milden Lächeln im Abfalleimer ihrer Garderobe gelandet. Auch gut. Damit wäre das, was sich mein Leben nennt, rund und eindeutig.
Und noch ein Allerletztes: Gabriel. Mir träumen die ärgsten Träume. Dabei wärs doch mein Traum, euch drei in eurem Drüben da drüben miteinander feixen zu sehn.
Und letzten Endes, mein Kleiner, seid ihr drei alle an demselben gestorben, und ich werde vielleicht der vierte sein.
Das Jungvolk war eine feine Sache, jetzt ist sie vorbei. Wir haben in gutem Glauben dem schlechten Herrn gedient. Die Affenschaukel habe ich im Geiste abgelegt und trage sie am Körper nur noch, daß keiner erkennt, daß ich den Dolch im Gewande trag. A Dieu, wo du ja bist oder nicht bist.

Ende Januar kam ein Brief von Elsa Burger: Ich hatte spielfrei zwischen den Jahren und über den Januar hinweg und war zu Mutter und Schwester hinauf ins Rheinland gefahren, darum erreichte mich Ihr Brief erst heute. Ich möchte für den kommenden Samstag um fünf Uhr nachmittags ein Treffen im Café Deibl vorschlagen. Sollte Ihnen dies nicht möglich sein, bitte ich um kurze Nachricht zum Bühnenpförtner.

Am Samstag um halb fünf war Reinhold im Café Deibl. Der Stuhl, auf dem er saß, schien ihm zu beben. Resonanz des Inneren, sagte er sich und sprach sich Ruhe zu: Alles, was der Mensch hat, ist die Gegenwart! und erschrak, als dieselbe Kellnerin, die Gabriel und ihn am selben Ort um die gleiche Uhrzeit bedient hatte, kam und mit denselben Worten nach seinen Wünschen

fragte, und schwor sich, nachdem er gesagt hatte, er warte noch – auf jemanden, hatte er gesagt und war rot geworden –, schwor sich, Gabriel nicht zu vergessen trotz all der Gegenwart, die jeden Moment auf ihn zukommen mußte.
Sie kam pünktlich, er sprang auf, er lief ihr entgegen, stand vor ihr, verbeugte sich, wußte nichts zu sagen und führte sie zum Tisch.
Dann stellten sich die Worte ein. Elsa Burger sprach sie leise, so daß Reinhold sich vorbeugen mußte: War Ihr Freund Jude, oder war er Kommunist? Sie sah ihn an, sie hatte offene Blicke.
Und da erzählte er von Hanno, erzählte ihr alles, was er von Hanno wußte. Und die Kellnerin kam, und Elsa Burger bestellte Sahnetorte, wie Gabriel es getan hatte, und als Reinhold weiter von Hanno sprach, bestellte sie auch für ihn Sahnetorte, wie Gabriel es getan hatte, und Reinhold sprach und sprach, und Elsa Burger hörte zu.
Wir schließen, sagte die Kellnerin.
Begleiten Sie mich nach Hause, fragte Elsa Burger.
Reinhold ging mit ihr und ging neben ihr und erzählte weiter von Hanno bis ans Ende. Danach sprachen sie lange nichts, gingen nur.
Was wollen Sie einmal werden, fragte Elsa Burger.
Dichter, sagte Reinhold. Ich will in den alten hohen Sprachen dichten und mir neue darüber erfinden, schreibend will ich meine Hoffnung schöpfen und meiner Sehnsucht Ausdruck geben.
Sehnsucht wonach, fragte Elsa Burger.
Sie waren vor ihrer Türe angekommen. Ich muß hinauf, sagte sie, es ist spät geworden, wir sehen uns wieder. Sie gab ihm ihre Hand. Er hielt sie fest. Sie zog die Hand zu sich zurück und ging.

Sie war fort und ich ging unter, ich ertrank, schrieb Reinhold in sein Buch, strich ohne Hoffnung um ihr Haus und wußte nicht einmal, welches ihr Fenster ist. Fühlte noch ihre Hand, roch noch ihren Geruch, den zu denken, mir zu beschreiben ich noch nicht Zeit gefunden hatte meines unseligen Redens wegen – Geruch von solcher Süße! Da ging die Türe wieder auf, da kam sie, Elsa, wieder! Kam zu mir zurück, sagte: Ich hoffte, Sie wären noch da. Sagte: Verzeihen Sie! Aber ich, sagte sie, als hätte ich ihr widersprochen, ich hätte es mir nicht verziehen, sagte sie und sagte: Kommen Sie! und machte mir die Türe weit, so daß ich, wie der Schlafwandler übers Dach, die Treppe hinaufstieg, ohne zu stürzen. Ich wohne zur Untermiete bei einer Klavierlehrerin, sagte sie, ihr Üben ist manchmal lästig, aber ich beginne mich daran zu gewöhnen. Sie hat noch Schüler heut am Abend, sagte sie und deutete auf den hinteren Teil der Wohnung, aus dem Klavierspiel kam.
Stumm trat ich in ihre Stube. Stumm blieb jetzt ich, und jetzt sprach sie. Meine Füße standen auf der Erde, und der Kopf ragte mir bis zu den Sternen.
Es gibt in unserer Zeit viel, viel, was mich nicht schlafen läßt. Menschen verschwinden, sagte sie, Juden und andere.
Aber da hatte ich das Foto eines Mannes gesehen, das auf dem Tischchen neben ihrem Bett stand. Wer ist der Mann, mußte ich fragen, und sie lachte, weil die Frage so aus mir rausgestoßen kam. Mein Vater, sagte sie. Er war Kommunist. Er ist tot.
Wir saßen an einem runden Tisch. Sie hatte Gläser gebracht und eine halbvolle Flasche mit weißem Wein und Salzgebäck. Und sie fing zu erzählen an: Meine Familie kam aus Ostpreußen mit der Landflucht um die Jahr-

hundertwende, die Mägde und Knechte, seit eh und je recht- und besitzlos, mitnahm ins Rheinland. Dort wurden sie Fabrikarbeiter, gingen am Morgen in die großen Werke, standen an Fließbändern und Drehbänken und hatten am Abend so viel verdient, daß es eben reichte, den großen Hunger zu stillen. Ihre Kinder taten es ihnen nach, denn sie hatten keine Wahl.

Elsa! Ihre Nägel malten Muster auf die Tischdecke, sie sprach und sah nicht hin zu mir. Ich aber sah sie, hörte sie, füllte mich mit ihr an, häufte dieses Elsa in mir auf.

Ich wuchs mit den Eltern und einer zwei Jahre jüngeren Schwester bei den Großeltern auf, erzählte sie ihre Geschichte weiter. Die hatten ein Reihenhäuschen in der Arbeitersiedlung, unten wohnten sie, oben wohnten wir. Aber wir waren reich: Wir hatten einen Garten mit Birnen- und Kirschbäumen, Kaninchen und Hühnern, mit Sonne und Schatten, und der Vater kannte jede Blume und jedes Gras und wußte für alles Geschichten. Er arbeitete in den Farbwerken, die bei uns da oben das berühmte Titanweiß herstellen, schwang sich jeden Morgen im blauen Arbeitsanzug singend und pfeifend aufs Rad und kam am Abend, weiß von der Farbe, mit starrem Haar, pfeifend und singend zurück. Aber manchmal blieb er aus, blieb über Nacht weg, alles war ihm zu eng dann, zu klein, und er mußte draußen im Wald unterm Himmel liegen und atmen und kam am Morgen frierend zu seinen Frauen zurück.

Mittags fuhr ich zu ihm und brachte ihm in einem Henkelmann das Essen. In der riesigen Werkshalle war das Hämmern und Klopfen und Stanzen und Kreischen so laut, daß ihm fürs Singen und Pfeifen kein Platz mehr blieb in der Luft. Er stand am Fließband, und ich sah, wie das die Arbeit wegfraß und immer wieder anbrachte

und hörte es schreien: Hier bin ich, greif zu, schlaf nicht, pack an! Aber der Vater stand doch bedächtig in aller Hast, und seine grauen Augen waren wie festgesogen an jedem Stück, das er in die Hand nahm. Und manchmal tönte aus der einen Ecke der Halle das Deutschlandlied und aus der anderen die Internationale. Die sang mein Vater oft, draußen im Wald, draußen am Wasser, wenn wir am Sonntag mit den Rädern dem Lärm und der Hast davonfuhren. Und wenn wir in der Schule gefragt wurden: Was ist euer Vater, so sagten wir: Freidenker, und waren stolz.
Aber dann kam Streik, wochenlang kein Lohn, Hunger an tausend Tischen. Die Mutter ging putzen. In die Häuser derer, die uns das Blut aussaugen, sagte der Vater. Die Pfandhäuser waren voller Uhren und Wintermäntel, die Straßen in unserer Siedlung voller Schupo. Es gab Protestversammlungen, man zog mit roten Fahnen durch die Straßen. Mein Vater war ein Rädelsführer, und ich war stolz auf ihn, weil er gegen das Unrecht der Welt eintrat, und ich lief überall hin, wo er sprach, in die Werkshalle, in den Fabrikhof, auf den Marktplatz.
Elsa stand auf – sie ist Schauspielerin und sie muß spielen! stellte sich auf einen Stuhl und stellte den Vater dar. Und je länger ich sie sah, je länger ich ihr zusah, desto mehr sah ich in ihr.
Und so sprach sie, auf dem Stuhle stehend, rief und stritt, wie sie es als Egmonts Klärchen getan, und gottlob wurde nebenan noch immer am Klavier geübt, ein Lauf nach dem andern, so daß der Inhalt ihrer Reden dort niemanden erschüttern konnte. Genossen, rief sie, wir weichen keinen Fußtritt zurück! Kampf ist die Parole! Es lebe die Solidarität aller Werktätigen! Genossen, die einen kämpfen für die internationale Solidari-

tät, die andern kämpfen für ihre Beute. Genossen, rief sie, und darum sollen wir uns als Teil der Nation fühlen und auf sechs Prozent Lohn verzichten? Und was heißt und meint hier Teil der Nation? Heißt das etwa, daß wir im englischen und im französischen Arbeiter wieder den Feind sehn sollen? Sollen wir demnächst vielleicht wieder singen: »Siegreich woll'n wir Frankreich schlagen«, und sollen wir dann auch wieder im Namen der Nation für die Herren der Großindustrie ins Feld marschieren, damit die sich am Kriegsmaterial gesundliefern? Ich frage euch, Genossen, wollt ihr das?
Er war großartig, ich habe ihn verehrt, rief Elsa mir zu, kannst du das verstehn, rief sie und merkte nicht, daß sie das erste Du zu mir gesprochen, und sprang vom Stuhl und kam zu mir in ihrer Begeisterung und nahm meine Hände in ihrer Begeisterung und riß mich hoch vom Stuhl.
Ich küßte ihre Hände, sie lachte und ließ es geschehn und sprach weiter und weiter ihrem Vater nach: Man hat sich über die Bestimmungen des deutschen Arbeiterrechts hinweggesetzt, Genossen, wir aber wollen ihnen zeigen, daß wir nicht rechtlos sind wie Sklaven, wir wollen ihnen zeigen, daß wir da sind, daß wir aufpassen. Aufgepaßt, Genossen, und nieder mit allen, die das aufgewachte, werktätige Volk verdummen wollen! Es lebe die deutsche Arbeiterbewegung! Mir nach, rief der Vater, jeder hat das Recht zu leben! Und er ging vorneweg und sang und trug die Fahne, und ich ging neben ihm, und die Schupo fuhr hinter uns her, und ich dachte, ich sei die Tochter des Königs.
Aber die Väter brachten das bißchen Geld nicht mehr, und die Mütter konnten das bißchen Essen nicht mehr kaufen. Also Pfändung, also Kampf. Es kam zum Aufstand, einem kleinen nur, einem für die Geschichte

ganz und gar unbedeutenden, aber einem, der für mich alles entschied! rief die Frau und glühte – glüht mir davon, mußte ich denken und hatte Angst um sie. Auch hatte die Pianistin das Üben eingestellt, und so bedeutete ich Elsa, um Gottes Willen nicht weiter das Klärchen zu spielen.

Jaja, sagte sie und flüsterte fortan und saß jetzt am Boden, das Kleid über die Knie gezogen, die Knie angezogen, die Arme um die Knie festverschränkt, und sprach zu mir hoch, der ich auf dem Stuhl saß und mich nicht traute, hinab zu ihr zu rutschen, weil es mich dann vielleicht und am Ende doch übermannt hätte, das alles, was ich in mir fühlte, während sie sprach und nichts davon ahnte, daß ich mein Herz so weit ihr öffnete, daß ichs niemals mehr werde schließen können, ich, Pennäler, mit nichts in den Händen, außer mir selber, lächerlich!

Es war der Aufstand gegen den Hunger, sprach sie aber weiter und weiter. Die Siedlung wurde abgeriegelt, Licht und Wasser wurden abgestellt. Und manchmal stieg plötzlich und ohne Rücksicht auf die deutschen Gummiknüppel, die Wache schoben, das Hoch auf die Sowjetunion empor – die rote Flut, die alle Dämme bricht, das Frührot der neuen Zeit, das Morgenlicht der Freiheit schien sie uns allen: freie Völker auf freiem Grund, eigenen Gesetzen folgend, geeint gegen die völkerwürgende Hand der Geldinternationale. Leicht hätte es damals geschehen können, und unser Funke hätte eine Flamme entzündet.

Manchmal aber brach die Wut durch: Das Leben ist doch umsonst und vertan, mag es zum Teufel gehn! Aus Groll war Haß geworden. Der saß fest und war wie Sprengpulver. Aber man rührte nicht daran. Man fuhr in den Wald, legte sich ins Gras, schaute in den Him-

mel. Und manchmal ging ein Schuß los. Sie schießen gegen den Hunger, sagte der Vater, aber sie treffen ihn nicht!
Dann wurde bekannt, daß der Konzern billige polnische Arbeiter anwerben würde, sollte die Belegschaft nicht binnen zehn Tagen wieder antreten. Nach wochenlangem Streik ohne Lohn gingen alle der Frauen und Kinder wegen wieder an die Arbeit. Selbst die Kommunisten hatten kapituliert, nur der Vater war standhaft geblieben. Er packte seine Sachen und sagte: Ich geh nach Rußland. Der Proletarier hat kein Vaterland, er hat nichts zu verlieren. Wenn ich drüben bin und Arbeit gefunden habe, kommt ihr nach. Aber wir, seine Frauen, wir hängten uns an ihn und weinten und schrien, da blieb der Mann.
Er und die anderen Rädelsführer wurden nicht mehr eingestellt. Der Konzern kündigte uns von heute auf morgen das Haus, die Großeltern fanden Unterschlupf bei der Tochter, lebten dort in einer kleinen Kammer und lebten dort nicht mehr lang. Wir bekamen zu viert ein Zimmer neben einem Kino, wo der Vater eine Stelle als Hauswart annahm. Die Mutter ging weiter zu den Fabrikherrn putzen, und manchmal, in der Nacht, hörten wir, meine Schwester und ich, wie sie dem Vater Vorwürfe machte. Sie war eine gute Schülerin gewesen und hatte eine gute Lehrerin gehabt, hätte von der das Wissen umsonst bekommen, sagte sie immer und sagte dann: Was weißt du überhaupt von den Fabriken, was weißt du von denen, die in Chile und Argentinien, in China und Indien gebaut werden? Was weißt du, Adolf Burger, von den großen Geschäften? Wer sagt es dir, warum dies alles so geworden ist, daß du nun dasitzt und keine Arbeit hast. Du weißt zuwenig von dieser Welt, und damit hast du dir den Mund verbrannt und

uns das Fell. Du weißt nicht, was hinter den Dingen steckt und lauert, was sie treibt und was sie hält.
Aber der Vater träumte seinen Traum weiter und pfiff weiter und sang und fuhr mit uns in die Wälder. Und ich sah mir alle Filme an, die in dem Kino, neben dem wir wohnten, liefen, und meine Schwester auch, und wir spielten sie nach: Lilian Harvey mit Willy Fritsch, Hans Albers mit Käthe von Nagy, und wenn die Schwester einschlief, spielte ich allein weiter, spielte Männer und Frauen, spielte alle Rollen, spielte mich aus dem Leben heraus, in das das Schicksal uns gezwängt hatte.
Und dann, drängte ich sie, denn ich hatte Angst, sie würde mich nun, da die Uhr neben dem Foto des Vaters schon drei in der Nacht zeigte, nach Hause schicken.
Zehn Jahre blieb der Vater arbeitslos. Aber er verlor nie den Lebensmut und war sich für nichts zu schade, was ein paar Mark brachte, nicht fürs Holzhacken beim Pfarrer und nicht für Feldarbeit um Taglohn. Vor zwei Jahren haben sie ihn wieder eingestellt, wieder am Fließband, die Jungen mußten an die Front, da brauchten sie ihn wieder.
Und dann, ich war im ersten Engagement in Neuss, da hörte ich ihn nachts in meinem Traum nach mir rufen, da wußte ich, daß etwas ihn mir genommen hat. Ich zog mich an, fuhr nach Hause, Mutter und Schwester, hieß es, seien im Krankenhaus. Als ich dort ankam, war der Vater tot. Er war, wie weiß keiner, bei der Nachtschicht aufs Fließband geraten. Es war Verdunkelung gewesen, niemand hatte ihn sehen können, niemand hatte ihn gehört. Es hat ihn immer wieder an die Wand geschlagen, das Fließband, dort, wo es in der Wand verschwindet, dort hat es ihn hingeschlagen und nicht mehr von sich runtergelassen, bis die Brust zertrümmert war.

Sie weinte nicht, sie war aber still und klein neben mir. Und ich war groß und mächtig neben ihr gewachsen. Ich nahm sie in die Arme, und sie nahm den Schutz an. Ich fühlte ihr Leben, ich hielt es. Dann brachte sie mich zur Tür.

Einundzwanzig Schüler der Abiturklassen werden am Monatsende zur Verteidigung des Vaterlandes eingezogen! Fräulein Dr. Freitag las die Namen vor, der von Beilharz war dabei. In der Turnhalle sollte eine Feier sein.
Reinholds Verehrung für das Fräulein hatte sich in eine leichte Abneigung verkehrt. – Sie ist zu laut, und das Metall in ihrer Stimme sticht. Ihr Gang, ihr Haar, die Kleider und die Schuhe: sie hat sich ihrer Weiblichkeit beraubt! Und als das Fräulein Reinhold sagte, er sei auserwählt, bei jener Feier Hölderlins Gedicht »Der Tod fürs Vaterland« zu rezitieren, lehnte er ab.

Die Seele brennt mir, schrieb Reinhold in sein Buch. Er ist mein Dichter. Doch schaffte er sie nicht, die Liebe, er schuf nur das Gedicht davon. Meine Sehnsucht aber hat mein Dichten übermannt, mich nackt gerissen, alle Worte von mir ab und mich aufs offene Meer hinausgezogen, wo ich lieben oder untergehen muß.
Ich sollte sein Schlachtgedicht sprechen, mich hinstellen vor die Kameraden, um sie mit jenen herrlichen Versen auf den Opfertod vorzubereiten. Es ist mir unmöglich. Zumal auch das Wort »Opfer« mir ewig und schrecklich aus dem Munde des Herrn von Wolfsberg wie gemeinste Lüge nachklingt. Gewiß, ich zweifle nicht, jener Größte hat sein Gedicht ganz anders verstanden, als es hier und heutzutage verstanden werden soll. Ich aber verstehe ihn und mich und die Welt nicht mehr.

Am Abend ging Reinhold zum Paten Geilfuß. Der schien sich zu freuen, lud ihn zum Reden ein, bot Cognac an. Über den Lampenschirmen hingen buntbedruckte Seidentücher. Das Alter braucht mildes Licht, sagte der Pate. Aber von den Mustern waren die Bücherwände und die großen weißen Decken, die durch die Flügeltüren ineinanderliefen, wie in Bewegung. – Wie Träume, die sich hier bei Hannos Paten niederlassen, Hannos Träume, niedergeschlagen an den Innenwänden der Lebensräume dieser Patenschaft!
Hannos Kindheit schon war angefüllt mit Sehnsucht nach der Anders-Welt, sagte der Pate. Manchmal erschreckte mich sein Blick, er schien mir die Grenze zwischen hier und dort zu durchschauen. Er war prädestiniert zum Rausch der kosmischen Erfahrung, und darum war er auch zerstörbar. Das haben die Dunkelmänner wohl gewußt, rief er und stieß sein Stöckchen auf den Boden, und dieser Hochbegabung hätten sie sich gern bedient und sie mißbraucht, rief er und stieß das Stöckchen, stieß und stieß. Aber sie habens nicht vermocht, dem Geist des Knaben die Flügel zu brechen, sein Geist ist aufgefahren, seien Sie getrost, mein junger Freund.

Ich hätte dem Paten dann gern von Elsa gesprochen, schrieb Reinhold in sein Buch, aber ich hatte den Mut nicht. Hätte fragen wollen, ob ich mich hier an Hanno wohl versündige, so nah an dessen Tod heimlich das Glück zu versuchen. Statt dessen ging ich früh und lief durch alle Straßen, die ich mit ihr habe, und stand vor ihrem Haus und starrte auf ihr schwarzes Fenster.
Sie hat mir gesagt, ich solle warten, sie melde sich, hat sie gesagt, und damit hat sie mir die Handlung aus der Hand genommen. So streiche ich nun unwürdig umher.

Im Theater ist sie nicht, da spielt sie nicht, heut nicht und auch die nächsten Tage nicht. Wo ist sie?

Du kömmst, o Schlacht! schon wogen die Jünglinge
Hinab von ihren Hügeln, hinab ins Tal,
Wo keck herauf die Würger dringen,
Sicher der Kunst und des Arms, doch sichrer.

Utz stand vor der ganzen Schule, schrieb Reinhold in sein Buch, an meiner Stelle stand er dort und las die Worte ab, die mir, der ich sie hätte frei sprechen können, mit einem Male wieder lauter nur und heilig klangen. Und, obwohl der Sinn sich mir gestern noch hart gegen ihre Bedeutung stemmte, riß doch ihr Klang mich heute mit sich fort, hinauf auf die Berge der Sprache, wo ich jetzt frei und geblendet von jenem Größten hätte stehen mögen, nur noch sein Werkzeug. Jedoch mein guter Utz las Vers um Vers, leiernd und brav, vom hohen Ton nur und nicht vom Worte bezwungen. Und eine Wut stieg in mir auf, und ich hätte den Freund am liebsten von seinem Sockel geholt und selber mich dort oben in den Dienst gestellt.

Kömmt über sie die Seele der Jünglinge,
Denn die Gerechten schlagen, wie Zauberer,
Und ihre Vaterlandsgesänge
Lähmen die Kniee den Ehrelosen.

Und so zog es mich denn für die Dauer dieses hohen Lieds zurück in den Bann dessen, was ich durch Hannos Tod als Furchtbares hatte erfahren müssen.

O nimmt mich, nimmt mich mit in die Reihen auf,
Damit ich einst nicht sterbe gemeinen Tods!

Umsonst zu sterben, lieb ich nicht, doch
Lieb ich, zu fallen am Opferhügel

Und doch, ganz konnte es nicht Besitz von mir ergreifen, das Vaterländische, was mich ehedem so ganz besessen, denn der Hügel, an dem ich einzig mich jetzt opfern will, heißt Elsa. Und dies fiel mir ein, als ich so bei den Kameraden stand und Beilharz in die Augen sah und hörte, daß Utz den Mund mit der Dichtung doch viel zu voll genommen hatte.

Fürs Vaterland, zu bluten des Herzens Blut
Fürs Vaterland – und bald ists geschehn! Zu euch,
Ihr Teuern! komm ich, die mich leben
Lehrten und sterben, zu euch hinunter!

Und als dann die Furcht mich überfiel, daß ich Beilharz zum letzten Mal vielleicht hier in die Augen sehen würde, geschah es mir, daß mich inmitten all der Kameraden, im Angesicht der ganzen Lehrerschaft ein Weinen plötzlich anfiel. Aus der Tiefe herauf war es mit den Strophen stetig gestiegen, bis es mich schütteln wollte. Doch Utz leierte sorglos und unbarmherzig weiter. Und als er zur letzten Strophe kam, hatte ich mich wieder gefangen.

Und Siegesboten kommen herab: Die Schlacht
Ist unser! Lebe droben, o Vaterland,
Und zähle nicht die Toten! Dir ist,
Liebes! nicht Einer zu viel gefallen.

Jeder hatte wohl denken müssen, meine Ergriffenheit sei vom Inhalt herausgefordert worden. Ich bin mir jedoch sicher, daß es mehr mit allem andern als mit jenem zu tun gehabt hat, mehr mit dem inneren Abschied davon, mit dem Schmerz und der Erkenntnis, daß viel

Deutsches gut gefühlt und gedacht, aber verkehrt, verdreht und gewendet vom Hell zum Dunkel sich färbt. Und zu tun gehabt hat es gewiß auch mit dem großen Herzschlag, der mir durch die Frau geschehen, der in mich eingeschlagen hat, so daß mein ganzes Haus in Flammen steht, mein Hab und Gut verbrennt.

An jedem der nun folgenden Abende besuchte Reinhold den Paten Geilfuß, und sie sprachen viel von Hanno und Gabriel, von den guten und den bösen Mächten, vom Krieg und über das Deutsche.
Die Sehnsucht, sagte der Pate, dieses Einsam- und Unendlichkeitsgefühl, ist das deutscheste aller Gefühle. Denken Sie an Tristan, junger Freund, schließen Sie die Augen und versetzen Sie sich in die Lage dieses Einsamen. Sie stehen hoch oben auf dem Fels, über Ihnen die Unendlichkeit, vor Ihnen die Ewigkeit, Ihr Leib wund, Ihre Seele voller Qual. So sind Sie der Zeitlosigkeit nahe. Ihre Seele sehnt sich wie die Tristans nach etwas unendlich Fernem, einer Idee, die für Tristan auf Erden Isolde heißt. Und jetzt dringen in Ihre Verlassenheit sonderbare Töne, und Sie singen zu den Tönen einen Gesang, der an keine aus Vernunft geborenen Worte zu binden ist. Der Gesang wächst hinaus in die Einsamkeit, hinaus in das, was Ihnen das Unendliche bedeutet. Singen Sie, junger Freund, singen Sie!
Und da erzählte Reinhold und hörte nicht auf, ehe er Hannos Paten alles erzählt hatte.
Sie verhungern ja an Ihren Erwartungen, junger Freund, sagte der Pate. Verlaufen Sie sich nicht, die Frau hat vielleicht längstens ihren Mann, und es war ihr nur darum, ein wenig vom blutjungen Blute zu naschen.
Und als Reinhold den Mund dagegen aufmachen wollte, sagte der Pate: Seelischer Wirbel hat seine Ge-

setze, schlafen Sie zwei-, dreimal gut und vertrauen Sie die Schmerzen Ihrem Tagebuch. This sickness will go with the wind.

Reinhold war von dem Paten fortgegangen, war zum Theater gerannt, hatte dem Bühnenpförtner gesagt, er müsse zu seinem Onkel, war den dunklen Garderobengang entlanggehastet, der Operettengesang von der Bühne war ihm ganz übertrieben ekelhaft gewesen, hatte die Garderobe mit Elsa Burgers Namensschild gefunden, hatte die Tür aufgerissen, ihren Schminkmantel am Haken gesehen, ein Foto des Vaters auf dem Spiegeltischchen gesehen, die Schminkdosen und den Puder, die Stifte und die Quasten, das ausgekämmte Haar am Boden, ihr Haar! Hatte es zusammengestrichen, aufgehoben, in die Hosentasche geschoben und war davongelaufen, davongehetzt, als hätte er gestohlen.

Es ist der 17. Februar 1941. Ich bin verrückt geworden. Ich halte ein paar Haare in Händen, und das macht mich reich. Den lieben langen Tag. Und jetzt ist Nacht. Ich denke unentwegt von nichts anderem als von ihr und will nicht schlafen, damit ich denken kann.

18. Februar. In ein rasendes Warten hat sie mich gerissen. Am Abend ist der Zweifel aufgestanden, hat seinen Pferdefuß auf mein Herz gesetzt und es abgetreten. Kein Ton schlägt mehr in mir. Ich bin ein dunkles Haus ohne sie. Ich habe das Nachtlicht gelöscht und die Hoffnung verloren.

21. Februar. Heute morgen lag ihr Brief im Kasten: Kommen Sie. Ich brauche Sie. Wollen Sie so freundlich

sein und mich morgen um 21 Uhr von der Probe abholen? Erwarten Sie mich beim Bühnenpförtner. Elsa.
Als es dämmerte, fing die Uhr an heiß zu werden. Und jetzt gehe ich zum Theater.

22. Februar. In den Straßen toben schon die Fastnachtsmasken. Mir ist nicht nach Verkleiden zumut. Nur ich möcht ich sein und sonst keiner.
Sie kam. Ernst waren wir beide. Wir gingen zu ihrem Haus. Wir sprachen nicht. In ihrem Zimmer haben wir kein Licht gemacht. Wir saßen am Fenster, das Licht von der Straßenlaterne fiel auf ihr Gesicht, und ich sah die Tränen. Wir gaben einander die Hände und stiegen auf ein Gebirge jenseits dieser Welt. Ihr Mund war salzig von den Tränen.
Ich kam erst in der Nacht zurück. Die Mutter war wach, aber sie hat mich nicht gefragt.

7. März. Wir sehen uns alle Tage.
Ab Mittag stellt das Warten sich ein. Ich streife durch die Stadt, treibe mich herum. Bist du das, Reinhold, bist du noch der, den du ehedem kanntest? Sie besitzt meine Seele, meinen Geist und mein Wesen. Und nichts will ich sonst als bei ihr sein und sie verwahren.
Nur manchmal habe ich Sorge, manchmal scheint mir, sie sinne einem Kummer nach, und dann weiß ich ihr und mir nicht zu helfen, denn ich weiß ja von nichts. Es ist mir ein Rätsel und ihr Geheimnis, weshalb sie nicht ganz offen mit mir ist.

19. März. Es begann, als wir durch die Straßen gingen, sie lachte so viel. Grenzenloser Körper, sprach ich mir zu, herzloser Körper, denn er wollte mehr von ihr als nur diese Nähe. Wir gingen immer weiter durch die

Straßen, und sie lachte immer mehr. Wir gingen, bis es schlimm wurde. Und dann küßten wir uns mit angeschwollenen Lippen wund. Und dann stiegen wir in ihr Zimmer. Es war wie ein Leiden. Die Stoffe brannten auf der Haut. Sie bat mich, und ich ließ ihr das Unterkleid. Ich ließ mich über der Geliebten los und tat ihr als Mann damit nicht weh. Eine volle Nacht lang waren wir Braut und Bräutigam, und im Morgen kehrten wir Hand in Hand aus dem Land zurück, das hinter dem Tod liegt.

Warum hast du mich so alt werden lassen, sagte sie, als wir wieder in der Welt waren. Und als ich nicht wußte, was sie meinte, sagte sie: Früher hättest du kommen sollen!

Aber du bist doch noch jung, sagte ich, was zählen die sechs Jahre, die zwischen uns liegen, und sprach ihn feierlich aus, den Satz, den seit den ersten Menschen so oft gesprochenen.

Wer liebt, macht sich schuldig, sagte sie.

Und da konnte ich sie nicht mehr verstehen, aber glaubte, es müsse mit dem Geheimnis zusammengehören, das bedrohlich wurde, jetzt, an diesem Morgen.

Ich legte meinen Kopf in ihre Hände und bat um ihre Gedanken, ich erbat mir ihr Geheimnis, aber sie konnte es mir nicht geben und quälte sich und sagte: Wenn erst Krieg und Wahnsinn vorbei sind, dann will ich es versuchen. Und danach schlug sie die Hände vors Gesicht und weinte derart, daß ich dachte, sie müßte in ihren eigenen Tränen ertrinken.

Und da umarmten wir uns, und das war wie ein Glaube, den wir zu glauben begannen, einer dem andern.

Am 21. März mußte Reinhold zur Musterung, am 30. März kam der Einberufungsbefehl.

Er ging seine Abschiedsgänge, zu Onkel Fritz und Onkel Otto, zu Mechthild, Utz und Gummi und zu Hannos Paten. Die Mutter hörte nicht auf zu weinen, der Bruder spielte Soldat, und der Vater fragte, ob er etwas über die Frauen wissen wolle, jetzt, da der Ernst des Lebens beginne. Und Reinhold sagte, er wisse schon alles, und hätte gerne gesagt, daß er den Körperbau der Frau mitsamt seinen Funktionen eher doch nur vom Brockhaus her kenne, von der aufklappbaren lebensgroßen Tafel darin, die er oft und oft studiert habe. Zwar, hätte er dem Vater gerne gesagt, liebe ich sie sehr, die Frau, aber sonst will ich auch gar nichts wissen, der Kopf ist mir wüst, und nun adieu.

Reinhold lief zu Elsa. Nebenan setzte das Klavierspiel ein.
Komm wieder, bevor du stirbst, sagte sie.

Magda und Mechthild waren zum Bahnhof gekommen.
Elsa war auch da.
Der Zug fuhr an.
Elsa stand von Magda und Mechthild entfernt. – Sie kennen einander ja nicht! Wenn sie einander jetzt kennten!
Reinhold sah Elsa, sah Magda. – Die eine nicht mehr ansehn als die andere! nicht weniger! Keine im Herzen vorziehn! Von jeder noch genug sehen! Ach! all die Tränen, die die Frauen dieser Welt weinen! Man könnte drin ersaufen!

3.

Ihr sollt den Frieden lieben als Mittel zu neuen Kriegen. Und den kurzen Frieden mehr als den langen. Der Krieg und der Mut haben mehr große Dinge getan als die Liebe! Einäugig, adlig stand der Major vor den Offiziersanwärtern und rief die Worte der Dichter als heilige Wahrheit der neuen Welt aus: Friedrich Nietzsche, Hölderlin und mein George! Sie müßt ihr lesen, rief er, sie sind eure Herren und eure Meister, ihnen verschreibt eure Seelen! Eure Körper aber gehören dem Führer und dem Volk!

Da Reinhold Jungvolkführer gewesen war und Gymnasiast mit Reifevermerk, war er in eine Kriegsschule nach Werdohl in Westfalen gekommen.
Vorher war er zwei Monate im Rekrutenausbildungslager bei Altena geschliffen und gedrillt worden. Dort hatte er die Stube mit zehn Kameraden teilen müssen, war nur in den Nächten zum Schreiben gekommen, hatte jeden Morgen einen Brief an Elsa zur Lagerpost gebracht und nie eine Antwort erhalten.

Die Zucht hier hält mich zusammen, die Kameraden tun mir wohl, der Radau kommt mir recht, denn von Elsa höre ich nur Schweigen, hatte Reinhold in sein Buch geschrieben.
Ich dringe ein in die Erinnerung, hole mir jeden Blick, jedes Wort zurück. Ich suche in der grünen Wiese nach dem gelben Halm. Ich wußte ja, es steht ein Geheimnis hinter ihrer Stirn, und die war wie ein Wall, der mich zurückwarf.
Ich wollte ihr die Sehnsucht hinterlassen, bis ich, heim-

gekehrt, aufrecht neben ihr als einer hätte stehen können. Doch ihr Geheimnis trennt uns. Sie, die mir durchs Innerste zieht, als zöge sie Furchen in meinen Acker, als zöge sie die Adern mir aus dem Fleisch, sie hütet ihr Geheimnis und schweigt.
Des Nachts halte ich sie als kleines Wesen in meinen Armen fest, doch am Tage beschleicht mich Dunkelheit und ist ein Moor in mir, in dem ich untergehen will.

Nach sechs Wochen ohne Antwort hatte er dem Bruder geschrieben, ihn gebeten, zu Elsa Burgers Wohnung zu gehn, einen Brief von ihm dort abzugeben, genau hinzuschauen, sich genau dort umzuschaun und ihm dann zu berichten.
Treiben unsere Welten denn so schnell auseinander, hatte er ihr geschrieben, läßt Du das zu? Elsa! Sehnsüchtig und schwer geht es von mir nach Dir und muß doch einen Zug auf Deine Seele haben. Oder ist Dir etwas geschehen, Himmel! ich würde diese Welt zerschlagen und die nächste! Elsa, antworte mir, damit ich mich nicht an Dir vorbeitreiben muß, damit ich mich eines Tages nicht nach Dir umdrehn und einer schönen Erinnerungsgestalt ins Gesicht sagen muß: Zwar hallt Dein Wesen noch wie ferner Aufruhr in mir nach, aber die Sehnsucht ging mit mir vorüber, die Wunde ist vernarbt, der Schmerz vergangen, im Innern aber ist das Herz so hart.
Der Bruder hatte ihm geantwortet, Elsa Burger habe ihn an der Wohnungstür abgefertigt. Sie habe gesagt, man solle sie in Gottes Namen in Ruhe lassen, in ihres Vaters Namen, das möge er seinem Bruder ausrichten. Aus einem Hinterzimmer habe er Klavierspiel gehört. Es sei recht dunkel im Flur gewesen, und so habe er ihr Gesicht nicht studieren können, doch habe er bemerkt,

sie sei am Mittag noch ungekämmt im Morgenrock gestanden. – Auch mag sie ein flatterndes, flatterhaftes Wesen sein, das kann ich kaum sagen, aber flatternd war es an ihr, hatte der Bruder geschrieben, und: Was hast Du an der Frau?

Zwei Tage und Nächte tobten Sturm und Brand in mir, hatte Reinhold in sein Buch geschrieben. Jetzt kann einer herkommen und mich auskehren, denn hier gibts nur Asche.

Wer bist du doch, Reinhold Fischer, fragte ich mich aber auf den langen Märschen mit den Kameraden durch den westfälischen Wald, und Schritt für Schritt trieb ich mir eisern aus, was an Arglosigkeit und Unverstand, was an Schwäche und Vergiftung noch in mir steckte. Man sieht tiefer in sich hinein, wenn man so leer ist, und es entgeht einem kaum ein Irrlicht.

Andere hatten in mich hineingedacht, soviel ist sicher. Ich hatte mich von mir abgewendet und jenen zu und war mir dabei fürs Vaterland beinah verlorengegangen. Hatte mich irre machen lassen an mir selbst, hatte Zwielicht in mich eingelassen, hatte dem Paten und dem Pfarrer und Gabriel mit seinem ganzen Trutzgesang am Ende mehr geglaubt als mir.

Und das mit Hanno? Sie impften mich mit ihrem Wahnsinn, ich hatte die Augen voll Grauen, die Ohren voll Magie und faulem Zauber und roch den blutigen Atem wie ein Hund. Gewiß aber ist der Freund eines natürlichen Todes gefallen, und die Hand und das Auge und die Haut vom Kopf sind ihm wie manch anderem Soldaten abhanden gekommen. Was die Tätowierungen bedeuten, weiß ich mir nicht zu sagen, doch gibt es auch hier, bei Licht besehen, gewiß eine Erklärung.

Und nun Elsa und das Wesen ihrer Seele. Hat sie eine?

Wenn ja, dann ist ihr etwas zugestoßen, was sie ihr genommen hat, wenn nein, wenn diese eine keine hat, dann haben Frauen keine Seele. Dann seis drum.
Zwar oft und oft noch kommt der Gedanke an sie über mich und schlägt mich nieder, aber ich habe die erloschenen Lichter wieder angezündet und sie zurückgestellt an ihre angestammten Plätze, und ein Gesang hat sich mir wieder ins Herz gepflanzt, und sein Refrain heißt Vaterland. Die Märsche hier sind lang und die Übungen hart, und mein Herz, obwohl zu groß, zu schnell, es ist bereit.
Die alten Gedanken und Ziele steigen wieder in mir auf, die alten Freuden erfreuen mich wieder. Die Kameradschaft nimmt mich Verlorenen wieder auf, und alles, was zwischen der alten und der neuen Heimat liegt, selbst Elsa, scheint mir wie Wetterleuchten. Der Pate und der Pfarrer und Gabriel mit seinem Trutzgesang, das alles ist unter Kriegsmännern, die den festen Fuß hier auf den Heimatboden setzen, wie ein Elfenbein.

Wenn die Rekruten Ausgang hatten, waren sie zu Tanzfesten ausgeschwärmt, in die Gasthäuser eingefallen, und wer am Morgen kein Damenhöschen an den Stubenhaken hatte hängen können, der war verspottet, dessen Männlichkeit war in Zweifel gezogen worden.
Gehn wir in den Wald, hatte Reinhold die Rothaarige gefragt, als er mit ihr getanzt, sie geführt, sie hier- und dorthin gebogen hatte. Du siehst gut aus, hatte er gesagt, als sie mit ihm gegangen war.
Sie hatten auf dem Waldboden gesessen, und die Rothaarige hatte sich angeschmiegt. Die Nacht blättert so gelangweilt, so überdrüssig im trockenen Laub, zu oft hat sie die Geschichte gesehn, die wir hier vor uns haben wollen, hatte er gesagt und war ein Stück abgerückt.

Aber die Rothaarige hatte sich festgeschmiegt, und Reinhold war wütend geworden. Gefühlsentgleisungen, hatte er denken müssen und ihr dann doch ein Stück weit nachgegeben. Und war davon noch wütender geworden. Rache am ganzen Geschlecht, hatte er gedacht und gesagt: Dann zieh dich doch aus.
Und die Rothaarige hatte sich ausgezogen, hatte weiß vor ihm gestanden, gefroren und gezittert in der Julinacht und gesagt, daß sie noch Jungfrau sei.
Einer, um die ich nicht leide, Schmerz anzutun! hatte er denken müssen. Und hatte an das Unterkleid von Elsa gedacht, das zwischen ihnen gewesen war.
Und weil die Rothaarige immer noch nackt und zitternd dagestanden hatte, und weil ihr Höschen ins Moos gefallen war, hatte er es dann doch gestohlen.
Hatte ein bißchen gelacht und hatte die Rothaarige nicht mehr ansehn können, ihr gesagt, sie solle sich wieder anziehn, ihr Kleid aufgehoben, ihr das Kleid in die Hand gedrückt. Das Höschen aber hatte er behalten.
Die Rothaarige hatte ihr Kleid wieder angezogen und ihr Höschen gesucht und zu heulen angefangen. Und Reinhold hatte sich geschämt und so getan, als ob er ihr beim Suchen helfen würde. Das Höschen aber hatte er in die Tasche gesteckt. Du wirst bestimmt viele Kinder kriegen, hatte er gesagt, fünf oder sechs.
Da hatte die Rothaarige noch mehr geheult.
Wahrscheinlich wirst du einen reichen Mann heiraten, hatte er gesagt, der nimmt dich auf sein Pferd und bringt dich in sein Schloß.
Da war die Rothaarige davongelaufen, durch den Wald, zurück zur Stadt. Und Reinhold war ihr nachgegangen, damit ihr kein Unheil geschehe.

Mir geschah da eine Geschichte, wie aus der Luft gegriffen, an der ich jedoch, herzenshart wie ich nun einmal geworden bin, nicht unschuldig war, hatte er in der Nacht, nachdem er das Höschen an den Stubenhaken gehängt hatte und von den Kameraden durch eine einstimmiges »Gelobt sei, was hart macht« von allen Zweifeln entlastet worden war, in sein Buch geschrieben.

Als Reinhold dann aber auf die Kriegsschule nach Werdohl gekommen war, als der Major sein Lehrer wurde, vergaß er die Frauen.
Es ist der 11. April 41. Und mir ist nach Jubel, schrieb Reinhold in sein Buch. Langelang hatte ich das Gefühl, es sei niemand mehr für mich da auf dieser Welt, an den ich mich auf meiner Suche nach Wahrheit und Größe wenden kann, außer jenen, die mich in diese Welt gebracht, und Mechthild, vielleicht Mechthild! da unterstellt das Schicksal mich diesem Major!
Nachdem nun die Unseren schon vor Moskau sind, vertraute jener uns an, eine Sondertruppe Alpenjäger habe Marsch auf das Kaukasusgebirge genommen, mit höchstem Befehl, den Gipfel des Elbrus, den magischen Gipfel des heiligen Berges der Arier zu erklimmen, um dort die geweihte Fahne zu pflanzen. Die Fahnenweihe auf dem Elbrus sei dann das Zeichen, das Symbol für den Anbruch des neuen Zeitalters.
Zwar ist mir das Wort »magisch« schwarz und schrecklich besetzt, aber dies kann ich vergessen angesichts der ganzen reinen Erhabenheit, mit der der Major uns Mitteilung gemacht hat.

Als Kriegsoffiziersbewerber bewohnte Reinhold eine Mönchszelle des ehemaligen Klosters, in dem die Schule untergebracht war. Er mußte die Zelle mit nie-

mandem teilen, konnte schreiben, wann er wollte, schrieb in sein Buch, schrieb an die Eltern und an Mechthild, an Elsa schrieb er nicht mehr.
Es ist die Sehnsucht nach dem Alleinsein, die ich in dieser Zeit mein Hauptgefühl nenne, und das Glück, dieses nun, durch die neuen Umstände, so oft zu erleben. Alleinsein mit mir selber! Einzig in dieser Eingezogenheit kommen mir die Gedanken, die mir mein Menschsein sinnvoll und würdig erscheinen lassen. Ich gehe in mich, ich marschiere in meine weiteste Ferne, die vielleicht die wahre Unendlichkeit ist, und dort vermag ich mich dann über jeden Schmerz emporzuringen. So kam mir irgendwo auf meinem inneren Gelände auch der Gedanke, daß es doch nie und nimmer darauf ankommt, was wir vom Leben uns wünschen, einzig doch nur, was das Leben sich von uns wünscht.
Als ein nächtlicher Angriff, wahrscheinlich ein englischer, uns in den Bunker zwang, kam ich neben den Major zu sitzen, und er begann ein Gespräch und fragte mich, ob ich schreibe. Und wie ich dies erstaunt und auch geschmeichelt bejahte, sagte der Major, er halte es mit Nietzsche: Daß einer, der Schöpfer sein will, das Alte zerbrechen muß mitsamt seinen Werten, daß der, frei von Beschwernis, wie ein reiner Tor oder ein Verrückter, rasend zu handeln hat, dem nach, was ihn treibt. Auch können nicht alte Formeln, sprach jener fort, die einmal Wert hatten und Bestand, unbesehen weiter angewandt werden, denn die ewigen Wahrheiten wollen immer wieder und für jedes Menschenalter neu aus der Tiefe der Seele ans Licht getrieben sein.
Über uns flogen die Bomber. Es war eine große Stunde.

Reinhold erhielt Marschbefehl nach Rußland. Heidelberg hieß sein Einsatzort, Heidelberg zwei, mitten in der Ukraine, hundertzwanzig Kilometer vor Odessa. Auf dem Wege sollte er in Kiew Halt machen, um dem dortigen Oberbefehlshaber ein persönliches Schreiben seines Majors zu überbringen.
Es war Juli, er hatte eine wochenlange Bahnfahrt vor sich. Er schrieb einen Brief an Magda: Mutter, es geht nach Rußland! Aber nicht an die Front, mitten hinein jedoch in das Land, das als ursprünglich unser wir nun mit Gottes Hilfe zurückerobern konnten. Mein Major hat mich als Kriegsoffiziersbewerber einem Sonderkommando zugeteilt, und nun harre ich voller Erwartung meiner Aufgaben.

Sie werden Ende August Ihre Einheit erreichen, sagte der Major beim Abmarsch. Der Winter wird nicht über Sie kommen. Die deutschen Truppen werden voranstürmen, und die Kälte wird vor ihnen zurückweichen: Der Geist hat den Pakt mit der Natur geschlossen. Sie brauchen sich um Winterkleidung nicht zu sorgen.

K.O.B. Reinhold Fischer setzte sich mit fünf Kilo Dauerwurst Verpflegung im Gepäck am 17. Juli des Jahres 41 in Marsch, Rußland hieß sein Ziel, und unbekannt war ihm seine Aufgabe. Seine Marschroute lief via Warschau und Kiew nach Russisch-Heidelberg bei Odessa, schrieb Reinhold auf. Rechtwinklig an Leib und Seele war der Kerl, Manneszucht und Vaterland in Leber, Herz und Hirn – und hier folgt ein kleines Gelächter à la weiland Gabriel. Nein, ich komme mir nicht verloren vor, ich lasse mich stille sein und sehe aus den Fenstern.
Reinhold hatte sich vor dem Abmarsch in Werdohl ein neues Buch gekauft, schwarz und in Wachstuch gebunden wie sein erstes. Kriegstagebuch hatte er es überschrieben. In seinem alten Buch waren nur noch zwei Seiten leer gewesen, und er hatte es der Mutter geschickt, mit der Bitte, sie möge es an einem sicheren Ort verwahren, sein Inhalt gehöre einzig ihm.

Als immer mehr Menschen aus dem Zug gestiegen waren und immer weniger eingestiegen, als Reinhold längst über die alten deutschen Grenzen hinausgefahren war, nahm er das neue Buch wieder heraus und schrieb: Man erlebt endlich nur noch sich selber. Die Zeit ist am Bahndamm links und rechts abgeflossen, der eine Strom läuft vorwärts, der andere zurück. Ich vergesse mich und manches sonst in schlafähnlichen Zuständen ganze lange Tage. Ich schaue tiefer in mich hinein und noch tiefer, dorthin, wo nicht ein Stein mehr aufschlägt. Aber ich möchte weiter und noch weiter vordringen, und diese Reise kann mir nicht lang werden,

denn ich will mir ins Innerste reisen, und dort will ich meinen Gott begrüßen.
Einer, der Zeit hat zu sich selber, ist erhoben über alle und kommt mit sich ins Gespräch: Ich erwarte die Dämmerung sehr, den Spalt zwischen den zwei Welten, in den ich schlüpfen will, auch wenn ich mich zwängen muß, erwarte die Müdigkeit mit Eulen und Abendrot, warte, wie die Bäume der wilden Wälder schwarz werden und zusammenwachsen wie ein Gebirg, warte, wie über den endlosen Sümpfen und Mooren, wie über den Wiesenweiten der riesige blaue Tageshimmel bunt und schwer wird, wie vom dunklen Horizont im Osten die ersten roten Feuer glühen, wie im Norden blaue Geisterlichter tanzen, wie Ackersmann und Erdbauer in den Boden versinken und alles seine Richtigkeit erhält und Ordnung findet.
So schlucke ich tagtäglich die süße Droge Einsamkeit und schreibe, lese, schaue.
Ich habe nur ein Buch im Ranzen, die Feldausgabe des »Cornet« – vielleicht werd ich sein Vorbild brauchen. Man muß vielleicht nur ein Buch im Leben wirklich kennen, wenn es ein heiliges ist, genügt das vielleicht. Meines ist zwanzig Zentimeter hoch und zwölf breit, und es ist dünn, es zählt nur siebzehn Seiten. Ich lese es täglich zweimal, daß ichs im Kopfe hab, falls einer es mir aus der Hand schießt.
Ich schreibe Briefe, und wenn der Zug hält, stecke ich sie ohne Hoffnung, daß sie ankommen werden, in die Postkästen. Die Bahnhöfe sehen verwüstet aus, die Ortschaften verlassen, kriegswund wie der Wald. Zertretene Ernte, Totenäcker, ausgewischt, zerbrochen, Bauern mit Holzkarren und Bettzeug – Vater, Mutter, ein Mitleiden fällt mich an! Und es scheint, ich komme der Front näher.

Kamerad, sagte einer in der Nacht.
Hatte der Zug gehalten? Reinhold sah auf die Uhr.
– Um diese Mitternacht darf man wohl an Gespenster glauben!
Hast du von den Gefangenen gehört? Hast du die Rede gehn gehört, daß sie wie Affen in Käfigen hängen und daß wir sie verhungern lassen, bis am End ein Russ den andern frißt?
Die Wirklichkeit ist zerbrechlich, vielleicht ist sie mir hingefallen, vielleicht bin ich im versunkenen Rußland versunken, sprach Reinhold sich zu. Einzelne Menschen hat man aus der Zeit evakuiert, die lassen sich jetzt in den leeren Zügen der Ewigkeit blicken, jenseits von Gut und Böse. Hab ich nicht, Kamerad, sagte er, und kann daran auch nicht glauben, Kamerad.
Hast du gehört, daß die Kosaken trächtigen Weibern bei lebendigem Leib den Bauch aufschneiden und hungrige Katzen einnähn?
Warum soll auch jeder, der dir begegnet, ein Wesen mit Blut im Fleische sein, sprach Reinhold sich zu. Ich komme aus der Heimat, sagte er, und woher kommst du, Kamerad?
Aus Jassi, Rumänien, vom Schlachthof.
Und dann kamen noch mehr durch den Gang ins Abteil, am Abteil vorbei ins nächste. Die Feldflaschen gingen um, und der Kriegsgesang schallte.

Als die goldne Abendsonne
Sandte ihren letzten Schein,
Zog ein Regiment von Hitler
In ein kleines Städtchen ein.

Draußen fuhr ein roter Mond über kahler grauer Ebene. Der, der eben gesprochen hatte, sang mit.

Traurig klangen ihre Lieder
Durch die kleine stille Stadt,
Denn sie trugen ja zu Grabe
Einen Hitlerkamerad.

Aber ich, Kamerad, rief Reinhold gegen den Gesang, habe noch keinen Russen gesehn!
Da mußt du dich aber beeilen, Kamerad, bald gibts keinen mehr!

Als die goldne Morgensonne
Sandte ihren letzten Schein,
Zog das Regiment von Hitler
In die weite Welt hinein.

Von Osten kam ein Lichtschein blaß und flach übers Land gekrochen. Der Zug hielt, die Soldaten stiegen aus.

Am Morgen schrieb Reinhold an Mechthild: Seit elf Tagen nichts als wucherndes Gras, Sumpfwiesen, Moorbreiten, strotzende Pappeln, rote Föhren, weiße Birken – jetzt kann ich mein russisches Lied singen von den Himmelsweiten und den Wolken, die ziehn.
Mechthild, Mädchen, Du bist mir doch ein guter Kamerad. Und drum will ichs Dir auch gestehen, daß ich schon zwei, drei Mal aus tiefem Schlaf geschreckt bin von dem Gedanken, der als Geschoß mir durch den träumenden Schädel geschossen kam: Ich bin in fremdem Land, in Feindesland. Mag sein, die Front hat sich verschoben, und ich rattere hier mitten ins russische Jenseits!
Es läßt sich ja auch keiner blicken. Ganze Tage nicht. Nur heut nacht waren deutsche Soldatengespenster

plötzlich haufenweis zugange und wollten mir einreden, es sei nicht alles Gold, was glänzt.
Angst vor der Front? Angst vor dem Tod? Gewiß, da sitzt was. Aber vielleicht ist tapfer nur derjenige, der sich die Vorstellung verbietet, der sich kein Bild macht. Ich weiß ja auch nicht, wo ich hinkomme, wenn ich ankomme, und was ich dort tun muß. Ich habe jedenfalls beschlossen, in die Luft zu schießen und den Feind durch Gebrüll zu erschrecken.
Es fällt mir auf, daß ich viel an Vater und Mutter denke. Und die Wurst geht auch zu Ende. Sei gegrüßt, Mechthild.

Nach weiteren zwei Tagen hielt der Zug in Kiew an. Vor der Stadt war das Quartier der deutschen Wehrmacht auf fürstlichem Landsitz eingerichtet worden, in der Mitte ein Hof, eine Kapelle mit vergoldeten Zwiebeltürmen, Stallungen, Herrenhäuser und Gesindehäuser. Keine Russen, nur Deutsche.
Reinhold stand vor dem Oberbefehlshaber, dem er den Brief des Majors übergab, und sagte nicht mehr als Jawohl und Nein auf dessen Fragen nach der Heimat, nach dem Major, nach der Reise, nach dem Marschziel und den Bedürfnissen. – Die Stimme ist mir rauh geworden vom Schweigen, die Sprache ist mir nur als Gedanke und Schrift noch geläufig. Und dies scheint mir das Erstrebenswerte: das Schweigen des Mundes und davon das Schweigen als Lied unter den niedergeschriebenen Worten!
Ein Gefreiter wies ihm die Schlafstelle, brachte ihn zum Kasino, das im ehemaligen Festsaal des Landsitzes war, leistete ihm Gesellschaft, als er aß und aß. Der Gefreite berichtete, daß er siegreiche Frontkämpfe mitgemacht habe, daß Moskau binnen kurzem im Sturm genommen

würde, daß die neue Wunderwaffe vor dem Einsatz stünde und somit die ost- und südrussischen Gebiete in wenigen Tagen besiegt sein würden.
Im Kasino herrschte gute Laune, das Essen war reichlich und schmackhaft. Heute abend gibts großes Remmidemmi, sagte der Gefreite. Sie haben uns Schlagersängerinnen aus der Heimat eingeflogen.
Nachdem Reinhold sich mit Proviant für den Rest der Reise, die am nächsten Morgen um fünf Uhr weitergehen sollte, versorgt hatte, ging er auf den Hof hinaus. Vor der Kapelle war ein Podest mit einer Lautsprecheranlage aufgebaut worden.

Es war dann ein Riesengebrüll, schrieb Reinhold am nächsten Morgen, wieder in der Stille und schon nach einer Weile Fahrt, in sein Buch. Die beiden Frauen kamen aus dem Kapellentor. Dort, wo früher der russische Weihrauch vor Ikonen geweht hatte, hatten die Damen sich geschminkt und geschürzt, hatten die Musiker sich in speckige Fräcke geworfen, hatten sie ihre Mundwerke losgelassen, hatten sich ausgelassen vor den heiligen Augen und Ohren dieser alten Welt. Die Deutschen benehmen sich barbarisch im Lande der Barbaren, und mir ist nicht wohl dabei.
Aber dann packten sie mich doch und rissen mich hin, in ihre Welt, mit ihren frechen Liedern und mit den sehnsüchtigen und den verkommenen, und ich konnte mich an meine Haltung nicht mehr halten und brüllte genauso wie die andern zwanzigtausend Mann, die sich dort versammelt hatten. Und in seiner ganzen Unwirklichkeit erschien mir dieses Spektakel wunderbar: Mitten in Rußland pfeifen die, singen die, spielen die, tanzen die den Krieg an die Wand! Das Gebrüll kam uns allen wie aus einem einzigen mächtigen Rachen. Wir

brüllten die Angst raus und die Hoffnung, die Schüsse brüllten wir raus, die wir geschossen, die uns getroffen hatten, brüllten sie raus mitsamt dem Heimweh, brüllten wie Löwen und Stiere. Und mit einem Mal waren die Frauen in die Reihe der Ikonenheiligen gerückt, standen mit Recht auf dem Podest vor der Kapelle und beschenkten uns mit Leichtsinn.

In der folgenden Nacht brannte der Wald. Ein Sommergewitter war losgebrochen, unaufhörlich zuckten Blitze durch die undichte Jalousie in Reinholds Abteil.

An Schlafen ist nicht zu denken, schrieb er in sein Buch, statt dessen rollt die Erinnerung an, erwünschte und unerwünschte, lebendig begrabenes Leid ersteht auf und fällt über mich her: Elsa, und immer wieder Elsa!

Und als der Blitz eben den Wald angesteckt hatte, als der alte Wald eben mit einem Ächzen aufflammte und zu brennen begann, kam mir die Gewißheit, daß es eine schwere Not gewesen sein muß, etwas auf Leben und Tod, was Elsa zum Schweigen gebracht, was sie vor dem Bruder zur Verstellung getrieben hat. Und ich, ich habe nur meinen Schmerz gefühlt! Von sich selbst fortsehn lernen aber ist notwendig, wenn man die Liebe lernen will.

Unterdessen ist es heiß im Abteil geworden von dem Brand, der Geruch von Holz und Harz dringt mit dem Qualm durch die geschlossenen Fenster. Das Schauspiel draußen ist groß, erhaben und gefährlich. Das Feuer braust um mich. Hanno, Schade, Gabriel – es geht ins Gefecht!

Der Zug fuhr ohne Halt. Im Morgengrauen tauchten Stationen auf, deren Namen, von Bahnhofslampen angestrahlt, im Zwielicht standen: Rohrbach, stand dort in deutscher Schrift, Speyer, Sulz, Katharinental, Josephstal, Karlsruhe. Und dann kam Heidelberg.
Reinhold war marschbereit, stand am Fenster, hielt sich am Fenstergriff. – Der Wirklichkeitsboden unter meinen Stiefelfüßen ist glatt am frühen Morgen nach dem Nachtbrand, und mit jedem neuen Licht steht mir in Feindesland ein Heimatname vor Augen. Russisch-Heidelberg im grauen Morgen – es ist zum Ausrutschen!

Reinhold marschierte durch die Stadt. – Ich bin ein deutscher Soldat mit russischen Augen auf mir! Er schlug die Nägel seiner Stiefel aufs Pflaster. Der Boden unter seinen Füßen blieb glatt.
Durch die Altstadt von Heidelberg floß ein kleiner Fluß. – Der Neckar muß breiter sein. Ich hab den Nekkar nie gesehn. Werd ich den Neckar jemals sehn?
Dann traf er auf deutsche Soldaten, die wiesen ihm den Weg zu seiner Kompanie.
Vor einer mit Stacheldraht abgesperrten Straße fand er das Quartier: ein Steinbau, ein Hof, auf dem Gras wuchs, daneben das Wachlokal der Polizei.
Es war schon heiß am Morgen, vor dem Wachlokal standen Stühle und Tische. Ein paar Kerle lungerten im Schatten. Einer von der Wehrmacht bot Schnaps an, sagte, das Kommando sei ausgerückt und komme erst in der Nacht zurück. Ein anderer in Zivil, einer von der Gestapo, wies Reinhold in dem Steinbau sein Bett.

Zwei Wochen bin ich unterwegs, sagte Reinhold, wo verläuft jetzt die Front?
Fünfhundert Kilometer weiter Richtung Sibirien, sagte der in Zivil.
Und was tun wir hier?
Wirst du schon sehn! Gib die Papiere und füll den Fragebogen aus, dann komm auf die Wache.

In der Amtsstube standen Männer in schwarzer Uniform zusammen.
Ah, er war Stammführer, sagte der in Zivil, großartig! Pfadfinder, du kannst uns hier neue Blutwege führen.
Er gab Reinhold einen hektographierten Zettel: Lesen kannst du? Dann setz dich in den Schatten und mach dir einen guten Tag, vor morgen läuft hier nichts für dich.
Reinhold setzte sich an einen der Tische, die vor dem Wachlokal auf der Straße standen.
Tasse Kaffee, fragte jemand.
Ach was, Kaffee, lallte einer, der kriegt Blut zu saufen.
Straßengelächter.
Wenn du da rüber läufst, der Laller deutete auf die Stacheldrahtabsperrung, auf die leere Straße dahinter, kriegst du Blut zu saufen. Die Juden zapfen sichs Blut ab und gebens ihren Bälgern mit Wasser und gemahlenem Roggen als Suppe zu fressen. Das Blut vom Roten Meer!
Straßengelächter.
Das Sonnenlicht war grell geworden. – Aufgeregtes Licht, Licht über einem Ort, der zu nichts anderem dazusein scheint, als daß man ihn hinter sich läßt, ihn überwindet! Reinhold trank den Kaffee, las den hektographierten Zettel: Wir führen Kampf gegen den Juden.

Und wir werden keinen Talmuddreh mehr zulassen, und kein Talmuddreh wird ihm mehr helfen. Denn siegt der Jude mit Hilfe seines marxistischen Glaubensbekenntnisses über die Völker dieser Welt, dann wird seine Krone der Totenkranz der Menschheit sein, dann wird dieser Planet wie einst vor Jahrmillionen menschenleer durch den Äther ziehen. Gez. A.H.
Reinhold sah das Licht über der abgesperrten Straße flirren. Wo gehts da hin, fragte er.
Ins Judenloch, lallte der Laller.

Wenn du schreibst, stirbst du nicht, hat Hanno mir gesagt. Und so habe ich einen Albtraum niedergeschrieben, aus dem keiner, der ihn geträumt hat, je erwachen kann.
Ich gehe auf die Straße zu, ich hebe den Schlagbaum hoch.
Laßt ihn doch, rufts hinter mir, der kommt schon wieder, wenns ihm stinkt. Die Juden stinken, rufts hinter mir, wie wenn Most gärt, wie Kuhpisse.
Ich gehe auf der Straße. Das Licht ist außer sich. Stille, mitten am Mittag.
Am Judenfell frißt die Räude, rufts hinter mir. Brand und Krätze stecken an, Kamerad!
Über die Straße läuft ein nasser Hund mit blutendem Auge und Rabbinerhut schräg auf dem Schädel. Das Hundegesicht ist gemein und gallig. Ist der Teufel in den Hund gefahren?
Töne kommen aus einem Haus, steigen, fallen. Zittern kriecht über den Hundeleib, die Hundeaugen quellen aus. Noch zwei Hunde kommen, tragen auch Hüte, haben auch blutige Augen, sind auch naß. – Sind nicht naß! Sind lebendig enthäutet! SS-Kerle sind da, brechen in Gelächter aus.
Ich geh den Tönen nach. Das Haus hat keine Tür. Es ist dunkel. Ein Junge kommt zu mir, fragt mich auf deutsch: Bist du von den Hitlerleuten?
Die Töne werden von Menschen gesungen, die miteinander auf dem Boden sitzen. Ich setze mich dazu, sie rücken ab. Sie singen weiter. El Male Rachamin, verstehe ich, und immer nur und immer weiter El Male Rachamin. Was heißt das, frage ich den Jungen.

Gott ist voll Erbarmen, sagt er. Sie feiern, sagt er.
Was wird gefeiert?
Es ist ein Kind gestorben und getragen worden von dem Engel in Avrahams Schoß. In Avrahams Schoß, da wachsen die Bäume, da schlägt das Herz von Gott.
Draußen wird geschossen. Sie singen weiter. Ich laufe raus.
Schnaps? Einer von den SS-Kerlen hält mir seine Flasche hin.
Was waren das für Schüsse?
Wind kommt auf, Gestank, süß und scharf.
Was muß das Huhn auch über die Straße! Kann es nicht warten? Morgen gehts sowieso ab nach Jerusalem.
Gelächter. Sie gehen weiter.
Ich seh im Rinnstein graue dünne Beine. So dünn hab ich noch keinen Menschen gesehn. Der Kopf liegt ganz verdreht zur Seite, als ob er sein Gesicht verstecken wollte, der Mantel hat einen roten Fleck.
Ich laufe zurück, finde mein Lager, falle in Schlaf. Der Blutgeruch sitzt wie Geronnenes in meiner Nase fest.
Mitten in meinen Schlaf poltern Kameraden links und rechts auf die Pritschen.
Gegen Morgen schreit einer: Es geht los! Auf, Kamerad, es gibt eine Tanzvorstellung, Veitstanz heißt die Nummer.
Zwanzig, dreißig Mann hängen an den Fenstern. Ein Mensch kommt auf den Hof, ein Lastwagen fängt ihn im Scheinwerferlicht. Der Mensch zuckt, hopst. Einer schießt, der Mensch hopst, der Schütze zielt neben die Füße. Der Hopser schreit. Der Schütze hat eine Narrenklatsche, klatscht und knarrt mit seiner Linken zum Tanz und mit der Rechten schießt er. Der Hopser schreit, macht Riesenhopser, der Körper zuckt, die Narrenklatsche knarrt.

Dann trifft ein Schuß, die Kameraden grölen, der Hopser hopst nur noch mit einer Hälfte, fällt. Der Zucker zuckt nur noch. Die Scheinwerfer blenden auf, dem Schädel auf dem Boden entströmt Gehirn. Die Scheinwerfer gehen aus.

Alt Heidelberg, du Feine,
Du Stadt an Ehren reich,
Am Neckar und am Rheine
Kein andre kommt dir gleich.

Die Kameraden sitzen auf ihren Feldbetten und singen! Draußen auf dem Platz liegt der Narr. Fliegengeschmeiß, in den Sümpfen ausgebrütet, an Menschliches nicht gewöhnt, sitzt in schwarzen Klumpen und frißt an dem Narren.
Ich laufe auf den Hof. Die Kameraden singen.

Stadt fröhlicher Gesellen
An Weisheit schwer und Wein,
Klar ziehn des Stromes Wellen,
Blauäuglein blitzen drein.

Es ist schon heiß am Morgen, es verwest schon. Der Narr hat zum letzten Schutz seine Pupillen verschluckt und den Fliegen nur das Weiße gelassen.

Vor dem Wachlokal stehen drei Lastwagen. Ein vierter kommt, führt als Ladung weiße Frauen, Gesichter nach unten, nacktes Fleisch wackelt wie Gallert hin und her. Der Wagen hält. Sie schleifen den Narren an, buckeln ihn, werfen ihn über die Rampe auf Frauen. Der Wagen fährt weiter.
Ich melde mich beim Kompaniechef. Der ist schmächtig von der Nacht. Wir sind hier eine kleine verschworene Gemeinschaft, sind aufeinander angewiesen mit-

ten unterm Feind, erklärt der mir und sagt: Sie sind heut Mittag dran.
Männer in schwarzer Uniform sitzen vor dem Wachlokal. Ich setze mich dazu. Ich bekomme ein Frühstücksei.
Der von der Gestapo, der mir am Vortag mein Lager gewiesen hat, kommt, hält blutige Hände hoch: Ich habe vor dem Frühstück noch geerntet. Die Heidelbeeren sind reif! Er verschwindet im Haus, Wasser rauscht.
Wie er zurückkommt, setzt er sich an meinen Tisch. Der Jude, sagt er, ist ein Prinzip, der Jude ist fromm, der Jude ist toll. Er lacht sich quer durchs Gesicht und spricht ernst weiter: Das Klagegeschlecht überspannt seinen Glauben, sein Gott schwimmt in Judenblut, er schnappt nach Luft, der Gott, der Gott säuft ab.
Zu spät, du rettest den Gott nicht mehr, so bring seine Kinder ums Leben, brüllt einer vom Nebentisch und reißt seine Pistole hoch.
Unter den Bomben jüdischer Terrorflieger müssen unsere Frauen und Kinder in der Heimat ihr Leben lassen, sagt der von der Gestapo. Wer da noch Gefühlchen hat, sagt der, wird unsre Sache nicht bewältigen.
Noch zwei Lastwagen kommen, Leute sammeln sich auf dem Platz vor dem Wachlokal.
Neugierige aus der Altstadt, sagt der von der Gestapo, sie brauchen ein bißchen Kintopp in ihrer Hinterwelt.
Der Schlagbaum geht hoch. Die in der Straße wohnen, kommen auf den Platz. Sie stellen sich in Schlangen auf, sind ruhig, stehn wie um Karten an. Gruppen werden zusammengestellt, Namen werden aufgerufen, die Aufgerufenen steigen auf die Lastwagen.
Was geschieht mit denen auf den Wagen?

Die fahren nach Jerusalem.
Gelächter.
Die Wagen stehen in der Sonne. Die auf den Wagen stehn, sind müde, ihre Gesichter sind ihnen zu schwer, sie können sie nicht heben.
Ich bekomme ein Gewehr in die Hand, ich steige auf einen Wagen. Die Wagen fahren an.
Neben mir bewegt einer die Hände, als striche er Staub von seiner Brust, von seiner Stirn. Wie der Wagen in die Altstadtgassen biegt, zerreißt der seine Kleider, langsam, ohne Geschrei.
Die Wagen fahren am Fluß entlang, am Bahnhof vorbei und lange auf gerader Straße neben den Geleisen. Das ist mein Weg zurück, denke ich. Doch da ist die Straße zu Ende, da verläuft sie im Sand.
Dann geht es in den Russenwald. Fleischblumen blühen, Disteln, roter Mohn.
Bruder Leib, spricht der neben mir sich zu, es geht nach Jerusalem, und dann schlägt der sich die abgestrichene, nacktgerissene Brust.
Der Wald wird dichter. Föhnlicht und Zwielicht. Der neben mir sagt: Das ist der Todesweg, oder?
Mein Mund ist aber trocken, meine Zunge klebt.
Dann halten die Wagen, dann steigen wir aus. Dann gehn wir unsern Weg zu Fuß. Die Schnaken singen, die Spechte hämmern, der Eichelhäher schwätzt.
Vor mir die lange Reihe derer, die auf dem Pfad sind, der ins Dickicht führt. Ein boshafter steiniger Pfad, der unter den Füßen knirscht. Aus der langen Reihe, aus dem müden Strom, aus seinem Atem, Dunst heraus, drehen sich Wesen und irren zwischen die Bäume ab. Gibt der Mensch so seinen Geist auf?
Ein Stöhnen läuft durch die Reihe, vom Anfang lange vor uns, nach hinten auf uns zu. Der Strom bleibt stehn.

Ein Wimmern, ein feiner Heulton dringt auf mich ein.
Da brennt mir die Kehle, da schreit mir der Mund, da schreie ich, da fangen mich die Unseren und binden mich an einen Baum.
Die Sonne ist untergegangen, Gras und Farn sind feucht, aus dem Wald kommt Kühle. Nackte werden an Gräben aufgestellt. Ein hohes Pfeifen ist in der Luft. Das sind die Todesminuten, die pfeifen, da stürzt die Zeit, das pfeift.
An den Grabenrändern stellen sie sich auf, keiner bückt sich, um den Grund zu schauen, eh die Schüsse knallen. Ich habe nicht gewußt, daß Schüsse so laut knallen. Ich habe nicht gewußt, daß es noch vier, fünf Augenblicke dauert, bis Blut kommt, als würde Fleisch zuerst erschrecken, dann erst bluten. Je tiefer der Schuß, je näher am Tod, so länger der Schreck, das hab ich nicht gewußt, am längsten bei Herz- und Kopfschuß.
Es dauert, kurz oder lang, das ist ganz gleich, denn solches geht nicht vorüber, es bleibt stehen, mitten in der Schöpfung, wie Blei, vermutlich ewig.
Dampf über den Gräben. Sie schütten Erde auf. Erde hebt sich vom Atem, senkt sich nieder. Erde wird aufgeschüttet, Erde bewegt sich. Sie greifen, fassen, atmen noch nach dem Leben!
Dann werde ich vom Baum gebunden. Meine Füße setzen sich in Lauf. Sie schießen mir nach, sie lachen.

Ich sitze jetzt auf einer Lichtung in der Sonne und erzähle mir, was ich nicht fassen kann. Ich muß es mir beschreiben, muß es mit Worten erfassen, es muß in Worte gefaßt sein, damit ich es fasse.
Wenn du schreibst, stirbst du nicht, hat Hanno mir gesagt.
Ich bin achtzehn Jahre alt, ich bin weggelaufen, sie haben hinter mir hergeschossen.
Bin ich fahnenflüchtig?

Ich bin fahnenflüchtig, denn ich habe jetzt siebenmal den Tag und achtmal die Nacht gezählt. Es muß schon im September sein: versengte Ernte, geknicktes Korn, gebrochene Erdschollen, steinharte Steine, Bruthitze, kein Vogelsang, nimmermehr in dem Jahr.
Der Kukuruz ist aufgegessen, der Rest, den ich nicht essen konnte, felderweit vertrocknet. Keine Erntewagen sind gekommen. Ich habe tagelang trockene Dolden gesammelt. – Du kannst Feuer machen und dir Kukuruzsuppe kochen! Du baust dir eine Scheuer im Wald, du sammelst das geknickte Korn und legst den Vorrat unters Dach!
Der Robinson in mir nimmt Gestalt an. Es scheint Gesetz zu sein, sich selber zu erhalten, es scheint, das Leben sei natürlich und der Tod wider die Natur.
Wie ich hier bin, habe ich nichts außer mir. Ich kann denken und überleben. Ich habe genagelte Marschstiefel, ich kann über die Landschaft gehen!
Hanno und Schade, Gabriel, Vater, Mutter, Bruder! Unter dem riesigen Himmel, in den endlosen Sümpfen, im tiefen, tiefen Wald ist nicht ein Mensch mit mir. Es

ist, als sei ich der, der überlebt hat. Es hat keinen Sinn, nach dem Sinn zu suchen, auf Hügel zu steigen, in die Erde zu graben, dies ist die Welt, und ihr Sinn und mein Sinn müssen außerhalb von uns liegen, über oder unter oder nebendran. Hier ist es, wie es ist, und es bleibt auch so, egal, was einer will. Oder denkt, fühlt. Egal, wie einer sich bezwingt.
Ihr müßt wissen, ich verbringe die Nacht mit offenen Augen, kein Schlaf, kein Mut zum Schlafen. Ich steh und sitz und liege auf der Menschenerde, auf Erde, die aus Menschen ist. Und da packen mich meine Versunkenen mit ihren armen Armen.
Man sieht ja auch in der Nacht tiefer in sich hinein, man sieht das Verstorbene in sich, das, was von einem selber verstorben, und das Verstorbene jener, die zu einem gehörten. So blitzt mir denn inwendig, wenn die Bäume von der Nacht dichter zusammenwachsen, dein Gesicht auf, Hanno, und auch das deine, Schade, blitzt, und meine Vergangenheit sehe ich mit langen Jungvolkschritten der dunklen Braut entgegenlaufen, die immer dunkler wird. Doch eure Gesichter, Freunde, sind heller geworden.

Im Russenwald, im Totenwald, es wird Oktober sein. Ich habe einen Bart. Es gibt noch Äpfel unter den Bäumen. Die Erde ist jetzt kühl und der Wald still. Die schwarzen Vögel sind davon. Ich sollte mich eingraben, Wurzelmann werden, überwintern.
Ich war ja lange nicht mein Herr gewesen, wußte zuweilen nicht, ob es passiert war, das Geschehene, ob ich mich wirklich erinnere oder ob man es mir nur erzählt hat. Jetzt aber kenne ich mich in meinen Wänden wieder leidlich aus, so daß ich den einen oder anderen Erinnerungsgedanken aufsteigen lassen kann, ohne ihn sogleich in den Boden zu treten.

Und hier weiß ich auch: Es ist nicht alles tot, was atemlos unter der Erde liegt! Das ist nicht Gespensterfurcht, gewiß nicht, das ist das neue Wissen, aus der langen Weile mit mir selbst im Wald geboren, das Wissen davon, daß es nicht ein Schein ist, das Wesen, das mir einfällt, einfährt, aufblitzt, daß es das Wesen selbst ist. Warum mich also vor Gespenstergestalten fürchten, wenn ich mich vor Erinnerungsgestalten in mir, die eben dies sind, nicht fürchten will. Wie auch! Es sind ja die Freunde, die mir angehören.
Aber wenn die Nächte tief und dunkel sind, wenn die Nächte Todesnächte werden, wenn die Grabkröten in meinen Traum kriechen und mit breitem Maul herauszerren, was ich mir hastig verscharrt, wenn ich an Hanno denke, und wenn ich denken muß, daß ich nun glauben muß, was ich nicht glauben wollte! und wenn ich an mein deutsches Volk denke! wenn ich auf abgestorbenen Ästen und raschelndem Laub flachliege und es nur noch und immer wieder um das geht, was am Anfang des Waldes geschehen! wenn mich am Morgen die Nebel überfallen und ich mit Tierblick in den Tag hinausstarre und mein Ohr rauscht: suchs, suchs, dein Leben! – dann kommt der Hohn über mich, dann schlägt der Hohn mich nieder, dann gebe ich mich auf.

Tage später. Ich hatte das Schreiben vergessen und will es von neuem beginnen.
Es wird kalt. Noch kein Frost, aber Regen, Regenströme. Ich bin seit Tagen naß. Die Vorräte gehen zu Ende, denn nichts wächst und reift mehr dazu. Ich muß mir die Nahrung zuteilen. Und das ist lächerlich, da ich sowieso nicht weiß, wie ich durch den Winter soll, in meiner dünnen deutschen Uniform. Aber der innere

Zuchtmeister siegt: Ich kriege täglich zwei Handvoll von dem oder jenem. Meist ist die Nahrung roh, denn wenn die Bäche von den Bäumen rauschen, zündet das Feuer nicht. Mein Gesicht muß das einer verdorrten Leiche sein, ich mache mir eine Idiotenfreude und zähle meine Rippen. Soll ich das letzte graue Gras fressen? Herbst, Herbst ist umher, wo es nur endet und untergeht. Von den Hügeln pfeift es auf den letzten Rest der Schöpfung, Nachtstürme rütteln an mir und heulen mich taub für die letzte Maus, die piepst, weil ich ihr übers Loch trete.

Ich bin ein wilder Waldmensch, und mir scheint, es gibt außer mir hier kein anderes Getier. Ich erzähle mir von zuhaus, ich unterhalte mich, so gut ich kann, ich mache einen Schwatz mit Mechthild, ich ziehe die Nadeln aus Fräulein Dr. Freitags Knoten, ich balanciere im Januar auf eisglattem Brückengeländer über den Fluß meiner Stadt, ich werde jünger, es zieht mich zurück.

An die Mutter! Da ich klein war, Mutter, war mir im Gedanken an mich der an dich enthalten. Dann kam das Männliche, und es schien mir das Selbst- und Eigensein so notwendig. Nicht, daß ich dich verstoßen oder abgetrennt hätte von mir, nein, ich tat dich nur aus meiner Mitte in ein gutes Eckchen am Rande. Das nahmst du ohne Klage als deinen Ort an. Und nun, am Ende der Welt oder des Lebens, möchte ich aus meiner Mitte heraus und möchte den kleinen Ort mit dir teilen.

Mutter, ich bin schon einen Todesweg mitgegangen und habe noch mindestens einen vor mir. Ich bin jetzt seit bald drei Monaten allein im Wald. Vorher hatte ich noch die Vögel und die Mücken und ab und an einen Fuchs, jetzt habe ich nur noch meine Uhr. Ich mühe mich, ihr Ticken zu hören, will denken, es sei der Pulsschlag eines Lebendigen mit mir, ein Stücklein Leben,

Mutter! Und dann noch: Wo ich bin und bleibe und wo ich aufsteh und geh, folgt mir eine schwarze Masse. Aber es ist nur die Angst, und nichts weiter. Ich sollte eine Liste meiner Ängste machen, doch die Blätter meines guten Buches würden nicht ausreichen, und ich muß sie mir sparen, denn sie sind die einzige Wirklichkeit, die ich habe.
Und jetzt an den Vater! Unsere Soldaten zertrümmern diese Welt und die nächste, sie haben den Menschen in sich erschlagen und den in uns, so in uns, so in ihnen einer war.
Schau ich zurück, kommt ein Schwindel über mich, denn ich muß in den Abgrund blicken, in den mir die Werte gestürzt sind. Es ist Krieg, es ist Krieg, Vater! Ich bin Soldat, Vater! Wer aber gehorcht, Vater, der gehört sich selber nicht.
Nun bin ich hier also bei mir, Vater, und gehöre nur noch mir selber. Und auch mein Heldentod wird einzig mir gehören, in einer Woche oder zwei. Doch daß mein Körper nicht in deutscher Erde ruhen wird, die mir doch immer noch schmerzlicher Inbegriff von Heimat ist, ist mir trotz allem Schwindel und Abgrund, ist mir allem Schrecken zum Trotz hart, wahrhaftig!
Noch eines, Vater: Hast du denn, was hier und da, hast du, was gewiß auch dort geschieht, wirklich nicht gewußt? Weißt dus denn noch immer nicht? Sie haben uns das Licht versprochen, und nun herrscht Finsternis und die machts Maul auf, schluckt, schluckt Gott und seine Welt. Und, Vater, Hanno hat recht behalten: Die Kälte hat übergegriffen. Das Inwendige ist zu vielen erstarrt, und diese Zuvielen verrichten nun im Auftrag von Finsternis und Kälte ihr Schlachtwerk.
Es ist Krieg, Vater, Krieg gegen den Menschen und sei-

nen Gott. Aber wenn das der Mensch ist, Vater, was da kriegt, was aber ist dann Gott?
Und noch ein Letztes, Vater! Ich bin im Lande Dostojewskis, der geschrieben hat: Ich fürchte nur eines: meiner Qual nicht würdig zu sein. Dies will ich dir sagen, Vater, denn die Qual, sie wird über dich kommen, wenn du erst hörst und weißt. Und so würde ich noch einmal gern neben dir stehen, um dir, da ich das deutsche Wort Ehre nicht mehr gebrauchen will, das russische Wort Würde zuzusprechen. Der Bruder muß es nun an meiner Statt, und der muß schnell erwachsen.
Und also an den Bruder! Du warst mir immer zu jung. Das ist meine Schuld. Ich hätte dich, als ich meine Wege noch gehen durfte, auf diesen und jenen bringen müssen. Das ist mein Versagen. Ich habe dich hingenommen als einen, der da ist und dem ich bleibe. Das war mein Fehler.
Meine Welt zerbricht, und deine riecht vielleicht noch nach Glück. Aber ich warne dich, Bruder! Du darfst nicht friedlich sein, friedlich sein ist gemein. Der Schauer- und Schundroman, der da Deutschland heißt, ist festgeschrieben, und liest du ihn und greifst du dann nicht zum Messer, bist du vergebens Mensch gewesen.
Bislang warst du zwei Köpfe kleiner als ich, jetzt bitt ich dich, Bruder, wachs mir schnell übern Kopf!
Und hier noch an die Frau, mit der ich mir nicht zu helfen weiß: Elsa! Ich lese in meinem Einzigen, dem »Cornet«, den ich seither in der Tasche trage, wie man sein Einziges eben trägt, mit der Hand drauf, auch nachts. Stehen dort doch die einzigen fremden Gedanken, die mich hier, mit mir so ganz allein, erreichen und erheben. Und, Elsa, bei manchem Satz sind mir die fremden wie die eigenen eigen, wenn ich dort also lese:

Sie werden einander hundert neue Namen geben und einander alle wieder abnehmen, leise ... Und wenn ich dann noch weiter lese, steht dort: Herrgott, wie du willst.
Aber ich will nicht, daß alles so dahinvergeht und nichts sich stark macht und steht gegen dieses Dahin. Elsa!

Und wieder Tage später. Die innere Auszehrung hat Raum gefaßt. Der Hunger beginnt zu heulen und lockt die Wölfe und die Hirngespinste an.
Ich suche die Erinnerung, die Straßen und die Plätze. Ich verliere die Heimat nicht. Ich sehe meine Straße, es ist meine Straße, aber ich sehe die Häuser nicht. Ich kann bis hin zum Wald sehn, bis zum Ziegenberg, dort scheint die Sonne, aber hier formt sich ein Zeichen aus Rauch und Gaslicht am Himmel. Früher waren die Häuser hoch, jetzt sind sie eingestürzt. Vielleicht ist das Gaswerk explodiert, der schwarze Kessel stand früher um zwei Ecken. Das Zeichen aus Rauch und Gaslicht formt sich am Himmel! Sind denn alle ums Leben gekommen, oder geschahs um fünf Uhr nachmittags, der Vater hierhin, die Mutter dahin, der Bruder dorthin unterwegs? Ich betrete meine Straße. Ein paar Fassaden stehn noch, sie fallen um durch die Erschütterung, die meine Schritte machen. Das Zeichen formt sich am Himmel! Dort, wo früher das Haus mit dem Gemüseladen stand, hör ich ein Wimmern. Ich geh dem Wimmern nach, ich grabe mit den Händen in den Steinen, ich greife in ein Loch und ziehe kleine Menschen raus, sie kommen mir bekannt vor, es sind vielleicht die Menschen aus den Häusern meiner Straße. Sie sind ganz klein, ich sammle sie in meinen Armen, aber kann nicht alle fassen. Das Zeichen aus Rauch und Gaslicht formt sich, aber ich kanns nicht lesen.

So fackelt mein Gehirn vor sich hin, so faselts drauflos. Oder ist Krieg in meiner Stadt, sind die Eltern bedroht, sterbe ich hier, sie da?

Es kann Tage später sein, es kann auch sein, ich schreibe am selben Tag nach einer Pause weiter.
Ich bin jetzt müde, und es wäre gut zu schlafen. Auch wird es kaum noch hell. Wenn ich nicht mit ziellosen Schritten umherlaufe, kaure ich unter zwei umgestürzten Bäumen, die Regenschutz geben, im letzten trockenen Moos und Laub. Hier verkehre ich mit den Toten.

Heute traf ich Gabriel. Er ist wahrhaftig fröhlich, und sein meckerndes Gelächter schafft ganze Ziegenherden her. In seiner Nähe sah ich auch den roten Schopf von Charly. Ich schloß mich den beiden an. Wir gingen durch die hiesige Natur und sprachen über den Dumpfsinn jener, die den Verstorbenen in ferner Leere suchen, wobei sie nur ins eigene Innere zu blicken hätten, um ihn dort zu finden.
Und findest du ihn dort nicht ganz, sagte Gabriel, hast du ihn denn aber ganz gefunden, als du ihn außen vor dir hattest?
Wir gingen, und es wurde eine Wanderung. Vertrautgeworden mit Erde und Luft, selber bald Luft, selber bald Erde, konnte ich Schritt halten. Aber am Ende erwies sich alles doch als eine Führung, und sie endete bei Hanno und Schade.
Da bewegte sich die Erde.
Aber die Erde bewegt sich eben, sagte Gabriel und meckerte los.
Daß sie sich überhaupt noch bewegt, sagte Schade mit viel Staunen.

Hanno nahm meine Hand und ging mit mir weiter. Wir mußten nichts reden. Ich überließ mich dem Glück, an seiner Hand zu gehen.
Als wir ein Avemarialäuten hörten, ließ Hanno meine Hand los, und ich ließ sie ihn loslassen, hielt sie nicht fest, in der Gewißheit, er würde wieder und wieder kommen.

Ich ging dem Läuten nach und war dann allein. Ich kam zu einem Dorf. Ich sah ein Kirchlein, doch sein Turm war abgebrochen.
Ist das Läuten schon mein Todestraum, sprach ich mit mir. Im Todestraum, da läuten alle Glocken, und alle Tore werden weit! Oder wer hat hier eben welche Glocken geläutet?
Ich stand und horchte nach der Tiefe zu: Wohl ist ein See in mir, in dem ich untergehen möchte, und das Geläute mag von meinen versunkenen Landschaften herläuten, von den Türmen im Stausee, im Moorsee. Und das Geheul, das eben anhebt, heult das aus mir? Heult da ein Hund? Hab ich denn jemals einen Hund so heulen hören? In Zeiten von Gewalt und Krieg vermehren sich die wilden Tiere. Bären, Wölfe, hungrige Eber, heißt es nicht so?
Ich ging durchs Kirchentor. Das Kirchlein war verwüstet und beraubt. Ich setzte mich auf einer Holzbank nieder. Ich war sehr müde. Neben mir saß eine vertrocknete Erntepuppe mit einer Krone aus geschälten Weidenzweigen auf ihrem Haferhaar. Aus dem festgestampften Lehmboden stieg die Kälte.

Ich schlief bis zur Dämmerung. Dann fuhr ich auf. Dann lief ich durch das Dorf. Verlassene Höfe, verkohlte Holzhäuser. Bäume vom Sturm geknickt, vom

Regen gebleicht, vom Feuer versengt. Ich stieg über einen Bretterzaun, ich ging zu einem Haus. Die Tür war verschlossen, ich kroch durchs Fenster. Ich rief: Lebt jemand hier? Ich wartete auf Antwort. Es war kalt, es war still, es roch nach salzigen Lederhäuten. Es waren Häute zum Trocknen aufgehängt, gedörrtes Obst war da, Kartoffeln, Steckrüben, Zwiebelkränze.
Ich aß, dann schlief ich wieder. Keiner der Freunde kam, nicht einmal ihr Bild, nicht einmal ihr Name. Ich lag auf Stroh, und der Schlafpelz stank.
Wind ums Haus, Nachtwächterhörner, Kirchenglokken in der Nacht. Aber niemand läutet, und der Turm ist abgebrochen hinterm siebten Russenwald, sprach ich mich tapfer wieder in Schlaf. Geraschel in der Wand, der Wind riß am Dach, eine Schindel fiel zu Boden, zwei.

Nach der Nacht kam der Morgen, der erste Frost, der erste Schnee. Die letzten Schranken, die meinem Gefühl für Wirklichkeit gesetzt waren, sind eingeschneit.
Vor der Tür versank ich bis zum Knie, ich hatte Mühe, die Stiefel wieder aus dem Schnee zu ziehn. Ich faßte den Schnee, ich formte ihn, zielte aufs nächste Dach, ein Schwarm Tauben flog auf.
An Elsa, an die Eltern! Beide beginnt ihr mit El, das kommt mir heilig vor. Ich bitte euch, füllt, nährt mich mit eurem Gedenken, denn die innere Auszehrung nimmt überhand. Ich bin müde und möchte mich auf meinen frischen Schnee hier legen, möcht mir die Ohren mit Schnee verschließen, daß ich das Schweigen nicht mehr hören muß.
Russischer Winter, und die Kameraden? Die ganzen Heere in der dünnen deutschen Uniform?

Der Frost läßt die Äste der Bäume knacken, der Frost nimmt zu. Von den steilen Schindeldächern stürzen erfrorene Raben. Es knarrt der Frost im Eise. Die Eiszapfen stechen von den Dächern der schwarzgekohlten Häuser, die im weißen Schnee versunken sind. Schauen dort nicht Köpfe aus den Fensterhöhlen?
Doch war da einzig meine Gegenwart, ich war mit meiner Gegenwart allein. Ich kroch in meinen Unterschlupf, nur ich gegen die Starre und Stille. Ich kroch in den Schlafpelz, zwang mich in Halbschlaf, wollte die Furcht in Grenzen halten.
Eltern, Elsa, es lassen mich die Bilder nicht los, die wir Deutschen hier an die Wände der Häuser geworfen haben. Wer sonst soll sie geworfen haben, die Brandbilder, die Verheerungs-, Verwüstungsbilder! Und die Toten, die wir getötet haben! Die Toten kommen mir näher und näher durch den tiefen russischen Schnee. Gehen Tote barfuß? Ich kann mich nicht erinnern, wie Hanno und Schade gehn.

Jetzt ist Nachmittag. Ich habe den Brief abgebrochen. Ich kann keinen Brief mehr schreiben.
Ich trieb mich wieder ins Weiße, ins Reine, ins Unmenschliche hinaus, denn an den Wänden hier wachsen die Stockflecken vor meinen Augen, als drängten die erschlagenen Bewohner des Hauses sich aus ihrem Jenseits unbarmherzig, als drängten sie unbeirrbar durch meine Beschwörung, ich hätte mit ihren Mördern und Verderbern nichts als nur das Deutsche eben gemein, in mein Diesseits hinein. Zum Stock wächst der Schwamm, und der Schimmel bläht sich.
Ich wickelte Lappen um die Füße, steckte Stroh in die Stiefel. Es hatte aufgehört zu schneien. Der Wind war

scharf, die Kälte stach mir Nadeln in die Augen, auf den Dächern knackten die Schindeln.
Und dann sah ich Spuren. Andere Füße hatten hier in den Schnee getreten, Menschenfüße? Oder geht der Schneemensch um? Der Wind hatte über die Spuren geweht, und so mag es vielleicht nur ein Hirsch gewesen sein.

Ich sitze jetzt am Herdfeuer, das ich entfacht habe, nachdem mir endlich eingefallen war, daß ich mich daran wärmen kann. Die feinen Fäden, die mich noch mit dem Außen, dem Äußeren, dem eigenen Fleische schließlich während dieser letzten Einsamkeiten verbunden hatten, scheinen nun also auch zu reißen.
Die Nacht ist hell, die Sterne sind harte Nägel. Vielleicht wird dies mein letzter Eintrag. Ich werde mein Buch nicht aus der Hand legen. Ich werde es zum »Cornet« in die Brusttasche stecken und es die Nacht durch bei mir tragen.
Und wenn die Spuren doch von Menschen stammen? Wenn der Russe mich findet, bringt er mich um, da nutzt es wohl wenig, die Uniform gegen eine Bauerntracht aus der Truhe hier zu tauschen. Und finden mich die Unseren, dann gnade mir Gott genausosehr.
Und wenns die wilden Tiere sind, die sich rotten, um den letzten Menschen hier zu fressen? Aber ist es dies alles nicht und auch kein Fabelwesen, was den großen Fuß mit einem Schritt vom Himalaya in die ukrainischen Wälder gesetzt, dann ists vielleicht bloß der hungrige Hirsch, der zum Sterben ins Dorf gekommen?
Ich kann mich erinnern, daß die Großmutter mir erzählt hat, die wilden Tiere suchten sterbend die Nähe des Menschen. Die Nähe des Menschen, hat sie gesagt,

sei dem wilden Tier dann noch geheurer als die des Todes. Die Tiere aus dem Wald, hat die Großmutter mir gesagt – und ja gewußt, wovon sie sprach, denn der Hof, in dem die Mutter Kind gewesen ist, war meilenweit von Wald und Wiese umgeben –, die glauben, der Mensch wisse mehr vom Tod, sie glauben, der Mensch könne den Tod abwenden, da er wisse. Sie habe sogar erlebt, hat die Großmutter erzählt, daß ein Igel, der Rattengift gefressen habe, nicht von ihrer Schwelle gewichen sei und ihr Stund um Stunde die Hände geleckt habe, bis es ihn zur Seite gerissen.

Ich lösche jetzt das Feuer. Ich krieche unter den Schlafpelz und lasse das Licht des Himmels durchs Fenster. Wenn ich Lumpen davorhänge, ists auch nicht viel wärmer, aber abgeschlossen vom Leben und dunkel wie im Tod. Wenn das meine Sterbenacht sein soll, dann sterbe ich als Fragment, dann war ich nur ein Vers in meiner Strophe.

Hanno, Schade, Gabriel, habt acht! Es kann sein, ich komme!

Aber ich erlebe diesen hellen Morgen nach einem bösen Schlaf, währenddessen es mir wie eine Hand im Nacken lag, die mich unablässig drehte.

Froststürme, die um meine Hütte stürmten, versetzten mir Beulen in meinen Träumen, Frostsirren, das über die Eisrinde trieb, fuhr mir ins Ohr: Frostsirenen, diese Frauen! Und alle kamen über mich im Schlaf. Und alle waren Furien. Und selbst Rachele Neumann, das unschuldige Kind, das ich vor lauter Elsa und Elsa, vor lauter Rußland und Krieg doch längst in mich hineinvergessen hatte, schlang ihre dicken schwarzen Zöpfe um meinen Hals und zog langsam zu. Ihre Rippen

klafften, und ich sah die herzleere Brust. Woher nur, großer Gott, rühren solche Träume?
Jetzt fällt wieder Schnee. Der schwere Winterhimmel drückt mich mit jedem Schritt tiefer in die Schneewehen hinein. Winde fegen und peitschen die Eiskristalle. Mein Gesicht ist wund davon. Und so bleibe ich im Haus am Herd und vergesse mich hier und dorthin.
Unter ein paar Bodenbrettern habe ich ein meterhohes Kellerloch gefunden. Dort steht süß und sauer Eingemachtes, genug für mich und diesen Winter. Aber selbst wenn ich esse und trinke, werden die Hirngespinste mir schließlich, lange vor dem ersten Tauwetter, den Garaus machen.

Heute nacht sah ich Gesichter am Fenster, Teufelgesichter, Engelfratzen, und meinte, es geschähe mir wieder ein Traum im Schlaf. Nun sitze ich und schreibe auf, damit ich nicht liegen muß und sehen, wie Himmel und Hölle vor meinem Fenster ihr Mysterienspiel treiben. Aber vielleicht endet es so, das Leben.

Es brach durch die Tür, brach über Reinhold herein, fiel über ihn her, riß ihn um, schlug ihn nieder, wälzte sich über ihn, lag auf ihm, riß ihm die Knöpfe von der Uniform, riß ihm die zerrissene Uniform in Fetzen. Und waren doch nur ein Junge und ein Mädchen, die schrien, die brüllten, die fesselten, die ihm die Hände an die Füße banden.

Reinhold lachte, weil er Menschen sah, Menschen hörte, Sprache, Worte, russische Worte, lachte, konnte nicht aufhören. Hitlerist, schrien sie, Hitlerist, verstand er.

Der Junge hielt eine Zaunlatte im Anschlag. Das Mädchen schrie, bis Reinhold aufhörte zu lachen, bis er zurückschrie: Ich bin kein Hitlerist! Ich bin weggelaufen, desertiert, untergetaucht, halb tot vor Wald, halb verrückt vor Schnee!

Das Mädchen und der Junge ließen los, stellten sich vor ihn, sahen auf ihn. Reinhold lag gefesselt vor ihren Füßen.

Aber du bist deutsch, sagte der Junge. Und dann schwiegen sie und sahen auf Reinhold, und der Junge hielt die Zaunlatte weiter im Anschlag.

Als es Morgen wurde, standen sie immer noch, schwiegen, wandten kein Auge von Reinhold. Wind blies trockenen Schnee durchs Fenster.

Und als dann alle drei vor Kälte zitterten, sagte Reinhold: Man kann Feuer im Herd machen, man kann Lumpen vors Fenster hängen. Und dann sagte er: Hier liegt ein schwarzes Buch. Mein Tagebuch. Wenn ihr die deutsche Handschrift lesen könnt, dann lest drin, wer ich bin.

Das Mädchen nahm das Buch, hielt es dem Jungen hin, sie blätterten, lasen, sprachen Russisches miteinander. Der Junge stellte die Zaunlatte ab, nahm dem Mädchen das Buch aus der Hand, las weiter. Sie waren zerlumpt, zerschunden, verwildert.
Ihr habt wohl Schlimmes erlebt, sagte Reinhold.
Wir haben Tote, sagte der Junge. Er steckte Reinholds Buch in den Mantel, band ihm die Füße los, zog ihn hoch, stieß ihn hinaus in den Schnee, stieß ihn vor sich her. Kälte fiel über sie. Zwischen die Häuser wirbelte der Wind. Der Himmel über den weißen Dächern der schwarzgebrannten Häuser hing tief, die Umrisse der Häuser waren verwischt.
Vor einem Haus stand ein Mann. Der Junge sprach mit dem Mann, der Mann sah Reinhold an. Dann machte er die Türe auf. Der Junge stieß Reinhold ins Haus, das Mädchen kam hinterher.

Zwei Alte saßen am Herd. Die Frau erschrak, fuhr hoch, ging ein paar Schritte auf Reinhold zu, lahmte, trug schwer an ihrem Gewicht, war in Tücher und Pelzzeug gewickelt. Der Mann sah nicht hoch, sah auf den Lehmboden, riß sich ein Haar aus dem Bart. Der, der vor der Tür gestanden hatte, war ins Haus gekommen.
Der Junge sprach russisch, viel und schnell, zog Reinholds Buch aus dem Mantel, zeigte es herum. Der Alte am Herd saß still, horchte mit behaarten Ohren, streckte die Hand nach Reinholds Buch aus, las. Gab Reinhold das Buch zurück und sah wieder auf den Lehmboden, riß sich ein Haar aus dem Bart und noch eines.
Gott hilft den Juden, sagte die Alte.
Ich heiße Asriel, sagte der Junge und band Reinhold die Hände auf.

Trink eine Tasse, das wärmt bis ans Herz, sagte die Alte und goß Tee ein.
Meine Schwester Golda, sagte der Junge. Das Mädchen war an der Türe stehngeblieben und sah Reinhold nicht an.
Gott hilft den Juden, sagte die Alte und schnitt Zwiebeln von Ketten, die an der Decke hingen. Es wird Zwiebelfladen geben, sagte sie.
Sie ist lahm, flüsterte Asriel, die Brüder haben sie auf dem Rücken getragen. Asriel sprach deutsch, aber die Zunge stand schwer zwischen den Buchstaben und die Worte an anderer Stelle im Satz.
Seid ihr denn deutsch, fragte Reinhold.
Nein, aber wir sprechen das Deutsche auch. Wir sind alle aus den deutschen Kirchdörfern bei Odessa, wir sind aus Karlsruhe, wir überleben, sagte Asriel.
Der vor der Tür gestanden hatte, stand jetzt am Fenster, kratzte ein Loch in die Eisschicht auf der Scheibe, das Loch wuchs wieder zu.
Ist das dein Vater, fragte Reinhold.
Der Alte am Herd sah auf den Lehmboden, der Mann am Fenster kratzte ein neues Loch ins Eis, die Alte buk die Fladen.
Sie hielten sich für tot, als sie in den Wäldern irrten, als wir auf sie trafen, hielten sich diese drei für tot, es ist Verwandtschaft nicht und nicht Bekanntschaft, wir haben sie getroffen im Wald, flüsterte Asriel.
Die Wärme des Herdfeuers zog durch den Raum, das Eis am Fenster schmolz. Alle setzten sich um den Herd, nur das Mädchen blieb an der Tür.
Du teuer Kind, rief die Alte, komm und iß!
Das Mädchen blieb an der Tür. Da fragte der Alte: In welchem Zusammenhang steht das Grab mit dem Mutterschoß? Und als das Mädchen die Antwort nicht

wußte, antwortete er: Wie der Mutterschoß aufnimmt und zurückgibt, ebenso nimmt auch das Grab auf und gibt zurück. Wenn aber der Mutterschoß, welcher in Freuden aufnimmt, unter Leid und Wehgeklag zurückgibt, um wieviel mehr soll das Grab nicht, welches unter Wehgeklag aufnimmt, unter Jubel zurückgeben?
Und dann aßen sie die Zwiebelfladen, die die Alte gebacken hatte.
Es hatte aufgehört zu schneien. Es war dunkel geworden.
Wir brauchen kein Kerzenlicht, sagte die Alte. Gottes Sterne leuchten weiter als sonst. Gott hilft den Juden.
Der Alte am Herd war eingeschlafen, Asriel sah Reinhold an. Dann schlief auch er, alle schliefen, nur das Mädchen nicht. Unbeweglich, unansprechbar stand es, fort von den anderen, die um den Herd lagen.

In der Nacht wurde Reinhold wach, weil er Weinen hörte. Da kroch er zu dem Mädchen hin. Er hockte sich neben sie. Sie sah ihn nicht an. Er faßte nach ihren Händen, die waren kalt. Er schob ihre Hände unter seine Achseln. Erzähl, sagte er. Erzählen, das heißt die Schwelle überschreiten, das heißt die Furcht überwinden. Erzähl, sagte er.
Von Anfang, fragte das Mädchen.
Von Anfang, sagte Reinhold.
Geboren in Karlsruhe bei Odessa, sagte sie, und dann weinte sie wieder.
Erzähl, sagte Reinhold.
Frag, sagte sie.
Von Karlsruhe, flüsterte Reinhold, erzähl von Karlsruhe!
Ich gedenke, daß es in Karlsruhe waren bis zehn jüdische Familien, und es war ein schönes Dorf mit drei-

tausend Höfen, das gedenke ich, flüsterte das Mädchen.
Erzähl, erzähl, flüsterte Reinhold.
Wir sind aber gewesen in der sowjetischen Zeit, verstehst du, flüsterte sie, und darum wir haben nicht bekommen jüdische Erziehung. Aber ich gedenke noch den Vater, wenn er hat gebetet am Feiertag, und die Mutter gedenke ich dann mit dem Tuch überm Kopf.
Das Mädchen fing wieder zu weinen an.
Du mußt erzählen, flüsterte Reinhold. Wenn du eine Geschichte erzählst, wird sie besser, als sie ist.
Sie sind des Todes gestorben, verstehst du, die Eltern, das hat mir die Seele zerschlitzt, und die Schmerzen, die davon rühren, schlafen nicht.
Ist dein Bruder Asriel jünger als du?
Zwei Jahre Unterschied. Ich gedenke noch, wie er geboren war.
Beide sahen zu Asriel, der lag am Herd und schlief.
Wir hätten gebraucht wenig zum Tod, flüsterte das Mädchen, aber wir hatten nicht genug.
Erzähl, flüsterte Reinhold, als sie wieder weinen wollte.
Ich habe gehabt noch einen Bruder mehr, und der ist gestorben, weil die Eltern Juden waren. Und keine Hilfe ist gewesen.
Erzähl von dem Bruder, flüsterte Reinhold. Sie saßen im Dunkel nebeneinander, sahen einander nicht an.
Ich erzähl, sagte das Mädchen. Man hat die Eltern gesetzt in ein Gefängnis in Odessa. Wir Kinder haben uns versteckt, haben Kleider getauscht gegen ein Stückchen Brot, und der Bruder meiner, zwölf Jahre war er alt, hat gefunden ein Loch und ist achtmal durch die Gefängnismauer und hat gebracht Essen für die Eltern. Und dann hat er Typhus bekommen. Aber es waren schon

die Rumäner gekommen und auch Deutsche, und zu den Juden hat man nicht mehr gelassen einen Arzt. Als die Eltern aus dem Gefängnis waren, da war der Bruder schon totgestorben. Männer sind gekommen, haben ihn weggelegt auf einen Schlitten, eingewickelt in eine Decke, und haben das geführt zu einem Friedhof, und wo sie haben das begraben, weiß ich nicht, weil kein Jude hat nicht gehabt kein Recht auf das.
Erzähl, flüsterte Reinhold, wenn du erzählst, kannst du nicht weinen.
Von Karlsruhe, fragte sie.
Von Karlsruhe, sagte er.
Gut, sagte sie, ich erzähl. Ein sehr schöner Platz, mit viel sehr guten Menschen. Im Dorf haben sie alle die deutsche Sprache gesprochen, die Juden wie die Christen auch, deutsche Sprache und russische Sprache. Aber ist da so ein Bursch gewesen, Johann hat er geheißen, und ist gewesen größer als ich, der hat mich immer geschlagen. Und ich habe die Eltern gefragt: warum? Haben die Eltern gesagt: Du bist eine Jüdin. Und ich habe gefragt: Was heißt, eine Jüdin. Und die Eltern haben geantwortet, wir beten zu Hause, und alle anderen gehn beten zur Kirche. Aber ich gehe doch auch zur Kirche, hab ich den Eltern gesagt, denn ich bin immer mitgegangen mit den Mädchen von meiner Schule und habe mich ins heilige Wasser getaucht und habe mich bekreuzt und habe mich richtig bekreuzt, alle fünf Finger, zuerst die rechte Seite und dann die linke Seite. Und mehr als einmal habe ich danach den Christenherrn gesehn als Leuchter über dem Altar. Und ich habe mit den andern Kindern in einer Reihe gesessen, und der Pater hat mir den Kopf gestreichelt. Der Pater hat mir immer den Kopf gestreichelt, und ich habe mich gefühlt in der Kirche so gleich wie alle, verstehst du? Ich

gedenke noch, wenn am Feiertag waren alle Wege gestreut mit Blumenköpfen, waren die Mädchen so schön angezogen, hatten die Burschen Kerzen in der Hand, und ich habe sehr gewollt auch eine von allen sein.
Erzähl, flüsterte Reinhold und wickelte die Decken fester um sie.
Ja, sagte sie, ich erzähl dir, was ich gedenke. Es war das Hungerjahr 33. Der Vater war Mechaniker von Dreschmaschinen und Lokomotiven. Bis da war die Zeit nicht schlecht gewesen, aber dann hat sich angefangen nach dem Tod von Lenin Stalin, und es kamen die Fanaten, und mit ihnen kam der Hunger. Alles Leichte war verschwunden, und das Schwere war sehr schwer geworden. Die Stalinisten hatten aus Knechten Arbeiter gemacht, und der Kolchos hatte weggenommen allen Menschen alles und hat verbrannt die Höfe. Große Kapuzen mit Stroh hat man gemacht und angezündet, bis ein schreckliches Feuer war in Karlsruhe, was hat gebrannt und hat gebrannt. Uns hat man genommen alles bis auf die nackte Wand. Der Vater hatte keine Stelle mehr, und die Mutter hat gearbeitet hier und da für ein Stückchen Brot, für ein bißchen Suppe.
Willst du dich ausruhn, fragte Reinhold.
Nein, ich erzähl, flüsterte das Mädchen. Du kannst Golda zu mir sagen, flüsterte sie.
Ich will dir erzählen von jenem, der Johann hat geheißen, von dem ich gefühlt hab, noch eine Sekunde, und er nimmt mich beim Hals und erwürgt mich, solche Augen hat der auf mich gehabt. Und eh sich angefangen hat der Krieg, bin ich rausgefahren von Karlsruhe nach Speyer zu der Tante. Hab ich den Johann noch gesehn, da hat er mir sein Messer blitzen lassen. Und dann war ich bei der Tante, und der Krieg war da. Die Tante war mir wie eine Mutter, und die war nicht eine Jüdin, und

sie hat gesagt: Golda, du mußt nach Hause, auch keine Sekunde sollst du nicht bleiben länger in Speyer, du mußt zu deinen Eltern, was mit allen wird sein, wird sein mit dir! Ich habe es nicht verstanden, warum: Auf der Straße ist man froh gewesen, hat man gelacht und gesungen, hat man Hoch gerufen, daß Deutschland ist eingefallen in Deutschland. Speyer und Karlsruhe und all die anderen Orte waren von Deutschland bezahlt, alle Gebäude, die Schule und das Krankenhaus und das Armenhaus. Deutsche waren seit einer Woche gekommen als Erlöser vom Sowjet, und man hatte sie empfangen mit Brot und Salz.

Sei ruhig, hat die Tante gesagt, sitz in der Wohnung, geh nicht hinaus! Und dann hat sie mir einen jungen Bursch gebracht, der hat vom Kolchos zwei Pferde genommen und einen kleinen Wagen und hat mich reingesetzt in den Wagen, und die Tante hat mich geküßt und umarmt und gesagt, ihr sollt leben, ihr sollt leben! Und der junge Bursch hat mich nach Hause gefahren.

Wie ich aber kam nach Hause, da waren die Eltern schon im Gefängnis, da waren die Brüder nur beide. Das waren die ersten Tage, als man hat die Juden zusammengenommen. Und als die Eltern sind wiedergekommen, war er tot, der Bruder. Verstehst du das, flüsterte Golda und weinte wieder. Aber ich erzähl, sagte sie, und am Ende erzähl ich alles gut.

In einer Nacht hat man uns gerufen, das war schon Winterzeit, da war schon kalt. Hat man gerufen: alle Juden, alle Juden! Und der Vater, weil er einmal war in der Zararmee, hatte er dort gelernt Schuhe zu nähen für die Offiziere, hat er sein Handwerkzeug eingepackt und gedacht, er könnte tun sein Handwerk überall. Haben die Eltern genommen einen Schlitten und Essen, und hat man uns rausgeführt. Wo geht das hin, wo geht das hin, hat man sich gefragt. Rumänische Soldaten sind das gewesen, und deutsche Soldaten sind das gewesen, und wir sind alle Juden gewesen, und man hat uns getrieben über die Äcker. Man hat uns getrieben in ein Dorf und dort reingesteckt in die Häuser. Es waren keine Juden dort, dort waren die Ukrainer. Wir sind zu einer Frau gekommen. Der Mann der Frau war Kommunist, ein Vorsitzer von einem Kolchos. Der war weggegangen in den Wald. Alle Kommunisten waren weggegangen in den Wald, alle haben Angst gehabt vor den Deutschen. Und bald waren nur noch die Kinder geblieben und die Alten. Alte Menschen und Kinder. Alle haben gebetet, alle. Und die Frau, sie soll leben! hat uns gegeben Essen und Trinken.

Und dann hat es wieder durch die Nacht geschrien: Alle Juden, alle Juden! Und wir sind alle, alle raus. Es waren wohl zweitausend Menschen. Keines hat sich versteckt. Wo versteckt? Deutsche und Rumäner haben gesagt: Die Russen, wo verstecken die Juden, werden umgebracht. Verstehst du? Zwar es hatte sich herumerzählt, die Deutschen bringen die Juden um, aber niemand hat nicht geglaubt. Du weißt, jeder Mensch meint, das wird vor mir vorbeigehn, das wird mich nicht treffen. Aber es hat getroffen.

Sei still, sagte sie, als Reinhold reden wollte, still, ich erzähl! Es war ein langer Weg, um zehn Uhr Nacht gingen wir hinaus, um vier Uhr Morgen kamen wir an. Man hat gefühlt, daß etwas Schlimmes kommt, aber man hat sich gesagt, es wird sein ein Lager. Mancher hat etwas wissen wollen von einem Lager, was heißt »Der neue Weg«. Und die Rumäner und die Deutschen, waren es vielleicht zehn, fünfzehn, nicht mehr Soldaten sind das gewesen, sie waren betrunken. Witze, Lachen war da gewesen, Fröhlichsein. Was geht vor, was geht

vor, hat man sich gefragt, und gefühlt hat man, daß es näherkommt, das Schlimme.
Da war dann eine Grube, eine ausgegrabene, lange. Haben sie gesagt: Hinstellen mit dem Gesicht nach voraus! Und hat man gehört Lachen und Gespräch, rumänisches und deutsches. Die Eltern haben nicht verstanden, was geht vor. Mein Vater hat noch gesagt: Ich kann deutsch. Man wird mich nicht anrühren. Er hat verstanden, daß es geht gegen den Kommunismus. Ich bin doch kein Kommunist, hat er gerufen. Ich kann doch deutsch, hat er gerufen.
Hat sich hinter uns angefangen Schießerei. Es war der Vater, die Mutter, der Bruder, sind wir gestanden so. Ich war in Schock, in Schock betet man nicht. Aber ich hab gefühlt: Alle sind wir hier zu zweitausend zurückgegangen zu Gott, alle! Ich bin keine Orthodoxin, aber ich bin gegangen im Herzen.
Die Schüsse sind gekommen näher, sind gewesen da. Ich hör den Bruder, der sagt: Golda, fall, Golda, fall! Hab ich nicht verstanden, was. Fall! sagt der und zieht mich bei der Hand. Und ich, ich seh, der Vater ist gefallen, die Mutter ist gefallen, bin ich auch gefallen.
Und dann hat sich alles beruhigt mit Gelächter. Keine Schießerei mehr. Seh ich Blut, will ich schreien. Schweig, red kein Wort, red kein Wort! sagt der Bruder. Ich hab nicht verstanden, was. Hab ich angeprüft die Mutter, den Vater. Man hat gehört ihr letztes Herz, man ist blutig geworden von den Eltern, man hat es rauspochen gefühlt, man hat das Blut von den Eltern gerochen und geschmeckt, man hat gefühlt, es klebt. Die Elternfüße sind schon kalt gewesen. Nichts tun, sagt der Bruder, schweig! Wir sind gelegen bei den Eltern, wir haben uns nicht bewegt. Ein Schweigen, die Welt weiß nicht.

Es kann sein, man ist gelegen eine Stunde, es kann sein zwei. Man hat gewartet, bis kein Lachen mehr, bis keine Stimme mehr. Es war schon Dämmerung. Wir gehen über die Leichen, sagt der Bruder. Und er hat genommen aus des Vaters Hand einen kleinen Kasten von Eisen, und so sind wir raus, hinauf aus der Grube, in den Wald.

Und noch mehr Menschen sind da gekommen, andere Juden, mehr als fünfzig sind es gewesen. Aber die Alten hatten keine Kraft mehr, und wir Jungen sind gegangen immerzu. Nachts gegangen und tags versteckt. Und es war Schnee und kalt. Wir haben gehabt den kleinen Eisenkasten aus des Vaters Hand. Es gab dort einen Apfel, ein paar Stück Brot und einen Becher. Man hat auf dem Feld gefunden Kartoffeln, aus dem Schnee gegraben hat man sie, Karotten und rote Rüben, was man nicht geerntet hat im Sommer, und nachts hat man gesessen im Wald und hat das abgekocht. Man ist in die verlassenen Dörfer und hat hier gefunden Mehl und dort Hirse, und tags ist man weiter und weiter fort von der Grube. Das ist das ganze Gedenknis, sagte Golda, ich hab erzählt, sagte sie.

Und als Reinhold nichts sagte, sagte sie: Ich hab dein Tagebuch doch gelesen.

Da hielt er sich an ihr fest, und da hielt sie ihn. Wir halten uns am Leben, flüsterte sie. Ängstige nicht! es war eine andere Grube, flüsterte sie, es war ein anderer Wald, es war eine andere Zeit. Sag deinen Namen, flüsterte sie.

Und er sagte ihn ihr, und sie lachte, und da lachten sie.

Und sie sprach seinen Namen nach mit ihrer langsamen Zunge, und sie lachten über den Namen.

Und die drei Alten, fragte Reinhold.

Es ist der Kantor mit seiner Schwester und dem Bruder.

Sie stammen aus Josephstal, sie waren an keiner Grube nicht, an dieser und auch nicht an keiner anderen. Sie haben zu Haus ihr Hab und Gut vergraben und sind entflohen in den Wald. Sie waren versteckt in ein Dorf, und die Brüder waren hinausgegangen, und die Schwester war allein im Haus. Da ist gekommen eine russische Patrouille, da hört sie Worte von einem Kommandierer, ein Ruß, sagt der: Warum nur die Deutschen können das machen? Kann ich das auch! Ich will alle Juden schießen, die ich finde, hier in meinem Land. Und so hat man ihr durchgeschossen den Fuß und hat man sie reingeschmissen in einen Stall. Dort ist sie gelegen und hat gezittert und hat die Russen gehört, wie die sich betrunken und sie vergessen haben. Drei Tage und drei Nächte ist sie dort gelegen, bis die Russen fort sind vom Dorf. Aber der Fuß war in einem Stiefel, und es war viel Grad unter Null, da ist das Blut verfroren in dem Stiefel, und das hat sie gerettet, das hat gemacht eine Bandage. Die Brüder sind gekommen halbtot aus dem Wald heraus, hatten mitansehen müssen alles aus der Ferne. Dann sind sie weitergegangen, tiefer in den Wald. Und die Brüder haben die Schwester abwechselnd auf dem Rücken getragen, und dann sind wir auf sie getroffen. Wir sind schon lange Tage zusammen jetzt, aber bis heute leidet sie Schmerz, die Frau, und der Fuß ist kürzer, und immer wieder geht die Wunde auf und stechen kleine Beinchen raus. Aber sie hat niemand nichts gesagt davon, niemals nicht. Ich weiß es von den Brüdern.
Ich hab erzählt, sagte Golda, wird jetzt alles gut?

Es war Morgen, Reinhold schlief, jemand zog an seiner Nase: Du hast ja ein Menschengesicht! Golda saß neben ihm mit der Decke überm Kopf. Sie ließ ihn ihr Gesicht suchen. Ich bin frech, sagte sie.

Reinhold wollte lachen, aber Golda lachte nicht.
Der Kantor saß am Herd, die Hände auf einem Buch.
Der Bruder des Kantors zündete Kerzen an.
Gott hilft den Juden, sagte die Schwester und zog sich in eine Ecke zurück und legte das Schultertuch über den Kopf.
Komm, mein Kaddisch, rief der Kantor, und Asriel, der noch geschlafen hatte, taumelte hoch und stellte sich zu den Männern.
Was machen sie, fragte Reinhold.
Sie haben die Totenlichter angezündet, flüsterte Golda.
Asriel und die beiden Männer fingen an, sich hin und her zu wiegen.
Was machen sie, fragte Reinhold.
Sie schütten die offenen Gräber zu, flüsterte Golda. Engel, jetzt kommt der Engel, flüsterte sie, ich spür es, meine Seele dehnt.
Der Kantor fing zu sprechen an.
Wie spricht er, fragte Reinhold.
Er spricht die heilige Sprache, flüsterte Golda.
Asriel und die beiden Männer hatten die Augen geschlossen, wiegten sich hin und her.
Was spricht er, fragte Reinhold.
Er führt uns in das Land Israel, flüsterte Golda.
Der Kantor hob das Buch und las.
Was liest er, fragte Reinhold.
Er liest: Sage den Kindern Israel, ich bin der Herr, ich will euch retten von dem Frondienst der Ägypter und will euch erlösen mit ausgestrecktem Arm, und durch gewaltige Gerichte will ich Recht schaffen. Ich will euch in das Land bringen, das ich Avraham, Jizchak und Jakoob versprochen habe, und ich will es euch zu eigen geben. Ich sage es, der Herr! flüsterte Golda.

Der Kantor zog ein Säckchen aus der Tasche und hielt es hoch.
Was ist das, fragte Reinhold.
Es ist ein Säckchen, was enthält weißen Sand aus dem Land Israel, flüsterte Golda.
Der Kantor ließ das Buch sinken, sah durchs Fenster hinaus in den Schnee und sprach weiter.
Er spricht: Moses führt sein Volk durch die Wüste Sur, flüsterte Golda. Der Kantor sieht die Leviten mit der Lade durch die Wüste ziehn, vor sich die Feuersäule, hinter sich die Wolke, flüsterte sie und rückte zu Reinhold. Er singt den Gesang vom Schilfmeer, flüsterte sie und sang mit.
Die Stimme des Kantors erhob sich. Vorm Fenster stürmte der Schnee, Schneewehen, Schneeberge. Schneesturm türmte mit Schnee das Fenster zu.
Juden, rettet euch, Juhuden, schrie es plötzlich aus der Alten auf.
Ich fürchte nichts, nur Gott, schrie der Bruder des Kantors.
Asriel wiegte sich schneller hin und her, aber sah doch auf Golda, ließ sie nicht aus den Augen.
Vertraut, wie Hiob der Heilige, auf euren Herrn, den Aufseher dieser Welt, sprach der Kantor ruhig, vertraut und wisset: Selbst wenn alle Juden und alle Thorarollen verbrennen, so wird das Fleisch brennen und die Knochen werden brennen und das Pergament, aber die Buchstaben, sie werden den Bränden davonfliegen.
Und dann aßen sie. Die Alte hatte Teigsuppe gekocht. Wenn Gott uns am Leben läßt, sagte sie, werden wir morgen noch davon essen.

Es hatte aufgehört zu schneien, die Sonne schien. Reinhold, Golda und Asriel liefen über den Schnee, sanken

ein, lachten, tobten, bauten einen Schneemann. Als die Sonne fahl wurde, kam ein neuer Sturm auf.
Bald wird es dunkel, dann ist Schabbat. Mamme zündet die Kerzen an, Tate betet, wir essen Fleisch und Fisch, sagte Asriel.

Als sie ins Haus kamen, verteilte die Alte getrocknetes Obst, zwei Stück für jeden: Schabbes-oibs, sagte sie, Gott hilft den Juden, sagte sie und zündete zwei Kerzen an.
Mit der Nacht kam eine Kälte, die trotz des Herdfeuers die Lippen der Alten blau machte, und ein Wind kam, der die Kerzenlichter bei geschlossenen Türen und Fenstern ausblies.
Der Sturm geht über die Gräber von Rußland, flüsterte die Alte. In solchen Nächten kannst du den Gewesenen und den Zukünftigen begegnen. Zwölf Monate bleibt der Körper der Verstorbenen erhalten, so lange steigt die Seele auf und nieder. Und die Ungeborenen gehn siebzig Jahre mit Sturmschritten über diese Welt, ehe sie sich das Herz formen und fassen und in sie eintauchen.
Gott schwimmt, rief der Bruder des Kantors. Gott schwimmt in unserm Blut, in seinem Blute schwimmt er, denn unser Blut ist sein Blut!
Jetzt sind alle Engel los, flüsterte Asriel und lachte und zog doch seine Schwester an sich und rückte doch zu Reinhold hin.
Der Todesengel, wimmerte die Alte, der Todesengel steht vor der Tür.
Es ist der Engel Metatron, sagte der Kantor, er bewacht dieses Haus.
Sie saßen und horchten auf den Sturm. Ab und zu legte einer Holz nach. Dann schliefen sie, lagen so dicht am

Herd, daß die eine Seite ihnen brannte und die andere trotzdem fror.

Reinhold wachte, sah ins Herdfeuer, horchte auf den Sturm. Er lehnte sich an die warme Wand neben dem Herd, zog sein Buch aus der Tasche und las:
Heute nacht sah ich Gesichter am Fenster, Teufelgesichter, Engelfratzen, und meinte, es geschähe mir wieder ein Traum im Schlaf. Nun sitze ich und schreibe auf, damit ich nicht liegen muß und sehen, wie Himmel und Hölle vor meinem Fenster ihr Mysterienspiel treiben. Aber vielleicht endet es so, das Leben.
Aber es war kein Schlaf, schrieb er mit eisharten Fingern, aber vielleicht ein Traum? Vielleicht der Traum eines Traums, der vielleicht Golda heißt. Ich überlasse mich diesem Traum, ich lasse ihn geschehen. Es hat nämlich in jener Nacht, die jetzt bald zwei Nächte her ist, eine Zeit aufgehört, aber nicht das Leben.
In der Sturmnacht an den Vater!
Ich bin jetzt in einer anderen Welt, Vater, und ich staune, daß es so andere Welt auf dieser Welt geben kann und daß die verzweifeltsten Menschen so verzweifelt ihren Glauben anspannen, um Gottes furchtbare Wege zu verstehen.
Nicht einmal die Sünde, sagt mir der Weise, neben dem ich hier sein darf, kann sich ganz von ihrem göttlichen Ursprung lösen, denn ich habe ihn nach der Sünde gefragt, die im Namen von dir und mir und allen Deutschen hier geschieht. Und für den Weisen, Vater, und für alle hier, die mit mir sind, bewegt sich die Erde ja noch, unter der ihre Toten liegen, für sie atmen sie noch, und die Erde ist leichter als dieser Atem, die hebt sich über dem Atem derer, die dort immer weiter und ohne Ende sterben, für die, die hier überleben. Vater,

was weißt du davon? Nicht einmal die Sünde kann sich ganz von ihrem göttlichen Ursprung lösen, sagt aber der weise Alte. Reinigung durch Leid, muß ich mich also fragen. Die einen kriegen von Gott die Sünde, damit sie sie begehn und damit die anderen, denen sie zugefügt wird, sich durch Leid von der ihren reinigen können. Und die Kinder Gottes kriegens aus Gnade besonders dicke.
Vater, Vater! Deine Uniform und die Stiefel, die standen mir seit Kindesbeinen für Lauterkeit und Anstand. Und jetzt, das Blut, es bleibt mir stehn, wenn ich denke, du, Vater, du Sänger und Helfer, du könntest gewußt haben! Du warst schon früh dabei, Vater, und wenn ich denken muß, du könntest mitgeheckt haben an diesem Plan, der vernichtet ...
Reinhold legte Holz nach. Die Alte schrie vom Traum. Golda wurde wach.
Schlaf, sagte Reinhold, ich wache. Und schrieb weiter: An die Mutter!
Ich habe Holz nachgelegt, ich sehe das Licht im Feuer, ich bin jetzt mitten im Augenblick, Mutter, in meinem Innenraum, in der Mitte meines Innen.
Laß dir von den Juden erzählen, Mutter, laß dir erzählen, wie sie Gott singen hören und wie sie Gott singen, laß dir von dem Gottesmann hier erzählen, wie der singt und spricht und den Weg weist und alle ihm hintennachgehen, wie sie ihm folgen durch ihre eigenen Weiten, wie die Kinder Israel Moses durch die Wüste folgten. Und, Mutter, sie sahen die Wüste, sahen die Leviten durch die Wüste ziehn. Und als der Gottesmann den Gesang vom Schilfmeer sprach, rafften sie da nicht die Säume ihrer schweren Mäntel, daß die rechts und links sich bäumenden Wellen sie nicht nässen – die rechts und links sich bäumenden Welten, Mutter, hätte

ich eben eher schreiben mögen, denn daß eine Welt aufhört, aber nicht das Leben, sondern daß es in eine andere Welt geht, das habe ich schon erfahren, und daß sich um dich und mich und jeden die anderen Welten, die Anders-Welten, nur so türmen, das erfahre ich hier und jetzt.
Und also laß dir weitererzählen: Sie wanderten durch die Wüste und rund um den Berg Sinai. Und als der Gottesmann den Segen sprach, sahen sie wahrhaftig ihren Herrn herabsteigen.
Mutter, ich bin jetzt hier und möchte dir einen Engel schicken.

Asriel hatte sich im Schlaf von Golda fortgedreht, und Golda hatte sich im Schlaf zu Reinhold hingedreht. Die Alten schliefen laut, die Jungen leise.
Ich bin der Nachtwächter, schrieb Reinhold in sein Buch, ich kann nicht schlafen. Asriel hat gesagt, jetzt seien alle Engel los. Ich kann das glauben, denn erstens liegt neben mir, zu meinen Füßen gewissermaßen, ein schlafendes Cherubgesicht, was dem Mädchen mit dem schwarzen Haar gehört – Golda heißt es, und das Haar reicht ihm bis zur Taille, es hat es schon zweimal geöffnet und gekämmt und wieder zu Zöpfen geflochten, seit wir hier zusammengerückt sind –, und zweitens hör ich Rauschen in der Luft, und drittens hört sich die Luft so an, als flöge sie. Da sind wohl Flügel unterwegs.
Der Drehorgelbauer vom Schwarzwald kommt mir in den Sinn, hatte der uns nicht von Engeln gesprochen, Mechthild, Utz, Gummi und mir? Hatte der nicht gesagt, bei den Engeln seien Musik und Tanz eins, so daß der Tanz seine Musik mitbringt?
Mechthild, da fällst du mir ein! Mechthild, wenn du wüßtest, Mädchen!

Als Reinhold den Kantor am Morgen nach den Engeln fragte und nach der Engel Ton, sprach der: Engelbrüder sind lichterloh, und dies hat seinen Ton, und ihre Flügel fliegen, und das tönt. Der Todesengel aber fliegt laut und dicht und wird so von manchem gehört.
Und gestern in der Nacht, fragte Reinhold.
Alle Nächte fliegt der Todesengel durch die Gottesferne, seit der Unheilige regiert, seit jener Zauberei treibt und den lebendigen Leib der Kinder Israel fordert für sein Ritual. Der Engel fliegt ohne Unterlaß. Weh über jenen und weh seiner Seele, denn diese weint.

Reinhold hatte das tägliche Schreiben wieder aufgenommen: Als ob ich nach langem Fasten wieder essen würde, schmecke ich vorsichtig aus jedem Wort die Färbungen heraus und schreibe es erst, wenn ich sie ganz und gar zu Ende gekostet, ausgekostet habe, nieder.
Die Worte, die der Alte sprach, sprach er so sehr, daß es über mich kam: Der Führer, ein schwarzer Zauberer! Hanno, mein Freund, was sagst du dazu?
Es ist viel, was ich zu denken habe. Und neben mir das Kind, das immer schaut, mit weiten Augen so geöffnet, das spricht, es sähe die Toten, die ruhten nicht, die stiegen aus der Grube, marschierten auf es zu, marschierten über seine Seele. Es sagt es so, und der schöne Kindermund geht davon entzwei.
Aber als sie sagte, für Asriel sei sie am Leben geblieben, für ihn nur, doch für sich sei sie seit damals tot, da weinte ich. Sie weinte, und ich weinte. Aber Tote weinen nicht. Und sie, sie suchte meine Blicke. Und da verlor ich mich in ihren, verlor mich in meinen nach ihr.
Die Alten schliefen tief, und Asriel hatte Träume.

Wie konnte das geschehen, fragte ich.
Wir leben, sagte sie.

Jedes Stück Luft zwischen uns ist seit jener Nacht voller Erwartung und Not, schrieb Reinhold in sein Buch, als Golda in einer der folgenden Nächte bei Asriel schlief.
Er hat die Bilder von Vater und Mutter, hatte sie gesagt und war fort von Reinhold zu dem Bruder hinüber. Ich werde jetzt bei ihm sein, hatte sie gesagt und war bei ihm geblieben.
Und Reinhold schrieb: Wir sagen uns alles in diesen Nächten, sie weiß alles von mir. Ich habe von Elsa gesprochen, und auch, daß ich gedacht hatte, viel zu verbrannt zu sein von dem Gedanken an sie. Aber jetzt: Wie ein Schüttelfrost schüttelts mich nach ihr, die Golda heißt. Doch kein Weg führt über Jordan und Rhein hinüber, die zwischen uns fließen: Ich glaube ihren Glauben nicht. Und selbst wenn ich ihn glaubte, bin ich hier von falscher Geburt.

Stört die Liebe nicht und weckt sie nicht auf, bis es ihr selber gefällt, sprach der Kantor.
Erde kam unterm Schnee hervor, Moos wurde auf den Dächern grün.
Wir leben noch, sagte die Alte, Gott hilft den Juden.
Knospen, Vögel, Sonnenschein, milder Regen. In den Pfützen lag der Himmel.
Man kann im Frühling die Sterne hören, sie klingen, sagte Golda.
Und mir fallen nur die deutschen Lieder ein, sagte Reinhold, ich muß sie aber singen.
Und Golda lachte und fand die Lieder schön.

Und hier beginnt ein Morgenlandmärchen, oder wir sind schon mittendrin, schrieb Reinhold in sein Buch: Eingeleitet von deutschem Gesang, haben zwei sich gefunden, zwei sich vereint.
Der Wald ist ein Sterbedom, sagte der Prinz.
Der Wald ist eine Hochzeitskirche, und wir lassen uns trauen, sagte die Prinzessin.
Der Wald wuchs in diesem Frühling auf und verwuchs sich, und die beiden fanden ihr Frühlingsversteck. Gesicht im Gras, nichts außer ihrem Gesicht und dem Gras, allein unter den Bäumen und dem Himmel!
Wenn zwei zusammen sind, kann ihnen die Zeit doch nicht vergehn, wenn zwei zusammen sind, kann ihnen der Tod doch nicht geschehn!
Und doch stieg der Mond und schrieb Botschaften auf die Erde, Zeichen, die nur Liebende lesen können. Und die lasen, es sei Zeit, und gingen fort von sich zurück zu den anderen.

Im Haus las der Kantor aus der Schöpfungsgeschichte: Seid fruchtbar und mehret euch und füllet die Erde.
Dann hatte Reinhold noch einen Kampf mit Asriel zu überstehen, der ihn hauen und boxen mußte, gegen den er sich nicht wehren wollte.
Gut, gut, mögen sie sich vermehren, sagte die Alte und setzte Suppe auf. Und der Bruder des Kantors ahmte mit zusammengepreßten Lippen Querpfeife, Zimbel und Dudelsack nach.
Zündet die Totenlichter an, sagte der Kantor, denn sie sind gekommen und wollen mit uns feiern. Denn alle, die je zu euch gehört haben, auch jene, die schon weit davongewandert sind, die diese Welt schon längst verlassen haben, sind da und sitzen hier mit uns und schmecken den Geruch, der aus der Suppe aufsteigt.

Und darum haben wir in unserer jüdischen Sprache nur ein Wort für Schmecken und Riechen, sagte er zu Reinhold, darum, weil wir an unsere Toten denken. Nun mußt auch du an deine Toten denken, denn nun bist du einer von uns.
Mein teuer Kind, rief die Alte und wollte Golda nicht loslassen.
Narrischkeiten, sagte der Kantor und zog Golda weg von der Alten und schob Reinhold und Golda vor die Tür und vors Dorf und ins Weizenfeld hinein.

Ein einig Wesen sind wir am Abgrundsland, schrieb Reinhold in sein Buch. Und doch, wir leben noch und noch. Die Zeit fällt von uns ab, wir sind im Wald.

Asriel war durch den Wald gelaufen, Asriel hatte baumhohe russische Panzer gesehen, Asriel war hinter den Panzern her bis zu einem Dorf gelaufen, hatte einen in deutscher Uniform auf dem Marktplatz am Galgen gesehen, hatte rote Fahnen gesehen und hatte gehört, die Rote Armee habe den Krieg gewonnen, die Deutschen seien geschlagen auf dem Rückzug, die Front verlaufe schon weit hinter dem Dnjepr. Asriel war durch den Wald zurückgerannt und hatte noch mehr russische Panzer gesehen.
Du bist deutsch, hatte der Kantor zu Reinhold gesagt, du mußt gehn.
Aber Golda, hatte Reinhold gesagt.
Ist jüdisch, muß bleiben.
Aber im Keller ist das Loch, hatte Golda gesagt, und vor der Tür der Wald, da können wir uns verstecken, dann findet ihn kein Russ und auch kein Deutscher nicht.
Wenn du bei ihr bleibst, hatte der Kantor gesagt, kostet dich das ihr Leben.

Es ist Mai geworden im Jahr 44. Ich habe lange nicht geschrieben. Ich war ja mit ihr. Nun klemme ich meinen Kopf zwischen ihre Knie und will mich dort festklemmen. Und dann wieder fühle ich ihr Leben, halte es und verspreche uns Ewigkeit davon.
Wenn der rote Russe die Jüdin mit dem Deutschen findet, dann hat die Jüdin zur jüdischen Sünde dazu auch noch die deutsche begangen, dann wird die Jüdin und ihre Sippe auf deutsche Art vom roten Russen ausradiert. Und also muß der Deutsche gehn.

Ich werde rückwärts gehen, Golda! ich werde dich sehen, Golda!

Laß das Licht aber brennen, sagte Golda in der Nacht.
Aber noch ist nicht morgen, sagte Reinhold, es ist noch heute, sagte er.
Golda stand früh auf, es war kalt und dunkel. Sie zog sich an.
Aber wir haben ja noch das ganze Leben vielleicht noch vor uns, sagte Reinhold.

Wir wissen nicht, was das Leben ist, noch was unser Tod noch was Gott ist, noch was wir selbst sind, sagte der Kantor.
Sei gesund, sei gesund, sagte die Alte.
Du mußt nach Westen gehn, immer nach Westen, sagte der Bruder des Kantors.

Kalt und taub vor Abschied ging ich von Golda.
Gehen, Stehen, Winken, Winken, Gehen, Stehn. Asriel ging ein Stück mit. Dann rannte er davon.
Ich ging nach Westen. Der Wald rauschte. Ich heulte laut.

Und dann fand ich mich schrecklich auf einer Lichtung wieder. Lief da nicht der steinige Pfad, über den sie gekommen waren? Stand hier nicht der Baum, an den sie mich gefesselt hatten? Sickerte da nicht frisches Blut aus der unheilbaren Erde?
Es war vielleicht der Ort, oder es war ein anderer. Viele Gräben ziehn sich durch den Russenwald. Ich gehe nach Westen, ich habe keine Wahl.
An einem Sumpfbach lagen erschossene Russen, zehn,

zwölf. Was machts für einen Sinn, Leichen zu zählen. Sie sahen aus wie von Erde gemacht, Erdkuchen, Sandmänner. Fliegengeschmeiß fraß an ihnen, dicke schwarze Klumpen nagten sie ab.
Aber wie schön der Wald ist! und wie vertraut mir Erde und Luft!
Ach Golda, die Wirklichkeit schwimmt wie eine leichte Blase über die Welt. Soll ich ein Stöckchen nehmen und hineinstechen?

Reinhold ging Tag und Nacht. Der Wald war verbrannt, die Äcker verwüstet, die Dörfer zerstört. Nach zwei Tagen kam er in eine Stadt.
Deutsche Wehrmacht, Artillerie, Pioniere, Nachrichteneinheiten, Jägerbataillone, Pak und Flak, rumänische Kavalleriedivisionen versperrten die Straßen.
Auf was warten die, fragte Reinhold seinen Vordermann.
Auf den Heldentod, sagte der.
Eine Kompanie Greise trabte vorüber.
Das letzte Aufgebot, sagte der Vordermann. Streu abends Asche um dein Bett, dann kannst du morgens schon die Tritte dieser Gespenster sehn. In der Heimat ziehen sie jetzt die Greise vom Totenbett und die Kinder aus der Wiege.
Reinhold schloß sich seinem Vordermann an. Sie schlugen sich zur Meldestelle durch. Er zeigte seine Erkennungsmarke, sagte, er sei bei einem Spähtrupp gewesen, sei versprengt worden, sei in russische Gefangenschaft geraten, in ein Lager verschleppt worden, habe dort lange zwangsarbeiten müssen, habe endlich entfliehen können.
Auf der Meldestelle herrschten Unruhe und Überlastung, Aufregung und Kopflosigkeit waren unter den Soldaten, die sich dort drängten. Niemand hörte hin, was Reinhold sagte, keiner fragte nach.
Zum Fragen ist die Front zu nah, sagte der Vordermann.
Reinhold und der Vordermann wurden einem Auffangbataillon zugeteilt, bekamen Notgepäck, Gewehr und Stahlhelm, Munition und Koppel.

Feldküchen gaben Schnaps und Zigaretten aus. Sonderzuteilungen, das stimmt mißtrauisch, sagte der Vordermann.

Die Trosse verließen die Stadt, zogen westwärts, schwenkten in die Steppe ein. Sturmgeschütze bahnten den Weg, panzerbrechende Waffen fuhren zu beiden Seiten des Heerwurms, rumänische Kavalleriedivisionen schlossen sich an.

So weit mein Auge reicht, nichts als kümmerlicher Graswuchs, Ebene zu Ebene, Staub zu Staub. Ein Riesenheerwurm kriecht über das Ende der Welt.
Wir richten uns für die Nacht ein. Ich grabe mir zusammen mit meinem Vordermann, der Willi heißt, ein Erdloch. Er hat eine kleine Schaufel in seinem Sturmgepäck. Wir graben abwechselnd, wir scharren mit den bloßen Händen. Es heißt, es seien Angriffe zu erwarten in der Nacht.
Ich schreibe beim letzten Licht: Der Sterbewald, die Hochzeitskirche stehn weit von hier. K.O.B. Reinhold Fischer, der mit dem Krieg wahrhaftig am Ende ist, läßt aber seine Gedanken los, die laufen nach Osten, dort liegt der Himmel auf den Bäumen.

Die Nacht war laut, ringsum Brände als Fanal des Rückzugs. Die Kriegsmänner hier sind nicht milder gestimmt ob des verlorenen Spiels, der Befehl lautet: verbrannte Erde. Und sie fackeln ab und schießen um wie eingekreiste Gangster, schrieb Reinhold in sein Buch.
Im Morgengrauen widerfuhr mir in der Angst ein großer Schreck: Kosaken! Rufe, Schreie: Kosaken, Kosaken! Das Grausen, das einen bei diesem Namen befällt,

und das Grauen beim Anblick der riesigen Reiterei am Steppenhorizont! schon mit bloßem Auge zu sehen, schon zu hören! Die Steppe dröhnte unter den Hufen der galoppierenden Pferde, furchtbares Urräh-Gebrüll schwoll in der Luft, Säbel blitzten in der unschuldigen Morgensonne. – Kosaken schneiden einem den Bauch auf und nähen hungrige Katzen hinein, Kosaken binden einen an Pferdeschwänze und galoppieren durch Distelfelder, Kosaken ziehen einem die Haut langsam und in Streifen vom Leib!

In großer Hast bildeten wir einen Feuerriegel, währenddessen wälzten sich die Reitermassen von allen Seiten heran, wir schätzten zwei-, dreitausend Kosaken. Der Befehl brüllte: Nicht schießen! Feuereröffnung erst auf Leit-sMG-Zug!

Unheimliche Spannung stand in der Luft, nahm einem die Luft, zog einem die Beine weg, wußten wir doch alle, daß ein Versagen unserer Waffen brutalste Vernichtung bedeuten würde.

Die Reiter jagten dicht an dicht in mehreren Keilen heran, wir konnten schon Einzelheiten erkennen, die Mützen und die Bärte! Sie schossen vom galoppierenden Pferd, sie schwangen die blitzenden Säbel. Da! als sie noch etwa dreihundert Meter von uns entfernt waren, bellten unsere Maschinengewehre los. Unsere Artillerie, die Infanteriegeschütze, Pak und Flak brüllten auf einen Schlag, die MG-Läufe glühten.

Nach einer Schrecksekunde, in der ich keinen fallen sah, in der ich schrie: Da fällt ja keiner! brachen die vorderen Reihen zusammen, die nachdringende Reitermasse brauste im Galopp und mit Urräh-Geschrei in unsere krepierenden Granaten. Menschen und Tiere flogen durch die Luft, Menschenfetzen mischten sich mit Tierfetzen. Aber die Reiterei kam weiter vom Hori-

zont, kam in Wellen, drängte nach, immer neue Wellen rollten an, liefen über, waren Mann und Pferd, wurden zerrissen.
Die letzten blieben hundert Meter vor uns stehn. Wir aber waren nicht mehr zu halten und griffen die letzten an. Mit Hurra setzten wir über zerfetzte Reiter und Pferde. Die letzten flohen vor uns.
Ein großes tiefes Stöhnen, ein Dunst über der Erde, die Masse aus Mensch und Pferd! Wir zogen Kosakensäbel als Andenken aus der Masse heraus.
Der, dem ich den Säbel nahm, war noch ein ganzer Kerl und schlug die Augen auf, und hatte Hannos Augen und war Hanno, und ich schrie und schrie, bis der Vordermann, der Willi heißt, mich weckte.

Sie zogen tagelang durch die Steppe, abgeschnitten von aller Welt, ohne Verbindung mit anderen Truppenteilen, ohne Verbindung mit der Führung des Trosses.
Sie zogen wochenlang durch Feindesland, Schlachtflugzeuge tauchten auf, Sturzkampfflieger, Jagdbomber griffen im Tiefflug an. Sie marschierten nur noch nachts, tauchten tags im Ried unter, im Mais, in Sonnenblumenfeldern.
Es wurde heiß. Die Verpflegung wurde rationiert, das Benzin wurde knapp. Fahrzeuge wurden am Wegrand stehengelassen, auch die Offiziere gingen jetzt zu Fuß, nur Fahrzeuge für Verwundete wurden noch mitgeführt. Gepäckwagen wurden verbrannt, die überzähligen Pferde erschossen.
Es wurde heißer. Es gab nur noch Wurst aus Dosen, Mais und Krautsuppe. Es gab kein Zigarettenpapier mehr, der Tabak wurde in Sonnenblumenblätter gewikkelt. Viele wurden vom Pappatacifieber gepackt.
Es wurde noch heißer.

Die Hitze macht Platzangst, das Gras verdorrt unter den Füßen, Teufel scheinen hier zu zündeln, schrieb Reinhold in sein Buch. Staubstürme, ich kann oft meinen Nebenmann, den Vordermann, der Willi heißt, nicht mehr erkennen, dann halten wir uns wie kleine Mädchen an den Händen, daß wir uns nicht verlieren.

Auf endloser staubiger Straße zieht eine Kolonne verlauster Nibelungen gen Westen, in die Gesichter hat sich Staub gefressen, an den Gesichtern frißt der Staub. Staub dringt durch Stiefelschäfte und durch Uniformen bis auf die Haut, Staub lastet auf den Bäumen, biegt die Äste, zwingt sie nieder, bis sie brechen. Die Farben sind verblichen, die Vögel sind erstickt, die Nibelungen ziehen weiter.

Marschieren, Marschieren, Stehen bedeutet Aufwachen aus dem Vortod und Fußschmerzen. Meine Füße fangen an zu eitern. Wenn wir aber stehenbleiben, fallen wir um, lassen uns umfallen, bleiben liegen, bis wir wieder aufstehn. Immer wieder tauchen Tiefflieger auf. Wir verkriechen uns, verbringen müßige Tage in Baumwollfeldern. Wir kommen an zahllosen deutschen Soldatengräbern vorüber, ihr Schmuck ist noch nicht verwelkt. Willi, mein Vordermann, fragt: Wer die wohl nach uns jätet?

Die Hitzeschläge schlagen zu. Wir erbrechen vor Hitze. Es sind wohl an die fünfzig Grad. Im Schatten ringen wir nach Luft. Aber manchmal finden wir keinen Schatten. Und gestern stach die Sonne durchs Gras auf das Gesicht, das rechts neben mir lag. Da wurde das Gesicht flach und breit. Da starb der Mann.

Wir können nicht jeden begraben. Es riecht schon süß auf unserem Weg, ein süßer Geruch weht uns schon nach.

Das Land ist so weit und so leer. Keiner hat eine Karte. Die Offiziere sind nicht mehr Offiziere, jeder denkt nur noch an sich. Wir marschieren aufs Geratewohl, wissen nur, daß es schon lange nach Südwesten geht, da von Norden her die russischen Geschütze bellen.
Immer öfter meine ich, es wäre am besten, stehenzubleiben und zu sterben, aber dann schraubt sich der Gedanke Golda, Vater, Mutter durch mein Gemüt und stößt mich weiter.
Willi, mein Vordermann, ist treu an meiner Seite. Er kann Geschichten erzählen, hat manches erlebt und manches gesehen. Gestern lagerten wir an einem Sumpfland, die Frösche quakten um die Wette, an Schlaf war nicht zu denken. Da erzählte Willi mir eine ukrainische Fabel, die die Russen sich als Gleichnis für den geschlagenen Fritzen erzählen. Fritz, so nennt der Iwan unsereinen. Und die Fabel lautet: Ging ein Mann auf die Jagd und erlegte einen Bären, zog dem Fuchs das Fell ab, brachte den Hasen nach Hause, die Mutter schlachtete die Ente und bereitete die Mehlspeise zu, der Mann kostete, sie schmeckte bitter.

An Golda! Ich lebe zu dir hin, auch wenn ich von dir fortgehe, denn der Tod kommt ja mit jedem Schritt näher. Ich lebe zu dir hin, denn du bist meine Frau. Mannundfrausein ist meine Heimat jetzt.
Das wundertätige Wort – ich weiß wohl, daß ihr Juden damit den Gottesnamen meint, aber für mich tut jedes Wort Wunder, rettet, reißt mich aus meiner Menschenhilflosigkeit heraus und läßt mich wirken. Und so kann ich mich zuweilen sogar zu dir hinschreiben, Golda. Und du magst mich in der Luft lesen und lachen.
Ich verkehre übrigens wieder täglich mit meinen Toten, Hanno und Schade halten mir hier die Stange. So

schmelzen die äußeren Verhältnisse dahin, gehen unter im tagtäglichen Staub, und die inneren stellen sich auf neue Weise zusammen. Und in ihrer Mitte stehst du, Golda!

Knöcheltiefer Sand, knietiefer Sand, der Heerwurm wich auf die Felder aus, Hunderttausende zertraten die Ernte. Geplünderte Dörfer, brennende Holzhäuser, jaulende Hunde, Brombeeren, die über die Wege wucherten.

Der graugelbe Tag machts Maul auf, und jetzt folgt ein langes Gähnen, schrieb Reinhold in sein Buch. Man sitzt, man putzt sein Gewehr, man laust sich, man hört auf das Bellen der russischen Maschinengewehre, immer von rechts, immer von rechts. Wir werden mehr und mehr nach Süden abgedrängt. Und die Läuseplage nimmt überhand, man kommt mit Kratzen nicht mehr nach.
Es wird wieder heiß werden heute, aber wir können uns nicht mehr in den Feldern verstecken. Was dort nicht abgegessen ist, das ist zertreten, der Herbst scheint gekommen, wir haben keinen Sichtschutz mehr. Die Nächte sind schon kalt. Was wird? Keiner weiß. Wir wissen ja nicht einmal, wo auf Gottes weiter Welt wir uns hier genau oder ungenau befinden. Wir haben überlebt, aber jetzt kommt der Winter. Rußland, Land deutscher Sehnsucht, was hast du mit uns vor?

Am Mittag kommt ein russischer Jäger im Tiefflug, leichte Flak schießt, die Maschine fängt dicht über uns Feuer, die Tragflächen wackeln, die Maschine stürzt ab. Vor uns liegt der Pilot mit verrenkten Gliedern und rauchenden Beinen. Willi und ich geben ein wenig Erde auf ihn und denken uns einen Bibelspruch.

Kurz darauf ist der ganze Himmel voller Flieger, die hängen über unsern Köpfen, aber greifen nicht an, gehen im Sturzflug nieder, drehen ab, weichen seitwärts aus. Willi und ich werfen uns auf den Acker, krallen uns in die Furchen. Ich fühle mich wie ein Indianer, ausgesetzt der Übermacht, die nur vom Himmel kommen kann.
Wir laufen, robben, finden einen kleinen Wald. Die Sturzkampfflugzeuge heulen, die Schlachtflugzeuge dröhnen, Bomber und Schlachtflieger werden von Jagdfliegern gedeckt, Jäger mit dem roten Stern versperren uns den Himmel. Ein Himmel voller roter Sterne.
Und dann: ein hohes Pfeifen in der Luft, ein Rauschen, Menschen und Pferde schreien auf vor Angst. Es reißt uns die Beine weg. Das Heulen und das Orgeln explodiert über uns in den Baumkronen. Die Luftkrepierer krepieren ekelhaft, pfeifend kommen die Splitter an und krachen nieder. Der Himmel löst sich in Feuer auf, Phosphorgranaten zerspringen in der Luft, riesige Flammen regnen. Die Erde brennt, Feuer frißt Feuer.
Und dann Stille, Bäume brennen mit leisem Knistern, Bäume knistern, Menschen knistern, Blutgeruch, Pulverdampf, und durch die kahlgerissenen Bäume Sonnenglut.
Mein Vordermann, der Willi heißt, liegt neben mir, Gesicht nach unten.
Lebst du noch, Willi, brülle ich. Der Dampf der Menschenopfer mischt sich mit dem Pulverdampf, steigt auf, mein Brüllen ist ein Krächzen: Lebst du noch?
Ich hab mich totgestellt, krächzt Willi und steht lebendig auf, ich hab gedacht, für alle Fälle.
Sanitäter gibts nicht mehr, Fahrzeuge gibts nicht mehr,

die nicht mehr laufen können, müssen liegenbleiben, die laufen können, laufen, so schnell sie laufen können, fort von dem Blutgeruch, fort von dem Röcheln, Stöhnen.

Wir haben uns ein Erdloch gegraben, mein Vordermann, der Willi heißt, und ich. Ich habe mich neben das Loch in die Abenddämmerung gesetzt. Es ist vielleicht mein letztes Licht, das morgige, wer weiß, obs mir noch leuchtet.

Blut und Angst nur noch, das wahre Wesen der Materie! Mit dem Blut, da liegen die Herrn, die Blutherren, gewaltig daneben, mit dem Blut ist nichts, ist Abfall bloß, Menschenabfall, artleerer. Und das hirnlose Hirn, das gedankenlose, was heut am Mittag neben mir aufspritzte, nur erbärmlichste Materie eben.

Aber die Luft hat von den Toten gezittert. Da sitzt es, da steigts! Da steigt die Wahrheit an den Tag, da steigt uns die Seele auf und davon, die wir mit blutigen Händen doch immer ans grobe Fleisch festklammern. Und hernach sinds nur mehr Leichen.

Der Tod steckt an, die Todesmüdigkeit hat uns schon alle. Aber dann rennt man doch wieder, ehs kracht. Und jetzt hab ich Ohrenschmerzen von dem Krach. Und die Nächte werden immer kälter.

Bevor ich einschlafe, will ich aber noch darüber nachsinnen, ob jeder Kamerad an seine Frau denkt, wenn die Granatsplitter das Gutenachtlied pfeifen.

Und dir will ich noch sagen, Golda: Den Anfang von einem Gedicht hatte ich unter den Granaten. Hinzubluten zu dir, rauschte es mir durch den Sinn. Aber ich überlebte und strich mir die Lyrik. Und nun erscheine mir bitte im Schlaf als irgendwas, und wenns nur ein Fünklein Golda wär.

Die südliche Flanke Rußlands war umgangen, der Heerwurm hatte Rußland verlassen, die rumänischen Verbündeten hatten sich abgesetzt, Partisanen versuchten den Rückweg über den Balkan nach Norden zu versperren, englische Jagdbomber tauchten auf.
Nachts wurde marschiert, tags wurden Verstecke in den Bergen gesucht. Überall waren jetzt Berge, die Straße war eine Schlucht.
Sie mußten in großen Abständen gehn, denn es hieß, die Straße sei vermint, sie durften nicht weit in die Berge, denn es hieß, dort seien die Partisanen, sie durften kein Feuer machen in der Nacht und rauchten aus der hohlen Hand, denn auch nachts machten die Engländer ihre Erkundungsflüge. Einmal in der Woche wurde Jagdwurst verteilt, zweimal heißer Kaffee. Viele waren verwundet: verbundene Köpfe, Arme, Beine, Eiterwunden, Gasbrand, Starrkrampf.
Es war kalt geworden, sie hatten alles umgewickelt, was sie besaßen und was sie den Toten am Wegrand nehmen konnten. Niemand stritt sich mehr um Siegelringe und Armbanduhren, es ging nur noch um Jacken, Hosen, Schuhe. Wenn die Raubvögel schrien, hörte keiner mehr hin, und wenn die sich auf die Toten setzten, verscheuchte sie keiner mehr.

So lerne ich die Nachtseite der Natur kennen, schrieb Reinhold in sein Buch, doch auch am Tage ist die Nacht.
Heute schlief ich, ob der Kälte zusammengeklemmt, mit meinem guten Willi in einem Strohhaufen. Es war ein bodenloser Schlaf, und etwas in mir bat, er möge niemals enden, bis mir träumte, meine Zähne würden locker. Und ich fuhr auf und prüfte sie mit der Zunge, und sie schienen mir wahrhaftig nicht mehr fest zu sitzen.

Jetzt kommt der Winter, sagte Willi schnatternd neben mir, wir graben uns ein, sagte er, nähren uns von faulem Wurm und kalter Maus. Und fuhr mit einem Male auf und schrie und brüllte, wessen und welchem Schwachsinn wir das alles zu verdanken hätten, ob ichs wohl wüßte, ob ich wohl je von einem gewissen Hörbiger läuten gehört hätte, einem Ungelehrten, der die Geschichte der Menschheit mit dem ewigen Kampf zwischen Feuer und Eis zu erklären suche. Aber ich kannte den Namen nicht, und so sprach mein guter Willi weiter, sprach mir von der »Welteislehre«, dem Hauptwerk jenes Hörbiger, doch da ich auch hiervon nie gehört hatte, erklärte er mir die Lehre: Da unsere Vorfahren in Schnee und Eis großgeworden seien, sei der Glaube an das Welteis das natürliche Erbe des nordischen Menschen. Der aber, der Übermensch, sei einst von den Bergen herabgestiegen – mein alter Nietzsche, mußte ich bei mir denken, da hör ich deinen schweren Tritt –, berufen, über Erde und Gestirn zu herrschen. Zwischen Eis und Feuer aber herrsche von je und je der Kampf im unendlichen Raum. Und, schrie mein guter Willi nun ganz außer sich: Der Idiot hat dem anderen Idioten eingeredet, er müsse seine Truppen nicht mit Winterkleidung ausstatten, Mützchen und Schal genügten, das Welteis wiche vor dem deutschen Flammenheer!

Und woher weiß mein guter Willi das, schrie ich auch und lachte noch.

Das Lachen wird dir noch vergehn, schrie der zurück und war mir auch schon an der Gurgel: Ich war dabei, als sie auf dem Elbrus die geweihte Fahne pflanzten, ich war dabei, verstehst du, SS-Gebirgsjäger, siebte Kompanie, verstehst du! Er schlug sich an die Brust und schlug sich bald die Brust entzwei. Das sei das Zeichen,

hieß es, brüllte er, der Beginn vollkommener Macht, der Winter wiche nun vor unseren Legionen.
Da fiel mir mein ernster Major aus der Werdohlschen Kriegsschule ein, wie der vom magischen Gipfel gesprochen, wie der gerufen hatte – ja doch, da hörte ich ihn noch rufen: Wenn die Fahne auf dem heiligen Berge weht, beginnt die neue Zeit!
Ich war aber dabei, brüllte mein Vordermann und blieb mir an der Gurgel: Das Feuer würde von nun an und für Jahrtausende das Eis besiegen, hieß es, die Jahreszeiten würden dem Menschen untertan. Und trotz der Warnung der Wetterwissenschaft vor einem schlimmen Winter, trotz aller drohenden Anzeichen hetzt der Idiot seine Truppen nach Stalingrad! Mein Vordermann, der gute Willi, heulte auf: Vom Wind zerbissen, vom Eis verbrannt, in der Kältewüste mußt du enden, um zu beweisen, daß die Mystik dieses Idioten wahrer ist als die Natur!
Willi, mein Vordermann, Gebirgsjäger, Draufgänger mit dem Edelweiß im Knopfloch, heulte wie ein Wolf, faßte sich, nahm Haltung an und sprach zu allen, die sein Geheul um uns geschart hatte: Meine Herren, ich habe bei meiner Beförderung zum Leutnant das alte Edelweiß meines Vaters erhalten, der seinerzeit auch Gebirgsjäger gewesen ist, doch nun weiß ich, daß ich es nicht mehr in deutschen Ehren tragen kann. Meine Herren, in der Heimat betreiben wildgewordene Irre Sabotage an den Leistungen der Frontsoldaten, ich nehme hiermit meinen Abschied, meine Herren! Und der gute Willi riß sein Edelweiß herunter und zertrat es, ganz und gar außer sich.

Der Winter ist da. Das Weiß wird immer weißer. Vor mir wanken Nebelgespenster, stolpern, gleiten auf ver-

eistem Boden aus, richten sich aneinander auf, wanken weiter, werden bald steifgefroren am Wegrand liegen. Keiner begräbt mehr keinen.
Doch zwischen Schlaf und Tod immer weiter vorbei an den endgültig Toten am Wegrand, am Rand des hellen Wahnsinns, wo man zu balancieren hat, steht mir ein Übersinn hart und wach, der sagt: Schlaf nicht, auch wenn die Heimatbilder dichter werden! Zwick dich, kratz dir die Läuse ab, schlaf nicht, sonst bist du gewesen!
Der Schnee fällt so dicht, daß wir stundenlang nicht vorankommen. Verpflegung erreicht uns, wenn überhaupt, nur noch in gefrorenem Zustand. Wir nehmen das steinhart Gefrorene zwischen die Schenkel, bis wirs beißen können. Immer wieder versuchen wir, Feuer zu machen. Die einen haben noch Kochgeschirr, die anderen nehmen den Stahlhelm. Es heißt, Kannibalismus sei unter den Kameraden ausgebrochen, man guckt den Köchen in die Töpfe.
Viele werfen die Maschinengewehre von sich, denn die sind eingefroren und im knietiefen Schnee, mit der Last der völligen Erschöpfung auf dem Buckel, nicht mehr zu tragen.
Frostbeulen, Fußblasen, alles hämmert leise und hart, bohrt und nagt am Menschsein.
Wölfe heulen, der Schnee liegt ruhig.
Willi sagt: Deine Nase ist abgefroren. Willi ist immer noch an meiner Seite. Ich kann nicht fühlen, ob meine Nase abgefroren ist. Ich fühle nichts mehr, und ich weiß nicht, ob Willi grinst oder ob er die Zähne fletscht oder ob ihm das Gebiß zerbricht.
Ich weiß nichts mehr, und ich fühle nichts mehr, und ich kann den Stift bald nicht mehr halten. Und Golda? Ist Sommer, Sage, Märchenzeit.

Schneefelder, Eismauern, Eisberge. Überall konnte der Feind sein, alles war Feind.
Reinhold und sein Vordermann traten aus dem Vorwärtsziehen, aus dem Zug, aus der Herde. Ein Pfad führte in die Berge.
Wo ein Weg ist, muß auch ein Haus sein! sagte der Vordermann.
Sie hatten ihre Gewehre entsichert, wollten essen und schlafen. Sie liefen und stiegen, der Weg endete, sie verliefen sich. Und dann stand da ein Mann im Schnee, und der Schnee fiel dichter. Der Mann winkte und rief, doch sie verstanden ihn nicht. Aber der Mann winkte und ging und winkte und führte sie und brachte sie zu einem Licht. Ein Schwarm schwarzer Krähen flog über ihnen hin und her, rauschte über ihren Köpfen, und es schien beiden klar, daß dies kein Menschenlicht sein konnte.
In der Bretterhütte pfiff der Schneewind durch die Fugen. Um ein Feuer saßen Männer und Frauen im Stroh.
Partisanen? Hinterhalt? Was können die uns nehmen außer dem Leben, mußte Reinhold denken, was können die von uns haben außer dem Tod?
An die Wände waren Schutz- und Heiligenbilder genagelt, das Flackern der ewigen Lichter darunter machte deren Züge lebendig.
Zwei Frauen und sieben Männer waren da. Es wurde geredet, gekocht, mit weiten Armen und großen Händen luden sie zum Mitessen. Es gab Milch und Reis, Reinhold und sein Vordermann aßen und verstanden nicht, was geredet wurde. Der Wind blies das ewige Licht unter dem Muttergottesbild aus.
Stroh wurde aufgeschüttet, die weiten Arme und die großen Hände luden zum Schlafengehn. Breite bärtige

Gesichter lachten, Zähne fehlten in den Mündern, Erde schien in den tiefen Falten der jungen Gesichter seit hundert Jahren festzusitzen.
Reinhold und sein Vordermann machten aus: Der eine schläft, der andere wacht. Und kamen sich unanständig dabei vor, denn die anderen schliefen schon, und keiner wachte, und keiner hatte ein Gewehr.
Der Vordermann schlief, dann schlief Reinhold auch. Er spürte das Dach überm Kopf, er spürte den Schlaf der anderen. – Was sind das für Leute? Fremde Engel? Vielleicht sehn Engel von Land zu Land verschieden aus, streifen die Kleidung der Einheimischen über und sprechen die Sprache des Landes!
Als Reinhold erwachte, war sein Gewehr noch da, waren die Männer fort, lagen die Frauen und schliefen, kniete der Vordermann vor dem Muttergottesbild, war es Morgen.
Unterm Vordach stand ein Brettersarg. Sie können ihre Toten erst begraben, wenns taut, sagte der Vordermann, und es taut noch lange nicht, übermorgen ist Weihnachten.
Sie fanden den Weg zur Straße. Der Heerwurm war tagelang. Wären sie erst nach Tagen zurückgekommen, hätte er sich noch immer gewälzt.

Es war ein Ekel in mir, schrieb Reinhold in sein Buch, ich hätte in meinem großen Schlaf droben bei den guten Engelleuten bleiben mögen, statt wieder einzutauchen ins Heer der Geschlagenen, der Faulenden, Stinkenden, derer, die nicht mehr um sich hören und sehen, die sich für totgestorben halten. Ich bin überheblich und harre meiner Strafe.

In der folgenden Nacht erschoß sich Willi. Reinhold blieb eine Weile neben ihm stehn. Am Morgen, nachdem er lange weitergegangen war, schrieb er auf: Im tiefen Schnee ist Wachen so gedämpft, ist Leben so in weißer Ferne. Nun ist er eben tot, der Kamerad. Er hat sich die Kugel in den Kopf gegeben, damit die Dumpfheit mit einem hellen Knall herausverschwindet.
Mein Kamerad hat den Schnee rotgeblutet, das Zittern kam langsam über seinen Leib gekrochen, fing bei den Füßen an und kam ihm dann im Herzrhythmus als Blut zu den Ohren heraus. Und weil die Wölfe so heulten, habe ich einen blutroten Schneemann aus ihm gemacht.
Ich bin seither schon wieder viel marschiert, das heißt, ich habe irgendwie einen Fuß vor den andern gebracht. Wenn einer vor mir stehenblieb oder umfiel, fuhr ich aus meiner Dumpfheit für einen Augenblick hinauf ans Licht und fühlte die neue Verlassenheit.
Jetzt bin ich unter Hunderttausenden allein und fürchte mich vor meinen eigenen Gedanken, kann ihnen aber nicht entkommen, der Schnee setzt die Grenzen, die keiner durchbricht.

Am Tage flogen englische Jagdbomber wieder ihren Einsatz, wir versteckten uns auf Abwegen, später schossen Partisanen von den Bergen herunter. Jetzt ist Heilige Nacht. Ich stehe unter einer Brücke, ich habe den Stahlhelm auf den Gewehrlauf gehängt, ich schreibe im Mondlicht. Das Buch liegt auf dem Stahlhelm, später wird mein Kopf dort schlafen. Ich weiß nicht, warum, aber ich habe wieder Hoffnung. Ich werd es überstehn!
Doch in dieser Nacht schlafen die Kameraden rundum ein, legen sich schlafen auf Schnee, finden, da sie den

Kampf gelassen haben, zum Sichergeben, sind den Tieren gleich. Ihr Leben sinkt in den Schnee, und der ist grundlos und ewig.
Mich faßt ein Mitleid an für ihren Leib, der so zur Erde stürzen muß, lautlos wie ein Mantel vom Haken. Und ich muß denken, daß sie jetzt an ihre Frauen denken, sie, deren Leib, den sie verlassen haben, grad irgendwo tief unter ihnen knirscht und erfriert. Muß denken, daß ihnen jetzt die Bilder der Eltern und der Freunde kommen, daß die in jener hohlen Gasse hängen, durch die sie alle müssen, und eines nach dem andern fällt ihnen von der Wand. Manch einer wird sie wiederhaben wollen, die liebsten Lebensbilder, er hebt den Kopf ein wenig, die Stirn, doch dann wird ihm die Stirn zu schwer.
Mechthild, Mädchen, und mitten in dieser Nacht hier fällst du mir ein: Was möcht dein gutes Menschenherz hierzu wohl sagen. Und wie ich so daran und an deinem langen Zopfwerk herumsinne, und wie ich so dessen Anfang und Ende finde, und wie ich beginne es aufzudröseln, um in der Heiligen Nacht die heilige Mutter Maria aus dir zu machen, sehe ich doch – oder sehe ich nicht mehr oder stehe ich nicht mehr oder lieg ich bei den andern im Schnee, verliere den Verstand und bekomme Bilder –, daß sich von jenen, die noch gehn und stehn, Gestalten lösen, viele, immer mehr, ein Strom schwebender, flatternder, wispernder Geschöpfe dreht sich, schraubt sich in die leere Luft hinauf. Gesichter, Leiber, gelbe, schwarze, rote, strömen auf, und Feuerstädte, spitze Dome, Straßen, Wege, dunkle Dörfer. Und die Kameraden werden müder und müder mit jeder Form, die ausströmt, der Schnee wächst ihnen entgegen, sicher und träge wächst er sie zu. Da tauchen Fremde auf, große, weiße, blasen in die Bilder, bis die

verwischen und verwehn, legen Arme um die leeren Kameraden, flüstern, wärmen, neigen sich zu, füllen wieder auf.
Es ist Weihnachten 44, Mechthild, was soll ich dir sagen, ich glaube an Wunder, ich lebe noch.

Am nächsten Morgen kam die Nachricht, sie stünden vor Sarajewo.
Es dauerte noch Tage, bis Reinhold in die Stadt kam. Dort wurden die versprengten Truppen gesammelt und registriert. Er mußte in eine Entlausungsanstalt, wurde durch Duschanlagen getrieben. Seine Füße waren vereitert, er fieberte, Blutvergiftung wurde festgestellt. Er kam in ein Lazarett.

Ich fiel in Fieberschlaf und wußte nichts von mir. Jetzt sagen sie, es sei schon Februar, schrieb Reinhold in sein Buch. Ich stärke mich mit Fett und Süßigkeiten. Ich rieche die Kranken, deren Geruch nach Hering in der Luft festhängt, höre ihr Stöhnen, Krächzen, ihren letzten schlechten Atem, sehe zu, wie sich ihre Hinterlassenschaft von Blut und Kot, Urin und Sperma und saurem Todesschweiß hier auf den grauen Betten sammelt. Und die Heimat ist mir ferner denn je und Golda für immer verloren.

Im März, als das Fieber abgeklungen war und die Füße geheilt, bekam Reinhold zwei Wochen Heimaturlaub.
Auf den Bahnsteigen drängten sich volksdeutsche Flüchtlinge und deutsche Militärkolonnen, die Züge waren überfüllt. Reinhold fuhr durch Belgrad und Wien, durch München, Nürnberg, Frankfurt, fuhr durch zerbombte, ausgebrannte Städte, Trümmerfelder.
Nachts kam er in seiner Heimatstadt an. Der Bahnhof stand noch, die Häuser und die Kirchen standen noch, die Stadt war unzerstört geblieben.

Aber ich habe keine Angst gehabt, sagte die Magda, ich habe gewußt, du kommst wieder.
Reinhold und Magda saßen am Küchentisch und hielten sich an den Händen, den Armen fest und hatten die Köpfe auf dem Tischbrett, eine Stunde oder zwei.
Und jetzt werd ich den Vater holen, sagte die Magda.
Dann mußte Reinhold erzählen. Und dann mußte er den Vater fragen: Was weißt du davon? Und dann mußte er schreien: Was hast du davon gewußt?
Aber Heinrich schien älter geworden, kleiner, und Reinhold hörte auf zu fragen. Und Heinrich ging aus dem Haus, denn es war schon Morgen.
Und dann sagte Magda, der Bruder sei am 5. März zum Volkssturm einberufen worden. Und dann erzählte Reinhold von Golda.

Heute ist der 23. März 1945. Ich bin zu Hause, schrieb Reinhold in sein Buch. Ich lief durch meine Vaterstadt, Mutterstadt, Hannostadt, die mir einst auch Elsastadt gewesen. Die Stadt schlief ruhig, die Stadt ist heil geblieben. Keine Zeichen aus Rauch und Gaslicht am Himmel wie im heillosen russischen Traum. Die Stadt nahm mich wieder auf, barg mich wieder, legte mir ihre alte Mauer um.
Und dann die Mutter und dann der Vater und jetzt mein Bett! Soll ich mich denn ins Bett legen, untertauchen im Bett und mir den Russenwald abholzen und mir sein Holz verbrennen, bis ich die Asche nicht mehr kenne? Was soll ich denn? Was kann ich denn? Ich habe überlebt, und jetzt?
Ich mußte der Mutter von Golda erzählen, denn jetzt und hier kommt mir alles Golda vollends geträumt vor. Also muß ich von ihr sprechen, sie mir wirklich reden. Und die Mutter, sie tat mir gut dazu.

Ich lese in meinem Buch zurück und lese: Mannundfrausein ist meine Heimat jetzt. Und jetzt? Und jetzt? Es ist, als wäre ein Loch in mir, woraus mir das Beste gefallen ist. Das Loch hat mir der Krieg geschossen. Und Golda, wie mag sie an mich denken, und wie erscheine ich ihr? Vielleicht ist sie nach Karlsruhe heimgekehrt oder lebt jetzt bei der Tante in Speyer, und alles, was zwischen Speyer und Speyer gewesen, ist ihr nur noch ein böser Traum, in dem ein schöner verborgen steckt. Den träumt sie manchmal vielleicht, dann weint sie manchmal vielleicht.

Reinhold schlief bis zum Mittag. Magda weckte ihn, sagte, Onkel Fritz und Onkel Otto kämen zum Essen, und gab ihm einen Brief von Mechthild. Das Mädchen sei oft bei ihr gewesen, sie hätten dann zusammengesessen und von Reinhold gesprochen. Sie sei als Gebietsmädelführerin in die Hauptstadt versetzt worden, sie sei ein gutes Mädchen, sagte Magda und sah Reinhold nicht an dabei. Und der hätte gern wieder von Golda gesprochen, hätte Golda gern aufleuchten lassen vor der Mutter.
Mechthilds Brief war vom 10. Januar 1945.
Reino, Du sollst wissen, daß meine Gedanken Dich täglich begleiten, nun schon all die langen Jahre lang, und darum schreibe ich Dir diesen Brief, den ich an Deine lb. Mutter schicke, damit sie ihn aufbewahrt, bis Du als Held zu uns zurückkehrst.
Ach, Reino, wie oft sitze ich vor der Karte des weiten russischen Landes und male mir aus, wo es Dich wohl um und um treibt. Ich höre schreckliche Nachrichten und sehe riesige Felder vor mir, mit dem Blute unserer tapfren Soldaten getränkt. Doch immer glaube ich sicher zu wissen, daß Deines nicht dazugeflossen ist.

Vor einigen Wochen war Heiliger Abend. Schwer lasteten Not und Leid auf den Menschen. Wie viele Städte liegen in Trümmern, wie viele Menschen mußten ihr Leben lassen! Als die Kerzen am Baume brannten, sind sie alle zu uns getreten, die wir nun schon verloren, mein Vater und mein Bruder mitsamt den vielen Kameraden. Stille Einkehr haben sie bei uns gehalten, und ihr Wesen hat das unsere erfüllt, und wir Lebenden haben sie tief in unsere Herzen geschlossen, auf daß sie nie tot sein mögen. Und so haben wir wieder die durch nichts zu bezwingende Kraft unsres Glaubens gespürt und die Macht der Gemeinschaft. Noch nie habe ich die Innerlichkeit des dt. Weihnachtsfestes so empfunden wie gerade heuer, diesen tiefen Sinn der Weihnacht, diese Gewißheit, daß nach Nacht und Dunkelheit wieder Licht und neues Leben kommen werden. Die sechste Kriegsweihnacht werden wir wohl alle nicht vergessen.
Den Silvesterabend habe ich in der Hauptstadt verbracht. Es waren einige frohe Stunden zusammen mit den Kameradinnen und Kameraden. Wir sind mit beiden Beinen hinübergetreten ins neue Jahr und haben die Stimme des Führers gehört. Sein tiefer Glaube an den Sieg gab uns neue Kraft. Was auch immer kommen mag, wir stehen zu ihm, und die Belohnung für unsere Treue wird der Sieg sein. Aber vorerst wollen wir alle fest schaffen, so gut ein jeder es vermag.
Wer weiß, wann dieser Brief bei Deinen lb. Eltern eintreffen wird. Doch kann es Dir ja in Deinem Russenland nicht eilig mit dem Lesen sein.
Und so reiche ich Dir nun die Hand, Reino, hinweg über alle Schützengräben dieses furchtbaren Krieges, und wünsche Dir viel Soldatenglück. Mechthild.
PS: Utz fragte an Weihnachten nach Dir. Er ist doch ein feiner Kerl! Nur zwei Tage war er auf Heimaturlaub

und hat sich doch gemeldet. In den letzten Wochen wurde er durch Lehrgänge geschickt, ist nun Oberfähnrich und wartet sehnlichst auf seinen Einsatz.

Als die Brüder von Magda kamen, mußte Reinhold erzählen. Heinrich saß dabei, sprach nicht, aß nicht, ging früher als sonst zurück in seinen Dienst.
Der Schrecken ist bald zu Ende, Junge, der Krieg ist bald aus, rief Onkel Fritz, nachdem Reinhold erzählt hatte. Der Russe steht in Pommern, der Franzos am Bodensee, der Amerikaner und der Engländer am Rhein. Aber du mußt reden, Junge, alle müssen wissen, was in deinem Russenwald geschehen ist!
Und ich muß wissen, was mit Elsa Burger ist, hörte Reinhold sich.
Die spielt noch.
Was heißt, die spielt noch?
Man sagt, die Gestapo ist hinter ihr her, es heißt, sie hat verbotene Kontakte, aber sie spielt noch, sagte der Onkel.
Reinhold lief in sein Zimmer und schrieb in sein Buch: Was bin ich? Bin ich ein Mannstier? Golda ist meine Braut, und ich weiß es und will es, und doch, es fuhr der Blitz durch mich, als ich den Onkel sah, nur weil er mich auf Elsa brachte.
Und dazu rede ich von denen, von denen ich nur schweigen darf, wenn ich mein Leben nicht für ihren Tod setze.
Aber was soll ich denn? Was kann ich denn? Mich auf den Rathausplatz stellen und die Wahrheit sagen, so daß niemand mir glaubt? So daß keiner von all denen, die hier wie Mechthild so kerzengrad einhergehn auf ihrem Irrweg durch diese Gegenwart, auf dem ich Pfadfinder war, den ich mit eingeschlagen habe, mir glaubt?

Soll ich auf Kirchtürme steigen und die Wahrheit schreien, bis sie mirs Maul zerschießen, um endlich bei denen zu liegen, die unter der Erde dieser Erde schweigen?

Am Nachmittag ging Reinhold zum Friedhof. Die Bäume waren kahl wie vier Jahre zuvor, als er dort unter den starren Engeln an Hannos Grab gestanden hatte. Er ging von Hannos Grab zu Schades Grab, fand auch das Grab von Gabriel, ging von einem zum andern, ging eine Stunde, zwei, zwischen den Gräbern hin und her.

Als es schon dämmerte, blieb er vor Hannos Grab stehen und sprach laut aus sich heraus: Hanno, ich habe überlebt, das hat das Leben in mir vernichtet, jetzt bin ich nur noch ein hohler Zahn, verstehst du mich! Vier Jahre bist du tot, mein Freund, ich wollte dich rächen, und hier stehe ich mit leeren Händen, und der Dolch, den ich im Gewande trug, erst ist er mir verrostet, dann hab ich ihn verloren und hab es nicht einmal bemerkt, das wirst du mir wohl nicht verzeihn.

Hanno, ich habe das Beste gefunden, was einer finden kann, dieses Kind, das meine Braut ist, hörst du? Aber meine Person ist so heruntergekommen, daß es mich hin- und hertreiben wird, bis ich zu der andern geh, die mich noch obendrein verlassen hat, begreifst du das? Ich finde mich mit mir nicht mehr zurecht. Und wenn ich obendrein denke, daß mein Heimaturlaub mit jedem Tag kürzer wird, möcht ich von dieser Bühne hier abtreten.

Die Friedhofstore waren schon verschlossen. Reinhold kletterte über die Mauer, wie er für Schades Totenwache über die Mauer geklettert war, und lief zur Wohnung des Paten Geilfuß.

Wer da, fragte der Pate durch die verschlossene Tür.
Reinhold Fischer.
Reinhold? Well, come in! Der Pate öffnete und trat zurück und ließ Reinhold in der großen Türöffnung stehn und betrachtete ihn und stieß ihn mit dem Stöckchen und sagte endlich: Ich gebe zu, ich bin ein wenig fassungslos.
Er war noch zarter, noch zerbrechlicher geworden, noch weißer an Haut und Haar. Sie werden sich wundern, mein Freund, wer uns hier mitten im kalten Winter hereingeschneit kommt, rief er in die dunklen Räume.
Dort saß der Pfarrer. Und wohl weil der Pfarrer eben ein Pfarrer war, fiel Reinhold ihm in die Arme.
Dann mußte er erzählen, die Nacht wurde lang, der Pate brachte eine Flasche Wein nach der anderen, und das Erzählen und Fragen fand kein Ende.
Was in den russischen Wäldern geschehen ist, geschieht auch in den Vernichtungslagern rundum, sagte der Pfarrer. Tausende von kriegsfähigen Soldaten fehlen an der Front, weil sie mit der Vernichtung von Menschen betraut sind. Und da die Vernichtungslager weit außerhalb der Städte liegen, gibt die Führung dem deutschen Volk die Möglichkeit, nichts davon wissen zu wollen.
Der Herr mit dem komischen Schnauzbart herrscht, sagte der Pate und stieß sein Stöckchen mit dem Löwenkopf hart aufs Parkett, und ab und an und ab und an fährt der Engel mit dem Schwanz in ihn hinein. Dann nimmt der die Geschichte dieser Welt und die der nächsten in die Klauen, dreht und wendet sie, und so wird Gut zu Böse, und Böse wird für Recht erklärt. Dann redet der und redet, und wenn der Engel mit dem Schwanz geredet hat, fliegt er davon. Zurück bleibt nur

der Herr mit dem Schnauzbart, in Schweiß gebadet, mit verglastem Blick.
Aber der verzweifelte Teufel ist der furchtbarste, nahm der Pfarrer dem Paten das Wort, und der Teufel ist jetzt verzweifelt, denn sein Tausendjähriges Reich geht unter in Feuerstürmen aus Flammenwerfern, Raketengeschossen, Brand- und Phosphorbomben. Du kannst hören, wie verzerrt seine Stimme ist, wenn er wie neulich zum Rückzug aus Rußland im Rundfunk spricht, wenn er sagt: Ich bin auch hier eiskalt. Wenn das deutsche Volk nicht mehr stark und opferbereit genug ist, sein eigenes Blut für seine Existenz einzusetzen, so soll es vergehn und von einer anderen, stärkeren Macht vernichtet werden. Ich werde dann dem deutschen Volk keine Träne nachweinen, ich werde es verachten.
Certainly, so schließen sich die Kreise, nahm der Pate das Wort wieder an sich. Und der innere Führungsstab, die Thulemörder, die Totenkopf-SS, sitzt jetzt im Höllenfeuer unterm Hagelschlag in seinen Wolfsschanzen und auf seinen Blocksbergen, zieht den Kopf ein und versucht, da der Teufel verzweifelt seine irdische Hülle auf immer zu verlassen droht, den Teufel mit dem Teufel zu beschwören.
Nach Mitternacht, als sie schon viel getrunken hatten, sagte Reinhold: Vielleicht darf nicht ein Deutscher den Krieg überleben, vielleicht muß der Name Deutsch zum unaussprechlichen Gegenteil des Gottesnamens werden, und so nur vielleicht können die Toten unter dem roten russischen Waldboden in Ruhe tot sein.
»Durch Mitleid wissend, der reine Tor«, brummte der Pfarrer in dumpfem Moll tief aus seinem Sessel heraus.
Nur was einst hoch stand, kann fallen, junger Freund, sagte der Pate. Das Böse ist nur die Umkehrung des

Guten. Der Teufel aber liebt den Luxus und sucht sich immer das beste Quartier. Wäre er in den Franzosen gefahren, wäre der Franzose jetzt der Deutsche, denn dort ist der Jude genausogut gehaßt.
»Der Glaube lebt, die Taube schwebt«, brummte der Pfarrer.
Der rote Charly ist tot, sagte der Pate.
Und der Trutzgesang?
Lebt, sagte der Pate. So, und jetzt gehn Sie nach Hause, junger Freund. Sie sind so randvoll mit Schrecken und Erkenntnis, daß selbst Ihre bärenstarke Jugend überfordert ist. Und er stieß Reinhold mit dem Stöckchen zur Tür hinaus.

Onkel Fritz und Onkel Otto hätten am Abend auf Reinhold gewartet, sagte die Mutter. Onkel Eberhard sei dazugekommen, und sie hätten mit dem Vater um den Tisch gesessen und sich heißgeredet. Und als sie von den Juden angefangen hätten, sei es zum Streit gekommen, und der Onkel Fritz habe von Reinhold geredet und von den Juden im Russenwald, und der Onkel Eberhard habe Verleumdung geschrien und Verleumdungsklage und habe den Vater gefragt, wo Reinhold wohl gewesen sei in der Zeit zwischen Russisch-Heidelberg und dem Rückzug. Dein Sohn ist Deserteur! habe der Onkel geschrien, daß sie gefürchtet habe, die ganze Nachbarschaft würde wach. Er würde es ahnden lassen, habe der Onkel geschrien. Und der Vater habe ihm die Türe gewiesen, raus, habe der Vater gesagt. Da sei der Onkel gegangen, und das mache ihr nun die meiste Angst. Die Brüder seien der Meinung, daß Eberhard Gottschlich zu vielem fähig sei und daß sie zu ihrer Schwester gehen solle, damit die Einfluß nehme auf ihren Mann.

Und nun gehe ich, sagte die Mutter, und band sich das Kopftuch um und ging aus dem Haus.

Ich wollte zum Ziegenberg, wollte mir dort oben den Kopf freischreiben und die Brust leer, denn daß die Mutter für mich zu ihrer Schwester geht, läuft mir gegen meinen letzten Strich.
Auf dem Weg ruft jemand mich mit Namen. Eine Frau im Biberpelz. Sie entsteigt einem BMW, kommt auf mich zu, schaut nicht nach links und rechts, die Autos hupen, bremsen. Ich bin auf dem Trottoir stehengeblieben, rieche ihr Parfum, kenne sie nicht.
Hallo, junger Mann, auf Heimaturlaub, fragt die Frau. Ach, noch gar kein Orden auf der Heldenbrust, wie kommts, sagt die. Aber gemacht hat man sich, sagt die, fesch ist man geworden.
Ich erwarte, daß sie mich an der Nase zieht, mir einen Knopf von der Uniform zwirbelt, mich unterm Kinn packt und mir den Kopf verdreht. Aber das aufgetakelte Weibsstück lacht bloß, und daran erkenne ich sie als Hannos Schwester, denn wer schaffts schon, beim Lachen die Mundwinkel derart herabzureißen!
Ja und, wo hat man sich denn so herumgetrieben, fragt die weiter.
In Rußland, antworte ich, brav noch und fassungslos.
Da sagt die doch, ach, sagt die, da kommen Sie doch heute zum Tee zu mir, junger Mann, sagt die, es werden ein paar Herren bei mir sein, Freunde von der Partei. Erzählen Sie uns Ihr russisches Wintermärchen!
Was gibts Neues von Hanno, frage ich, um ihr nicht an die Gurgel zu gehn, denn mir platzt der Kragen.
Sind Sie krank, fragt die.
Ich habe ihn schon einige Tage nicht gesehen, sage ich,

das beunruhigt mich, sage ich und lasse die Pute stehn. Aber nach zwei Schritten gehe ich noch einmal zu der zurück, die da, vom Donner gerührt, am Rinnstein balanciert: Hanno sagte mir, Sie hätten eine Laufmasche im Strumpf und einen Fleck am Rock! Und dann ging ich. Und Hannos Gelächter lag mir auf dem ganzen Weg zum Ziegenberg im Magen.
Und jetzt sitze ich hier oben auf dem Platz, den ich mit Hanno hatte, und kann mich nicht in den hineinversetzen, der hier oben mit Hanno gesessen hat.
Schreiben heißt Kriegführen, hat Hanno mir gesagt. Doch dieser Krieg scheint mir so sinnlos jetzt wie jener verloren.
Wie ich dies aber schreibe, taucht der rote Charly aus meiner trüben Flut, schießt mir der Traum durch den Kopf, der mich im Russenwald zu meinem Dorf geführt: Der rote Charly hatte sich damals bei Hanno und Schade blicken lassen. Der rote Charly ist tot, und wenigstens mein Traum macht jetzt Sinn.

Als Reinhold nach Hause kam, saß Magda fassungslos am Küchentisch. Der Onkel wolle tatsächlich Anzeige machen, wegen Verleumdung gegen den Vater und die Brüder, wegen Desertion gegen Reinhold. Und als sie die Schwester um Fürsprache gebeten habe, sei die runter ins Schuhgeschäft und habe den Onkel bedrängt, Reinhold doch wenigstens noch anzuhören. Und nun erwarte der Onkel ihn am Abend.
Reinhold lief in sein Zimmer und schrieb einen Brief an Elsa: Es scheint, als sei ich gezwungen, meine Angelegenheiten in Ordnung zu bringen, Elsa! Und so schreibe ich Dir noch einmal wie früher so oft. Ich bin nach langen Jahren für kurze Zeit hier in der Stadt, und da es nach Lage der Dinge denkbar ist, daß wir uns nicht

begegnen, will ich Dir noch einmal sagen, daß ich Dich geliebt habe, und will Dir danken, daß Du es warst, die dieses Gefühl in mir geweckt hat. Hernach, das will ich Dir auch sagen, war eine große Verlassenheit, und heute noch wäre ich froh zu erfahren, was Dich gehindert hat, dem Verlorenen einen Gruß in seine Fremde zu senden. Aber das soll Dich nicht belasten, denn es wiegt nicht mehr schwer. Reinhold.

Es war schon dunkel, als er zu Elsa Burgers Wohnung ging. Auf der Straße war Klavierspiel zu hören. Reinhold schlug den Kragen seiner Uniform hoch, als sei er dadurch geschützter, versteckter. Und wie er so dastand und fror und horchte, fiel ihm auf, daß noch einer dastand. Ein paar Schritte weiter stand einer und sah Reinhold an, sah weg, als der ihn ansah, ging auf und ab, ging aber nicht.

Reinhold legte den Brief auf Elsa Burgers Hausmauer, schrieb auf die Rückseite des Umschlags: Wenn Du Hilfe brauchst, so erreichst Du mich vielleicht noch unter der alten Adresse, und warf ihn in den Kasten. Dann lief er zu dem Haus des Onkels.

Aus der Wohnung über dem Schuhgeschäft in der Schönstraße kam Licht durch die Ritzen der Verdunklung. Der alte Obstgarten war schwarz und kahl.

Und ich mußte lachen, verehrter Pate, sagte Reinhold, wie doch alles so anfängt und weitergeht und nun vielleicht schon endet, denn in diesem alten Obstgarten war ich mir meiner Männlichkeit zuerst bewußt geworden. Da stand ich nun wieder, einerseits Mannsbild, andererseits von jenen, die hinter der Verdunklung droben im Licht saßen, immer weiter zum Jungen erniedrigt.

Und tatsächlich, sie saßen alle um den großen Tisch und

starrten mich an. Der Onkel krempelte die Ärmel hoch. Hallöchen, sagte die Cousine und hatte sich in ein Kleid gezwängt, dessen Ausschnitt mir für ihre neue Fülle doch gar zu groß erschien. Und so – die Kindheit endet nie – fiel mir das Foto ein, das ein gewisser Butz besessen hatte: eine Frau mit einer Kuh und einem Gigolo. Und schon war ich irgendwie wütend.
Der Cousin war auch da. Wegen einer Muskelschwäche hat er nicht zum Militär gemußt und hilft jetzt im Schuhgeschäft als Junior. Und was macht dein Herz, fragte der grinsend zur Begrüßung, Rußlandfeldzug, Judenabschuß und so weiter, macht das da mit?
Mein Herz, sagte ich, hab ich eins? Denn, Sie müssen wissen, verehrter Pate, ich hatte der Mutter versprochen, mich durch nichts hinreißen zu lassen und eine zurechterfundene Geschichte von Judenaufstand bis Russengefangenschaft gut vorzutragen.
Komm doch und iß erst, sagte die Tante und zog mich auf einen Stuhl und sprach, wie stark und männlich ich nun aussähe und wieviel Stück Feind ich wohl erlegt hätte.
Ich bin verlobt, sagte die Cousine, und hielt mir den Ringfinger unter die Nase.
Iß, sagte die Tante, und schob mir eine Schüssel mit hartgekochten Eiern hin. Und, verehrter Pate, Sie werden lachen, denn alle Kinderqual, alle Kränkung und Entwürdigung kamen nun angesichts der Eier über mich, und ich sah das Ei vor mir, das sie mir Hungrigem einst angeboten, und mir kam das Gelächter ins Ohr, das über mir zusammengeschlagen war, als ich das Ei hatte essen wollen und es ein ausgeblasenes gewesen war.
Mein Bräutigam spielt Klavier, sagte die Cousine, und ich hörte ihr Gelächter von ehedem, als sie mich Have-

not genannt hatte. Und dann weiß ich nicht, ich weiß nicht, ich griff die Schüssel mit den Eiern und warf sie an die Wand. Und achtete nicht, was dann geschah, und lief davon. Es trieb mich einzig hin zu Ihnen, trieb mich mit Riesensätzen.

Da ist jetzt die Gefahr, sagte der Pate. Beruhigen Sie sich, trinken Sie einen guten Schluck, und dann gehen Sie nach Hause, packen, was Sie brauchen, und kommen sofort und für einstweilen zu mir.

Aber es ist kein Sinn mehr da, rief Reinhold. Meine Person ist sinnlos geworden. Das wird die Strafe dafür sein, daß ich ehedem so berstend vor Sinn einherging. Was aber, verehrter Pate, erwartet mich als Strafe dafür, daß ich den Dolch, der mir gereicht wurde und der durch Hannos Tod so scharf geworden war, nicht in die Hand genommen habe?

Besinnen Sie sich auf Ihren Eigensinn, rief der Pate dagegen. Vergessen Sie den Gemeinsinn, der Sie geprägt hat. »Raube das Licht aus dem Rachen der Schlange«, junger Freund, und bringen Sie es mit Ihren Worten eigensinnig in die neue Zeit!

Es wird keine neue Zeit geben: Die Sonne geht morgens auf und abends unter, der Schrecken geschieht, die Sterne fallen nicht vom Himmel, und am Ende wird einem sogar der Schrecken geläufig. Ich habe einundzwanzig Jahre und elf Monate gelebt, mir scheint, das ist genug, rief Reinhold und wollte zur Tür hinaus.

»Eh nicht das Äußerste erreicht ist, verkehrt sich nichts ins Gegenteil«! Der Pate versperrte Reinhold den Weg. Sie standen eine Weile voreinander wie zum Kampf, bis es klingelte und der Pfarrer kam.

Er brachte die Nachricht, Männer der Totenkopf-SS seien in die städtische Irrenanstalt eingeliefert worden. Die dortige Schwesternschaft habe sich an die Kirche gewendet, da sie sich keinen Rat gewußt habe angesichts dessen, was die Neuzugänge da von sich gäben. Er habe nachgeforscht, sagte der Pfarrer, der Leiter jener Ordensburg, in der Hanno von Wolfsberg gewesen sei, sei auch darunter.

Well, das war zu erwarten, sagte der Pate und riet, sich hiervon fernzuhalten. Du rettest den Feind nicht mehr, sagte er. Einer, der sich hinieden zum Sitz jener Herrschaft hat machen lassen, kann sich nur noch aus dem Leben herausretten. Dies Schicksal ist nicht zu beneiden, Pfarrer, denn Reue und Sühne sind darin nicht mehr unterzubringen. Die Macht bedient sich ihrer. Man wird sie finden, an Fensterkreuzen erhängt, und es wird heißen, es sei in Umnachtung geschehen. Und Nacht ist wahrhaftig um sie, und es wird weiter um sie nachten, und doch, am Ende, wird man dort oben ihren armen Seelen gnädig sein. Aber unser junger Freund hier, Pfarrer, in seiner ganzen todmüden, todesmutigen Verzweiflung, der braucht jetzt Ihren Zuspruch.

Vertraue wie Hiob der Heilige auf deinen Herrn, den Aufseher dieser Welt, sprach der Pfarrer. Und als er weitersprach, meinte Reinhold den Kantor aus dem Russenwald zu hören: Selbst wenn alle Juden und alle Thorarollen verbrennen, so wird das Fleisch brennen und die Knochen werden brennen und das Pergament, aber die Buchstaben, sie werden den Bränden davonfliegen.

Das hat der Kantor im Russenwald gesagt, rief Reinhold.

Sie sagen es, denn es ist ihre Wahrheit und es ist unsere, denn unsere ist aus der ihren geboren, sagte der Pfarrer.

Und als Reinhold dann nach Hause ging, versprach er, sobald als möglich und möglichst unauffällig noch in der Nacht zurückzukommen.

Magda und Heinrich saßen vor dem Volksempfänger in der Küche: Großangriffe würden erwartet in der Nacht.
Gut, daß du da bist, sagte Magda.
Die Marschmusik wurde von Sirenen übertönt, Magda nahm das Bündel, das in der Flurecke mit dem Nötigsten bereitstand. Gut, daß du endlich da bist, sagte sie.
Auf der Straße rannten und schrien die Menschen, die Sirenen heulten. Im Keller saßen Frau Zopf und Frau Polster, deren Männer gestorben waren, und die beiden Frauen saßen dort, die in die Wohnung des Herrn Herz eingezogen waren.
Jetzt hat der Feind die Stadtgrenze erreicht, sagte Frau Polster und drückte sich ein Sofakissen auf den Kopf. Die Sirenen heulten weiter, Flak fing zu röhren an, ein Surren, Dröhnen, Orgeln begann, Magda faßte nach Reinholds Hand, Heinrich stand hochaufgerichtet, alle hielten den Atem an, das Licht an der Decke flackerte, ein Krachen, Bersten, Splittern und wieder so und wieder, eine Welle nach der anderen.
Ein Schlag riß alle hoch, alle standen, starrten einander an. Das war eine Luftmine, sagte Frau Zopf. Das Licht ging aus. In der Dunkelheit rief man einander beim Namen, bis Magda eine Kerze angesteckt hatte.
Heinrich stand noch immer, noch lange, nachdem der Ton für die Entwarnung gekommen war. – Ich habe Sorge um den Vater, er steht wie ein Baum, der weiß, daß er gefällt wird. Aber er steht, er stellt sich! So wird er wohl auch stehen, wenn sie kommen und die Racheaxt nach ihm schwingen. Und ich Sohn, werde ich mich dann vor den Vater stellen und »haltet ein« rufen, der Mann hier hat nur das Gute im Bösen gesehn!

Immer neue Angriffe kamen. Reinhold blieb mit den Eltern und den Frauen die Nacht über im Keller und schrieb in sein Buch: Die Luft hier unten ist zum Erstikken, auf den Mauersteinen steht der kalte Schweiß, Glieder beben, Hände krampfen, und die Stadt geht oben in Trümmer. Die Aussicht, lebendig begraben zu werden, ist groß. Im übrigen kann man sich vormachen, es sei ein Erdbeben, denn wenns hier rundum kracht, die Wände wackeln und der Boden wegrutscht, fällt das nicht schwer und macht es einem leichter, denn dieses käm von Gottes Hand, und das, so ist es unsrer Christenseele eingebleut, hätt seinen Sinn.
Und der Führer? Der sitzt mit den Seinen klaftertief unter der Erde und hält wohl jetzt ein vorletztes unheiliges Abendmahl. Und des Führers Herr und Meister spricht durch ihn mit flammender Zunge, vereidigt seine Jünger zum sechshundertsechsundsechzigsten Mal auf diese Gemeinschaft und kündet, daß er diesen Bund mit seinem Opferblut besiegeln werde. Und dieses Opferblut, so kündet er, es werde sich verklären zum neuen Ruhme seiner Herrlichkeit. Und den durch seinen Strom gespeisten leeren Hüllen, die dort um ihren Führer sitzen, deren Seelen längst auf und davon sind und wimmernd in deutschen Baumkronen irren, verheißt er, daß diese Gemeinschaft, nachdem er sie verlassen habe, um heimzufahren, aufs neu und immer wieder zusammenkommen werde, um seine Leere von hier aus in alle Welt zu tragen.

Am Morgen, zwei Stunden nach der Entwarnung, stiegen sie aus dem Keller hinauf auf die Straße. Trümmer, Brände überall. Ein Feuersturm war durch die Stadt gerast, der Rauch war zum Ersticken, Menschen mit feuchten Tüchern um Mund und Nase, mit Sonnenbril-

len, Taucherbrillen, obdachlose Menschen, übriggebliebene Menschen, Menschen noch in Feuerhäusern. Fensterscheiben sprangen, Gasleitungen explodierten, Balken flogen durch die Luft.
Der Bahnhof stand noch, die Züge fuhren noch. Reinhold erkämpfte Platz für die Eltern in einem Zug, der zum Vogelsberg hinauffuhr, zu jenem Ort, wo die Mutter geboren war, wo der Hof der Großeltern stand, auf dem entfernte Verwandtschaft wirtschaftete, bei der die Eltern willkommen waren.
Magda hatte Reinhold angefleht, mit ihnen zu fahren und sich in der Nähe des Hofes im Wald zu verstecken. Heinrich war stumm geblieben, auch als sie an seinem Diensthaus vorbeigegangen waren, das noch brannte, auch als ein Kollege ihn angesprochen hatte. Magda nahm Heinrichs Hand, aber der zog sie zu sich zurück, und mehr als ein Kopfnicken aus dem Zugfenster gab es für Reinhold nicht, der auf dem Bahnsteig stand im Gedränge und Geschrei der vielen, die aus der Stadt hinauswollten.
Magda winkte, und als Reinhold die Hand, die ohne Unterlaß auf- und niederging, nicht mehr sehen konnte, stieg ein Geheul in ihm auf, das er nicht unterdrückte, das er aus sich herausheulen ließ, das im Gedränge und Geschrei der vielen, die mit ihm auf dem Bahnsteig standen, unterging.

Er lief am Stadttheater vorbei, das stand noch, lief an Elsas Haus vorbei, das stand noch, bog in die Straße des Paten ein, dort stand nichts mehr. Männer mit Tragen liefen umher und brachten Verwundete und Leichen fort, andere irrten und gruben nach Menschen und Dingen.
Der Pate saß in seinem Sessel, er hatte den Löwenkopf

in der Hand, aber das Ebenholzstöckchen war abgebrochen. Er saß in seinem Studierzimmer im zweiten Stock. Eine Hauswand und zwei Meter Boden waren verschont geblieben. Er saß still und schien zu betrachten, was unter ihm geschah.
Ich komme, brüllte Reinhold, ich hole Sie da runter!
Aber junger Mann, sagte ein Sanitäter, der Herr dort oben ist doch tot. Sind Sie verwandt?
Wieso tot! schrie Reinhold. Er ist nur still und schaut, er hat doch nur den Überblick, wie immer!
Nein, das kommt vom Luftdruck, sagte der Sanitäter, da reißen die Lungen, dann sehn die Toten wie Lebendige aus.
Reinhold half zu bergen und zu räumen, bis es dunkel wurde. Der Pate schien ihm dabei zuzusehen. Als man endlich eine Leiter anstellen konnte, um ihn zu holen, stieg Reinhold hinauf und sagte: guten Abend. Und dann nahm er den alten zarten Mann und trug ihn auf die Erde.
Er ist mein Verwandter, sagte Reinhold, ich möchte ihn begraben.
Er gab Namen und Adresse an, der Pate wurde zu anderen Leichen auf einen Lastwagen gelegt, ein Zettel mit Reinholds Angaben wurde an sein Handgelenk gebunden, den Löwenkopf hielt er fest.

Ich lief zur Kirche, rief Trutzgesang, und klopfte dreimal an die Tür und rief und klopfte. Mich schwindelte, mir war, als ob die Zeit hier straucheln würde, kippen, rückwärts stürzen. Ich rief und klopfte, bis ich verstand, daß keiner mich hörte. Ich riß eine der letzten weißen Seiten aus diesem Buch, schrieb meinen Namen drauf und schob sie unter die Tür.
Ich lief nach Hause, legte mich in mein Bett und blieb

auch dort, als die Racheengel mit Geheul vom Himmel stürzten, als die Mauern des alten Hauses schwankten, als rings ums Haus Feuer fuhr.
Jetzt versuche ich mir mein Leben herbeizuschreiben: Golda kommt auf ganz verzagten Füßen, sie streift mich nur, ist fremd. Alle Welt ist mir fremd. Nicht die verlassene nur, die Golda, Wald und Rußland heißt, auch die verlorene, die Heimatstadt, das deutsche Land. Hanno, Schade, Gabriel und Sie, verehrter Pate, gebt mir ein wenig Deckung hier in meiner Fremde!

Am Morgen fand Reinhold einen Brief von Mechthild.
Reino, sie haben unsere gute alte Stadt heimgesucht. Alles, was hier schön war, ist nun ein Trümmerhaufen. Doch unsere beiden alten Kirchen stehen noch, und ihre Türme ragen stolzer denn je und künden von ungebrochenem deutschen Willen und Lebensmut.
Ich ging mit schlimmen Befürchtungen zum Hause Deiner Eltern, aber es steht gottlob noch ganz und gar fest inmitten all der Trümmer. Und da mir niemand öffnet, schreibe ich Dir dies Brieflein auf der Türschwelle.
Auch wir hatten Glück zu Haus, nur Fensterglas ist zerbrochen. Erika, Du kennst sie noch vom Ernteeinsatz Rebland, ist gestern nacht umgekommen. Und Trudels Eltern haben wir unter den Toten im Schrekkensbunker in der Friedrichstraße gefunden. Trudel bleibt auch nichts erspart. Was so ein Mädel alles aushalten muß! Sie ist aber tapfer und verdient unsere Hochachtung. Wenn jemand seine Weltanschauung lebt, dann ist es Trudel.
Der Dienstbetrieb in der Hauptstadt ist nun so gut wie lahmgelegt. Trotzdem, mein Urlaub ist zu Ende, ich

muß zurück an meinen Platz. Unterkriegen tut uns diese entmenschte Feindgesellschaft nicht! Mechthild.

Ich lief durch meine Stadt, durch abgesperrte Straßen, über Trümmerfelder, ich galoppierte, jauchzte, ich verspürte eine wahnwitzige Freude, ein Fünklein Untergangstaumel. Das Café Deibl stand noch, ich ging hinein und setzte mich an den Tisch, an dem ich erst mit Gabriel und dann mit Elsa gesessen hatte. Es gab sogar noch eine Art Kaffee, es war zum Lachen, und ich trank ihn mit Genuß. Und hätte dort sitzenbleiben mögen, wie ich mit Elsa damals sitzengeblieben war.

Doch dann trieb es mich noch einmal hin zum Studierzimmerrest des Paten. Ich ging durch die Trümmer, über den Schutt, es war mir wohl dabei. Als ich aber ein Kinderweinen hörte und mich die Schreckensidee überfiel, es könnte noch jemand verschüttet sein, fing ich an zu suchen und fand Maria mit dem Jesuskind.

Wo ist dein Josef, fragte ich und mußte lachen, denn eine junge Frau saß da, mit Tuch überm Kopf und Säugling im Arm. Und weil das ganze Bild unter kreuz und quer zusammengefallene Balken gestellt war, mußte ich es wohl oder übel für den Stall von Bethlehem halten.

Wie aber einem jeden Mann die Maria bekannt vorkommt, schien mir die junge Frau bekannt. Kennen wir uns, fragte ich.

Nein, gewiß nicht, sagte sie mit Marienstimme.

Brauchen Sie Hilfe, fragte ich blöde. Und wollte die junge Frau eben aufpacken und fürs erste mit nach Hause nehmen, im guten Glauben, sie sei ausgebombt, der Mann im Krieg, die Eltern umgekommen, weiß Gott was, da trat doch aus dem Ruinendunkel noch so ein Knäblein heran und sagte Mama zu dem Marienbild. Und also brachte ich dann drei nach Hause.

Nachdem ich sie mit Mutters letztem Vorrat so gut es ging gesättigt hatte, schliefen sie ein. Als es in der Nacht dann wieder ringsum krachte, weckte ich die junge Frau und sagte, sie solle doch der Kinder wegen in den Keller gehen.

Nein, sagte die Marienfrau, ich kann nicht, ich bin Jüdin.

Da war ich sprachlos. Und da donnerte und blitzte es so arg um uns her, daß ich mich über sie warf. Und da schoß es durch mich, das Bild: der Vater mit dem Brett, aus dem er mir die Ritterburg hatte bauen wollen! Und da schlug der Vater aus dem Bild auf mich ein, und draußen fielen die Bomben, und nebenan flog das Haus in die Luft, und des Vaters Schläge kamen Schlag auf Schlag.

Dann war Entwarnung, und ich sagte: Rachele Neumann!

Reinhold, sagte die Maria.

Und war Rachele. Wahrhaftig, sie war es. Und als ich es endlich begriffen hatte, stieß ich Indianerschreie aus, bis die Kinder erbärmlich mitschrien.

Nachdem die zwei Knirpse sich in Schlaf gebrüllt hatten, setzten wir uns an den Küchentisch. Erzähl, sagte ich und mußte an Golda denken.

Von Anfang, fragte sie. Und die Marienfrau, die Rachele Neumann war, schien mir Goldas Züge anzunehmen.

Doch dann erzählte sie, der Marienmund wurde hart, und Goldas Kindergesicht wollte nicht mehr dazu passen: Im Januar 39 zog ich mit den Eltern fort von hier nach Leipzig, wo kein Mensch uns kannte und also keiner wissen konnte, daß wir Juden sind.

Aber ich erinnere doch, mußte ich sie unterbrechen, es hieß doch, eure Wohnungstür sei eingetreten gewesen,

die Reste eures Abendessens hätten noch auf dem Tisch gestanden, dein Bett, so hieß es, sei auf den Hof geworfen worden.
Es sollte aussehen, als habe man uns verschleppt, niemand sollte nach uns forschen, sagte sie und sprach in einem fort, so daß ich nicht mehr fragen mußte: Im Juli 39 schickten die Eltern mich nach Berlin. Ich wohnte dort im »Haus der Neusiedler«, einer Schule der zionistischen Bewegung, lernte Hebräisch und jüdische Geschichte, und das gefiel mir. Als Transporte nach Palästina zusammengestellt wurden, wollte ich mich melden, aber die Eltern waren trotz allem Deutschnationale geblieben und wollten nicht fort. Mein Vater gehörte zum Reichsbund jüdischer Frontsoldaten und trug an Feiertagen noch immer das Eiserne Kreuz, das mein Großvater im Ersten Weltkrieg bekommen hatte. Mein Vater, verstehst du, rief die junge Frau und riß an meinem Ärmel, als sei ich jener Vater, und schrie: Mein Vater war deutsch bis in die Knochen, verstehst du das? Stell dir vor, im Frühjahr 43 hat dieser Mann ein Testament gemacht und mich zur alleinigen Erbin seines Vermögens bestimmt, unter der Bedingung, daß ich mich zum Zeitpunkt seines Todes innerhalb deutscher Reichsgrenzen aufhielte, und stell dir bitte vor, daß er andernfalls den Verein für Deutschtum zum Erben machen wollte!
Rachele Neumann! Wir saßen uns am Küchentisch gegenüber, wir hatten eine Kerze angesteckt, die Kinder schliefen nebenan im Bett von Vater und Mutter.
Aber der Bruch folgte hart: Warum bist du hier, schrie sie, wieso nicht an der Front? Bist du Nazi? Und sie riß an meinem Ärmel, und ihr ganzes schönes Mariengesicht war hin.
Laß, sagte ich, ich erzähle später. Aber sie ließ mich

nicht. Ich bin in Rußland desertiert, mußte ich sagen, war mit Juden im Wald, bin mit einer Jüdin verlobt, Golda heißt sie.
Da stellte sich das Mariengesicht wieder her, und die bleiche junge Frau nahm ihren Faden wieder auf: Nach der Schule ging ich als Praktikantin nach Berlin-Weißensee ins jüdische Taubstummenheim für junge Mädchen. Aber bald hieß es: lebensunwertes jüdisches Leben! und die Mädchen wurden abgeholt, geschlagen, getreten, auf Wagen gestoßen und waren doch stumm, konnten nicht schreien. Aber eine konnte pfeifen, die hat gepfiffen und gepfiffen.
Aber warum bist du hier, schrie sie mich wieder an, und wo ist deine Braut, und wieso trägt ein Deserteur die Uniform?
So mußte ich erzählen, und davon wurde sie wieder sanft, doch das Mariengesicht wollte es mir nicht mehr werden.
Ich habe dann im Auerbachschen Waisenhaus gearbeitet, kam sie alsbald auf sich zurück, und Max kennengelernt, der dort als Halbwaise Zögling gewesen war. Er hatte eine Lehrstelle als Maurer annehmen müssen und wohnte weiter im Heim. Er ist zwei Jahre jünger als ich, ich war achtzehn, er sechzehn. Man hat sich lustig über uns gemacht. Aber wir haben trotzdem geheiratet. Max hat gesagt, nur wer Mann und Frau ist, darf im KZ zusammenwohnen, und seiner Mutter hat er gesagt, er wolle mit mir ins KZ gehn, nicht mit ihr.
Ich wurde schwanger, das Waisenhaus wurde geschlossen, aber wer sich selber helfen konnte, durfte bleiben. Wir blieben, wo hätten wir sonst auch hingehn sollen! Ich habe im jüdischen Krankenhaus entbunden, und die Ärzte, die bei Verstand hätten sein müssen, haben mir den Sohn beschnitten! Die Mutter von Max hat ihn

nicht angerührt. Nebbich, das Kind, hat sie gesagt. Dann hat man sie abgeholt aus der Fabrik, in der sie zwangsarbeiten mußte. Sie kannte eine Frau, die sie versteckt hätte, aber sie war fromm und eigen und wollte niemandem zur Last fallen.
Und wie ich so zuhörte, schlief mir die junge Frau doch mitten im Erzählen ein, und da konnte ich sie in Ruhe betrachten und das Bild von dem Kind, das mit den ernsten Augen am Erkerfenster gestanden hatte, über mich kommen lassen, und der ganze Schrecken kam über mich, den das Kind am Erkerfenster auch mit den ernstesten Augen nicht hatte vorausschauen können.
Als ich dann aber aufstand, um sie schlafen zu lassen und selber schlafen zu gehn, fuhr sie hoch und hielt mich fest: Bitte bleib, und laß mich erzählen!
Erzähl, sagte ich, und mußte an Golda denken. Wenn du erzählst, kannst du nicht weinen!
Ich weine aber nicht, sagte sie, und erzählte: Die jüdische Gemeinde mußte Handwerker stellen, die unter Aufsicht der SS Luftschutzkeller zu bauen und Bombenschäden zu reparieren hatten. Max war dabei. Mehr arbeiten, schneller arbeiten, hieß es dort, oder morgen Auschwitz! Die Handwerker bekamen Zettel, daß sie und ihre Familien bis zum letzten Transport zurückgestellt seien. Aber als die Gestapo kam, um alle abzuholen, die noch im Auerbachschen Waisenhaus wohnten, war Max zur Arbeit und der Zettel noch nicht unterschrieben. Alle wurden in Auffanglager gebracht. Zwei Kinderschwestern und die Köchin wehrten sich, sie hätten durch ihre Männer besagte Zettel, und ich habe gesagt, ich hätte auch einen, und verschwiegen, daß er nicht unterschrieben war. Von einer Liste wurden dann die Namen derer verlesen, die nach Hause gehen konnten. Da bin ich gegangen, das Kind auf dem Arm und

ohne Eile, als sei mein Name auch verlesen worden. Ich ging zurück ins Waisenhaus, wo hätte ich sonst auch hingehn sollen! Als Max kam, haben wir den Kinderwagen vollgepackt und sind auf und davon.
Wir fuhren zu der Frau, die die Mutter von Max hatte verstecken wollen. Die Wohnung hatte viele Zimmer, in jedem hielt sich ein Illegaler versteckt. Doch keiner, der dort wohnte, wußte, wer dort noch wohnte, damit nicht einer den andern hätte verraten können. Aber als die Frau mein schreiendes Kind sah, verlor sie die Nerven, gab uns Schlafsäcke und schickte uns in den Wald. Mitten in der Nacht hörten wir Schüsse und Hundegebell und rannten fort.
Wir fuhren bis zum Morgen, vom einen Ende Berlins zum andern, dann krochen wir in zerbombten Häusern unter, jede Nacht woanders, wo hätten wir sonst auch hingehn sollen! Von der Frau, die die Wohnung hatte, bekamen wir Marken und Geld, und so ging es den Sommer über, bis es kalt wurde, bis Oktober.
Ich hatte sprachlos zugehört, da fuhr die junge Frau mit einem Mal die Tobsucht an: Du bist doch Nazi und weißt, daß es bald aus ist, deshalb versteckst du dich hier und willst mich als deinen Alibijuden benutzen! Sie zitterte und zitterte so sehr, daß ich sie aufhob und zu ihren schlafenden Kindern trug. Ich deckte sie zu und verzog mich dann.

Es trieb mich aus dem Haus. Bei Elsa war trotz Tag und Licht die Verdunklung heruntergelassen, und wieder stand einer auf der anderen Straßenseite, sah weg, als ich ihn ansah, ging auf und ab, ging aber nicht.
Im Viertel des Paten war es friedlich, kein Mensch weit und breit, Sonne schien auf Trümmer, Abgerissenes

wehte leise im Frühlingswind, Losgerissenes rollte sanft über Schutt und Asche, erste Vögel sangen.
Plötzlich fiel mir ein, daß ich bei dem Paten manchen guten Schluck getrunken hatte, und so folgte ich dem Wink über den Ruinengrund, und dabei war mir fröhlich zumut, gerade, als sei der verehrte Pate schützend und leitend zugegen. Ich fand die Kellertreppe, verschüttet zwar, doch mit der nötigen Öffnung. Zwei Kellerräume waren nicht eingestürzt, und in dem einen war ein exzellenter Weinkeller angelegt. Ich bedankte mich artig bei dem verehrten Paten, steckte vier Flaschen alten Bordeauxs in die Taschen, stieg hinauf an die Sonne und machte mich auf den Weg zum Schwarzen Markt. Dort erhandelte ich mir nichts dir nichts Butter plus Milch und Schokolade.
Stolz beladen kehrte ich zurück. Der eine Bengel hing der Marienfrau gerade an der weißen Brust, der andere riß mit Hingabe Seite um Seite aus meinen geliebten Karl-May-Büchern.
Es gab ein opulentes Mahl, doch die junge Frau war nicht zu halten und, kaum daß ich saß, erzählte sie weiter: Im Oktober 43 brachte uns die Frau, die die Wohnung hatte, bei einer Hurenmutter unter, die gegen gutes Geld Gäste wie uns aufnahm. Im Dezember fingen die schweren Nachtangriffe der Engländer an, und ich durfte in dem Höllenlärm endlich schreien. Bombt alles zusammen, macht alles nieder! hab ichs in diesen Nächten aus mir herausgeschrien. Als aber eine Luftmine hochging, fiel das Haus zusammen. Wir konnten uns retten. Geh zur Nationalsozialistischen Frauenschaft, riet die Hurenmutter, trag deinen Sohn auf dem Arm, heule und sag, du seist ausgebombt, deine Papiere seien weg, sie sollten euch aufs Land verschicken. Ich habe ihren Rat befolgt, mich Frieda Gerold genannt, geheult

und meinen blonden Sohn hochgehalten. Da hieß es dann: Die deutsche Mutter muß sofort aufs Land! Ich bekam eine Fahrkarte und wurde nach Prießenhorst an der Warthe geschickt.
In diesen Tagen erhielt ich Nachricht von meiner Mutter. Aus Vorsicht hatten wir uns nur noch postlagernd geschrieben. Als sie einen Brief von mir abholen wollte, hatte sie vergessen, ihrer Unterschrift das gemäß der Verordnung notwendige Sara beizufügen. Sie wurde angezeigt und abgeholt. Nach Auschwitz. Du weißt, was das bedeutet!
Und als ich nein sagte, fuhr die Tobsucht sie wieder an. Offensichtlich, und was wunder, die junge Frau hat keine Nerven mehr, doch woher soll ich sie nehmen, wenn kleine Fäuste auf mich niedergehn! Ich duckte mich und wollte an Rachele Neumann denken, die so weich und weiß gewesen war, weiß und heilig. Rachele, wo sind deine Zöpfe geblieben, fragte ich unter den Fäusten.
Und siehe da, sie hielt inne, weißt dus denn wirklich nicht, fragte sie.
Was, mußte ich zurückfragen.
Auschwitz, sagte sie. Und dann erzählte sie es mir. Und dann mußte ich es ihr erzählen. Und nach Auschwitz und Russenwald fühlten wir uns voller Entsetzen irgendwie quitt.
Erzähl, sagte ich, und legte ihr eine Decke um und mußte an Golda denken.
Ja, ich erzähl, sagte sie. Es war meiner Mutter gelungen, zwei Briefe aus Auschwitz herauszuschmuggeln. Im ersten schrieb sie, sie sei voller Zuversicht, sei stark und gesund und würde die Hölle überleben. Im zweiten Brief, der nicht viel später kam, hieß es dann: Ich halte es nicht mehr aus, ich werde es nicht überleben, wir werden uns nicht wiedersehen.

In der Nacht wurde an der Haustür Sturm geklingelt. Wir rührten uns nicht, auch die Kinder blieben still. Als der Sturm vorüber war, sprach sie weiter, leise und sanft, als könnte sie kein Wörtchen trüben: Max ging zurück in die Ruinen, wo hätte er sonst auch hingehn sollen! Ich fuhr mit meinem Sohn nach Prießenhorst und wurde auf einem kleinen Bauernhof untergebracht. Kühe, Schweine, Hühner, nur Frau und Tochter zu Haus, Mann und Sohn an der Ostfront. Dann aber kamen die Angriffe der Amerikaner auf Berlin, ich hatte Angst um Max und schrieb ihm postlagernd, er solle kommen. Er kam, aber konnte nicht lange bleiben, sonst hätten uns die Bauersfrauen, denen ich erzählt hatte, mein Mann sei auf Heimaturlaub, nicht geglaubt. Und dann war ich wieder schwanger.
Wahnsinn, kommt sie mir zuvor, Wahnsinn, na und? Warum nicht den eigenen gegen den der anderen setzen! Ich habe Max dann neun Monate nicht gesehn, habe wochenlang keine Antwort mehr auf meine Briefe bekommen, kam in die Wehen, mußte den Sohn bei den Bauersfrauen lassen, ging nach Landsberg ins Krankenhaus, bekam wieder einen Sohn. Aber ich hatte Angst, und nach zwei Tagen nahm ich das Kind und lief davon. Die Bauersfrauen sagten, eine NSV-Schwester sei dagewesen und habe nach dem Sohn gesehn, habe sich den Sohn angesehen und bemerkt, daß er beschnitten sei. Ich packte meine Sachen und lief zum Zug.
Als ich mit meinen beiden Söhnen in Berlin ankam, ging ich zu der Frau, die die Wohnung hatte. Max war da. Die Frau gab uns Geld, wir gingen wieder in die Ruinen. Tag und Nacht fielen die Bomben, aber wegen der Spitzel und der Fahndungstrupps gingen wir nicht in die Bunker.
Es wurde Winter. Wir fanden einen Kellerraum, in dem

noch eine elektrische Leitung funktionierte. Wir fanden einen Heizofen, wir überlebten. Dann schickte mir meine alte Kinderfrau postlagernd Geld, ich sollte mit den Söhnen zu ihr kommen, sie würde uns verstecken. Max blieb in den Ruinen, ich fuhr hierher. Und als ich gestern ankam, stand ich vor dem zerbombten Haus der Kinderfrau.
Aber ich erlaube mir nicht nachzudenken, ich habe über den Tod meiner Mutter auch nicht nachgedacht, rief sie und stieß mich von sich und lief zu den Kindern und weinte sich in Schlaf.
Jetzt sitze ich in meinem Zimmer, habe, wie einst der Herr Butz, ein kariertes Handtuch über meine Lampe gehängt und schreibe behutsam, damit das Kratzen meiner Feder die drei nicht weckt.
Tagebuchführen, hat Hanno mir gesagt, hilft den Gedanken zu Ende denken und auswerten. Erzähle dir dich selber, hat Hanno mir gesagt, so kannst du deine inneren Dinge aus dir herausschreiben, begreifen, ordnen und ändern. Und indem ich das wieder versuche, geht mir auf: Ich bin der Maria und ihrer Knabenschaft Schutzherr nun! Und zumindest in dieser Nacht kann ich mir die Chance glauben, daß ein Deutscher einem Juden am Ende noch von Nutzen sein kann.

Am nächsten Morgen fand Reinhold zwei Briefe im Kasten. Jede Nacht um elf an gewohntem Ort, stand in dem einen, der mit Trutzgesang unterschrieben war. Und in dem andern stand: Reinhold, bitte, Du gefährdest Dich und mich! Schreib mir um Gotteswillen nicht mehr! Es ist wunderbar, daß Du lebst! Lebe weiter! Elsa.
Er lief zum Ziegenberg, setzte sich auf den Platz, den er mit Hanno gehabt hatte, sah auf die Ruinen der Stadt

hinunter, zog mit dem Finger Linien vor sich in die kalte Erde, zog Quadrate, Sechsecke, Achtecke, zog und teilte wild und verbissen und konnte doch keine Ordnung in die lockere Märzerde bringen.

Als er heimkam, schrien die Kinder. Unentwegt habe es geklingelt, es sei an die Tür geschlagen und gerufen worden, Männer seiens gewesen, mehrere.
Sie packten ein paar Sachen zusammen, gingen hinaus auf die Straße, gingen durch die Trümmerstadt, gingen, bis es elf Uhr schlug. Wenn Reinhold bekannte Gesichter sah, versteckte er sich oder umarmte die junge Frau und vergrub sein Gesicht in ihren Wollsachen.
Um elf klopfte er dreimal an die Kirchentür, Trutzgesang, rief er, und die Tür wurde geöffnet.
Nicht möglich, der Stammführer, sagte jemand, und Reinhold erkannte das Mädchen Gisèle.
Er schob Rachel mit den Kindern durch das Kirchenhaus, durch die Tür hinter den Altar, über die Treppe in den Keller der Kirche. Dort saß der Pfarrer mit einigen, die Reinhold wiedererkannte, um den großen Tisch. Auch das Mädchen mit den roten Lippen und den langen Locken saß da, aber die Locken waren ab und die Lippen bleich. Tarnung, sagte sie grinsend.
Wer ist die Frau mit den Kindern, fragte Gisèle.
Und Reinhold erzählte die Geschichte von Rachel Neumann.
Es wird nicht mehr lange dauern, und die christliche Kirche wird ihr Haupt mit Asche bestreuen und ihre Kleider zerreißen, sagte der Pfarrer.
Es wird nicht mehr lange dauern, rief Gisèle und schlug mit der Faust auf den Tisch. Die sowjetischen Truppen haben Königsberg erreicht, in Jugoslawien stürmen die Partisanen deutsche Stellungen, die ersten Verbände

der Roten Armee stehen vor Österreich, im Westen zerbricht die deutsche Front, die Amerikaner überqueren den Rhein!

Reinhold und Rachel Neumann blieben mit den Kindern in dem Raum unter der Kirche.
Abends kamen die Freunde vom Trutzgesang und brachten Lebensmittel, die sie gegen Wein aus dem schier unerschöpflichen Keller des Paten getauscht hatten. Für das Begräbnis des Paten aber konnte auch der Pfarrer nicht mehr sorgen, denn auf das Leichenhaus waren die Bomben gefallen, und die Leichen waren verbrannt.
Jeden Abend brachten die Freunde neue Nachrichten: Köln sei gefallen, Königsberg habe kapituliert, Berlin sei eingeschlossen, amerikanische Truppen marschierten in Nürnberg und München ein, die Amerikaner hätten Häftlinge aus Dachau und Ravensbrück befreit.

Und Reinhold schrieb in sein Buch: Wenn die Flieger über uns sind, kann ich sicher sein, mein gutes Rachele reckt die Faust zur Kirchendecke und schreit: Trefft sie, trefft sie! Und wenn es ringsum einschlägt, gibts einen Tanz. Es scheint, sie ist voll guten Glaubens, daß unser Christengott sie schützt.
Letzte Nacht nahm mir das mit einem Mal die Luft, und ich hätte sie schütteln mögen. Aber ich beherrschte mich, denn sie ist zerbrechlich, und vielleicht ist sie schon zerbrochen. Ich lief aus der Kirche, ließ sie allein, stand zum ersten Mal seit Wochen vor der Kirchentür und konnte wieder atmen.
Sirenen heulten, Menschen rannten, rissen mich mit. Da viele hier in den großen Bunkern erstickt und verbrannt waren, suchten jetzt viele den Schutz der beiden

großen Kirchen. Ich ließ mich mitreißen bis zur Johanniskirche, in der der alte Pfarrer seinerzeit aus der Offenbarung gelesen hatte.
Brandbomben fielen, Phosphor- und Sprengbomben fielen, durch die himmelhohen Glasbildfenster sahen die Menschen ihre Stadt brennen.
Doch die heilige Mathematik und das Wissen von Orten der Kraft haben es vermocht, den Bau St. Johannis zu errichten, der um mich standhielt, als rings die Mauern fielen. Und ich sah hinauf in die gotische Herrlichkeit, durch die die Feuerblitze zuckten, und sah ein: um Gott zu schauen, bedarf es bisweilen solcher Höhen.
Nur die Kinder, sie schrien so laut, daß ich plötzlich, gewohnt an Stillesein im Versteck, die irre Angst bekam, die in der Luft könnten die Kinder hören und treffen. Und ich sah Risse durch die Mauern laufen und sah das Standbild des Heiligen reißen, der neben mir stand und Lilien hielt. Die Lilien stürzten ihm aus der Hand, der Riß spaltete ihn der Länge nach, eine Hälfte fiel um und zerbrach, die andere mit der lilienleeren Hand stand hoffnungslos weiter.
Es hatten sich aber gegen die Angst Gruppen gebildet um Pfarrer und um Prediger herum, und einer stand nahe bei mir und brüllte an gegen Geschrei und Bombendonner: Elende Nächte sind mir viel geworden, heißt es nicht so bei Hiob, brüllte der, und heißt es dort nicht auch: Seine Kriegsscharen haben sich um meine Hütte gelagert! Und da erkannte ich meinen Beilharz, einbeinig und mit Krücken zwar, aber mit sicherem Stand auf dem linken. Und da traute auch der seinen Augen nicht, da versagte dem Prediger die Stimme, und wir zwei lagen uns mitten im Gotteshaus, mitten im Bombenhagel in den Armen.
Wir verzogen uns unter ein gotisches Gesims, und ich

erfuhr, daß das Bein des Freundes auf der Krim geblieben war. Und so erzählten wir uns von einem ins andere, und da Beilharz »den bleichen Verbrecher« zum Teufel wünschte, konnte ich ihn, als wir uns im Morgengrauen trennten, getrost für den kommenden Abend in meine Kirche laden.
Als ich zurückkam, war die bleiche Rachel noch ein wenig bleicher geworden, stritt jedoch ab, daß es mit meinem langen Ausbleiben zu tun haben könnte, und gab sich hochgestimmt ob der neuerlichen Zerstörung unserer Heimatstadt. So hielt es mich denn nicht in ihrer Nähe, und ich zog mich in einen Kirchenwinkel zurück.

Wunder machen sich gut in Kirchen, und sobald ich schreibe, ist mir, als erführe jede Erfahrung ihren Sinn. Und das ist ein Wunder, vielleicht das größte. Und jedes Mal schaut mir Hanno über die Schulter und mahnt: Laß Dich nicht irremachen an Dir selbst, geh nur die eignen Wege, sonst kann das Wunder nicht geschehn!
Golda ist so tief im Wald, und dort ists so dunkel, daß ich sie nur als Umriß hier erkenne, und ich sage mir immerzu: Du mußt ihren Umriß dick mit deiner Tinte nachziehn, sonst verblaßt sie dir ganz!
Die Tage sind jetzt schrill von Geschehen. Auch wenn ich in dicken Kirchenmauern sitze, schlägt es doch zu mir durch, fährt in mich ein, besetzt mich, und nur nachts, wenn ich schlafen kann, wacht meine Seele auf und ist gleich ganz erschöpft vor Schmerz nach Golda.
Bisher suchte ich vergeblich, den verehrten Paten zu überreden, den Weg zu mir zu nehmen und mich im Traum zu visitieren. Er lächelt und bleibt, wo er ist. Er

ist auch wahrhaftig alt genug, und es wäre an meiner Jugend, sich auf den Weg zu machen. Aber ich kenne den Weg noch immer nicht. Grad wie zu Golda versperrt mir lauter äußeres Erlebnis als Geröll und Steinschlag den inneren Ab- und Aufstieg. Und so wünsche ich es mir denn von Herzen und nichts sonst – außer wieder und wieder Golda und Golda –, die Eingezogenheit zu erlangen und erleben, die mich mit dem Wort als Wagen derlei Reisen unternehmen läßt.
Die Welt verändert sich zu Zeiten schneller als sonst. Meine Toten müssen anbauen, und meinen Lebenden werden die Räume zu groß.

Am Abend kamen die Freunde.
Der Führer verlangt den Volkstod, das deutsche Volk soll sterben, er verlangt den Opfertod, rief Gisèle. SS läuft durch die Straßen, in die Häuser und Bunker: Ergebt euch nicht den Feindmächten, nehmt euch das Leben, heißt es jetzt, die Russen sind ohne Sinn und Verstand, die Amerikaner sind ohne Stolz und Ehre! Werwölfe, nutzt die Nacht, kommt es durch den Sender.
Gedemütigt, besiegt, vernichtet von solchen, denen das heilige Böse fremd ist, vom minderwertigen Durchschnittsmenschen, das ist ihr Ende, rief der Pfarrer. Und dieses Ende, sagt der Führer, wird das Ende des Universums sein. Er fordert das deutsche Volk auf, seine Städte und Fabriken zu zerstören, seine Deiche und Brücken zu sprengen, und alles das für die Legende Götterdämmerung!
Der Führer dirigiert von seinem Bunker aus Armeen, die es nicht mehr gibt, rief das Mädchen mit den bleichen Lippen und dem kurzen Haar. Die ihm noch folgen, legen selber Hand an letzte deutsche Mauern. Er

hat Befehl gegeben, die Berliner Untergrundbahn unter Wasser zu setzen, und der Befehl wird befolgt! Tausende haben sich dorthin geflüchtet, Tausende kommen jetzt um. Er will die totale Zerstörung, wie er den totalen Krieg gewollt hat, dem Feind soll nichts mehr in die Hände fallen.
Als ein Kartoffelacker, rief die bleiche Rachel mit den Knaben auf dem Schoß.
Und dann war Stille, bis der Pfarrer sagte: Die Schuld trifft Gerechte wie Ungerechte.
Zeigt mir die Gerechten, rief Rachel, und die Knaben fingen zu schreien an.
Wenn das Böse einbricht, so bricht es überall ein, nicht nur in die Mörder, auch in die Ermordeten, nicht nur in die Verfolger, auch in die Verfolgten, sagte Beilharz in die neue Stille.
Will mir hier jemand verübeln, daß ich die Vernichtung Deutschlands mit Genugtuung als Gottesgericht empfinde, schrie Rachel, und die Knaben schrien mit.
Da kam Gisèle durch die Kirche gelaufen, und das Schiff hallte wider von ihrem Ruf: Der Führer ist tot, es lebe Deutschland!
Es wurde eine lange Nacht, und aus des Paten Keller war plötzlich eine Kiste Sekt vorhanden.
Es beginnt ein neues Deutschland, sagte der Pfarrer, und die Toten werden auferstehn und es uns errichten helfen.
»Wenn alle Toten auferstehn, dann werde ich in Nichts vergehn«, sang Beilharz dem »Holländer« nach und wollte dem Führer eine Barmherzigkeitskerze anstekken. Dagegen war aber sogar der Pfarrer, und die bleiche Rachel hätte gekratzt, wenn der sie nicht gehalten hätte.
Nichts wird mehr deutsch sein, rief sie, das Deutsche

wird ausgelöscht! Noch ein, zwei Augenblicke, und niemand mehr auf der Welt weiß dieses Adjektiv zu buchstabieren.
Ich habe heimlich angefangen, Hebräisch zu lernen, sagte Beilharz mit schwerer Zunge. Rachel ist weiblich und rot, mich dünkt, es steht für Rache da.
Es wird ein neuer Anfang, wie zu Anbeginn der Welt, als die Erde wüst und leer gewesen, sagte der Pfarrer.
Am Morgen kam die Nachricht, die rote Fahne wehe auf dem Brandenburger Tor.

Reinhold blieb mit Rachel Neumann und den Kindern weiter in der Kirche, wartete auf Nachrichten, die die Freunde abends brachten, wartete, bis der Pfarrer eines Morgens die Kirchentüre aufmachte und die Glocken läutete und sagte: Der Krieg ist zu Ende.
Der Himmel war blau, die Kastanien blühten, Menschen irrten suchend nach Menschen umher, amerikanische Panzer dröhnten durch die Straßen.
Teils zu Fuß, teils auf dem Pferdewagen kam Reinhold am Abend bei den Eltern im Vogelsberg an. Heinrich lag im Bett und rührte sich nicht. Magda saß am dunklen Fenster.
Am Morgen überredete Reinhold den Vater, einen Weg mit ihm durch den Wald zu machen.
Ich weiß so wenig mehr, was Gott ist, daß ich mich selber nicht mehr weiß, sprach Heinrich beim Gehen. Mein Gott ist mir entfallen, und ich bin mir entfallen.
Sie gingen den ganzen Tag. Abends lud Reinhold den Vater in eine Bauernwirtschaft ein. Heinrich trank wie ein Stier und stemmte sich hoch und stand und sprach und war nicht mehr zu halten: Ich bin Nationalsozialist und ich bleibe Nationalsozialist. Und warum bin ichs und warum bleib ichs? Weil der Nationalsozialismus

einen jeden von uns aus der Enge seines Daseins herausgerufen hat, weil er uns in einen Dienst gestellt hat, in dem wir über uns hinauswachsen konnten. Und ich sage: es war der Dienst am Menschen. Und ich sage es, auch wenn es jetzt heißt, es sei ein Bärendienst gewesen. Und warum sag ichs, und warum werd ichs sagen? Weil ich meine Bilder nicht mehr umhängen kann, auch wenn die Wand, an der sie hängen, bröckelt, auch wenn mir jetzt die Bilder von der Wand fallen, weil meine Wand zerbricht. Weil ich die Kerzen nicht mehr umstellen kann, auch wenn sie mir jetzt ausgeblasen werden. Und ich werde mir keine neue Wand mauern! Und ich werde mir keine Kerze mehr anstecken!
Heinrich sprach so laut, daß die Bauern, die am Stammtisch saßen, hinhörten, aufstanden, mitgerissen wurden, daß sie einfielen in Heinrichs Rede wie in einen Kanon. Und so stand der große Heinrich einmal, ein erstes Mal und letztes Mal, vor einem Volk und war sein Redner. Und das Volk war auf seiner Seite.

Zwei Tage später kam Reinhold in die Stadt zurück und zog mit Rachel Neumann und den Kindern wieder in die Wohnung.
Ein Brief von Mechthild war gekommen.
Reino, ein Kamerad fährt heim und wird Dir dieses Brieflein einwerfen, so Dein Haus noch steht. Alles aus, Reino, alles aus! Die Fremden strecken ihre Krallen über unser Land, hinter uns Nacht, vor uns Dunkel, kein Deutschland mehr, Reino, wie faß ich es! Verloren, verloren alles, was wir liebten! Ich suche den Führer, suche ihn in meinem Innern, wünsche, bete, daß er noch eine Rechtfertigung vor der Geschichte, daß er noch eine Genugtuung durch sie erhalten möge.
Gibt es denn keine Gerechtigkeit mehr in der Welt,

Reino? Schweigt diese ewige Macht denn, an die wir so tief geglaubt haben? Haben wir es denn verdient, in diesen Abgrund zu stürzen? Ist unsre Schuld denn so groß?
Reino, ich möchte das mir vorbestimmte Ende nicht versäumen. Wenn ich mich im entscheidenden Augenblick feige ans Leben klammere, werde ich mich hernach bitter selbst verachten. Aber ist dies der Augenblick?
Die Hauptstadt ist jetzt voll mit Fremden, und ich gehe wie eine Verbrecherin umher. Was aber hab ich denn verbrochen? Mein Vaterland geliebt und mehr als alles sonst! Was ist jetzt Deutschland, Reino, was sind wir Deutschen jetzt? Ein endloses Heer von Gespenstern, von Krüppeln, das mich durch meine Träume jagt. Und immer wieder drängen die Gespenster über die Schwelle des Tages und begegnen mir auf den zerstörten Straßen.
Wozu? Wozu ist das alles geschehn? Den Krieg verloren, so viel verloren! Und alles sonst verdächtig: bunte Fahnen und singende Menschen, schweigende Wälder, klare Sterne in der Nacht. Was bleibt uns noch, frage ich mich. Mechthild.
Rachel kam aus dem Schlafzimmer gelaufen, sie schrie, sie schlug auf Reinhold ein: Du warst Nazi, und dein Vater war Nazi, du mußt nicht erst leugnen, ich habe eure Uniformen, die Auszeichnungen und Papiere im Schrank gefunden!

Am Abend war Versammlung in der Kirche. Beilharz kam und berichtete, Gummi sei gefallen, von Utz sei eine Vermißtenmeldung eingetroffen, Hannos Eltern und die Schwester hätten sich mit Zyankali umgebracht, Fräulein Dr. Freitag mit Gas, und der Musiklehrer sei vom Rathausturm gesprungen.

Da der Glaube von Millionen nunmehr blutend zwischen den Trümmern großer Mythen liegt, da das Idol gestürzt und sein Platz leer ist, sprach der Pfarrer, doch unser deutsches Volk weiter fluchartig seinem Drang nach Aufopferung folgen wird, muß jetzt ein neuer Sinn in sein entleertes Dasein gebracht werden, damit nicht wieder eine dunkle Einnistung geschieht.
Ja, Stammführer, wie ist das, rief das Mädchen mit den bleichen Lippen und dem kurzen Haar, wenn einem das bißchen große Zeit, das man erlebt hat, gestrichen wird, wenn nichts mehr da ist, was ruft und fordert, nichts, was bindet, wofür sich Leben, Kämpfen, Sterben lohnt, was pflanzt man ein in solche leere Brust?
Eberhard Gottschlich, rief Beilharz in die Stille, den hatte ich vergessen, der hat keine Kapsel zerbissen, der ist nicht vom Turm gesprungen, der ist gestern als einer der ersten Parteigenossen der Stadt entnazifiziert worden, weil seine Frau nach neuestem Recht als eine Art Widerstandskämpferin gilt, da sie im Kirchenchor gesungen hat. Das Haus des Genossen steht noch, das Schuhgeschäft ist wieder geöffnet.
Und nach einer weiteren Stille sagte Gisèle: Vielleicht ists gar nicht Fluch und Drang, vielleicht ists eine Infektion. Ausheilung aber braucht Bewußtheit und Erkenntnis. Doch die Infektion ist noch lange nicht ausgeheilt, die schwelt und lauert, bis die Gräber geschlossen und die Tränen versiegt sind, dann flammt sie wieder auf.
Weil die deutsche Abwehrlage geschwächt ist, und zwar seit eh und je, weil wir den Erreger nicht kennen, weil wir im Kreuz herumrätseln, wer der Überträger ist und am Ende an unser Kreuz immer wieder den Teufel schlagen, sagte der Pfarrer.

Als Reinhold nach Hause kam, hatte Rachel ihre Sachen zusammengepackt: Ich wohne nicht in der Wohnung eines Nazis und ich schlafe nicht, wenn ein Nazi in der Wohnung ist. Ich habe nur gewartet, bis du kommst, damit ich dir das sagen kann und, daß ich dich erinnere: Ich habs geahnt, gerochen!
Gestern war ich bei den Amerikanern und habe mich und meine Kinder als Überlebende in ihre Liste eingetragen. Die Liste war nicht lang, und die Männer haben nicht glauben können, daß meine Kinder Judenkinder sind, haben die Kinder angestarrt, als seien sie der sehenswürdige Überrest einer ausgestorbenen Art. Man wird mir eine Wohnung geben, dort werde ich auf Max warten. Wenn Max nicht kommt, werde ich auch ohne ihn nach Palästina gehen, damit ich nicht länger dieselbe Luft atmen muß wie die, die hier jetzt sagen: Ich habe auch einen netten Juden gekannt.
Was hast du da für ein Fähnchen anstecken, fragte Reinhold.
Das ist die jüdische Fahne, die tragen Juden, die aus den KZs zurückkommen, und ich trage sie, damit man mich um des Namens willen nicht für eine Deutsche hält. Ich habe sie von einem bekommen, der jetzt nebenan in deinem Bett schläft.
Reinhold lief zu seinem Zimmer, riß die Tür auf, knipste das Licht an. Da fuhr der Herr Herz aus seinem Schlaf. Und dann saß Reinhold noch lange am Bettrand bei dem alten Mann und hielt ihm die Hand.

Nachdem Herr Herz eine Woche bei Reinhold gewohnt hatte, da er warten wollte, bis die Frauen, die in seine Wohnung eingezogen waren, eine andere Wohnung fänden, kam ein Brief für ihn. Eberhard Gottschlich beschwerte sich, daß Herr Herz ihn auf der

Straße nicht grüße. Dieses habe er, der unter Lebensgefahr viel für die Judenschaft der Stadt getan habe, nicht verdient.
Auch für Reinhold war ein Brief gekommen: Ich kann Dir nun die Antwort geben, die ich Dir schuldig bin. Bitte suche mich, sobald Du kannst, in meiner Wohnung auf. Elsa.

Dann kamen Magda und Heinrich mit einem Wagen vom Roten Kreuz. Der Vater sei fristlos, ohne Anspruch auf Rente oder anderweitige Unterstützung aus seinem Amt entlassen worden, sagte Magda. Er habe wegen seiner Mitgliedschaft in der SA eine Vorladung von der Spruchkammer bekommen. Zuerst habe er sich als Rasierklingenvertreter versucht, aber keiner habe dem verzweifelten Mann etwas abkaufen wollen. Dann habe er sich bei den Holzfällern verdingt, und gestern abend hätten sie ihn nach Hause gebracht, weit und breit sei kein Arzt gewesen, das Rote Kreuz sei mit zwei Sanitätern gekommen und da der Vater immer wieder nach Reinhold gefragt habe, hätte sie die Sanitäter überreden können, ihn nach Hause zu fahren.
Die ganze Nacht wachten Magda und Reinhold an Heinrichs Bett. Am Mittag, als Magda klein und weiß war vor Erschöpfung, übernahm Herr Herz die Wache, und Reinhold ging zu Elsa.

Sie war nicht allein. Ein Mann stand hinter ihr und hatte ihr beide Hände auf die Schultern gelegt. Sie stellte ihn als ihren Verlobten vor.
Ich wünschte viel Glück und wollte gehn.
Er ist Kommunist, sagte sie, und bat mich, mir bei einer Tasse Tee alles erklären zu dürfen.
Ich saß in dem Zimmer, ich sah das Bild ihres Vaters auf

dem Bettisch, da setzte nebenan das Klavierspiel ein. Sie sprach und goß Tee in meine Tasse und goß nach, und ich fragte mich, was wohl aus Golda geworden sei. Da aber das Klavierspiel aus einer Übung für Anfänger bestand, die dauernd wiederholt wurde, wiederholte sich mir dauernd die Frage: Was ist wohl aus Golda geworden, und stellte sich an mich im Rhythmus der Übung, und ich konnte nur wenig von dem verstehen, was Elsa mir sagte.
Es war der Verlobte, der aufstand, um hinüberzugehen und eine Unterbrechung zu erbitten.
Er hat diese Übung zu lange ertragen müssen, sagte sie. Er war hier versteckt, auf dem Dachboden über dem Klavierzimmer.
Der Verlobte kam zurück: Die Klavierlehrerin spielt nun ein bißchen Beethoven als Wiedergutmachung.
Man scherzte über die alte Dame und lachte ein wenig, bis ich aufstand.
Sie brachte mich zur Tür. Du warst jung, das hat mir Hoffnung gegeben, sagte sie.

Ich lief durch die Stadt und kam zu Hannos Haus. Es war zerbombt, nur der untere Stock stand noch. Ich ging durch das eiserne Tor, das verbogen offenstand, ging unter den alten gespaltenen Bäumen, stieg über Schutt und Asche, stieg die zersprungenen Steinstufen hinauf, drückte gegen den goldenen Türknauf. Die Tür sprang auf, ich stand in der Halle. Alles war in Trümmern und in Scherben, nur die Onyxsphinxe lagen unverletzt neben dem ersten Treppenabsatz auf der Lauer. Über mir war der Himmel blau.

Ich stieg die ersten Stufen. Die Wächter von Grab und Tempel stellten ihre Flügel auf, zeigten ihre Löwenkral-

len, aber ließen mich passieren. Ich stieg übers Treppenende hinaus und ging den langen Gang zu Hannos Zimmer.
Hanno kam mir schon von weitem entgegen: Willkommen, Freund, rief er, in meinen heiligen vier Wänden!
Und dort saßen sie dann alle beisammen, und wir begrüßten uns herzlich. Schade und Gabriel waren da, der verehrte Pate war gekommen, Utz und Gummi, der rote Charly, mein guter Vordermann, der Willi heißt, und auch der Vater hatten sich eingefunden.
Väter sind sterblich, sagte Hanno, ich habs dir doch gesagt.
Du bist jetzt in den Fängen deiner Vorstellung, legte Gabriel los. Dies ist die wilde Welt der Toten, und sein scheußliches Gelächter tat mir wohl. Du bist jetzt der be-geisterte Dichter, und Gabriel bog sich vor Lachen.
Hanno ging zu seinem Bücherschrank, nahm einen Schlüssel aus der Hosentasche, schloß die Türe auf, deren geschliffenes Glas in der letzten Abendsonne blitzte, nahm ein Buch heraus, blätterte, fand, was er suchte, und las: Wo ist des Dichters Heimat? Im Nichtvergessen, in der Erinnerung.
Im Widerstand, rief Gabriel.
Im Eigensinn, sagte der verehrte Pate.
Hanno stellte das Buch zurück an seinen Platz, schloß die Glastür, verschloß den Schrank, steckte den Schlüssel wieder in die Hosentasche.
Der Vater begleitete mich noch bis zur Treppe: Geh zum Café Deibl und hol zwei Stück Kuchen, jetzt, Bub, wird alles besser!

Als ich nach Hause kam, saß die Mutter beim Vater am Bett. Der Vater war tot. Mechthild war da, und der Bruder war zurückgekommen.
Ich ging in mein Zimmer. Jetzt schreibe ich auf. Es ist mein letzter Eintrag. Der Krieg ist aus, es gibt in meinem Buch nun keine weiße Seite mehr.

Magda war neben dem toten Heinrich eingeschlafen.
Herr Herz war in die Küche gegangen, hatte sich ein Taschentuch auf den Kopf gelegt und das Totengebet für Heinrich gesprochen.
Mechthild und der Bruder waren zu Reinhold gekommen. Der Bruder hatte erzählt, er habe mit seinen Kameraden vom Volkssturm vor einer Rheinbrücke gestanden. Pioniertruppen hätten den Befehl gehabt, den Brückenkopf zu sprengen, seien aber über die Brücke zum Feind gelaufen. Da habe der Volkssturmführer den Befehl an den Volkssturm gegeben, und er und seine Kameraden seien zum Brückenkopf gerannt. Aber die Pioniere hätten bei ihrer Flucht den Zündungsmechanismus zerstört, und sie hätten die Brücke nicht sprengen können. Da habe der Volkssturmführer auf sie geschossen. Nur wenige Kameraden hätten überlebt.
Der Herr Herz habe ihnen erzählt, wo er die ganze Zeit gewesen sei, hatte Mechthild gesagt.
Und der Bruder hatte gesagt: Reinhold, wie konnte das alles geschehen?